Histoire de Bretagne en 100 dates

Du même auteur

- *La Question bretonne: enquête sur les mouvements politiques bretons* (avec Ronan Larvor), Plougastel-Daoulas : An Here, 2001.
- *Drames bretons*, Guengat : Édica, 2002.
- *Gilles Servat, portrait*, Moëlan : Blanc Silex, 2003, réédition Coop Breizh, 2006.
- *La France éclatée? Enquête sur les mouvements régionalistes, autonomistes et indépendantistes en France* (avec Ronan Larvor), Spézet : Coop Breizh, 2004.
- *Jean-Yves Cozan, l'homme à l'écharpe blanche*, Spézet : Coop Breizh, 2005.
- *Le Dossier FLB, plongée chez les clandestins bretons* (avec Alain Cabon), Spézet : Coop Breizh, 2006.
- *Morvan Lebesque, le masque et la plume d'un intellectuel en quête de Bretagne*, Spézet : Coop Breizh, 2007.
- *Le Trégor, Bro Dreger*, Brest : Géorama, 2011.
- *Histoire de l'interceltisme en Bretagne*, Spézet : Coop Breizh, 2013.
- *Saint-Malo au vent de l'Histoire*, Spézet : Coop Breizh, 2013.
- *Un modèle politique breton? Enquêtes, analyses, portraits* (avec Valérie Le Nigen et Christian Gouerou), Spézet : Coop Breizh, 2014.
- *Atlas des mondes celtiques – Atlas ar bed keltiek* (avec Mikael Bodlore-Penlaez et Divi Kervella), Spézet : Coop Breizh, 2014.
- *Jean Hourmant, mémoires d'un irréductible breton*, Spézet : Coop Breizh, 2016.
- *Clichés armoricains (1870-1950), Une Bretagne pittoresque et insolite*, Spézet : Coop Breizh, 2017.
- *Le Goëlo, Paimpol, Bréhat et autres merveilles*, Porspoder : Géorama, 2018, photographies d'Hervé Ronné.
- *Carhaix, arrêt sur images, Karaez gwechall* (avec Paul Le Coq), Gourin : Éditions des Montagnes Noires, 2018.

Direction d'ouvrages

- *Carhaix: deux mille ans d'histoire au cœur de la Bretagne* (dir.), Telgruc : ArMen, 2005.
- *Archéologie en centre Bretagne* (codirection avec Yves Menez et Thierry Lorho), Spézet : Coop Breizh, 2015.

Illustration principale de couverture: *Les Noces de Corentin Le Guerveur et d'Anne-Marie* (24 x 50), Victor-Marie Roussin (1880), musée des beaux-arts de Quimper (©RMN).

ISBN : 978-2-84346-912-1
Éditeur : Coop Breizh
Coordinateur éditorial : Erwan Chartier-Le Floch
Maquette, mise en page et cartographie : Élisabeth Sergeyeva (www.graphizhme.com)
Photogravure : Procolor (Quimperlé)

ZA Kerangwenn – 29540 Spézet/*Speied*

www.coop-breizh.fr

Impression : Printcorp (UE)
Dépôt légal : 1er trimestre 2021

Erwan Chartier-Le Floch

Histoire de Bretagne en 100 dates

COOP BREIZH

Remerciements : au moment d'achever cet ouvrage, je tiens à remercier tous ceux qui m'ont accompagné dans ma carrière de journaliste et qui m'ont encouragé à écrire sur cette histoire de Bretagne si passionnante. Merci à Marcel Quiviger, Édouard et Hubert Coudurier de m'avoir proposé de rédiger des pages Histoires de Bretagne dans *Le Télégramme* où j'ai le plaisir de travailler avec Corinne Abjean et Chantal Livolant, dont je salue la patience et la gentillesse. Je remercie également les responsables des magazines bretons avec lesquels je collabore régulièrement : Tanguy Monnat et Jean-Luc Germain (*Bretagne Magazine*), Didier Le Corre et Maïwenn Raynaudon-Kerzerho (*Bretons*) et Erik Leost (*Châteaux et Manoirs de Bretagne*). J'y associe bien entendu Yann Rivallain pour sa complicité durant nos années à la rédaction d'*ArMen,* Yves Labbé et Yvon Rochard pour leurs regards critiques et leur exigence en matière d'écriture. J'adresse aussi une pensée à Ifig Rémond qui m'avait, le premier, incité à faire de longs articles historiques dans le *Poher-Hebdo,* ainsi qu'à Pascal Le Coz qui m'a mis le pied à l'étrier et permis d'écrire dans la presse magazine.

Merci à Christian Le Corre et Alain Lamour pour leurs documents iconographiques.

Merci enfin à Jean-Paul Rolland, fidèle lecteur et passionné d'Histoire, dont les encouragements ne sont pas pour rien dans ce projet.

Au début des années 2000, Marcel Quiviger, rédacteur en chef du *Télégramme,* me proposait d'aborder l'histoire de Bretagne à travers des chroniques « journalistiques dans un style vivant, concis, pour rendre la matière accessible au grand public ». Quelques dizaines d'articles plus tard, pour ce quotidien et pour différents magazines, j'avoue ne pas me lasser de l'exercice. Et ce sont plusieurs lecteurs fidèles qui m'ont suggéré l'idée de ce livre. En écrivant des articles sur cette matière, pendant une quinzaine d'années, j'ai pu entreprendre un formidable voyage à travers l'histoire de ce pays, alimenté par des lectures, des interviews, des visites de sites et des discussions avec des archéologues ou des historiens...

Cet ouvrage a été conçu un peu à la manière d'un magazine, une double page illustrée par sujet, afin d'offrir un panorama aussi complet et plaisant que possible sur une histoire de Bretagne souvent méconnue. Il est destiné à un large public qui y trouvera de multiples entrées, des encadrés, des angles particuliers, des reconstitutions ou des lieux à visiter. Il s'agit ici de vulgariser une matière singulièrement riche. Si ce livre ne s'adresse donc pas aux spécialistes, qu'il me soit permis ici de rendre hommage aux travaux des nombreux historiens qui l'ont alimenté, particulièrement aux bulletins des sociétés savantes, si vivantes en Bretagne, et dont la lecture s'avère toujours stimulante. Je ne puis que conseiller aux lecteurs qui le souhaitent d'approfondir le sujet à travers notamment la bibliographie sélective.

Comme son titre l'indique, ce livre passe en revue une centaine d'événements qu'il a fallu choisir de manière évidemment partiale. J'ai tenté de faire côtoyer la grande Histoire et de petites histoires, des biographies de grands personnages comme des faits divers qui ont alimenté l'actualité de leur époque. Plusieurs articles sont également consacrés à de grands phénomènes – économiques, politiques, religieux ou sociaux – qui ont profondément marqué la Bretagne. Cet ouvrage propose donc une grande diversité d'angles pour se plonger dans cette riche matière de Bretagne.

Si cet ouvrage peut porter une ambition, c'est bien de contribuer à faire connaître l'histoire des Bretons afin que ce pays reste une terre d'avenir et de projets, car comme l'écrivait si justement Pierre-Jakez Hélias : « *Hep dec'h hag hep warc'hoazh, Hiziv ne dalv ket c'hoazh*, sans hier et sans demain, aujourd'hui ne vaut plus rien ».

Bonne lecture !

110 000 avant Jésus-Christ

On chasse le mammouth à Dol

Depuis la plus lointaine préhistoire, le paysage, mais aussi la faune et la flore ont beaucoup évolué en Bretagne. Il y a des dizaines de milliers d'années, on y chassait le mammouth et le rhinocéros, et le climat pouvait être beaucoup plus froid.

En haut, l'artiste Mathurin Méheut s'est inspiré des découvertes effectuées à Dol-de-Bretagne pour peindre cette scène que l'on peut voir à l'Institut de géologie de l'université de Rennes.

Régulièrement, la terre est soumise à des périodes de glaciation. Le climat se refroidit, le niveau des océans baisse, le paysage évolue, la faune s'adapte. En Bretagne, la couverture végétale est alors pauvre : quelques arbres, des bouleaux notamment et des résineux, parsèment un paysage de toundra comme on peut en rencontrer aujourd'hui en Sibérie. On sait que quelques centaines d'hommes parcouraient de vastes étendues et revenaient régulièrement dans certains lieux, à l'instar du Mont-Dol, un bloc granitique aux parois escarpées, émergeant sur la zone entre la Rance et l'Arguenon.

Il constituait un observatoire idéal pour la chasse aux grands animaux qui vivaient dans la plaine marécageuse en contrebas. Rien d'étonnant, donc, que les hommes de Néandertal aient choisi ce lieu, vers 110 000 ans avant J.-C., pour y établir un campement à l'abri des falaises, au lieu-dit « Croisé Join ». Les hommes sont alors rares. Selon les chercheurs, ils vivent par bandes semi-nomades, se déplaçant au fur et à mesure des saisons et des opportunités de chasse. Du fait de la rareté des grottes dans la région, ils installent des cabanes et allument des brasiers au pied des falaises. Pour chasser, préparer la nourriture, travailler les peaux, les Néandertaliens disposent d'un outillage lithique, des galets et des silex taillés, qu'ils se procurent essentiellement sur le littoral. Les chasseurs du Paléolithique possédaient en effet une remarquable connaissance des roches, de leur localisation et de leurs qualités de taille. Au Mont-Dol, les archéologues ont ainsi retrouvé une multitude de racloirs de silex, de type convexe, concave, convergent ou à bord étroit.

Mammouths, rhinocéros, ours et panthère…

Lors des fouilles du site, les chercheurs ont mis au jour de nombreux ossements appartenant à des animaux consommés par les hommes de Néandertal. Sans doute, ce groupe humain relativement soudé, mettait au point des techniques de piégeage dans les marais environnants. Certains animaux se sont retrouvés enlisés. D'autres bêtes ont pu être poussées à se jeter de la falaise, mais les difficultés à leur faire gravir le mont semblent écarter cette hypothèse. Nombre des ossements découverts avaient été brisés, sans doute pour en extraire la moelle. Plusieurs ont été réutilisés comme compresseurs.

Leur analyse révèle l'existence d'une faune variée dans la région. Elle est principalement composée de grands herbivores. Ainsi, les restes d'une cinquantaine de mammouths ont été découverts. On dénombre aussi des ossements de plusieurs dizaines de chevaux, de rhinocéros à peau laineuse, de bisons, de rennes, de cerfs. Les grands carnivores sont présents. Les Néandertaliens ont affronté des ours, des lions, des loups et même une panthère. Ils consommaient également des petits mammifères, indicateurs d'un climat froid et humide comme le campagnol nordique ou des hauteurs, le rat taupier ou le lemming gris des steppes.

Un autre site majeur du Paléolithique a été étudié dans la vallée de l'Evre (Sarthe), à l'est du Massif armoricain. On y a trouvé les peintures murales les plus septentrionales d'Europe. Il servait de camp de base à des chasseurs et de refuge pendant les hivers très rigoureux de l'époque.

Il y a 15 000 ans, les glaces commencent à fondre, le paysage change, la végétation évolue. La steppe laisse place à une forêt très dense, de type scandinave. La mer est encore basse, et le rivage se trouve parfois à des kilomètres de celui que nous connaissons actuellement. Au cours de cette période du Mésolithique se développent les premières cultures péninsulaires. Il s'agit encore de chasseurs-cueilleurs nomades, certains vivent à l'intérieur des terres où le gibier semble abondant. On a par exemple retrouvé les traces d'un important campement dans les marais du Yeun Elez, à Brennilis. D'autres s'établissent sur la côte et consomment d'importantes quantités de coquillages, de crustacés et de poissons. ■

Glaciations et réchauffements

Au gré des variations de son orbite, la terre connaît régulièrement des phases de réchauffement et de refroidissement. Ces variations climatiques ont beaucoup influé sur le paysage. Ainsi, lors de la dernière glaciation, il y a une vingtaine de milliers d'années, les glaciers polaires descendent jusqu'au pays de Galles. La Bretagne actuelle est soumise à un climat sibérien et n'est pas une presqu'île : elle est reliée aux îles Britanniques par une vaste plaine. Lorsque le climat se réchauffe, la végétation change. D'épaisses forêts de bouleaux remplacent la toundra. Le niveau de la mer monte ; vers 8 000 ans avant notre ère, la Manche se forme. Peu à peu, la mer atteint son niveau actuel. Bien des grèves et des îles actuelles étaient, il y a quelques millénaires, des plaines et des collines vertes et giboyeuses.

En haut, les falaises et les grottes marines ont, au cours de temps très reculés, servi d'abris et de refuges aux premiers hommes. Situé sur une falaise de Plouhinec, dans le cap Sizun, le site de Menez Dregan a livré des restes de foyers datant de plus de 450 000 ans. À l'époque, des pré-Néandertaliens fréquentent cette grotte qui a été régulièrement occupée au Paléolithique et parfois inondée par la mer. Les archéologues ont également retrouvé des restes d'animaux chassés dans la région : des oiseaux marins, des mammifères, mais également des rhinocéros à poil laineux alors courants dans la région.

5 500 avant Jésus-Christ

Premier massacre en Bretagne

Dans une sépulture préhistorique ont été trouvées plusieurs dépouilles dont le squelette d'un homme transpercé par plusieurs flèches. Il s'agit de la première trace de violence avérée dans la péninsule armoricaine occupée alors par des chasseurs-cueilleurs qui y ont développé une culture originale.

Les sols étant acides en Bretagne, il est très rare de découvrir des ossements anciens, ceux-ci disparaissant au bout de quelques siècles. Les zones littorales et les îles font exception, et c'est donc une série remarquable de sépultures qui a été mise au jour dans les années 1920 et 1930 par Marthe et Saint-Just Péquart sur l'île Téviec, dans le Morbihan. Les tombes dataient du Mésolithique, la période charnière entre la fin de la dernière glaciation et l'arrivée des premiers agriculteurs du Néolithique.

Les archéologues ont mis au jour des corps. Ceux-ci étaient déposés en flexion forcée, dans des tombes communes, les restes des autres défunts étant écartés au fur et à mesure. Ces sépultures collectives contenaient de un à six individus. Elles ne recelaient en revanche guère d'objets de prestige. L'un des morts porte des bois de cerf, d'autres arborent des parures de coquillages ou tiennent des outils. Nombre de défunts ont aussi été saupoudrés d'ocre.

Deux flèches dans le corps

Dans une tombe, l'un des squelettes a intrigué les chercheurs. Il s'agit des restes d'un homme jeune qui venait de guérir d'une fracture de la mandibule. Il a ensuite très certainement connu une mort violente : les archéologues ont déterminé qu'il avait reçu une flèche de face dans le thorax et une autre dans le dos. Ce qui ne plaide pas pour un accident de chasse ! Il s'agit du premier meurtre attesté en Bretagne, et cela tempère une certaine image édénique souvent accolée à la Préhistoire.

Cette mort violente semble révéler l'existence de fortes tensions entre différents groupes de chasseurs-cueilleurs. Pourtant, de bonnes relations pouvaient aussi se développer. En analysant les ossements de la quarantaine d'individus découverts à Téviec, les archéologues ont découvert que la plupart des femmes avaient une alimentation essentiellement d'origine animale pendant leur croissance. Elles devaient donc appartenir à des groupes vivant à l'intérieur de la péninsule, au contraire des hommes dont l'alimentation d'origine marine paraît confirmer l'appartenance à des groupes littoraux. Les hommes du Mésolithique pratiquaient donc volontiers des alliances exogamiques.

Le Mésolithique en Bretagne correspond à une période de profonds bouleversements du paysage. Avec la fin de la dernière glaciation, une dizaine de milliers d'années avant notre ère, le niveau de la mer s'élève fortement, de près de cent mètres sur plusieurs siècles. La Manche se forme, coupant la Grande-Bretagne du continent. Les hommes de l'époque naviguaient, même s'ils ne pratiquaient pas la pêche en haute mer. La végétation change également. Vers 7 000 ans avant notre ère, une forêt très dense apparaît, constituée essentiellement de chênes, de noisetiers et d'ormes. Les hommes du Mésolithique y trouvent des baies et du gibier (cerfs, sangliers, aurochs, etc.) pour se nourrir. Sur le littoral, la mer procure la majorité de l'alimentation. Les hommes exploitent un estran particulièrement riche en crustacés et en fruits de mer. Ils mangent aussi des poissons côtiers et des oiseaux marins. La phase finale du Mésolithique est marquée par l'émergence de la première culture spécifique de l'histoire de la péninsule armoricaine par rapport au reste du continent. Il y a un effet péninsulaire évident dans la fabrication des outils en pierre, l'un des rares vestiges de ces époques lointaines.

Le Mésolithique en Bretagne correspond à une période de profonds bouleversements du paysage.

UNE DISPARITION BRUTALE ?

Les chasseurs-cueilleurs-pêcheurs du Mésolithique armoricain vivent en prédateurs sur un environnement qui leur fournit une alimentation abondante. Mais au VIe millénaire avant J.-C., une révolution est en marche qui va peu à peu atteindre la péninsule, celle des premiers agriculteurs du Néolithique. Vers 5 000 ans avant notre ère, ils s'installent à l'est de la Vilaine en provenance du Bassin parisien et de la vallée de la Loire. Ces agriculteurs sont des colons. Ils défrichent la forêt, construisent de vastes habitats, sèment et élèvent des animaux. Une période de cohabitation dure entre deux et trois siècles pendant lesquels la culture des nomades de l'ouest se maintient. Puis le changement est très rapide et brutal, la culture du Mésolithique s'effondre, et la néolithisation de la péninsule s'opère rapidement.

Comment s'est faite cette transition ? Les hommes du Mésolithique se sont-ils mélangés et intégrés dans la société du Néolithique ? Où ont-ils été éliminés – « génocidés » même – par les premiers agriculteurs ? Dans l'histoire de l'humanité, de tels changements sociétaux se sont en général traduits par des atrocités. Mais la question reste ouverte. À défaut d'apporter des réponses définitives, l'archéologie et l'étude de ces périodes si lointaines nous permettent aussi de réfléchir aux grands mouvements sociaux qui, régulièrement, transforment nos sociétés. ■

PAGE PRÉCÉDENTE, reconstitution de l'une des sépultures de l'île Téviec.

EN BAS, des outils du Mésolithique découverts sur le site de Pont-Glas à Plounéour-Ménez. Plusieurs groupes humains chassaient dans les collines du centre Bretagne à cette époque. Les échanges avec les groupes du littoral semblent avoir été réguliers.

3 000 ans avant Jésus-Christ

Des maisons pour les morts

Les premiers agriculteurs du Néolithique ont profondément façonné le paysage breton. Ils ont défriché une partie de la péninsule armoricaine et ont érigé les premiers monuments de pierres qui en marquent encore le paysage. Cairns, dolmens et menhirs témoignent aujourd'hui de cette civilisation.

En haut, l'allée couverte de l'île Milliau, à Trébeurden.

L'une des grandes révolutions de l'histoire humaine débute il y a près de douze millénaires avec la domestication des animaux et les premières cultures céréalières. Partie du Moyen-Orient, l'agriculture se diffuse peu à peu en Europe jusque dans la péninsule armoricaine cinq mille ans avant notre ère. Les fouilles des trente dernières années ont permis de mettre au jour quelques sites d'habitation, notamment à Pléchâtel, près de Rennes. Il s'agit souvent de longs bâtiments de bois et de terre à usage collectif. Ces premiers paysans défrichent de vastes espaces à l'aide de haches en pierre. Des instruments qui ont littéralement permis de « manger la forêt » et de créer un nouveau paysage. Ces hommes du Néolithique cultivent les premiers champs et pratiquent l'élevage, particulièrement d'ovins.

L'agriculture a permis d'obtenir une nourriture plus abondante.

Des organisations sociales complexes

L'agriculture a permis d'obtenir une nourriture plus abondante et de manière mieux répartie dans le temps. En conséquence, la population a augmenté, et les groupes humains se sont complexifiés socialement. Ces populations ont développé un nouveau rapport avec leurs morts. Les hommes du Néolithique construisent, dans toute l'actuelle Bretagne, de solides monuments de pierres, à l'architecture complexe. Au cours du ve millénaire avant notre ère sont ainsi édifiés les grands menhirs, dont celui de Locmariaquer qui mesurait plus de vingt mètres de haut. Son transport et son érection ont nécessité le travail simultané d'au moins trois mille hommes ! De véritables « maisons pour les morts » sont également construites : des cairns et des tumulus.

Aujourd'hui, il n'en reste plus, dans la plupart des cas, que le « squelette » : un dolmen ou une allée couverte. Mais ces mégalithes, si familiers dans notre paysage moderne, constituaient en fait le cœur et la structure en dur de vastes constructions. Ils étaient recouverts de pierres sèches et de terre qui ont aujourd'hui disparu. Les dolmens abritaient la chambre funéraire, là où étaient déposés les corps des défunts.

Cairns et dolmens

On distingue diverses phases culturelles dans l'édification de ces monuments. Aux premiers cairns monumentaux, comme Barnenez, succèdent, vers 4200 avant J.-C., des ensembles plus modestes. Ils sont prévus pour accueillir plusieurs défunts, probablement de la même famille ou de la même tribu. La lignée semble prendre le pas sur l'individu. Ces monuments marquent une volonté d'enracinement dans un territoire. Ils constituent un marqueur social. La présence d'armes (pointes de flèches notamment) révèle aussi l'émergence d'une caste guerrière. Ces sépultures sont progressivement réservées à une élite. Si l'acidité des sols en Bretagne a fait disparaître la plupart des dépouilles, les fouilles de mégalithes dans d'autres régions nous renseignent sur des pratiques funéraires parfois cruelles, comme des sacrifices d'individus dont les corps ont été placés pour « garder » les tombes. De nombreuses manipulations d'ossements ont également été constatées.

Les hommes du Néolithique érigent aussi de hautes pierres dressées, les menhirs, avec parfois des concentrations de plusieurs centaines de monuments comme à Carnac. Si ces pierres ont servi de marqueurs au paysage, leur signification nous échappe aujourd'hui. ■

En haut, les alignements de Carnac, tels qu'on les représentait au XIXe siècle, en exagérant un peu leur hauteur et la symétrie des lignes.

En bas, le grand cairn de Barnenez, l'un des plus anciens et des plus imposants monuments préhistoriques en Europe.

Barnenez, Parthénon du Néolithique

La fouille et l'étude du cairn de Barnenez, surplombant la baie de Morlaix, a constitué une révolution dans la connaissance du Néolithique pour les préhistoriens d'après-guerre. Pierre-Roland Giot débute, en 1955, des fouilles qui se poursuivent jusqu'en 1968. Rapidement, les datations indiquent que Barnenez a été construit entre 4600 et 3900 avant notre ère, plusieurs siècles avant les édifices égyptiens, prouvant que des civilisations très avancées ont également pu se développer en dehors des rives de la Méditerranée. André Malraux, à la tête du nouveau ministère de la Culture, créé en 1959, s'enflamme et évoque un « Parthénon mégalithique ». Aujourd'hui restauré en partie, le cairn de Barnenez en impose, en effet, par ses dimensions. Mesurant près de 75 mètres de long et 28 de large, il abrite onze chambres funéraires. Il a été bâti en plusieurs étapes. Un premier cairn abrite cinq tombes à couloir. Orientée au sud-ouest, la façade principale comporte une entrée monumentale, celle du dolmen, placée au centre et encadrée d'ouvertures secondaires. Dès cette époque apparaît donc le principe de symétrie. Le cairn secondaire prolonge la structure et a été réalisé quelques siècles plus tard. Il comporte des tombes à couloirs qui peuvent atteindre près de quinze mètres de profondeur. Les murs sont en pierres sèches. Les voûtes sont édifiées suivant le principe de la fausse coupole, une technique très élaborée et d'une stabilité remarquable.

2000 ans avant Jésus-Christ

Une « usine » de haches préhistoriques à Plussulien

Pendant plus de deux mille ans, les hommes du Néolithique ont exploité des carrières à Plussulien en centre Bretagne. Des millions de haches ont été produites ici que l'on a retrouvées jusqu'en Angleterre, en Belgique et dans le sud de la France.

En haut, à Plussulien, le site du Quelfennec a été mis en valeur et propose une agréable randonnée dans la campagne centre bretonne. Des visites guidées sont régulièrement proposées à partir de la Maison de l'archéologie. Le gisement de dolérite, exploité au cours de la Préhistoire, présente toujours des traces d'extraction. Il a fonctionné pendant près de deux mille ans.

Émergeant des champs et des bois, une importante masse rocheuse occupe le sommet de la colline de Quelfennec, à Plussulien, en centre Bretagne. Il y a plusieurs milliers d'années, cet endroit bruissait d'activités et de vie. Menées par l'archéologue Charles-Tanguy Le Roux, des fouilles ont en effet montré qu'il s'agissait de l'un des plus grands sites européens de production de lames de haches en pierre polie.

Les premiers paysans

Dans le sud de la Bretagne, au cinquième millénaire avant J.-C., apparaissent les premières traces d'activités agricoles. Ces paysans vont radicalement bouleverser le paysage de notre région en défrichant et en déboisant de nombreuses étendues pour en faire des champs. La forêt recule, remplacée par des pâturages et des landes. Pour cette œuvre de défrichage, les paysans du Néolithique se dotent de nouveaux outils : des haches et des herminettes en pierre polie utilisées pour abattre les arbres. Ils prospectent et cherchent donc les meilleurs gisements. Ils ont trouvé à Plussulien un site très intéressant, un affleurement facile d'accès et directement exploitable. Il s'agit d'un gisement de métadolérite, une roche éruptive particulièrement dense et dure, parfaite pour ces objets. Ce gisement de métadolérite couvrait à l'origine plus d'une dizaine d'hectares. Il a été exploité pratiquement jusqu'à épuisement et a été recouvert par les déchets de la carrière.

Les premières traces d'activité humaine remontent en effet vers 4200 avant J.-C. Les exploitants se contentent alors d'extraire des blocs de roche déjà en partie détachés et entourés d'argile. Les carriers s'attaquent ensuite à de gros blocs qu'ils devaient extraire grâce à des leviers de bois, puis qu'ils devaient faire rouler avant de les débiter. Charles-Tanguy Le Roux, l'archéologue qui a fouillé le site, estime qu'« une évolution décisive dut intervenir quand on découvrit que cette roche, fortement chauffée, devenait très fragile mais que, si on la laissait refroidir avec précaution, elle recouvrait ses qualités initiales ». Les carriers vont donc faire de grands brasiers pour détacher plus facilement de gros blocs.

À la fin du troisième millénaire avant J.-C., la carrière est de moins en moins exploitée. Les haches en pierre polie ne semblent plus être utilisées que pour un usage religieux. On les trouve encore dans les tombes de cette région. Les haches en pierre sont en effet remplacées par de nouveaux outils, les premiers fabriqués en métal, plus durs et plus efficaces.

Des millions de haches

« On estime à deux ou trois millions le nombre de haches produites à Plussulien, indique Charles-Tanguy Le Roux. Ce qui correspond à un millier de haches produites les années de pleine activité. Il fallait compter une journée de travail pour chaque pièce. » Les chercheurs avancent deux hypothèses : soit une activité continue avec trois ou quatre travailleurs, soit des équipes de dix à vingt ouvriers venant travailler plus épisodiquement lors de la saison creuse.

Une fois extraits, les blocs de métadolérite étaient taillés en ébauche de haches à l'aide de percuteurs de la même roche. Ils étaient ensuite bouchardés pour écraser les arêtes. Ces opérations comportaient une perte de matière très importante, de l'ordre de 90 %. Cela explique le fait que le site ait été littéralement submergé sous les déchets lithiques. Les archéologues ont d'ailleurs pu reconstituer l'activité de la carrière et de l'atelier de taille grâce à ces déchets, aux pièces ratées et aux outils abandonnés. La finition et le polissage des haches nécessitaient d'importantes quantités d'eau. On peut penser que l'essentiel de la production quittait le site à l'état d'ébauche, les acquéreurs façonnaient ensuite l'outil à leur guise et ajustaient la lame à son support.

Plus de la moitié des haches en pierre polie trouvées dans la péninsule armoricaine proviennent des carrières de Quelfennec, et elles représentent une grande partie de celles découvertes dans l'ouest de la France. Au-delà, elles deviennent moins nombreuses, mais on en trouve jusque dans la région toulousaine, la vallée du Rhône, le nord de la Belgique et le sud de l'Angleterre, indices des échanges et des déplacements que pouvaient effectuer les hommes du Néolithique.

Peu à peu, avec ces haches, les hommes ont modifié leur environnement. Le milieu naturel et la forêt originelle sont remplacés par un nouveau paysage : la campagne. Les habitants du Néolithique construisent d'imposantes maisons collectives, bâties en bois et en terre, dont les archéologues mettent à jour les fondations. Mais leurs traces les plus impressionnantes restent les monuments mégalithiques. À proximité de Plussulien, on retrouve un certain nombre de menhirs dont l'un des plus grands de Bretagne, à Glomel, qui mesure 8,6 m et pèse 130 tonnes ! On trouve aussi des dolmens et des allées couvertes qui servaient de tombes et où furent quelquefois découvertes, comme à Plélauff, des haches de Plussulien laissées là en dépôt funéraire. ■

En haut, traces d'exploitation de dolérite.

En bas, fragment de hache du Néolithique découverte dans le Trégor.

1000 ans avant Jésus-Christ

Ouessant, étape des routes de l'étain

Fouillé depuis les années 1990 et 2000, le site de Mez-Notariou, au centre de l'île d'Ouessant, a livré son lot de découvertes exceptionnelles. Il y a 3500 ans environ naissait ici un village bien organisé qui allait, durant la Protohistoire, recevoir des visiteurs venus du monde méditerranéen et d'Europe du Nord.

En haut, le chantier de fouilles de Mez-Notariou a permis de mettre au jour un petit village de l'âge du Fer.

En bas, poignard de l'âge du Bronze découvert à Ouessant.

L'idée d'une Bretagne isolée du reste du continent européen, excentrée à l'ouest des grandes civilisations, marginalisée, est un cliché tenace du XIXe siècle lorsque la recherche française était très centrée sur la Méditerranée. Car, au contraire, la péninsule a été, depuis longtemps, au cœur des grandes routes commerciales entre le nord et le sud de l'Europe. Elle a toujours tiré une partie de sa richesse de la mer, comme le démontre l'archéologie, notamment à Ouessant, cette île du Ponant qui a vu passer bien des voyageurs depuis quatre millénaires.

Fabricants de bronze

Sur la hauteur de Mez-Notariou, au centre de l'île, se développe en effet un village dès l'âge du Bronze ancien, c'est-à-dire vers 1500 avant notre ère. L'organisation de cette agglomération comme les céramiques découvertes ont bouleversé notre perception de l'histoire de la pointe Bretagne. « Il y a des similitudes culturelles avec des sites contemporains en Allemagne ou dans les Alpes, explique Jean-Paul Le Bihan qui a dirigé le chantier de fouilles. On s'aperçoit que l'Europe, dès cette époque, est déjà un vaste ensemble où les individus, les objets, mais aussi les idées circulent. » Ouessant était ainsi à la pointe des technologies sidérurgiques de l'époque, surtout pour fondre le bronze qui était le métal le plus prestigieux de l'époque. Il s'agit d'un alliage de cuivre et d'étain. L'Armorique possédait des gisements d'étain, essentiellement autour de Saint-Renan. Mais il fallait faire venir le cuivre de beaucoup plus loin, probablement des îles Britanniques ou de la péninsule Ibérique. Ce qui accrédite la thèse d'un commerce maritime déjà florissant.

Ce commerce transcontinental se développe en raison de la multiplication des échanges avec le monde méditerranéen aux VIIe et VIe siècles avant notre ère, ce qui correspond, en Europe de l'Ouest, à l'éclosion du premier âge du Fer. À Ouessant, l'agglomération de Mez-Notariou évolue également. Les archéologues ont mis au jour plusieurs dizaines de bâtiments construits en terre et en bois sur des fondations de pierres. Ils sont séparés par des ruelles et très rapprochés pour lutter contre les vents souvent violents. Le village a pu compter de 200 à 150 habitants. Entretenir une telle population implique un certain degré de prospérité. « Ouessant devait être, à l'époque, un passage obligé sur les routes de l'étain et du cuivre évoquées par les auteurs antiques, indique Jean-Paul Le Bihan. L'île était une escale où l'on réparait les navires, où l'on faisait le plein de provisions et d'eau. » On devait y embaucher les pilotes expérimentés qui permettaient aux navires de franchir les courants et les caps difficiles, de la mer d'Iroise au cap Caval.

Ouessant devait être, à l'époque, un passage obligé sur les routes de l'étain.

Un sanctuaire étonnant

Les marins, qui ont fréquenté et échappé aux pièges du Fromveur et de la mer d'Iroise jusqu'à la fin de l'Antiquité, devaient sans doute faire des offrandes à leurs dieux et aux divinités tutélaires de l'île. Il s'agissait de remercier l'au-delà après un voyage périlleux ou de demander une protection supplémentaire pour terminer un périple. Les archéologues ont fouillé une zone de sanctuaire exceptionnelle qui a fonctionné de l'âge du Bronze jusqu'à la fin de l'Antiquité, soit près de deux millénaires. On y a ainsi retrouvé des objets venant de très loin, de la Baltique où l'on allait chercher l'ambre, aux îles Britanniques – les îles de l'étain dans l'Antiquité – au monde méditerranéen. Plusieurs perles, peut-être égyptiennes, mais aussi des objets grecs ont été mis au jour.

Bernique sacrée

Cette zone cultuelle était littéralement saturée de coquillages, particulièrement de berniques, au milieu desquels se trouvaient de nombreux restes d'animaux. Les chercheurs ont découvert les traces de curieux rituels consistant à associer les parties de différentes bêtes, principalement des poissons et des ovins. Dans une structure a été découverte une étonnante bernique de bronze. Pour les archéologues, il pourrait s'agir d'un reliquat de culte océanique. Immergée ou submergée suivant les marées, la bernique est aussi un coquillage consommé en cas de pénurie alimentaire par les populations littorales. « Après tout, note Jean-Paul Le Bihan, les Égyptiens vénéraient le scarabée qui est un animal bousier. » Le sanctuaire reste en fonction jusqu'à la fin de l'époque romaine. Bel exemple de pratique religieuse sur une longue durée avant que surgisse une nouvelle religion. La *Vie* de saint Paul Aurélien nous apprend que cet ecclésiastique, venu du pays de Galles, évangélise Ouessant à la fin du ve siècle de notre ère et détruit un temple païen, ce que confirme l'archéologie. ■

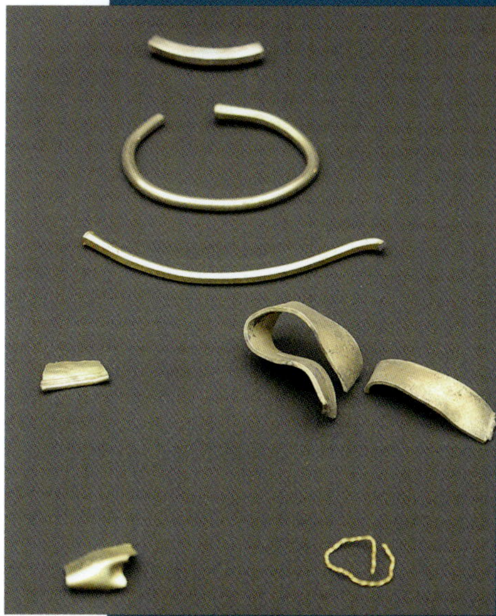

En haut, des bijoux en or de l'âge du Fer découverts à Ouessant.

En bas, reconstitution des habitations de l'âge du Bronze de Mez-Notariou.

320 ans avant Jésus-Christ

Le Grec Pythéas aborde en Armorique

C'est l'une des premières grandes aventures maritimes de l'histoire de l'humanité, celle du Grec Marseillais Pythéas qui partit entre 330 et 320 avant Jésus-Christ pour l'Europe du Nord, sur les routes de l'étain et de l'ambre. Il est l'un des premiers à évoquer les Ostimioi, la tribu celte qui occupait l'ouest de l'Armorique.

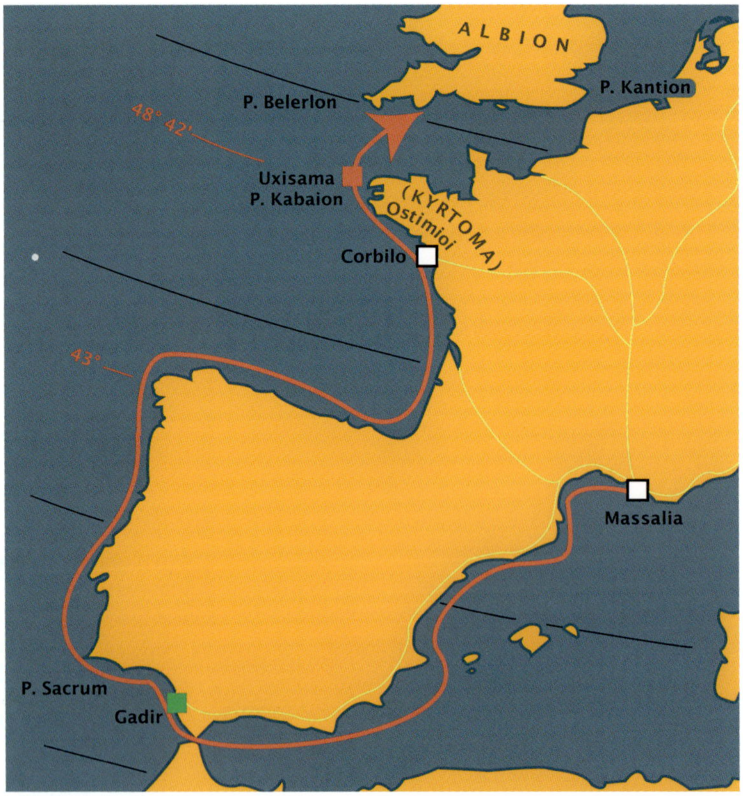

En haut, la première partie supposée du voyage de Pythéas de Marseille vers les rivages armoricains.

Pythéas est un marin du IVe siècle avant J.-C., originaire de Massalia (Marseille), ville fondée par les Phocéens, des Grecs d'Asie Mineure. Massalia connaît alors son apogée et n'a qu'une seule rivale en Méditerranée occidentale : Carthage. Vers – 500, les Carthaginois ont franchi le détroit de Gibraltar avec deux expéditions. Hannon, au sud, est allé jusqu'au golfe de Guinée. Himilcon, au nord, semble avoir atteint l'Armorique. Les Carthaginois, qui ont des colonies en Andalousie, connaissaient déjà les routes de l'étain et du cuivre, les deux minerais nécessaires à la fabrication du bronze.

Les routes de l'étain

C'est sûrement pour découvrir ces fameuses routes maritimes de l'étain que Pythéas embarque vers 330 avant J.-C. Une route terrestre existe déjà, mais les Grecs peuvent légitimement penser que les mines sont plus faciles à atteindre par la mer. Pythéas est aussi animé d'une curiosité scientifique. Le monde grec, dans son ensemble, organise de grandes expéditions, et Alexandre le Grand vient d'atteindre l'Inde. Dès le IVe siècle, les Grecs ont établi que la Terre était ronde. Ils progressent en cartographie. Et ils tentent de s'approcher du pôle Nord afin de calculer la circonférence de la planète, estimée à 400 000 stades, par le philosophe Aristote. Massalia est un centre intellectuel renommé. « Marseille était alors le siège des sciences et la régulatrice des bonnes études », écrit Tacite.

Pythéas a dû apprendre des rudiments de langue celtique grâce aux tribus gauloises bordant le territoire massaliote. De plus, on voyage beaucoup dans le monde celte, et les Massaliotes disposent sans doute de renseignements fiables sur les rivages atlantiques. L'expédition de Pythéas a dû compter un ou deux navires d'une vingtaine de mètres.

Des colonnes d'Hercule jusque chez les Ostimioi

Pythéas vogue d'abord vers les colonnes d'Hercule, le détroit de Gibraltar, soumis à un blocus des Carthaginois pour qui la route maritime de l'étain fait figure de secret militaire. Mais il est possible que leur surveillance ait alors été assez lâche, les deux cités étant en paix. Pythéas met ensuite cap au Nord. Quelle surprise cela dut être pour ces Méditerranéens de découvrir le phénomène des marées ! Sans doute bien renseigné par des marins locaux, Pythéas y voit l'influence de la Lune. Après avoir franchi le golfe de Gascogne en trois jours, le Massaliote arrive devant la péninsule armoricaine qu'il estime à 3000 stades de long. Il accoste au cap Kabaïon, probablement vers Penmarc'h, dans le cap Caval. Il est l'un des premiers à nommer les habitants de ce pays les Ostimioi. On y retrouve le nom latin des Osismes, qualifiant la tribu celte occupant un territoire équivalent au Finistère et à l'ouest des Côtes-d'Armor. Pour Léon Fleuriot, ce nom signifiait « les ultimes », les hommes de l'extrême-Ouest en quelque sorte.

> Il est l'un des premiers à nommer les habitants de ce pays les Ostimioi.

Ouessant et les îles du Ponant

Pythéas a sûrement dû prendre un pilote local pour le guider dans ces parages dangereux de la pointe Bretagne. S'est-il arrêté à Sein ? Un autre géographe antique, Pomponius Mela nous informe qu'elle était « renommée pour ses prêtresses, au nombre de neuf. On les croit douées de l'extraordinaire pouvoir de déchaîner par leurs chants, les flots de la mer ». Pythéas a en tout cas reconnu Ouessant, l'île d'Uxisama. Des indices d'un passage de Grecs dans l'Antiquité y ont été détectés par les archéologues.

Une découverte assez extraordinaire eut lieu, en 1959, sur la plage de Porz-Gwenn, en Lampaul-Ploudalmezau, dans le pays Pagan. Un retraité de la Marine, venu là ramasser du goémon, découvrit dans les algues une pièce d'or. Frappée probablement à Cyrène, ville grecque de Libye, entre 322 et 313 avant J.-C., soit juste au moment du voyage de Pythéas. Lorsque l'on sait que les Massaliotes ne frappaient pas de monnaies d'or, seulement des drachmes d'argent, et que Pythéas dut prendre des monnaies d'or pour impressionner les peuples qu'il rencontrait, il est possible d'envisager que la pièce de Porz-Gwenn soit un témoignage direct du passage du navigateur grec.

En Islande et dans la Baltique

Après l'Armorique, Pythéas vogue vers les îles Cassitérides, la Grande-Bretagne. Il accoste en Cornouailles, région riche en étain et en cuivre. Ensuite, il serait allé jusqu'en Islande où il observe une aurore boréale et la banquise, puis il redescend vers la Norvège et pénètre dans la mer Baltique, région riche en ambre. Sur le chemin du retour, il fait halte dans l'île de Corbilo, située probablement dans l'embouchure de la Vilaine ou de la Loire, peut-être à Nantes, avant de rejoindre Marseille. Son voyage semble avoir ouvert la voie à d'autres expéditions ; en témoignent les découvertes archéologiques prouvant l'existence de liens commerciaux entre le monde méditerranéen et l'Armorique avant la conquête romaine. ■

En haut, la statue de Pythéas, le célèbre navigateur Massaliote sur le palais de la Bourse à Marseille.

150 ans avant Jésus-Christ

L'Armorique gauloise

Les chantiers archéologiques récents nous dévoilent l'existence d'une civilisation gauloise beaucoup plus complexe et développée qu'on ne l'a longtemps cru à la seule lecture des auteurs romains. Couverte de fermes, de petites villes et de forteresses, l'Armorique gauloise apparaît comme une péninsule insérée dans l'Europe celtique.

En haut, alignement des stèles gauloises à Saint-Agathon. Ces monuments, de forme semi-cylindrique ou oblongue, marquaient la présence de nécropoles lors du premier âge du Fer armoricain. Nombre d'entre elles ont ensuite été christianisées.

Pendant longtemps, les historiens n'ont disposé que de quelques passages dans *La Guerre des Gaules* et chez d'autres auteurs grecs et romains pour se faire une idée des peuples d'Aremorica, le « pays devant la mer », reconnu par le Grec Pythéas dès le IVe siècle avant notre ère. La civilisation gauloise, dans la péninsule armoricaine, est demeurée mystérieuse avant que la recherche archéologique ne bouleverse nos connaissances sur les Osismes (actuel Finistère et la partie ouest des Côtes-d'Armor), les Vénètes (Morbihan), les Coriosolites (pays de Saint-Brieuc et de Saint-Malo), les Riedones (pays de Rennes) ou les Namnètes (Nantes).

Une société guerrière

Les auteurs antiques s'accordent sur le caractère guerrier des Gaulois en général. Les Armoricains ont d'ailleurs causé quelques tracas à César en 56 avant J.-C. Quatre ans plus tard, ils envoient encore une vingtaine de milliers d'hommes à l'armée gauloise venue au secours d'Alésia. Comme dans le reste de la Gaule, une aristocratie guerrière, que César nomme les *equites*, les « chevaliers », domine les peuples armoricains. Leur pouvoir s'assoit sur la propriété foncière et sur un solide système de clientélisme. Des sanctuaires découverts dans le Finistère sont liés à cette aristocratie guerrière celtique, comme celui de Tronoën, en Pays bigouden, où plusieurs armes déformées ont été retrouvées. On dénombre également de nombreuses représentations de guerriers à cheval sur les monnaies armoricaines.

L'archéologie nous renseigne sur les processus de militarisation de la société. Ainsi, les résidences du début de l'âge du Fer, au VIe siècle avant notre ère, peuvent atteindre de grandes surfaces comme à Paule, mais ne sont pas fortifiées. Elles sont très souvent associées à des souterrains qui servaient à entreposer des vivres, voire à les cacher en période de crise. L'une des caractéristiques de ce premier âge du Fer en Armorique réside dans l'érection de stèles de pierres (souvent décorées avec des cannelures) à proximité des cimetières. Aux Ve et IVe siècles, la péninsule, comme le reste du domaine celtique, semble connaître une période de crise, notamment démographique. De nombreux domaines disparaissent.

Un territoire aménagé

Il faut attendre le IIIe siècle pour voir une nouvelle phase d'expansion. L'Armorique se couvre alors de fermes, de routes, de forteresses et de petites villes. Nombre de résidences aristocratiques sont fortifiées. Une première ligne de défense est assurée par un fossé en forme de V, profond de plusieurs mètres. Il précède un ou plusieurs remparts en bois et en terre. Ces forteresses sont de tailles variables. Certaines peuvent être comparées aux manoirs médiévaux comme à Inguinel ou à Lansicat. D'autres atteignent des surfaces plus conséquentes à l'instar de l'*oppidum* du camp d'Artus au Huelgoat.

Longtemps, on a considéré la civilisation gauloise comme essentiellement rurale. Plusieurs fermes d'importance variable ont été fouillées dans la péninsule, comme celle du Braden, à Quimper, ou celle de Plouër-sur-Rance. Mais de récentes découvertes montrent des phénomènes d'urbanisation constatés aux IIe et Ier siècles avant notre ère. Une petite agglomération a ainsi été mise au jour sur les rives du Steïr à Quimper. Une autre s'est développée à proximité d'une forteresse à Trégueux. Des routes bien aménagées reliaient tous ces sites.

Au cœur de l'Europe

L'importance du site gaulois de Paule comme l'abondance des découvertes récentes tendent à montrer que l'Armorique s'est très vite insérée dans le monde celtique antique, cette vaste civilisation qui s'étendait de l'actuelle Anatolie jusqu'aux îles Britanniques et à la péninsule Ibérique. Il est d'ailleurs probable que les propriétaires de Paule étaient en relation avec d'autres familles de statut équivalent dans le reste de la Gaule. Les fouilles d'Ouessant ou du Yaudet indiquent que l'Armorique était déjà au cœur des échanges internationaux, et notamment des routes de l'étain et du cuivre, reliant l'actuelle Grande-Bretagne au monde méditerranéen. Les Armoricains étaient également en relation avec les Romains bien avant la conquête, en témoignent les dizaines d'amphores de vin retrouvées.

Bâtissant en bois et en terre, les Gaulois armoricains ont laissé moins de traces monumentales que d'autres sociétés privilégiant la pierre. Grâce aux progrès de l'archéologie qui permet désormais de mettre au jour ces vestiges fragiles, c'est pourtant une société fort complexe et évoluée qui sort de terre, de quoi renouveler notre approche de l'histoire lointaine de la Bretagne. ■

En haut, reconstitution de l'importante agglomération fortifiée de Paule au Ier siècle avant notre ère. On distingue la forteresse qui a succédé à la grande ferme des origines.

En bas, la statuette à la lyre de Paule.

Paule

Au VIe siècle avant notre ère, une vaste ferme s'implante sur l'une des crêtes des Montagnes Noires, à Paule. Situé à l'embranchement de deux grandes routes qui traversent la péninsule, l'endroit se développe aux siècles suivants avec la construction d'une importante forteresse, puis d'une petite agglomération de plusieurs centaines d'âmes. Au Ier siècle avant notre ère, l'endroit est protégé par plusieurs lignes de rempart. On y trouve un marché et des bâtiments pour stocker les denrées agricoles. Des activités métallurgiques ont été mises en évidence, dont de l'orfèvrerie grâce à l'exploitation de mines d'or à proximité. Le site de Paule est abandonné après la conquête romaine, ses occupants s'installant sans doute dans la ville voisine de Carhaix. Paule est célèbre pour les quatre statuettes gauloises qui y ont été retrouvées, dont l'une porte une sorte de lyre, l'un des rares témoignages d'instruments de musique dans l'Europe celtique.

56 ans avant Jésus-Christ

La guerre des Gaules en Armorique

L'Armorique n'a pas été épargnée par les opérations militaires lors de la guerre des Gaules, de 58 à 52 avant Jésus-Christ. En quelques mois, non sans difficulté, les Romains sont parvenus à soumettre les Gaulois de l'Ouest atlantique, grâce notamment à une bataille navale dont la localisation reste mystérieuse.

En haut, la butte de César, à Arzon, dans la presqu'île de Rhuys. La légende populaire affirme que César se serait installé sur ce tumulus pour observer la bataille navale entre sa flotte et celle des Vénètes.

En 58 avant J.-C., les légions romaines interviennent en Gaule pour arrêter une invasion des Helvètes. Elles sont commandées par un général ambitieux, Jules César. Ce qui ne devait être qu'une opération militaire limitée se transforme en guerre de conquête qui dure six ans. En 57 avant J.-C., les premières troupes romaines apparaissent en Armorique, une vaste portion du littoral atlantique allant de la Gironde à la Seine. La VIIIe légion, commandée par Publius Crassus, traverse la Normandie et l'est de la Bretagne actuelle avant d'aller passer l'hiver dans la tribu des Andes, en Anjou. Les Armoricains semblent avoir peu apprécié cette intrusion. Dans plusieurs tribus, des soldats romains, chargés de se procurer des vivres et du fourrage, sont faits prisonniers. Publius Crassus envoie des ambassadeurs. Ils sont retenus, notamment chez les Vénètes, que César décrit comme le « peuple le plus puissant de toute cette côte maritime ».

Les peuples de la mer

Les Vénètes et les Armoricains ont développé une longue tradition maritime avec de puissants vaisseaux qui parcourent l'océan atlantique et la Manche. Ils contrôlent une partie du commerce avec les îles Britanniques. Il n'est d'ailleurs pas à exclure que l'affrontement entre Romains et Armoricains ait été dicté par des raisons économiques. L'historien et géographe antique Strabon écrit en effet que : « Les Vénètes [...] livrèrent une bataille navale dans le dessein de l'empêcher [César] de passer avec ses navires en Bretagne, cette île leur servant de marché ». Réagissant aux prises d'otages de ses soldats, César décide d'intervenir en 56 avant J.-C. pour soumettre les Armoricains. Il intervient sur trois fronts. Au nord, trois légions combattent les Unelli, les Coriosolites et les Riedones. Au sud, il commande lui-même deux légions pour venir à bout des Vénètes, des Namnètes et sans doute des Osismes. Ces derniers occupaient un vaste territoire couvrant tout l'ouest de l'actuelle Bretagne. Enfin, pour combattre sur mer, César fait construire une flotte de guerre, probablement dans l'estuaire de la Loire. Il en confie le commandement à Decimus Brutus.

Les forteresses gauloises

Les Romains semblent avoir éprouvé de grandes difficultés à assiéger les forteresses gauloises. « Les villes des Vénètes, bâties dans des lieux fortifiés par la nature, étaient inaccessibles : l'océan, qui les baignait presque toutes et dont les eaux montent et s'abaissent tour à tour, en rendait l'attaque impossible pour les troupes de terre et même pour les vaisseaux au moment du reflux ou lorsque les flots vont se briser sur le rivage », écrit Dion Cassius. Lorsque les forteresses étaient sur le point de tomber, les Vénètes les évacuaient par la mer. Les Vénètes ont l'avantage sur mer jusqu'à ce que la flotte construite par César n'entre en action lors d'une grande bataille navale. On ignore sa localisation précise, mais la tradition populaire veut qu'elle ait eu lieu à l'entrée du golfe du Morbihan. Sur la presqu'île de Rhuys, un tumulus est appelé la « butte de César », une légende affirmant que c'est là que le général romain aurait suivi les opérations navales.

En apercevant les frêles navires romains, les Vénètes décident d'attaquer. Jules César écrit que : « Les nôtres, avec leurs éperons, ne pouvaient entamer des masses aussi solides et leur hauteur les mettait à l'abri de nos traits ». Poussés par un vent fort, les Gaulois ont d'abord le dessus et infligent des pertes aux Romains. Decimus Brutus envisage d'abandonner le combat. « Mais, écrit Dion Cassius, le vent tomba tout à coup, les flots se calmèrent, les navires des Barbares, loin d'être poussés avec la même rapidité par les rames, étaient en quelque sorte rendus immobiles par leur pesanteur. » Les Romains se ressaisissent. Leurs navires plus maniables encerclent les vaisseaux gaulois qu'ils incendient ou prennent à l'abordage.

Après plusieurs heures de combat, toute l'escadre gauloise que César estimait à deux cent vingt navires est anéantie. Une partie des guerriers gaulois se suicide ou se jette à l'eau. La bataille terminée, César ne fait preuve d'aucune mansuétude. Il fait mettre à mort les prisonniers de haut rang et vendre les autres comme esclaves. Il ordonne également d'égorger les membres du sénat vénète et fait vendre à l'encan une partie de la noblesse. Les Armoricains paraissent définitivement vaincus. Mais, quelques années plus tard, ils envoient vingt mille hommes à l'armée gauloise qui vient au secours de Vercingétorix à Alésia ; en vain… ■

En haut, casque d'officier romain.

En bas, la bataille des Vénètes représentée par Jeanne Malivel, du mouvement des Seiz Breur.

Les navires vénètes

« Nos vaisseaux étaient légèrement construits et pouvaient naviguer avec célérité […] tandis que ceux des Barbares, que la fréquentation de la marée exposait souvent à sec et qui devaient être en état de supporter le reflux, étaient beaucoup plus grands et beaucoup plus lourds », écrivait Dion Cassius à propos des fameux navires vénètes. Aucun vestige de vaisseau armoricain n'a été mis au jour jusqu'à présent. Nul doute qu'une telle découverte bouleverserait nos connaissances sur la civilisation gauloise. Il est donc difficile de se faire une idée de ces navires. On connaît cependant quelques techniques de construction navale dans le monde celte. La coque était d'abord assemblée avant que d'autres éléments viennent renforcer la structure des vaisseaux. René-Yves Creston estimait leur dimension à 35 mètres de long, 9 de large et un tirant d'eau de 2 mètres. Strabon nous apprend que ces navires étaient construits en chêne et calfatés avec des algues. Ils étaient propulsés par des voiles en cuir et des avirons. Leurs ancres étaient retenues par des chaînes en fer.

50 ans après Jésus-Christ

Corseul la romaine

Aujourd'hui petit bourg paisible du pays de Dinan, Corseul peut se targuer d'un riche passé. Du Ier au IIIe siècle après Jésus-Christ, la cité a en effet été la capitale des Coriosolites, un peuple gaulois dont le territoire s'étendait de la côte jusqu'au centre de la Bretagne.

Le peuple gaulois des Coriosolites apparaît pour la première fois dans l'histoire lors de la guerre des Gaules pendant laquelle il fait partie d'une coalition d'Armoricains menée par les Vénètes et battue en 56 avant J.-C. La conquête romaine modifie le paysage local. S'il semble que les grands propriétaires gaulois conservent leurs terrains, ils en font évoluer la structure. Ils bâtissent ainsi de grandes villas qui sont avant tout des exploitations agricoles. Parfois, elles accueillent aussi des activités industrielles, comme pour l'exploitation de la chaux dans la villa du Quiou, au cœur de la région des Faluns. Ces grands propriétaires ne résident que peu de temps à la campagne. Ils possèdent d'autres habitations dans la cité de leur peuple, une petite « Rome » qui abrite le centre politique et administratif de ces territoires. À l'époque gauloise, le centre politique des Coriosolites était vraisemblablement l'*oppidum* de Montmuran. Les Romains construisent une nouvelle ville quelques kilomètres plus loin: Fanum Martis, l'actuelle Corseul. La fondation semble dater du règne d'Auguste, vers 40 avant J.-C., lorsque le premier empereur romain réorganise les Gaules.

Le quartier de Monterfil

L'intérêt archéologique de Corseul réside dans le fait que la ville gallo-romaine était beaucoup plus vaste que l'actuel village, ce qui rend plus aisée la mise au jour de vestiges. De 1965 à 1971, une maison et des thermes ont été fouillés au Champ-Muron. Puis, dans les années 1980 et 1990, c'est tout un quartier, Monterfil, qui a été mis au jour et étudié. Fanum Martis, dont la population a pu s'élever à cinq mille personnes, s'organisait autour de rues qui se croisaient suivant un plan orthogonal avec des îlots quadrangulaires de tailles variables. Le centre de cet ensemble était le forum, une place où se trouvaient les édifices publics (sanctuaires, thermes…). Dans la partie sud du quartier de Monterfil, de grandes constructions ont été édifiées au sud de la rue principale, peut-être des habitations. L'une d'elles était décorée de mosaïques et d'enduits peints dont le décor correspond au troisième style pompéien, vers 25 de notre ère. Il démontre la pénétration des styles artistiques de l'Italie romaine en Gaule. Probablement vers 40 après J.-C., un long bâtiment est construit au nord. Sa façade méridionale, donnant sur la rue, est bordée de portiques soutenus par des colonnes. Il abritait des commerces et des ateliers d'artisans.

Au fil du temps, le quartier se transforme. De nouveaux bâtiments, à vocation artisanale et commerciale, sont construits au sud de la rue. Ils sont eux aussi bordés de galeries soutenues par des colonnes. Des puits sont aménagés. Vers 200 avant J.-C., une basilique privée (une salle de réunion pour les commerçants et artisans du quartier) est érigée sur la partie sud de l'îlot. D'autres bâtiments évoluent, vraisemblablement au gré des changements de propriétaires.

Le temple de Mars

Fanum Martis – « le temple de Mars » – tire son nom de l'imposant édifice religieux bâti à deux kilomètres du forum. Il s'étendait sur plus d'un hectare, au sommet d'une colline, et sa partie principale, la *cella*, avait une hauteur de 22,5 mètres, ce qui la rendait visible depuis le centre de Corseul. Pour l'archéologue Alain Provost qui a fouillé le site : « C'est un marqueur de territoire, le moyen qu'ont choisi les élites coriosolites pour mettre en valeur leur cité ». Le temple se trouve en effet en surplomb des principales voies romaines convergeant vers la ville. Les voyageurs s'y rendant passaient devant. Construit entre 100 et 120 après J.-C., on y accédait par deux portiques latéraux. Les pèlerins pénétraient alors dans une vaste cour close de murs et de galeries, l'*area sacra*. Au sommet du site se dressait la *cella*, un bâtiment octogonal abritant la statue du dieu tutélaire de la cité, Mars Mullo, mélange de divinités celtiques et latines. La *cella* était précédée d'un *pronaos*, un fronton imposant. « Ce temple a été bâti sur le modèle du temple de la paix, à Rome, construit en 72 après J.-C. », explique l'archéologue.

Les Romains vont construire une nouvelle ville.

La fin de Fanum Martis

Le temple de Mars a été détruit par un incendie volontaire à la fin du IIIe siècle de notre ère. Les vestiges romains du quartier de Monterfil comportent aussi des traces d'incendie de cette période. Elle correspond à une grave crise dans l'ouest de la Gaule, marquée par des révoltes paysannes et des intrusions de Germains. Le quartier de Monterfil, à l'instar du temple, se délabre rapidement. Les matériaux réutilisables sont récupérés et évacués, ne laissant peu à peu que les fondations des bâtiments. Le souvenir de la Corseul romaine s'estompe jusqu'à ce que les archéologues du XXe siècle la fassent à nouveau émerger de terre ; de quoi renouveler notre approche de l'histoire lointaine de la Bretagne. ■

PAGE PRÉCÉDENTE, reconstitution de la rue principale et commerçante du quartier de Monterfil à Corseul.

EN HAUT, l'ancienne *cella* du temple.

EN BAS, un tronçon de l'aqueduc de Carhaix.

Carhaix, capitale des Osismes

Carhaix est également une ville romaine et a été édifiée pour servir de capitale aux Osismes, le peuple occupant l'ouest de la péninsule. À son apogée, au début de notre ère, la ville a pu compter jusqu'à quinze mille habitants. On y trouvait des commerces, des habitations, des temples et des bâtiments publics ainsi que… l'eau courante. Carhaix est en effet l'une des rares cités de l'ouest de la Gaule a être approvisionnée par un aqueduc long d'une vingtaine de kilomètres, l'un des équipements les plus coûteux à construire à l'époque. Les Romains ont ainsi creusé une colline sur plusieurs centaines de mètres pour faire passer l'eau qui arrivait dans la ville par un imposant pont aqueduc. Elle servait ensuite à alimenter les thermes, les habitations et les fontaines publiques.

200

UN LITTORAL APPRÉCIÉ DES ROMAINS

Les côtes d'Armorique conservent les vestiges de plusieurs dizaines de bâtiments romains, construits pour la plupart au Ier siècle après J.-C. et dont beaucoup furent abandonnés à la fin du IIIe siècle. C'est notamment le cas des thermes du Hogolo, en Plestin-les-Grèves, de la villa Mané-Véchen, dans le Morbihan, ou des Plomarc'h, à Douarnenez.

EN HAUT, les thermes romains du Hogolo, en Plestin-les-Grèves, faisaient partie d'un ensemble plus vaste, incluant une importante villa installée en bord de mer.

Si les Gaulois avaient déjà un sens de l'hygiène – ils connaissaient le savon –, l'arrivée des Romains entraîne l'apparition de nouveaux équipements et pratiques avec la construction de thermes. C'est dans ces bâtiments, plus ou moins vastes, que les Gaulois et Romains prenaient désormais le bain selon un programme bien établi : on se dévêtait, puis on se massait avec des huiles dans les vestiaires. Ensuite, on traversait la salle froide (*frigidarium*) vers la salle tiède (*tepidarium*) où l'on se débarrassait de la crasse et des huiles en se frottant avec un strigile (une lame de fer ou de bronze). On passait par la suite dans la partie la plus chaude, le *caldarium*, avec des bassins d'eau très chaude et de la vapeur d'eau. la sudation permettait d'éliminer toutes les impuretés. On revenait ensuite vers le *tepidarium*, puis le *frigidarium* où l'on pouvait profiter de la fraîcheur vivifiante d'un bain froid.

Il y a une volonté ostentatoire évidente dans la configuration des bâtiments.

THERMES PRIVÉS AU HOGOLO

Dans les grandes villes, il existait des thermes publics. Dans la campagne, les grandes villas en étaient pourvues. C'était le cas des villas maritimes d'Armorique comme au Hogolo, en Plestin-les-Grèves, où des thermes – sans doute liés à une résidence située à quelques dizaines de mètres – ont été mis en valeur en 1992. Ils ont été construits au début du Ier siècle avant J.-C. avant d'être remaniés dans les décennies qui ont suivi jusqu'au IIe siècle avant J.-C. Le site a été ensuite transformé en habitation avant d'être démoli vers 300. L'édifice est situé sur une colline dominant la baie de Locquirec. Long d'une quarantaine de mètres, il est bâti suivant un axe nord-sud.

En le visitant, on distingue bien la chaufferie (*prafunium*) qui fonctionnait avec un système en hypocauste. Lors de la construction, les pièces ont été assemblées avec un vide sous le sol et au niveau des cloisons. Un four était situé en contrebas ; lorsque l'on y allumait du feu, la chaleur et la fumée se communiquaient aux sols, puis aux doubles cloisons, avant de s'échapper par les toits. On trouve également de très beaux thermes privés surplombant l'embouchure de l'Odet au Perennou, près de Quimper.

Luxueuse villa en ria d'Étel

À Mané-Véchen, en Plouhinec dans le Morbihan, c'est une villa à part entière que les archéologues ont mise au jour. Elle a été construite à la fin du IIe siècle ou au début du suivant par des propriétaires ayant un statut très puissant. Les décors retrouvés lors de la fouille – des enduits muraux, mais aussi un haut relief représentant Dionysos venant chercher Ariane –, l'architecture de l'ensemble ont convaincu les archéologues que le propriétaire était parfaitement intégré au monde romain et qu'il était de culture gréco-latine. À Mané-Véchen, le propriétaire ne venait qu'à certaines périodes de l'année. Il pouvait recevoir ici ses relations politiques, économiques ou religieuses. Tout était donc fait pour montrer son opulence. Il y a une volonté ostentatoire évidente dans la configuration des bâtiments. Plusieurs de ces édifices étaient peut-être des entrepôts permettant de débarquer et d'entreposer des marchandises.

Un autre indice sur la puissance des propriétaires de Mané-Véchen réside dans la découverte d'une petite salle à l'extrémité de l'une des ailes de la villa. Les maçonneries ont été revêtues d'un enduit en tuileau pour renforcer l'étanchéité. Il s'agissait probablement d'une bibliothèque où l'on a voulu protéger quelque chose de précieux, certainement des livres de compte, ainsi que quelques « classiques » gréco-romains dont il pouvait être de bon ton pour le propriétaire de montrer qu'il les possédait. Cette pièce serait, en tout cas, la plus vieille bibliothèque découverte à ce jour en Bretagne. Les archéologues ont constaté que, vers 240, des travaux sont réalisés à l'économie. La situation est en effet difficile dans tout l'Empire romain. Vers 280, la villa de Mané-Véchen est abandonnée. Dix ou vingt ans plus tard, les lieux sont « squattés » par de nouveaux arrivants. Ceux-ci s'installent dans les bâtiments qu'ils réaménagent, notamment pour les troupeaux qu'ils possèdent. Il y a aussi avec eux des militaires. Ces nouveaux arrivants n'entretiennent pas les lieux qui se dégradent rapidement. Vers 320, ceux-ci sont définitivement abandonnés. ■

En bas, l'établissement de conditionnement de *garum* et d'*alec*, aux Plomarc'h à Douarnenez, était placé sous la protection de trois divinités tutélaires, notamment d'Hercule dont une statue a été retrouvée (visible au Musée départemental breton de Quimper).

La production de condiments de poissons

Durant la période romaine, le sud de la Bretagne et particulièrement la baie de Douarnenez deviennent une zone de production de condiments à base de poisson fermenté. Il peut s'agir de sauce, le *garum* – un produit qui ressemblait à la sauce nuoc-mâm vietnamienne – que l'on trouve encore sur la côte napolitaine ou, plus généralement, d'*alec*, une sorte de pâte. Plusieurs établissements ont été mis au jour, notamment celui des Plomarc'h à Douarnenez, désormais restauré. Débarqué sur la plage en contrebas, le poisson y était préparé, laissé à fermenter, puis conditionné dans de vastes cuves. L'*alec* produit était ensuite exporté, essentiellement vers les troupes romaines sur la frontière germanique. La production s'est développée entre le Ier et le IIIe siècle de notre ère. Elle a vraisemblablement constitué une importante source de revenus pour les Osismes.

Les saints fondateurs

À la fin de l'Antiquité et au début du Moyen Âge, les Bretons traversent la Manche et s'installent dans la péninsule armoricaine à laquelle ils donnent son nouveau nom, la Bretagne. Ils arrivent avec leur clergé, chez lequel on trouve de pieux personnages qui fondent, selon des récits plus ou moins légendaires, les premiers évêchés.

En haut, selon la légende, plusieurs saints bretons auraient traversé la Manche grâce à des vaisseaux de pierres, dont saint Samson vénéré ici dans la cathédrale de Dol-de-Bretagne.

C'est une époque de rupture : au Ve siècle, l'Empire romain d'Occident s'effondre. Des peuples venus d'outre-Rhin s'installent en Europe de l'Ouest, d'autres migrent à l'intérieur même de l'Empire. C'est le cas de Celtes brittoniques qui quittent la Grande-Bretagne en plusieurs vagues pour s'établir en Armorique de la fin de l'Antiquité au début du Moyen Âge. Ces Bretons arrivent avec leurs familles, leur culture, leur langue – dont dérive le breton actuel – et leur clergé.

Les anciens évêchés de Bretagne, supprimés il y a deux siècles, sont toujours des réalités pour nombre de Bretons.

C'est un peu le chemin inverse qu'aurait emprunté Patern dont la mort est située vers 490. Ce Gallo-Romain aurait en effet été se former en Grande-Bretagne, aurait fondé des églises au pays de Galles et converti des rois irlandais avant de revenir dans son pays et dans la vieille cité gauloise des Vénètes. Nommé évêque de Vannes, il y aurait été un conseiller du roi Caradoc. Même s'il est probable que des communautés chrétiennes organisées aient existé depuis longtemps, l'hagiographie affirme qu'il fut le premier évêque de la cité. Son culte se développa rapidement. Paul Aurélien, quant à lui, serait né à la fin du Ve siècle. Il appartenait à l'aristocratie guerrière bretonne. Il se charge de l'évangélisation des Bretons armoricains, une partie de sa famille possédant déjà des terres et des villas dans le nord-ouest de la péninsule. Paul Aurélien serait notamment responsable de la destruction du grand sanctuaire païen d'Ouessant, qui existait depuis l'âge du Bronze, un épisode confirmé tant par les textes que par l'archéologie.

Les évêchés structurent le territoire

Les Bretons se seraient organisés en sept évêchés auxquels s'ajoutent, au IXe siècle, ceux de Nantes et de Rennes conquis sur les Francs. Ces sept premiers évêchés se sont parfois constitués dans de petites agglomérations d'origine gallo-romaine comme à Alet, avec Maclou ou Malo, ou à Quimper dont le premier évêque aurait été Corentin. D'autres saints auraient fondé leur propre établissement, comme Samson à Dol, Brieuc ou Brioc à Saint-Brieuc, Tugdual à Tréguier et Paul Aurélien à Saint-Pol.

L'existence de certains de ces « saints fondateurs » est difficilement attestable historiquement, comme celle de Corentin qui aurait été le premier évêque du Porzay et de Quimper. Il était contemporain du légendaire Gradlon, souverain de la cité d'Ys. Mais toute réalité historique n'est pas non plus à exclure. Une petite agglomération s'était développée dans l'actuel quartier de Locmaria jusqu'au IIIe siècle. Plusieurs sanctuaires gallo-romains occupaient les hauteurs du mont Frugy jusqu'à la fin de l'Antiquité. Pour les archéologues, les premiers évêques chrétiens ont pu occuper ce sanctuaire et en faire leur résidence.

Des ecclésiastiques venus du pays de Galles

En 535, un moine gallois d'origine noble et d'une famille religieuse, Tugdual, fils de sainte Kupaia, s'installe à l'embouchure du Jaudy où il fonde le Val Trécor ou Landreger, la future Tréguier. Il semble qu'ici, l'agglomération gallo-romaine du Yaudet ait été délaissée au profit de la nouvelle petite ville qui se développe autour du monastère. Tudgdual est consacré évêque en 542. En 541, un autre Gallois, Maclou, s'établit sur l'île rocheuse en face de la cité d'Alet. À sa mort, un oratoire est construit, puis, au XIIe siècle, l'évêque d'Alet décide de transférer l'évêché sur cette île qui va devenir Saint-Malo. Vers 580, arrivant cette fois de Cornouailles, britannique, un certain Brioc s'implante sur les hauteurs de la vallée du Gouët où se trouvaient les vestiges d'un temple païen. Il y fonde une église monastère à l'origine de la future ville actuelle de Saint-Brieuc dont la cathédrale épiscopale, au Moyen Âge, a servi de forteresse. Certains de ces « saints » bretons jouent un rôle important dans la politique internationale de l'époque, comme Samson, né dans le Glamorgan gallois et passé par le monastère de Llanilltud Fawr près de Cardiff. Il traverse la Manche et accoste en petite Bretagne. Il s'établit à Dol-de-Bretagne. Il s'entremet entre le roi franc Childebert et le chef breton Judual. En 560, on retrouve Samson au concile de Paris, ce qui permet d'attester de sa réalité historique.

Dès le Moyen Âge se développe un culte lié, non pas à chaque saint, mais aux sept considérés comme les « fondateurs » de la Bretagne et auxquels la tradition populaire prête un grand nombre de miracles intervenus notamment autour des sept tombeaux. Il est vrai que depuis l'Antiquité, le chiffre sept a eu une forte valeur symbolique, principalement dans les traditions judéo-chrétiennes ou celtiques. Il faut également voir, dans la profonde dévotion des Bretons pour leurs saints, une forme de patriotisme – saints parfois reconnus par Rome d'ailleurs et membres d'une église celtique à bien des égards originale. Toujours est-il que leur culte perdure encore. Et les anciens évêchés de Bretagne continuent de structurer la géographie de la péninsule, malgré la création des départements il y a deux siècles. Trégor, Léon, Vannetais ou Cornouaille sont toujours des réalités pour un grand nombre de Bretons. ■

EN HAUT, particularité du haut Moyen Âge breton, saint Jean est représenté avec une tête de cheval (au lieu d'un lion).

EN BAS, statues des sept saints fondateurs dans la chapelle du Kreiz Ker à Saint-Pol-de-Léon. Cette ville était l'ancien siège de l'évêché de Léon, supprimé sous la Révolution.

Le Tro Breizh

Historiquement désigné sous le nom de « Pèlerinage des sept saints » ou *Circuitus Britanniæ*, le Tro Breizh présente la particularité d'être un pèlerinage circulaire, reliant Quimper, Saint-Pol-de-Léon, Tréguier, Saint-Brieuc, Saint-Malo, Dol et Vannes. Ce « tour de Bretagne », long de mille kilomètres, peut s'effectuer par étapes, ou en une seule fois, après un mois de marche. Il est attesté au Moyen Âge et pourrait remonter au moins jusqu'au XIIIe siècle. Depuis 1994, une association de passionnés le fait revivre. Chaque été, pendant une semaine, plusieurs milliers de personnes effectuent une étape entre deux évêchés. Mais toute l'année, des pèlerins et des randonneurs parcourent également le trajet à leur rythme, les chemins du Tro Breizh étant de mieux en mieux balisés. Selon certains folkloristes du XIXe siècle, une légende affirmait que les Bretons qui n'avaient pas effectué leur Tro Breizh étaient condamnés à le faire dans l'au-delà, à raison de la longueur de leur cercueil, une fois tous les sept ans…

Langue bretonne, une longue histoire

Écrite depuis plus d'un millénaire, la langue bretonne est l'un des plus anciens idiomes utilisés en Europe. Aujourd'hui en danger, elle a été la langue principale en basse Bretagne jusqu'au début du xxe siècle, et elle peut se prévaloir d'une longue histoire littéraire.

Même s'il est l'une des plus anciennes langues parlées en Europe, le breton est également une langue exportée des îles Britanniques à la fin de l'Antiquité. De par sa structure, son vocabulaire et sa grammaire, il se classe dans le groupe des langues celtiques, héritières de cette civilisation antique qui s'étendait de l'Atlantique à l'Anatolie. Les spécialistes sont divisés sur la question de savoir s'il a existé une langue celtique originelle ou si, dès l'Antiquité, un certain nombre de dialectes étaient déjà employés. Le breton fait partie du groupe brittonique auquel appartiennent le cornique et le gallois. Un autre groupe, dit « gaélique », regroupe les langues celtiques parlées en Écosse, en Irlande et sur l'île de Man.

Le breton dérive donc du brittonique parlé dans l'île de Bretagne à la fin de l'Empire romain lorsqu'un certain nombre d'habitants décident d'immigrer vers la péninsule armoricaine. Quelle langue parle-t-on alors dans ce qui va devenir la Bretagne ? Il est probable que, dans les villes, le latin se soit imposé. Dans les campagnes, le gaulois était peut-être encore employé. Or, le brittonique ancien et le gaulois partageaient des racines communes. En arrivant, les Bretons ont donc pu trouver des locuteurs armoricains parlant une langue similaire, favorisant ainsi leur intégration.

Le vieux breton

Au début du Moyen Âge, les Bretons continuent à receltiser l'Armorique, de la pointe Bretagne jusqu'à la Vilaine. Ils arrivent avec leurs structures sociales, leur clergé. Peu à peu émerge un nouveau peuple, à l'ouest de l'Europe, dont la langue est le vieux breton. Il s'agit d'un dialecte qui ressemble encore beaucoup au gallois et au cornique. De nombreux « saints » viennent d'ailleurs du pays de Galles pour évangéliser l'Armorique. Au IXe siècle, après avoir commis un meurtre, un chef gallois, Guidnerth, s'exile à Dol-de-Bretagne où l'on parle sa langue et où il peut ainsi expier sa faute.

Si l'on ne possède aucun texte complet (les langues écrites sont alors le latin et le grec), des bribes de textes en vieux breton nous sont toutefois parvenues. Ces fragments sont d'ailleurs plus anciens que les premiers écrits en français. L'un des plus vieux manuscrits conservés remonte au VIIIe siècle. Il est sauvegardé au Pays-Bas à Leyde. Il s'agit d'un traité de médecine qui contient plusieurs dizaines de mots en breton, notamment de plantes. En marge des grands textes religieux en latin, les scribes des monastères bretons nous ont laissé des gloses, de petits commentaires ou des explications rédigés dans leur langue. Une grande partie de la toponymie bretonne actuelle est l'héritière de ce vieux breton, particulièrement les noms de lieux en *bot*, la « résidence », en *ker*, le « camp », *lan*, le « monastère » ou *loc*, « l'ermitage ». Sans oublier les nombreux *plou*, *ploe* ou *ple* désignant une « paroisse ».

Les invasions vikings déstabilisent la Bretagne du haut Moyen Âge. Le breton, jusque-là en extension, connaît ensuite plusieurs phases de recul. Il cesse d'être la langue des élites. Le dernier duc de Bretagne à le parler est Alain Fergent, mort en 1119. La langue bretonne entre alors dans une nouvelle phase historique, celle du moyen breton. La langue s'éloigne du gallois d'outre-Manche pendant plusieurs siècles. Elle nous est parvenue grâce à de nombreux textes, des chansons et surtout des pièces de théâtre.

Dictionnaire trilingue

Le moyen breton nous est d'autant mieux connu qu'il est à l'origine de l'un des plus anciens dictionnaires trilingues du monde, le *Catholicon*. Rédigé par Jehan Lagadeuc en 1464, il a été imprimé en 1499. Il donne les traductions de mots bretons en latin et en français. On notera que, comme en vieux breton, les mutations – c'est-à-dire les marques de genre et de nombre au début du mot – ne sont pas retranscrites dans la langue écrite, ce qui ne veut pas dire qu'elles n'étaient pas utilisées dans le langage parlé.

Les grands textes littéraires et poétiques sont les véritables monuments d'une langue. Le breton se distingue par une pratique de la poésie savante caractérisée par l'emploi de rimes internes et externes dans les vers. On retrouve ce principe en gallois. Cette versification est parfois présente dans les *mystères*, ces textes d'édification religieuse, rédigés dans une langue châtiée et composés de milliers de vers comme la *Vie de sainte None* (XIIe siècle) ou *Jenovefa ar Vrabant*. Le théâtre populaire breton, construit sur une langue savante, a été joué jusqu'au début du XXe siècle. Il a permis de nous faire connaître quelques chefs-d'œuvre littéraires du moyen breton.

À partir du XIXe siècle, la langue bretonne entame une période tourmentée. Combattue par une administration française de plus en plus centralisatrice, elle perd peu à peu toute présence officielle avec l'interdiction de son usage par le clergé au début du XXe siècle et sa marginalisation à l'école. La langue se dialectise en formes locales. L'une des variantes, le breton de Guérande, s'éteint d'ailleurs dans les années 1920. Langue parlée par plus d'un million de personnes en 1900, elle n'est plus employée que par deux cent mille locuteurs au début du XXIe siècle. Parallèlement, dès le XIXe siècle, un mouvement de sauvegarde du breton s'est mis en place. Il a permis une normalisation et une modernisation de la langue ainsi que son retour dans l'enseignement. Mais cela est une autre histoire. ■

Page précédente, fac-similés d'anciens manuscrits du haut Moyen Âge au musée de l'ancienne abbaye de Landévennec.

En bas, la tombe du roi Waroc à Lomarec. L'inscription serait l'une des plus anciennes rédigées en langue bretonne.

Le roi Waroc et la plus vieille inscription en breton

Un autre monument conserve un témoignage émouvant et très ancien de la langue bretonne : la chapelle de Lomarec au sud d'Auray. Situé dans un petit hameau de la commune de Crac'h, cet édifice abrite un curieux sarcophage en pierre, à même le sol, et qui pourrait dater du VIe siècle de note ère. Selon la légende, il s'agirait de la tombe du roi Waroc, le fondateur du pays vannetais. Ami de saint Gildas, il était aussi le père de sainte Triphine, décapitée par son mari, le cruel Konomor. Waroc contrôlait un vaste territoire situé dans les actuels départements du Morbihan et de la Loire-Atlantique. Son sarcophage supposé, à Lomarec, comporte ce qui est considéré comme la plus vieille inscription en breton. On peut y déchiffrer la formule suivante : « *Irha ema in ri* ». Aux bretonnants, cette phrase sonne familièrement et pourrait se transcrire : « *Amañ emañ ur roue* » en breton moderne, soit : « Ici repose un roi » en français. Le mot « *ri* », roi, se retrouve dans de nombreuses langues celtiques sous la forme de « *rix* », notamment en gaulois, dans le nom « Vercingétorix ». Waroc qui mena la vie dure aux Francs, installés récemment dans l'est de la péninsule, aurait été à l'origine de toute une dynastie de chefs et d'évêques bretons.

600

Des Bretons pas très francs ?

Au début du Moyen Âge, l'histoire de l'ouest de la péninsule armoricaine est marquée par l'arrivée de Bretons insulaires qui vont développer des structures originales, apporter leur langue et, au bout du compte, fonder un nouveau pays : la Bretagne.

Comme partout, la question des origines de la Bretagne demeure relativement confuse. Le peu de sources anciennes comme les enjeux idéologiques contemporains n'ont guère aidé à une compréhension sereine des bouleversements qu'a connus la péninsule armoricaine au début du Moyen Âge. Une certaine historiographie bretonne a mis l'accent sur l'arrivée de populations bretonnes insulaires à partir du IVe siècle de notre ère, qui auraient receltisé cette partie de la Gaule et résisté aux Barbares germains vainqueurs des Romains. Une histoire difficilement conciliable avec le récit national français tentant d'atténuer les spécificités historiques des « provinces » françaises et voyant d'un mauvais œil les origines différentes des Bretons par rapport à celles des Français. Comme souvent, la réalité historique mérite d'être nuancée… Si des spécificités existent, la Bretagne des origines s'est aussi insérée dans l'histoire du continent européen, se nourrissant d'influences diverses.

Dans les années 270-280, l'ouest de l'Empire romain connaît une période de troubles marquée par des révoltes antifiscales et les raids de pirates germains sur la Manche. De nombreuses villas rurales sont incendiées, les villes se rétractent et s'entourent de murailles. C'est dans ce contexte qu'au IVe siècle, des militaires d'origine bretonne insulaire auraient été envoyés sur le littoral gaulois pour lutter contre les pirates. L'empereur Constantin aurait lui-même fait appel à des troupes bretonnes pour défendre le continent. À la fin de l'Antiquité et au début du Moyen Âge, des communautés de Bretons s'installent durablement sur le continent, à l'embouchure du Rhin, de la Seine, dans le Calvados et, surtout, à l'ouest de la péninsule armoricaine, région à laquelle ils donnent leur nom. Le volume comme les causes de cette émigration restent méconnus (surpeuplement de certaines régions insulaires, guerres, invasions…).

Nos ancêtres les Gallois

Mais cette arrivée des Bretons insulaires est bien réelle. Elle a pour premier effet l'acclimatation d'une langue celtique d'origine insulaire, le breton, toujours parlée aujourd'hui. Contrairement à certaines idées reçues, le breton n'est pas issu du gaulois, mais vient du brittonique dont descend aussi le gallois qui en reste très proche. Les Bretons donnent également leur nom à l'ouest de l'ancienne Armorique gauloise, puis romaine. Quant aux Gallois, ils la nomment toujours « Lledaw », la Létavie, que l'on pourrait traduire par le « pays des collines ». Les liens entre petite et grande Bretagne restent forts tout au long du Moyen Âge, notamment à travers les grands mythes arthuriens qui passionnent l'Europe à partir du XIIe siècle.

Les textes médiévaux relatent les heurts entre Francs et Bretons, principalement dans les années 630. Le nord de la Bretagne, la Domnonée, est alors gouverné par Judicaël, et les chroniques franques mentionnent le fait que les Bretons ne cessent d'agresser les frontières des Francs. Finalement, Judicaël, qui finit en odeur de sainteté, visite le roi Dagobert, conclut la paix tout en étant horrifié de la licence régnant à la cour franque. Il se lie d'amitié avec le pieux saint Éloi.

D'autres récits et chansons évoquent les razzias des Bretons dans le pays de Nantes, particulièrement celle du roi Waroc dans les vignes du Nantais. Près de deux siècles plus tard, le chroniqueur carolingien, Ermold le Noir, décrit les Bretons comme des sauvages que le roi franc, Louis le Pieux, vient remettre au pas. Mais les jugements d'Ermold méritent d'être nuancés. Si le roi Morvan est tué dans l'affrontement, Louis le Pieux se montre ensuite conciliant avec la noblesse bretonne, comme celle du Poher qu'il rencontre vraisemblablement à Carhaix. Pour mieux s'attirer les bonnes grâces des Bretons, il nomme l'un d'entre eux, Nevenoë, représentant en Bretagne. Nevenoë se montre fidèle jusqu'à la mort de Louis et semble bien introduit à la cour carolingienne, preuve sans doute de l'interpénétration des deux cultures. Nevenoë se révolte cependant contre Charles le Chauve et fonde un royaume de Bretagne qui se développe entre les IXe et Xe siècles. ■

La Bretagne des origines s'est aussi insérée dans l'histoire du continent européen, se nourrissant d'influences diverses.

PAGE PRÉCÉDENTE, dans le petit port de Gwin-Zegal, en Plouha, le mouillage est assuré par des troncs plantés dans le sol, une technique qui remonterait au haut Moyen Âge.

EN BAS, évocation de l'important habitat aristocratique de Brécélien, à Paule.

La résidence aristocratique de Brécélien à Paule

À la fin des années 2000, une vaste opération de prospection et d'inventaire des sites archéologiques a été menée dans le pays de centre ouest Bretagne, permettant de recenser plusieurs centaines de nouveaux sites. Parmi eux, et pour la première fois, des habitats du haut Moyen Âge ont été fouillés, notamment une importante résidence aristocratique à Brécélien, à Paule. Elle est située à quelques centaines de mètres de l'ancienne agglomération, gauloise, et elle est également proche des sources de Saint-Symphorien, le début de l'aqueduc romain de Carhaix. Occupé du VIIIe au IXe siècle, le site était protégé par une vaste enceinte circulaire de terre qui était surmontée d'une palissade. Plusieurs bâtiments domestiques occupaient l'espace intérieur dont la résidence principale de plus de cent mètres carrés au sol. Elle était bâtie en pierre, et les archéologues ont retrouvé des morceaux de verre provenant des fenêtres, ce qui donne une indication sur le statut des occupants ; sans aucun doute l'une des grandes familles du Poher. À quelques dizaines de mètres, une chapelle maçonnée du haut Moyen Âge a également été découverte. La fouille de ce site, mais aussi de plusieurs autres de la même époque, montre des structures d'habitats assez différents de l'est de la Bretagne sous influence franque. Plusieurs forteresses, sur la frontière entre le Vannetais et l'ouest de la péninsule, ont également été retrouvées.

840

La Bretagne des rois

La Bretagne a eu son royaume au Moyen Âge, juste avant l'an mille. D'abord alliés aux Carolingiens, les souverains bretons Nominoë, Érispoë et Salomon ont combattu les Francs avant de repousser les frontières de leur principauté vers l'Anjou et le Cotentin.

En haut, statue de Nominoë (Nevenoë en breton), chef des Bretons, à Bain-sur-Oust, près du lieu de la bataille de Ballon en 845. Les historiens bretons du XIXe siècle en ont fait une sorte de « père de la patrie » en raison de sa victoire sur les Francs.

Au début du IXe siècle, l'empereur Louis le Pieux tente d'imposer sa domination sur la péninsule. Il combat et vainc Morvan, roi des Bretons de Cornouaille. En 818, probablement à Carhaix – l'antique Vorgium –, l'empereur obtient la soumission des chefs bretons et ordonne l'alignement de l'église locale – alors de rite « scotique » – sur les règles du continent. Mais pour obtenir une soumission durable, l'empereur carolingien comprend néanmoins que les Bretons accepteront plus facilement l'un des leurs comme dirigeant. Il nomme donc, en 832, un certain Nominoë en tant que représentant impérial – son *missus dominicus* – dans la péninsule armoricaine. Ce dernier reste fidèle jusqu'à la mort, en 840, du fils de Charlemagne. L'Empire est ensuite partagé entre les trois fils de Louis, dont Charles le Chauve qui obtient la Francie occidentale, ce qui provoque un certain nombre de révoltes.

Les batailles contre les Francs

Avec l'aide des comtes de Nantes, des aristocrates francs de la dynastie des Lamberts, Nominoë se rebelle rapidement contre Charles le Chauve. Il le bat lors de la bataille de Ballon, en 845, sur un terrain marécageux des environs de Redon où, selon les *Annales de Saint-Bertin*, « Charles ayant imprudemment attaqué la Bretagne de Gaule avec des forces limitées, les siens lâchent pied par un renversement de fortune ». D'après les *Premières Annales de Fontenelle*: « Les Francs, étant entrés en Bretagne, engagèrent le combat avec les Bretons, le 22 novembre, aidés par la difficulté des lieux et les terrains marécageux, les Bretons se révélèrent les meilleurs. »

Cette bataille de Ballon n'a visiblement été qu'une escarmouche, la bataille de Jengland-Beslé, remportée par le fils de Nominoë, Érispoë, en 851, s'avérant beaucoup plus décisive pour la pérennité de l'indépendance bretonne. Néanmoins, Ballon a été retenu par un certain nombre d'historiens contemporains pour exalter cette souveraineté bretonne obtenue au Moyen Âge. Comment les Bretons ont-ils pu mettre en échec à plusieurs reprises la puissante armée carolingienne qui, quelques décennies plus tôt, avait unifié une bonne partie de l'Europe sous le glaive de Charlemagne ? Utilisant les ressources du terrain, entraînant leurs ennemis dans des zones de marais, les Bretons les ont épuisés par des manœuvres de cavalerie et en les harcelant de javelots, avant de fondre sur eux et de les anéantir. Grâce au sens stratégique de ses chefs, en quelques années, la Bretagne de Nominoë – mort en 851 lors d'une expédition militaire à Vendôme – s'impose comme un acteur politique majeur dans l'ouest de la Gaule. Quelques mois après sa mort, en septembre 851, est signé le traité d'Angers. Charles le Chauve reconnaît la royauté d'Érispoë et lui concède les comtés de Rennes, de Nantes et le pays de Retz, les actuelles frontières de la Bretagne historique.

Comment les Bretons ont-ils pu mettre en échec à plusieurs reprises la puissante armée carolingienne ?

Reprise en main religieuse

Après avoir défait les Francs, Nominoë et ses successeurs s'efforcent d'asseoir leur pouvoir, tant militaire que civil. Or, ce dernier passe à l'époque par le développement des institutions religieuses. C'est sous Nominoë que se développe la puissante abbaye de Redon, fondée en 832, et qui devient le grand centre intellectuel du royaume breton. Après avoir exilé nombre d'évêques « francs », Nominoë a créé, en 848, un archevêché, à Dol-de-Bretagne, qu'il érige en métropole pour faire pendant à celle de Tours, trop inféodée à son goût au pouvoir franc. Le « schisme breton » dure jusqu'au milieu du XIe siècle, mais malgré les tentatives des souverains bretons, Rome finit par donner raison à l'archevêché de Tours.

Guerre civile et Vikings

Pour leurs campagnes militaires, Nominoë et Érispoë pouvaient s'appuyer sur une noblesse guerrière nombreuse. Ils recrutaient également dans leur propre famille. C'est ainsi que le cousin d'Érispoë, Salomon – dont le patronyme d'origine biblique a donné le nom de famille Salaün, très courant aujourd'hui en Bretagne – obtient, en 852, le gouvernement du tiers de la Bretagne. Peut-être inquiet d'un possible rapprochement entre Érispoë et le roi des Francs, Salomon prend le pouvoir en 857. Après avoir assassiné Érispoë, il règne une quinzaine d'années. Il augmente considérablement le royaume de Bretagne en obtenant une partie du Maine en 863, puis le Cotentin, l'Avranchin et les îles Anglo-Normandes en 867.

Retiré au monastère de La Martyre, dans le Léon, pour y expier le meurtre de son cousin Érispoë, il est assassiné par son gendre Pascweten et celui d'Érispoë, Gurvant. Ces derniers s'entre-déchirent ensuite dans une guerre civile qui fragilise la Bretagne, pourtant soumise à un grave péril : les raids des Vikings qui se multiplient au IXe siècle. En 890, un nouveau souverain, Alain le Grand, parvient à restaurer une certaine autorité dans la péninsule. Après sa mort, la Bretagne sombre dans le chaos, et les Normands s'installent à Nantes et sur le littoral nord. Il faut attendre 937 pour voir un descendant des rois bretons, Alain Barbe-Torte, chasser les Scandinaves de la péninsule. Mais ce dernier, comme ses successeurs, porte seulement le titre de duc de Bretagne. ■

En haut, représentation de Louis le Pieux, empereur carolingien venu soumettre les Bretons du roi Morvan.

843

Fureur Viking contre Nantes

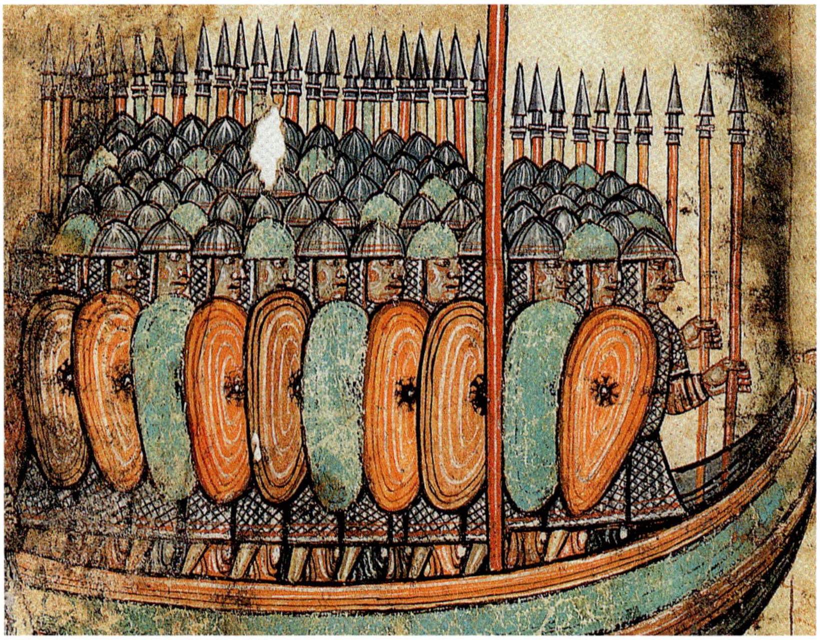

Jusque-là cantonnées aux îles Britanniques, les attaques vikings prennent une autre dimension avec la prise de Nantes et le massacre de ses habitants en 843. L'Occident est alors frappé par la fureur des hommes du Nord.

En haut, représentation médiévale de l'attaque scandinave contre Nantes. Un massacre qui a marqué l'Europe.

En ce 24 juin 843, la population nantaise s'apprête à célébrer la Saint-Jean. De nombreux habitants des campagnes environnantes se sont rendus dans la cité pour participer aux marchés et aux cérémonies religieuses. Ils ont été rejoints par des réfugiés de villages de l'estuaire de la Loire où a été signalée une importante flotte de drakkars scandinaves. Mais les Nantais ont confiance dans les murailles qui ceinturent la ville depuis l'époque romaine. De plus, si les Scandinaves ont déjà accosté sur les rivages armoricains, ils se sont contentés de piller des villages de pêcheurs, jamais d'attaquer une ville importante. Aussi, lorsque les Vikings remontent la Loire dans la matinée, ils trouvent les portes closes. Mais ils s'aperçoivent que l'enceinte n'est pas gardée ! Les Nantais sont si préoccupés par les cérémonies religieuses que personne n'a été désigné pour surveiller les murailles !

Massacre en règle

Les guerriers scandinaves en profitent et rentrent en force dans la cité. Il s'ensuit une fuite éperdue vers la cathédrale où l'évêque célèbre la messe. Les Nantais tentent de barricader l'édifice religieux, mais c'est peine perdue. Il en découle un terrible massacre, l'évêque Gunhard est égorgé sur l'autel après avoir lancé : « *Sursum corda !* haut les cœurs ! » Son martyr frappe les imaginations, les protections divines ne semblant guère efficaces contre la fureur de ces marins scandinaves que l'Occident va devoir affronter pendant plus d'un siècle. Nantes est pillée pendant plusieurs jours, les habitants rescapés sont emmenés en esclavage tandis que les Vikings se replient sur Noirmoutier après avoir également ravagé le pays de Retz.

Le sac de Nantes frappe de stupeur l'Occident, et les chroniqueurs s'en font les rapporteurs. Jusque-là, les « Normands » s'étaient surtout attaqués aux îles Britanniques. Désormais, ils ravagent régulièrement l'Europe, poussant parfois jusqu'en Méditerranée. Les Nantais n'en ont pas fini : dix ans plus tard, une nouvelle flotte viking s'empare de la ville, et les habitants sont à nouveau emmenés en esclavage. En 857, la ville est d'ailleurs décrite comme un « désert humain ».

Abbayes dévastées, nobles en exil

Le reste de la Bretagne doit également faire face à la menace scandinave. Après avoir perdu trois batailles, en 847, Nominoë préfère leur verser un tribut. Ce qui ne fait pas cesser les attaques. En 850, le comte et l'évêque de Vannes sont faits prisonniers et doivent payer une rançon. En 854, selon les chroniques, seul un miracle (une violente tempête) sauve le monastère de Redon. Après la mort de son dernier souverain, Alain le Grand, qui avait combattu énergiquement les hommes du Nord, le royaume breton se délite dans les premières années du Xe siècle. Comme autour de Rouen, et de la future Normandie, les Scandinaves s'établissent près de Nantes. Ils fortifient l'île de Biësse sur la Loire. En 927, Hugues, roi des Francs, leur concède d'ailleurs le pays nantais. D'autres colonies sont établies sur le littoral nord et sud de la Bretagne.

En 913, la grande abbaye de Landévennec, défendue par une muraille, est attaquée par deux flottes et plusieurs centaines de Vikings. Le sanctuaire est pris et ravagé par un violent incendie. Les élites bretonnes fuient alors le pays. Les moines de Landévenec s'installent ainsi à Montreuil-sur-Mer, en Picardie, avant de se réfugier en Angleterre où séjournent déjà plusieurs nobles bretons. Parmi eux se trouve Alain Barbe-Torte, un jeune chef, petit-fils du roi Alain le Grand, qui organise la résistance bretonne.

> L'évêque Gunhard est égorgé après avoir lancé : « *Sursum corda* ! Haut les cœurs ! »

La réaction bretonne

En 931, une première révolte éclate en Cornouaille où les Scandinaves sont massacrés. Mais, les Normands de la Seine et de Nantes s'allient pour écraser les Bretons. Alain Barbe-Torte débarque à nouveau en Bretagne en 936. Il vainc un parti de Scandinaves dans la région de Dol, puis se rend dans les environs de Saint-Brieuc où il assiège victorieusement une forteresse qui pourrait être le camp de Péran. Après avoir chassé les Normands du Trégor, il marche sur Nantes, dont il expulse les Vikings. Il est proclamé duc de Bretagne dans une ville alors en ruine qu'il se charge de relever. Après sa victoire, quelques attaques sont encore à signaler – le dernier raid de Scandinaves ayant lieu à Dol en 996 –, mais rien de comparable à la période précédente, durant ce « siècle viking », entre la moitié du IXe siècle et celle du Xe siècle, lorsque la Bretagne avait failli disparaître. ■

En haut, épée viking retrouvée dans la Loire, à Nantes. La ville a longtemps été occupée par les Scandinaves.

En bas, près de Saint-Brieuc, la construction du camp de Péran est attribuée aux Vikings. Une partie du rempart est toujours visible. La muraille comportait des traces d'incendie.

Le camp de Péran

Difficile de retrouver les traces des Vikings en Bretagne. Leur camp retranché aux abords de la ville de Nantes a disparu depuis longtemps, mais le musée Dobrée présente des armes scandinaves retrouvées dans la Loire. Dans l'estuaire de la Rance, à Saint-Suliac, on peut voir la forme rectangulaire d'un retranchement de terre et de pierres dans l'anse de Vigneux. Il est immergé à marée haute et serait un ancien camp viking, même si aucune fouille archéologique n'est venue conforter cette hypothèse. La présence scandinave est plus probante au camp de Péran, situé à une dizaine de kilomètres au sud de Saint-Brieuc dans la commune de Plédran. On peut visiter ce site d'un hectare, de forme ovale, et fouillé dans les années 1980. Plusieurs objets mis au jour se rattachent à la culture nordique. Les archéologues ont également trouvé une pièce de monnaie du Xe siècle, frappée à York, en Angleterre, qui était alors sous domination scandinave. Mais il peut s'agir du fruit d'un échange commercial. Occupé au Xe siècle, le camp de Péran était défendu par un rempart maçonné, dont les pierres ont été vitrifiées suite à un violent incendie, sans doute un siège au cours duquel la forteresse a été détruite et abandonnée. Enfin, seule une tombe scandinave a été formellement identifiée et fouillée sur l'île de Groix.

1066

Les Bretons en Angleterre

En 1066, nombreux sont les Bretons qui s'engagent dans l'armée de Guillaume le Conquérant, parti conquérir l'Angleterre. Dans le sillage des Normands, des nobles bretons s'emparent de vastes domaines, certaines familles connaissant des destins remarquables outre-Manche.

En haut, enluminure médiévale représentant Guillaume le Conquérant remettant l'honneur de Richmond à Alain Le Roux, frère du comte Étienne de Guingamp.

En 1066, Guillaume, duc de Normandie, débarque sur la côte anglaise pour y faire valoir ses droits au trône et combattre Harold, prince saxon, qu'il a lui-même fait chevalier. Son armée compte de nombreux Bretons, près d'un tiers selon certaines sources de l'époque. Dans sa description de la bataille d'Hastings, Guillaume de Poitiers indique ainsi que l'aile gauche de Guillaume comprenait les fantassins et cavaliers bretons. La présence massive de Bretons est facilement explicable par leur proximité géographique avec la Normandie et parce que Guillaume voyait un moyen simple d'éloigner de ses frontières normandes des combattants turbulents qui l'avaient parfois mis en difficulté. On l'a d'ailleurs accusé d'avoir empoisonné, cette même année 1066, Conan II, duc de Bretagne, un rival sérieux et dangereux.

Après sa victoire sur les Saxons, Guillaume devenu « le Conquérant » s'attribue, ainsi qu'à sa famille et à l'Église, près de 50 % des terres confisquées en Angleterre. Il distribue le reste aux nobles qui l'ont accompagné. Au cours du XIIe siècle, une grosse quinzaine de baronnies anglaises était donc aux mains de familles bretonnes, soit autour de 6 % de cette classe. En 1166, les Bretons auraient été à la tête de 250 fiefs, soit 5 % du total. C'est à peu près l'équivalent de ce que Guillaume avait laissé aux Saxons et aux Anglais de souche. Selon l'historien Michael Jones, la majorité des chevaliers bretons à s'installer en Angleterre étaient issus de la petite ou de la moyenne aristocratie. Ils semblent en majorité provenir du nord-est de la Bretagne, d'un triangle englobant Lamballe-Rennes-Fougères.

La majorité des chevaliers bretons à s'installer en Angleterre étaient issus de la petite ou de la moyenne aristocratie.

De grandes familles anglo-bretonnes

Parmi les Bretons arrivés avec Guillaume le Conquérant, une famille bretonne tire, dans un premier temps, très bien son épingle du jeu. Il s'agit des « Eudonides » les fils d'Eudes, frère d'Alain III duc de Bretagne. Parmi eux, Briant se voit rapidement confier le comté de Cornouailles au sud-ouest de l'île. Son frère, Alain le Roux, obtient le puissant fief

de Richmond. Chez les principaux aventuriers qui se taillent de beaux fiefs après la conquête, citons Raoul de Gaël, Geoffroy de La Guerche et Juhel de Totnes, sans compter les innombrables anonymes qui font fortune avec la conquête ou en se faisant mercenaires, dans les années qui suivent, pour les nouveaux souverains anglo-normands.

Ces Bretons ne tardent pas à être assimilés dans le grand empire anglo-angevin, alors en formation sous la férule des Plantagenêts, puis dans la nouvelle société britannique qu'ils ont contribué à fonder. L'historien Michael Jones relève cependant que des liens très solides semblent avoir perduré entre les familles anglo-bretonnes. Ainsi, lorsque le dernier lord Dinham (héritier de la famille de Dinan) meurt en 1501, deux de ses quatre sœurs se marient avec des héritiers de familles bretonnes, les FitzWaryn et les de la Zouche. Pendant plusieurs générations, on continue à donner des noms bretons dans les familles nobles originaires de la péninsule. Dans le fief de Richmond, les Harscouët, Rualent, Gurwant, Guihomar sont nombreux au XIIe siècle. Sans oublier les nombreux Brito, désignant vraisemblablement des personnes d'origine bretonne et que l'on retrouve un peu partout dans l'Angleterre de l'époque.

Les échanges valent aussi dans le domaine religieux. Il semble ainsi que la fondation de l'abbaye cistercienne de Kirkstead, dans le Lincolnshire, soit le fait de Bretons.

Parallèlement, bien des familles anglo-bretonnes possèdent longtemps des terres des deux côtés de la Manche, notamment sous le règne du roi d'Angleterre, Henri II Plantagenêt, fondateur d'un puissant empire transmaritime. Ce grand roi anglais, qui avait mis la Bretagne sous sa tutelle, put briser bien des velléités d'indépendance des grandes familles bretonnes en menaçant de leur confisquer leurs riches domaines outre-Manche. ■

En haut, les Stuarts d'Écosse descendent d'un certain Alan, aristocrate originaire de Dol-de-Bretagne. Au XVIe siècle, la reine d'Écosse, Marie Stuart, a fait escale à Roscoff avant de rejoindre son futur époux, le Dauphin François.

En bas, le donjon de Richmond, en Angleterre, a été construit par le duc de Bretagne, Conan IV.

L'honneur de Richmond

Troisième plus important fief d'Angleterre au moment de la conquête, l'honneur de Richmond est donné à un Breton, Alan Rufus, de la puissante famille des Eudonides. Par héritage, il passe ensuite dans les mains de son frère, le comte Étienne de Guingamp, qui contrôlait une partie du nord de la Bretagne. L'un des premiers châteaux en pierre d'Angleterre y est édifié, et plusieurs Bretons viennent s'installer dans la nouvelle ville créée pour protéger la frontière écossaise. À partir du XIIIe siècle, Richmond passe dans la famille ducale bretonne avec Conan IV qui bâtit l'imposant donjon toujours visible. Grâce à Richmond et aux revenus importants qu'il générait, les rois d'Angleterre disposent d'un moyen de pression important sur les ducs de Bretagne. Richmond est ainsi régulièrement confisqué ou restitué au gré des aléas de la politique internationale.

1084

Alain Fergent, duc de Bretagne

À la charnière des XIe et XIIe siècles, le règne du duc Alain IV Fergent est marqué par un renforcement de l'autorité ducale et par un rapprochement entre basse et haute Bretagne. Ce grand aristocrate européen meurt dans un monastère de Redon après une vie tumultueuse.

En haut, l'abbaye de Sainte-Croix de Quimperlé. Elle a été fondée en 1029 par saint Gunthiern suite à une donation du comte de Cornouaille Alain Canhiart, grand-père d'Alain Fergent.

En bas, sceau d'Alain Fergent.

L'année 1066 est marquée par la conquête de l'Angleterre par le duc de Normandie, Guillaume le Conquérant. En Bretagne, elle correspond aussi à une rupture importante avec l'arrivée d'une nouvelle dynastie ducale, venant de l'ouest de la péninsule: la maison de Cornouaille. Cette année-là, le duc Conan II décède après s'être opposé aux Normands. Il est remplacé par Hoël de Cornouaille. Ce dernier contribue à unifier le duché, tentant de rapprocher les deux parties orientales et occidentales de la péninsule et profitant du départ de nombreux nobles bretons, parmi les plus turbulents, en Angleterre.

Dernier duc bretonnant

Hoël est marié à Havoise de Rennes, sœur de Conan II. En 1060, elle accouche d'un fils, Alain, né au château de Châteaulin. Il a 24 ans lorsqu'il devient duc, sous le nom d'Alain IV. Rapidement, il est désigné par son surnom, Fergent qui signifierait « le grand brave ». Un pseudonyme qui s'apparenterait au gaélique « Fergus », fréquent en Écosse. Né en Cornouaille, Alain Fergent est aussi le dernier duc à avoir couramment parlé breton. Dès le début de son règne, Alain Fergent fait face à de vives oppositions de la part des puissantes familles qui se partagent la Bretagne. Voulant se faire reconnaître à Rennes, il se heurte à une ville close, puissamment défendue par Geoffroy Grenonat, le demi-frère de sa mère. Fergent met le siège et emporte la cité. Il fait enfermer son oncle à Quimper où il décède quelques mois plus tard. Alain Fergent récupère et annexe alors le comté de Rennes au domaine ducal. Dans le même temps, il envoie son frère Mathias s'occuper de Nantes.

À la mort de ce dernier, en 1103, le comté de Nantes rejoint à son tour le domaine ducal.

Entre Normandie et Anjou

Mais en 1085-1086, Alain Fergent doit faire face à une menace autrement plus sérieuse. Guillaume le Conquérant entre en Bretagne et ravage le nord-est. Il met le siège devant Dol, mais l'arrivée d'Alain Fergent à la tête d'une puissante armée le force à fuir, abandonnant un important trésor. L'année suivante, Guillaume et Alain se réconcilient, et Fergent épouse Constance de Normandie. Cette dernière décède en 1090 sans lui avoir donné de descendance.

Pour asseoir son autorité, Alain Fergent doit encore faire face à une insurrection de Geoffroy Bothorel, issu de la famille des Eudonides, qui contrôle alors le Trégor et le Penthièvre. Après avoir brisé les révoltes de la noblesse et fait la paix avec la Normandie, Alain Fergent éloigne une nouvelle menace. Il s'allie avec un autre puissant voisin, le conte d'Anjou, Foulques le Réchin, en se mariant avec sa fille Ermengarde. Désormais et pendant plusieurs années, la Bretagne connaît une période de stabilité. Alain Fergent séjourne fréquemment dans ses domaines de basse Bretagne, notamment ses châteaux d'Auray ou de Carnoët. Il dote richement plusieurs abbayes liées à la maison de Cornouaille dont Landévennec et surtout Sainte-Croix de Quimperlé.

En 1096, au Puy-en-Velay, le pape Urbain II appelle à la croisade. Comme la plupart des grands aristocrates de l'époque, Alain Fergent y répond et lève un fort contingent. À son retour, il entreprend le développement de nouvelles abbayes, principalement dans le pays nantais. Ce qui ne l'empêche pas de batailler à nouveau hors de ses frontières. En 1106, il aide militairement le roi d'Angleterre Henri Ier dans la guerre civile qui l'oppose à son frère Robert. Il marie son fils Conan à la fille d'Henri, Mathilde, renforçant ainsi les liens entre l'Angleterre et la Bretagne. Alain Fergent a d'ailleurs eu un fils naturel d'une maîtresse inconnue, Brian FitzCount, qui joua un rôle important en Angleterre.

Malade, Alain Fergent se retire des affaires publiques au profit de son fils Conan III. Ce dernier est nommé duc en 1115. Alain Fergent intègre alors l'abbaye Saint-Sauveur de Redon où il décède en 1119. Il y est enterré en grande pompe, entouré des évêques et des comtes venus de toute la Bretagne. ■

L'étonnant destin de la duchesse Ermengarde

On a tendance à imaginer le Moyen Âge comme une époque obscure et violente. Mais dans cet univers très masculin, des figures féminines émergent parfois, à l'instar d'Ermengarde d'Anjou, femme d'Alain Fergent. Elle naît en 1072 au château d'Angers. La ville est alors l'un des grands foyers intellectuels de la France de l'Ouest et, encouragée par son père Foulques le Réchin, Ermengarde bénéficie d'une bonne instruction. Réputée savante, elle est d'abord mariée à Guillaume IX d'Aquitaine, grand poète de langue d'Oc et paillard invétéré. Le mariage est finalement annulé, et, en 1093, Ermengarde épouse Alain Fergent à qui elle donne trois enfants. Lorsque ce dernier part cinq ans en croisade, elle gouverne le duché sous les conseils de l'évêque Marbode, un intellectuel d'origine angevine. Les retrouvailles après le retour de son mari de Terre sainte semblent difficiles. En 1106, Ermengarde commet un acte assez inouï pour l'époque. Elle quitte son mari, ses enfants et son duché pour rejoindre l'abbaye de Fontevraud dans le Saumurois. L'établissement est dirigé par un curieux prédicateur, originaire de haute Bretagne, Robert d'Arbrissel. Ce dernier prêche pour l'égalité entre hommes et femmes, et son monastère est d'ailleurs mixte. Ermengarde demande le divorce, qui est refusé par le Saint-Siège. Elle revient en Bretagne en 1108, mais fait encore quelques séjours à Fontevraud jusqu'à la mort de Robert d'Arbrissel. « Duchesse mère », elle conseille son fils Conan III après le retrait d'Alain Fergent. En 1120, elle part en pèlerinage en Palestine avec son frère Foulques V d'Anjou, futur roi de Jérusalem. Elle commence alors une correspondance avec Bernard de Clairvaux qui devient son directeur de conscience. Elle fait un second séjour, à plus de 60 ans, en Palestine avant de repartir, fatiguée des intrigues entre croisés. Comme de nombreux Bretons, elle fréquente cependant l'église Sainte-Anne de Jérusalem, restée l'un des joyaux de l'art roman en Terre sainte. En Bretagne, Ermengarde favorise l'implantation des cisterciens, l'ordre fondé par Bernard de Clairvaux, notamment à Buzay en Loire-Atlantique et à Langonnet, en centre Bretagne. Elle s'éteint le 1er juin 1147, à près de 80 ans, et est enterrée au côté de son époux, Alain Fergent, dans l'abbaye Saint-Sauveur de Redon.

1104

La famille de Rohan se taille un fief

Il est rare qu'une famille marque autant l'histoire d'un pays, et pendant une période aussi longue, que l'ont fait les Rohan en Bretagne. Apparue au XIIe siècle, elle a pesé dans les destinées du duché au Moyen Âge. Puis ses membres se sont distingués dans l'histoire de France et d'Europe.

Rohan est d'abord une petite hauteur dominant l'actuel canal de Nantes à Brest en centre Bretagne. Elle abrite les ruines d'un puissant château fort, et la ville, qui s'est développée en contrebas, a donné son nom à l'une des grandes familles de l'histoire de Bretagne. En 1104, le lieu dépendait encore de la paroisse de Saint-Gouniry lorsque Alain, un jeune cadet de la famille de Porhoët, le reçoit en fief et y construit probablement une motte – une forteresse de bois et de terre. Le jeune noble est issu d'un lignage puissant et prestigieux : son grand-père, Guethenoc, avait participé à la conquête de l'Angleterre aux côtés de Guillaume le Conquérant. Son père, Eudon Ier de Porhoët, s'était taillé un important fief en Bretagne centrale.

Alain est le premier à porter le titre de vicomte, les Rohan obtenant ensuite le titre de duc au XVIe siècle. Leurs armes sont composées « de gueules à sept macles d'or, posées 3-3-1 (armes anciennes) variante de gueules à neuf macles d'or, posées 3-3-3 (armes modernes) ». Durant le Moyen Âge, les Rohan se constituent une véritable principauté, protégée par de puissants châteaux : Rohan, Josselin, La Cheze, Pontivy... Au XIVe siècle, ils deviennent vicomtes de Léon. Ils possèdent également des terres dans le Trégor et en Cornouaille.

« Duc je ne daigne, Roi je ne puis, Prince de Bretaigne, de Rohan suis. »

Aucun duc de Bretagne

La devise courante des Rohan était « A plus », mais on leur en prête une autre : « Duc je ne daigne, Roi je ne puis, Prince de Bretaigne, de Rohan suis ». Elle illustre leur poids dans l'histoire de la péninsule, comme leur échec à devenir duc de Bretagne. On trouve ainsi des Rohan aux côtés de Charles de Blois lors de la guerre de Succession de Bretagne au milieu du XIVe siècle, puis dans l'entourage des ducs de la maison de Montfort au siècle suivant.

Mais le cas le plus étonnant reste sans doute celui de Jean II de Rohan, né en 1452 et mort en 1516. Il était l'époux de Marie de Bretagne, fille du duc François Ier, ce qui le plaçait en bonne position pour hériter du duché après les brefs règnes de Pierre II et d'Arthur de Richmont. Mais c'est un lointain membre de la famille des Montforts, François d'Estampes, qui monte sur le trône ducal. Jean II s'oppose d'ailleurs souvent au nouveau duc et ne le soutient pas lorsque le roi de France envahit la Bretagne en 1488. Néanmoins, son fils, qu'il rêvait

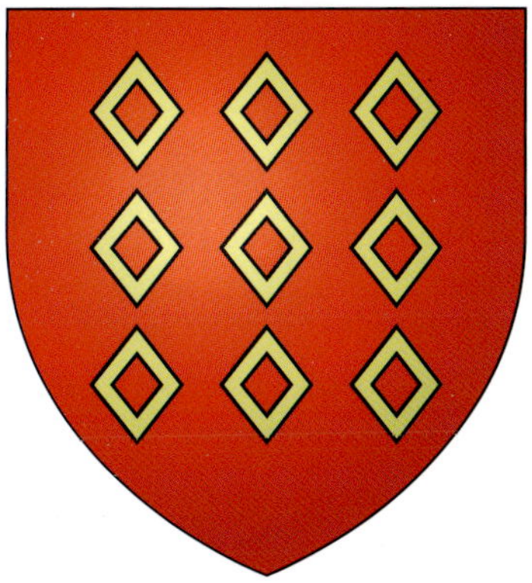

de voir épouser Anne de Bretagne, meurt dans les rangs de l'armée bretonne à la bataille de Saint-Aubin-du-Cormier. Par la suite, Jean II s'efforce, en vain, de faire valoir ses droits au duché et d'empêcher l'annexion de la Bretagne à la France.

Au XVIe siècle, nombre de Rohan se distinguent également en devenant protestants, ce qui en fait les champions de la religion réformée en Bretagne. Henri II de Rohan est ainsi l'un des fidèles du futur roi Henri IV et le chef de file du protestantisme après l'assassinat du roi béarnais.

Une famille européenne

Si l'on compte au Moyen Âge des évêques de Saint-Malo et de Vannes, issus de la famille de Rohan, c'est au XVIIe siècle que les Rohan obtiennent une certaine consécration en donnant plusieurs évêques à la ville de Strasbourg, une charge qui leur permet d'accéder au rang de prince d'Empire. En effet, depuis le XVIe siècle, les Rohan s'évertuent à se faire reconnaître comme princes à la cour de France, mettant en avant leur parenté avec les anciens rois de Bretagne – en n'hésitant d'ailleurs pas à fabriquer de faux historiques pour cela – et en multipliant les charges et les honneurs. À noter que la famille bretonne a donné l'un de ses plus beaux édifices à la capitale alsacienne, le palais Rohan.

Le plus célèbre de ces ecclésiastiques est incontestablement Louis-René-Édouard de Rohan-Guéméné (1734-1803), prince de Rohan et cardinal de Strasbourg, qui se retrouva au cœur de la fameuse affaire du collier de la reine, ce qui lui valut un séjour à la Bastille.

Une bonne partie de la famille émigre lors de la Révolution française et s'installe en Europe de l'Est. C'est à elle que l'on doit les palais Rohan à Prague et à Vienne ainsi que l'étonnant château de Syrchov en Bohême. Ce château fort, remanié au XIXe siècle, est truffé d'hermines et de blasons des Rohan. La famille de Rohan peut se prévaloir de personnages qui ont marqué l'histoire de Bretagne, mais aussi de l'Europe. Elle est cependant restée profondément attachée à la Bretagne, et le vieux château de Josselin demeure dans son giron. Entre 1998 et 2004, c'est un lointain descendant d'Alain Ier, Josselin de Rohan, que les urnes ont, cette fois, placé à la tête de la Bretagne. ■

Page précédente, l'imposant château de Josselin appartient toujours à la famille de Rohan. Il a perdu son donjon, une énorme tour qui dominait autrefois l'actuelle forteresse.

En haut, l'actuel blason de la famille de Rohan comporte neuf macles (à l'origine, les vicomtes de Rohan en avaient sept avant d'en ajouter deux au XVIe siècle). Ces macles seraient inspirées des grands cristaux de chiastolite que l'on retrouve fréquemment dans les schistes de Bretagne centrale où se situe leur fief.

En bas, l'abbaye de Bon-Repos a servi de nécropole aux premiers vicomtes de Rohan. Elle a été incendiée pendant la Révolution. Une partie en a été restaurée.

L'abbaye de Bon-Repos

En 1184, quatre cisterciens venus de Boquen s'établissent sur les bords du Blavet, invités par Alain III de Rohan qui, lors d'une partie de chasse au cerf, a eu une vision. Alors qu'il se reposait, il a vu une puissante abbaye se développer dans ce vallon du centre Bretagne. Alain et son épouse se montrent très généreux avec le nouvel établissement religieux, le dotant de nombreuses terres. Ils décident d'en faire la nécropole de la famille. Jusqu'au XVIIe siècle, les obsèques de la famille de Rohan sont l'occasion de grandes cérémonies et de rassemblements populaires. Protégés par les Rohan, les cisterciens défrichent de nombreuses terres alentour et développent les techniques agricoles. On leur attribue ainsi le cheval de Corlay, obtenu par différents croisements. L'abbaye devient une puissance temporelle, et les abbés construisent de magnifiques bâtiments à l'époque classique. L'abbaye est brûlée par des chouans lors de la Révolution. En ruines, elle fait aujourd'hui l'objet d'un programme de restauration.

1132

LES CISTERCIENS EN BRETAGNE

En 1132, le puissant comte de Guingamp et de Lamballe, Étienne, donne la terre de Bégard à un nouvel ordre monastique né en Bourgogne : l'ordre des cisterciens. Ces derniers mettent en valeur des terres jusque-là incultes et essaiment rapidement dans la péninsule.

EN HAUT, l'abbaye cistercienne de Coatmalouen, en Kerpert, a été fondée en 1142. Elle est une « fille » de l'abbaye de Bégard. Elle a été ruinée pendant la Révolution française.

Au Xe siècle, l'Occident connaît une vaste réforme des usages monastiques impulsée par la puissante abbaye de Cluny, en Bourgogne. Celle-ci devient rapidement un très important centre religieux. On y bâtit de vastes et monumentaux édifices abbatiaux. Mais la richesse de Cluny interpelle certains religieux qui souhaitent revenir à une pratique plus ascétique et plus désintéressée du monachisme. En 1098, toujours en Bourgogne, est fondée une nouvelle abbaye bénédictine, Cîteaux, qui vient du latin *cistercium*, un « lieu couvert de cistes (osiers) ». C'est donc dans une solitude boisée, au milieu des bêtes sauvages, que s'installent, le 21 mars 1098, les premiers cisterciens dirigés par Robert de Molesme.

IDÉAL DE PURETÉ

Le deuxième père abbé, saint Albéric, place la communauté sous la protection du pape Pascal II, impose la pratique stricte de la règle de saint Benoît et un idéal de pureté qui va rapidement s'incarner dans l'architecture de l'abbaye et de ses « filles ». Loin des ornements ostentatoires, l'architecture cistercienne apparaît comme la quintessence de l'art roman : des lignes pures, sans décorations superflues et une grande sobriété. Autre différence : les cisterciens adoptent un habit de couleur blanche alors que les autres moines possédaient des bures noires. Le blanc est une couleur associée à la Vierge, à laquelle tous les premiers monastères cisterciens sont d'ailleurs consacrés. En 1112, un nouvel abbé arrive à Cîteaux avec trente compagnons : saint Bernard. Moine énergique, Bernard développe rapidement le monastère qui essaime ; en deux ans, quatre nouveaux établissements sont créés. Les quatre « filles » patronnent également de nouveaux couvents. En 1120, on compte déjà une douzaine de monastères cisterciens. En un siècle, l'ordre connaît un essor prodigieux avec plusieurs centaines de monastères en Europe.

LA FONDATION DE BÉGARD

Les cisterciens ne sont pas que des moines contemplatifs : une partie de leur vie est consacrée au travail manuel, comme le prônait saint Benoît. Ils défrichent avec une grande efficacité les terres sauvages où ils s'établissent. Sous leur action, la forêt recule. Ils sont également de grands spécialistes de l'irrigation et du drainage des marais. Leurs monastères sont parfois de véritables centres industriels comme l'abbaye de Fontenay, en Bourgogne, qui conserve encore les bâtiments d'une importante forge. À l'époque, les cisterciens sont, d'une certaine manière, des spécialistes de l'aménagement du territoire, ce qui fait qu'ils sont très recherchés par les grands aristocrates désirant mettre en valeur leurs terres.

L'ordre de Cîteaux est à l'origine de quatorze monastères en Bretagne qui ont connu des fortunes diverses.

En 1130, Geoffroy, fils aîné d'Étienne, le puissant comte de Guingamp, de Lamballe et de Richmond en Angleterre, se rend à l'abbaye de l'Aumône dans le diocèse de Chartres. Il en fait venir quelques religieux à qui il donne des terres dans la forêt de Pluscoat, en un lieu autrefois habité par un ermite appelé Bégar qui donne son nom au nouveau monastère créé en 1132. L'abbaye de Bégard se développe rapidement, au point d'être surnommée « la reine des abbayes de Bretagne ». Vendue à la Révolution, son église abbatiale a été détruite par un incendie vers 1900. Depuis 1927, des religieuses occupent à nouveau les lieux, mais il ne reste pratiquement plus de vestiges du XIIe siècle.

Les filles de Bégard

Sous le patronage d'aristocrates bretons, Bégard devait hâtivement essaimer. En dix ans, cinq « filles » de Bégard sont fondées : Le Relec, Boquen, Saint-Aubin-des-Bois, Lanvaux et Coëtmaloën. Ainsi, dès le 21 juillet 1132, des religieux bégarrois, appelés par le vicomte de Léon, viennent relever l'ancienne abbaye du Relec, fondée, dit-on, au VIe siècle par saint Tangi. La deuxième fille, Boquen, a été fondée dans une vallée boisée de la région de Lamballe. Son église romane formait une croix latine d'une cinquantaine de mètres dont on peut encore voir les murs. Les cisterciens ont aussi créé l'abbaye de Bon-Repos, en centre Bretagne, parrainée par la puissante famille de Rohan qui en a longtemps fait sa nécropole. Toujours en centre Bretagne, dans l'évêché de Quimper, l'abbaye de Langonnet est lancée en 1136 sous le patronage du duc Conan IV. C'est aussi à ce duc que l'on doit l'installation des cisterciens sur le littoral sud, à Clohars-Carnoët, où se trouvent toujours les ruines majestueuses de l'abbaye Saint-Maurice.

Une quinzaine de monastères

Les ducs de Bretagne ne pouvaient en effet rester en dehors de ce mouvement de créations monastiques, d'autant que la très pieuse duchesse Ermengarde (1072-1146) était une proche de saint Bernard avec lequel elle a entretenu une longue correspondance. À sa demande et à celle de son fils, le duc Conan III, saint Bernard envoie ses moines blancs s'établir à Buzay, dans le pays de Nantes. En 1200, la duchesse devait être à l'origine d'une nouvelle abbaye : Villeneuve. En 1252, le duc Jean Ier fonde l'abbaye de Prières, en Billiers, dans le pays vannetais. En tout, l'ordre de Cîteaux est à l'origine de quatorze monastères en Bretagne qui ont connu des fortunes diverses, mais qui ont contribué à mettre en valeur des zones jusque-là peu peuplées de la péninsule. Tous ont été abandonnés à la Révolution et vendus comme biens nationaux. Certains, à l'instar de Boquen, ont vu le retour des religieux. D'autres, comme Bon-Repos, sont aujourd'hui des lieux touristiques. ■

En haut, saint Bernard de Clairvaux a été le grand promoteur de l'ordre des Cisterciens au XIIe siècle. Il a longtemps entretenu une correspondance avec la duchesse Ermengarde de Bretagne.

1145

Éon de l'Étoile, l'hérétique

Éon de l'Étoile demeure l'un des plus célèbres hérétiques de la Bretagne médiévale. Se prétendant fils de Dieu et prônant une doctrine étonnante, il pillait volontiers les biens de l'Église.

La *Chronique de Bretagne,* un texte médiéval, rapporte que : « En 1145, dans la forêt de Brecilien et en plusieurs autres, beaucoup de demeures d'ermites furent brûlées, et une partie de leurs habitants massacrés ou réduits à périr de faim par un hérétique qui, avec ses partisans attachés à sa suite, occupait ses forêts. Entre autres hérésies, il se prétendait fils de Dieu. Dans plusieurs provinces, et particulièrement dans l'évêché d'Alet, beaucoup de gens de sa secte subirent divers supplices, la mort même, plutôt que de renier leur foi, c'est-à-dire leur hérésie. Cet homme s'appelait Eudon, il était né dans le pays de Loudéac. »

Curieux personnage donc que cet Eudon, surnommé Éon de l'Étoile. Il est issu de la petite noblesse de Bretagne centrale, et il a reçu, dans son enfance, quelques rudiments d'instruction. Mais il n'est en aucun cas un lettré capable de discourir doctement de théologie. Sans doute peut-il lire un peu de latin et a-t-il assimilé, à sa façon, certains textes religieux. Il n'est pas prêtre, et fait d'abord partie de ces ermites qui vivent dans les « déserts » que sont alors les forêts, un « solitaire de Dieu », aspirant à la pureté par l'ascèse et le retrait du monde. Certains auteurs contemporains ont vu en lui l'héritier de croyances druidiques ou un enchanteur.

Les grandes frayeurs de l'an mille

L'ermite Éon vit dans une période trouble. L'Europe du XIIe siècle s'est à peine remise des grandes peurs religieuses de l'an mille. C'est une période favorable aux croyances millénaristes, annonçant la fin du monde comme proche. Les théories que développent par la suite Éon empruntent d'ailleurs beaucoup aux textes de l'Apocalypse. Les années 1140 sont aussi une période de terrible famine accompagnée de conditions climatiques défavorables. Le nombre de marginaux augmente. C'est auprès d'eux qu'Éon va prêcher et recruter.

Les chroniqueurs affirment qu'Éon aurait eu une révélation en entendant, lors d'une messe, la formule : « *Per Eum qui venturus est judicare vivos et mortuos et sæculum per ignem.* Celui qui viendra juger les vivants et les morts et le ciel par le feu ». Les prêtres prononçaient alors Eum « Éon », à qui l'ermite s'identifie ; il prend très au sérieux sa tâche.

De l'influence d'une comète

Un autre événement fait basculer l'ermite Éon. On sait qu'il commence ses prédications en 1145. Or, cette année correspond au passage de la comète de Halley dans le ciel printanier. On imagine l'importance d'un tel phénomène sur des populations déjà superstitieuses. Le surnom « de l'Étoile » est sans doute également lié au passage de cet astre, désigné comme une étoile au Moyen Âge.

Toujours est-il qu'Éon se prend désormais pour le fils de Dieu et rassemble autour de lui une bande d'adeptes. Ils commencent par s'attaquer aux ermitages de la forêt, puis prennent pour cible des églises et des monastères. Pendant deux ans, les disciples d'Éon vivent de rapines diverses et échappent aux autorités en se cachant dans les bois dès que le danger se fait trop pressant.

Structures parallèles

Mais les « éonistes » ne sont pas qu'une simple bande de brigands. Ils sont liés entre eux par des liens spirituels et restent toujours dévoués à leur prophète. Ils proposent une religion alternative, car, en plus de s'attaquer à l'Église catholique, Éon met en place des structures parallèles, ce qui lui fut beaucoup reproché. « Il célébrait la messe d'une façon indigne, sans avoir reçu les ordres sacrés, s'indigne la *Chronique* de Sigebert de Gembloux. Il ordonnait des évêques et des archevêques. » À ses apôtres, il donne des noms comme Science, Jugement ou Sagesse.

À son ancienne vie d'ermite, Éon semble désormais préférer un certain confort. D'après les chroniqueurs, lui et ses proches sont « vêtus d'habits royaux », probablement confectionnés à partir d'étoffes dérobées au clergé. Ils consomment des mets coûteux, du pain et des viandes. Éon s'adonne à la chasse. Tout à ses rêves d'Apocalypse, il a quelque peu anticipé la formule : « Les premiers seront les derniers et les derniers [c'est-à-dire eux, les pauvres] seront les premiers ».

Le ridicule lui sauve la vie !

Après deux ans de brigandages, la bande d'Éon est sérieusement pourchassée par l'énergique évêque de Saint-Malo, Jean de Châtillon. Elle se déplace alors vers l'est de la France, puisqu'on la retrouve dans les environs de Reims. Éon et ses fidèles sont capturés.

Reims s'apprête aussi à accueillir le concile de 1148 qui réunit le pape Eugène III et plusieurs dizaines d'évêques. Il s'ouvre donc par le procès d'Éon qui commence par déclencher l'hilarité en affirmant qu'il est le fils de Dieu.

Une nouvelle explosion de rires salue sa réponse au pape qui lui demande quel est le curieux bâton qu'il tient. « Ceci est un grand mystère, explique l'ancien ermite breton. Quand les deux pointes de la fourche sont en haut, comme en ce moment, Dieu possède les deux tiers de l'univers, et il m'abandonne seulement l'autre tiers. Quand les deux pointes sont en bas, au contraire, c'est moi qui dispose des deux tiers du monde, et je n'en laisse à Dieu qu'un tiers. » Les autorités ecclésiastiques refusent de s'attarder sur le fatras de croyances d'Éon, d'autant qu'elles doivent ensuite juger un accusé autrement plus sérieux, Gilbert de La Porrée, évêque de Poitiers, qui développait des idées peu orthodoxes sur la sainte Trinité.

Un curieux bâton à deux pointes.

Le ridicule ne tue pas... Il sauve même Éon de l'Étoile du bûcher. Il est condamné à la réclusion à perpétuité et enfermé à l'abbaye de Saint-Denis, près de Paris. Il y décède quelque temps plus tard. Certains de ses disciples, qui refusèrent d'abjurer leur foi, furent brûlés. Les autres furent condamnés à de longues peines de repentance. ■

Page précédente et en haut, quelques châtiments prévus contre les hérétiques au Moyen Âge...

1203

La fin tragique d'Arthur de Bretagne

En 1203, le souverain anglais, Jean sans Terre, fait assassiner son neveu Arthur Ier, jeune duc de Bretagne, qui se rapprochait trop des Capétiens. Alors que, depuis un siècle, la Bretagne était tombée sous l'influence de l'Angleterre, ce crime pousse temporairement le duché dans l'orbite française.

En haut, cette gravure du XIXe siècle représente l'assassinat du jeune duc Arthur Ier de Bretagne sur la Seine à Rouen.

L'histoire d'Arthur Ier, duc de Bretagne, s'est écrite de bout en bout comme une tragédie. Il naît en 1187, quelques mois après la mort de son père, Geoffroy, tué dans un tournoi de chevalerie. Arthur meurt quinze ans plus tard, sous les coups des hommes de son oncle, le tristement célèbre Jean sans Terre, étrillé dans les romans historiques du XIXe siècle.

Sous la coupe des Plantagenêts

En 1187, la situation était en effet bien incertaine en Bretagne. La mère d'Arthur, Constance, est l'héritière du duché de Bretagne, tombé sous l'influence des Plantagenêts au prix de violents combats contre les aristocrates bretons. Ces derniers entendent reprendre leur indépendance et rêvent de voir Constance se remarier avec l'un des leurs. Sentant le danger, Henri II Plantagenêt, grand-père d'Arthur, intervient militairement. Constance doit épouser de force un Anglais, Raoul de Chester. Henri II meurt peu de temps après. L'oncle d'Arthur, Richard Cœur de Lion, monte sur le trône, puis part à la croisade. Il rentre en 1194 et veut contrôler la Bretagne. Mais Constance fait reconnaître le jeune Arthur comme duc, en 1196, devant une assemblée d'aristocrates et de religieux bretons. Richard envahit la péninsule, mais il échoue à s'emparer de son neveu, retranché dans Brest.

Sous la protection de l'évêque de Vannes, Arthur est envoyé à Paris. Le roi Philippe Auguste le prend sous sa protection. Il voit là une façon de renforcer son influence dans la péninsule. La mort de Richard Cœur de Lion, en 1199, lors du siège de Châlus, change la donne. Constance fait annuler son mariage avec Raoul de Chester et se remarie à un aristocrate français, Guy de Thouars. En 1202, protégé par Philippe Auguste qui lui a donné la main de sa fille Marie, Arthur de Bretagne fait valoir ses prétentions au trône d'Angleterre contre le dernier fils vivant d'Henri II Plantagenêt, Jean sans Terre.

Assassiné dans une barque sur la Seine

Outre la Bretagne, Arthur contrôle une partie de l'Anjou et de la Touraine. Il se lance à la conquête du Poitou, accompagné d'une troupe relativement peu nombreuse. Il est capturé par traîtrise lors du siège du château de Mirebeau. Commence alors un long calvaire. Il est envoyé au château de Falaise, en Normandie, où son oncle tente de lui extorquer une renonciation à ses titres et à ses terres. Arthur refuse et résiste. Jean décide de le faire assassiner. Arthur est transféré à Rouen, mais son geôlier, Guillaume de Briouze, refuse de le tuer. Selon la chronique de Guillaume le Breton, il aurait déclaré à Jean sans Terre : « Je ne sais ce que la fortune réserve dans l'avenir à votre neveu. J'en ai été, jusqu'ici, par vos ordres, le gardien fidèle : je vous le rends vivant, bien portant, jouissant de tous ses membres. Veuillez me donner un successeur pour cette charge. »

Selon la légende, Jean sans Terre aurait alors lui-même pris les choses en main. On transporte le jeune duc dans une barque sur la Seine. Là, au milieu du fleuve, l'oncle aurait porté deux coups d'épée mortels au jeune homme, le premier dans le ventre, le second à la tête. Jeté dans le fleuve, le cadavre ensanglanté aurait dérivé, avant d'être récupéré par des pêcheurs et enterré dans un prieuré voisin.

Ce qui est certain, c'est que cet assassinat provoque une vive réaction. D'autant que Jean sans Terre entend exercer la régence du duché, pendant la minorité de l'héritière Aliénor, sœur d'Arthur. Elle reste prisonnière à Bristol jusqu'à sa mort, en 1241. En Bretagne, nobles et évêques désignent Guy de Thouars, veuf de la duchesse Constance, comme régent au nom de la fille du couple, Alix. Les Bretons demandent justice auprès du roi de France. Philippe Auguste y voit l'occasion rêvée d'affaiblir son voisin anglais. L'armée française entre en Normandie. Elle envahit aussi l'Anjou et l'Aquitaine. En moins de deux ans, Jean sans Terre a perdu toutes ses possessions continentales. Conséquence indirecte de la mort d'Arthur, l'Empire Plantagenêt s'effondre. De plus, les destins tragiques d'Arthur et de sa sœur Aliénor frappent les imaginations, assurant une mauvaise réputation durable à Jean sans Terre. Une image qui ne devait guère s'améliorer par la suite à travers les romans historiques de l'époque romantique, et notamment ceux de Walter Scott dont le personnage le plus connu est celui de Robin des Bois. ■

Conséquence indirecte de la mort d'Arthur, l'Empire Plantagenêt s'effondre.

Un nouveau roi Arthur ?

Si l'assassinat d'Arthur de Bretagne a eu autant de retentissement, c'est qu'il est lié à la résurgence des légendes arthuriennes durant cette période. Le choix de son prénom, Arthur, ne doit en effet rien au hasard pour ce jeune duc. Sous l'impulsion de son grand-père, Henri II Plantagenêt, roi d'Angleterre, duc de Normandie, comte d'Anjou, qui a envahi une partie de l'Irlande et du pays de Galles, une véritable mode pour les récits arthuriens se développe de part et d'autre de la Manche. Le mythe du fameux roi Arthur, chef des Bretons du haut Moyen Âge, permet aux Plantagenêts de concurrencer, par son antériorité, l'autre grande saga médiévale, *La Chanson de Roland*, associée aux rois de France. Arthur permet aussi de rappeler que les Saxons furent eux-mêmes les envahisseurs de l'Angleterre, avant d'être chassés du trône par les Normands de Guillaume le Conquérant. L'un des historiens de la cour d'Angleterre d'origine bretonne, Geoffroy de Monmouth, écrit une *Histoire des rois de Bretagne* qui évoque le passé celtique de l'île. Cette histoire, largement diffusée par les Plantagenêts, est un *best-seller* pour l'époque. C'est également à cette période que s'écrivent les premiers « romans », des récits en langue vernaculaire (le « roman » dont est issu le français) et non en latin. Ils s'inspirent souvent de cette riche « matière de Bretagne » qui évoque les exploits du roi Arthur et de ses chevaliers de la Table ronde. À la fin du XIIe siècle, de nombreuses prophéties annoncent le retour d'un nouveau roi Arthur qui réunira les deux Bretagne et régnera des deux côtés de la mer. Or, si Arthur Ier de Bretagne est l'héritier du duché par sa mère, Constance, il a aussi des prétentions au trône d'Angleterre de par l'héritage de son père Geoffroy Plantagenêt. Il est donc présenté par ses partisans comme le nouveau roi Arthur, un rêve brisé par sa mort précoce.

1213

Pierre de Dreux, le premier duc capétien

En 1213, Pierre de Dreux devient duc de Bretagne. Issu de la famille des Capétiens, il va se montrer pourtant fort indépendant vis-à-vis du royaume de France. Il s'attaque également aux grands aristocrates et à l'Église pour renforcer l'autorité ducale dans la péninsule.

Au XIIe siècle, la Bretagne tombe dans l'orbite de la puissante famille Plantagenêt. Originaires d'Anjou, ces derniers contrôlent, entre autres, la Normandie, l'Aquitaine et l'Angleterre. Le fils du puissant Henri II Plantagenêt, Geoffroy, a épousé Constance, l'héritière du duché de Bretagne, mais il meurt prématurément lors d'un tournoi. Son fils Arthur est appelé à régner sur la péninsule et sur l'Angleterre, mais, en 1203, son oncle Jean sans Terre le fait assassiner à Rouen. Ce meurtre provoque une réaction des barons bretons qui reconnaissent à une autre fille de Constance, Alix, les droits sur le duché de Bretagne. Ils vont chercher l'aide du puissant roi de France, Philippe Auguste, contre les Anglais. Ce dernier en profite pour envahir la Normandie et faire condamner ce « prince Jean » si sombrement décrit par la suite dans les romans historiques.

Un grand féodal

Alix n'est qu'une enfant, mais elle attire bien des convoitises. Elle est d'abord promise à Henri d'Avaugour, l'un des grands féodaux bretons qui contrôle le Trégor et le Penthièvre. C'est le choix de la noblesse bretonne. Finalement, et sous la pression du roi de France, Alix épouse un noble français, Pierre de Dreux. Elle n'a que 13 ans. Pierre de Dreux est proclamé duc le 27 janvier 1213. Il est l'arrière-petit-fils du roi Louis le Gros et appartient à la famille des Capétiens. Philippe Auguste pense en faire un vassal obéissant et ainsi pousser la Bretagne sous influence française. Pierre de Dreux prête l'hommage lige au roi de France, ce que les ducs de Bretagne n'avaient jamais fait auparavant. Il est un grand féodal de son époque et un guerrier qui n'a cessé de batailler. Dès 1214, il doit repousser une armée anglaise, commandée par Jean sans Terre qui assiège Nantes.

L'Europe de l'époque est fractionnée en de multiples seigneuries et États, liés entre eux par des serments de vassalité plus ou moins souples. Pourtant, de nombreux États commencent à poser les bases d'une certaine centralisation. En Bretagne, Pierre de Dreux n'a de cesse de renforcer le pouvoir ducal dans toute la péninsule. Pour cela, il s'attaque aux deux autres principales puissances : l'Église et l'aristocratie. Dès le début de son règne, il met au pas son grand rival en Bretagne, Henri d'Avaugour. Il lui confisque la majeure partie de ses terres, ne lui laissant que le Goëlo. En 1216, Pierre

En haut, la pierre tombale de Pierre de Dreux, surnommé « Mauclerc », a introduit les hermines dans les armes de la Bretagne.

En bas, sceau de Pierre Ier de Bretagne, premier duc capétien.

Mauclerc envahit le Léon. En 1217, c'est à l'évêque de Nantes qu'il s'en prend, lui contestant une partie de ses droits temporels. Pierre de Dreux, que l'on commence à appeler Mauclerc, le « mauvais clerc », est excommunié. En 1222, il récupère l'importante châtellenie de Ploërmel en écrasant un noble angevin, Amaury de Craon.

Interdit papal

Pierre Mauclerc sort régulièrement de ses frontières. En 1226, il participe à la croisade des Albigeois en pays d'Oc contre les « infidèles » cathares. Ce qui n'empêche pas le pape de l'excommunier en 1228. La Bretagne est alors placée sous interdit : il est défendu aux prêtres de célébrer les offices et de donner les sacrements, à l'exception du baptême et de l'extrême-onction. Mauclerc entre aussi en rébellion contre la régente Blanche de Castille et son fils, Louis IX, le futur Saint Louis. Le conflit est tel qu'en 1230, Mauclerc préfère faire allégeance au roi d'Angleterre. Quatre ans plus tard, déçu par les Anglais, il se retourne contre eux. Henri III lui confisque alors le riche honneur de Richmond dans le nord de l'Angleterre. En représailles, Mauclerc arme une flotte et ravage les côtes britanniques. Il fait à nouveau allégeance à Louis IX, mais ce dernier n'a guère confiance dans ce duc aux fidélités changeantes et à la politique fort indépendante.

Simple chevalier

En 1237, pour ne pas provoquer le roi de France, Pierre de Dreux laisse le pouvoir à son fils, Jean Ier, dit « le Roux ». Il se fait désormais appeler le « chevalier Pierre de Braine ». Il participe activement à deux croisades et passe six années en Terre sainte. Il meurt en 1250 en revenant d'Égypte. Il est enterré à Saint-Yved de Braine. Pierre Mauclerc demeure l'un des grands ducs de l'histoire de Bretagne. Sa lutte contre l'Église et les grands aristocrates a permis au pouvoir ducal de se renforcer considérablement. Il a jeté les bases d'un État breton que consolide son fils Jean le Roux. Pierre Mauclerc était aussi un prince lettré. On a conservé de lui quatre chansons d'amour, un cantique et une dispute poétique. C'est enfin lui qui a introduit les hermines dans l'héraldique bretonne. ■

Les châteaux de Mauclerc

Pour assurer son pouvoir, Mauclerc a construit ou développé des forteresses et des places fortes dans toute la Bretagne. Elles étaient autant destinées à défendre les frontières bretonnes qu'à contrôler différents territoires. Il restaure ainsi les murailles nantaises, prend la châtellenie de Champtoceaux, sur les bords de la Loire. À Saint-Aubin-du-Cormier, il fait bâtir un important donjon que l'on peut toujours voir. Après la célèbre bataille de 1487, les troupes du roi de France ont néanmoins détruit une moitié de l'édifice pour tourner en dérision les velléités d'indépendance bretonnes. Mais le plus beau château à entrer dans le domaine ducal grâce à Pierre Mauclerc est, sans conteste, Suscinio, sur la presqu'île de Rhuys, dans le Morbihan. On peut toujours admirer les carreaux de faïence, sans doute importés de Flandres par les successeurs de Mauclerc. Les bâtiments actuels ne sont cependant pas contemporains de Pierre de Dreux, le château de Suscinio a en effet été dévasté par Du Guesclin lors de la guerre de Succession au XIVe siècle. Il a ensuite été reconstruit et agrandi par Jean IV, puis par son fils Jean V. Ce dernier va y édifier un imposant second logis, au fond de la cour. Comme ses prédécesseurs, Jean V changeait fréquemment de résidence, mais Suscinio semble avoir été l'un de ses châteaux favoris. Il venait y chasser dans les marais environnants et les réserves de chasse constituées pour lui. Il y tenait aussi sa cour et s'occupait des affaires du duché ; en témoignent plusieurs actes rédigés à Suscinio. Tombé en ruine à la Révolution, le château a été en partie reconstruit dans les années 1970 et 1980. Désormais propriété du Conseil général et ouvert au public, il témoigne du faste et de la puissance des ducs de Bretagne.

En bas, reconstruit au XVe siècle, le château de Suscinio dans la presqu'île de Rhuys servait de résidence de chasse aux ducs de Bretagne. Le domaine avait été acquis par Pierre Mauclerc.

1303

Yves des Bretons

Yves Hélory est l'un des plus célèbres saints bretons, et il est honoré chaque 19 mai à Tréguier. Au-delà de sa dimension religieuse, il demeure un personnage médiéval singulier, respecté pour ses connaissances et adulé par le peuple pour son sens de la justice.

Un dicton populaire affirme que: « Saint Yves était breton, avocat mais pas voleur, chose admirable pour le peuple! » Une formule qui illustre la ferveur qu'a provoquée ce grand personnage du XIIIe siècle breton. Une popularité singulière, alimentée tant par les actes de piété et les miracles attribués à ce Trégorrois que par sa pratique très égalitaire de la justice, concept somme toute toujours d'actualité.

Yves Hélory est né au manoir de Kermartin dans la petite paroisse de Minihy-Tréguier, vers 1250, probablement le 17 octobre 1253. Son père, Trancoët Hélory, appartient à la petite noblesse bretonne. L'époque est stable. Montrant de bonnes dispositions pour l'étude et de grandes capacités intellectuelles, le jeune Yves est éduqué par un précepteur, Jean de Kergoz. Accompagné de ce dernier, à 14 ans, il part à Paris faire ses humanités. Il rejoint de nombreux compatriotes bretons, étudiants exilés dans la capitale du royaume de France, le duché de Bretagne ne disposant pas encore d'université. Yves Hélory a vraisemblablement suivi des cours de théologie à la Sorbonne. Il part ensuite se perfectionner en droit à Orléans dont l'université est, à l'époque, renommée dans toute l'Europe.

Le jurisconsulte

Après une quinzaine d'années à étudier les lettres, le droit et la théologie, Yves revient en Bretagne. Pendant vingt ans, il occupe des charges ecclésiastiques. Dans un premier temps, il est juriste à Rennes. Mais l'évêque de Tréguier, ayant remarqué ses talents, le presse de revenir dans sa région natale. Yves Hélory commence en effet à avoir une solide réputation de juriste et ne s'endort pas sur ses lauriers; il passe ses loisirs à étudier la jurisprudence. On dit même que les livres de droit lui servent d'oreiller! En 1280, sa mère meurt, et il hérite du patrimoine familial dont il ne cesse de redistribuer les revenus aux pauvres et aux nécessiteux. En 1293, il fait ainsi construire un refuge pour les indigents, Krec'h-Martin. Les pauvres ont table ouverte dans son manoir.

Depuis 1284, il se voit confier la cure des paroisses de Trédrez et Louannec. L'église de cette dernière conserve d'ailleurs une chasuble attribuée à saint Yves. Yves Hélory étonne ses paroissiens en prêchant en breton, rendant plus accessible son message au peuple.

Entre le riche et le pauvre

Dans une société médiévale très dure pour les plus démunis, Yves Hélory se distingue également par sa façon de rendre la justice, sans considération du rang social des plaignants. Il refuse ainsi de privilégier les riches et devient très vite l'avocat des pauvres. Son dossier de canonisation comprend de nombreux témoignages sur sa façon de procéder. Parmi les anecdotes, on peut relever cette affaire opposant un aubergiste à un mendiant. Pris en train en rôder autour des cuisines de l'auberge, mais sans être interpellé avec de la nourriture, le mendiant est accusé de se nourrir des odeurs de la cuisine. Après avoir écouté

les deux parties, Yves Hélory jette des pièces sur la table. L'aubergiste tend alors la main pour les prendre, mais Yves le retient lui assénant : « Le son paye l'odeur, à cet homme l'odeur de ta cuisine, à toi le son de ces pièces ! »

Le saint patron des Bretons

Entre 1291 et 1303, dans la dernière partie de sa vie, Yves parcourt la Bretagne. Ses prêches comme sa réputation de défenseur des pauvres attirent les foules. Son austérité force le respect. À une époque où l'Église est une puissance temporelle et où certains prélats ne pratiquent guère l'ascèse, Yves Hélory vit chichement et voyage dans un rude manteau de bure blanche. À Pâques, il ne mangeait que deux œufs.

Les miracles qu'on lui attribue se multiplient : des guérisons, bien entendu, mais aussi quelques malédictions tombant sur ses adversaires. Ainsi, en 1295, un terrible orage s'abat sur les hommes du roi de France venus assiéger l'église de Tréguier afin de prélever des impôts au mépris des droits fiscaux de la Bretagne.

C'est donc en odeur de sainteté qu'Yves Hélory s'éteint le 19 mai 1303. Ses obsèques, dans la cathédrale de Tréguier, sont l'objet d'une grande ferveur. Moins d'un demi-siècle plus tard, en 1347, le pape Clément VI lui accorde la sainteté, et son mausolée, à Tréguier, devient rapidement un lieu de pèlerinage. Une église lui est aussi dédiée à Rome, elle devient l'église des Bretons de la Ville éternelle, et nombre d'entre eux s'y font enterrer. La façade de Saint-Yves-des-Bretons, à Rome, a d'ailleurs été restaurée en 2003.

À la fin du XXe siècle, l'idée d'une fête de la Bretagne se fait jour, portée par le mouvement culturel breton. Peu à peu, la Saint-Yves est retenue comme date fédératrice, à l'instar de la Saint-Patrick des Irlandais. Rebaptisée Fest'Yves ou Gouel Erwan, cet événement festif commence à s'imposer dans l'opinion publique. Il est vrai que saint Yves conserve une immense popularité dans le cœur des Bretons, qu'ils soient croyants ou sensibles à son image d'avocat des pauvres, de défenseur du peuple, de promoteur d'une certaine justice sociale. Son cantique ne proclame-t-il d'ailleurs pas : « *Nann, n'eus ket e Breizh, nann, n'eus ket unan, nann n'eus ket ur sant, evel sant Erwan*/Non, il n'y a pas en Bretagne, non, il n'y en a pas un, non pas un saint, comme saint Yves. » ■

Page précédente, le tombeau de saint Yves à Tréguier.
En haut, bannière de procession reprenant les paroles du cantique de saint Yves : « Il n'y a pas en Bretagne, il n'y a pas, il n'y a pas un saint comme saint Yves (Erwan). »

En bas, les tours de la cathédrale de Tréguier.

La cathédrale de Tréguier

Chaque 19 mai, les rues de Tréguier sont envahies par une foule de pèlerins venus honorer saint Yves. La procession part de la cathédrale dédiée à Tugdual, l'un des saints fondateurs de la Bretagne. La date de fondation du bâtiment reste méconnue, l'évêché du Trégor ayant peut-être été établi au Yaudet avant d'être déplacé sur les rives du Jaudy au haut Moyen Âge. L'une des parties les plus anciennes de la cathédrale de Tréguier est la tour dite « d'Hasting ». De style roman, elle aurait été reconstruite après le sac de la ville par les Vikings au IXe siècle. De type gothique, la cathédrale actuelle comporte trois porches et un superbe cloître de quarante-huit arcades dans lequel on peut admirer de nombreux gisants médiévaux. Il date du XVe siècle. L'un des attraits de la cathédrale est le tombeau de saint Yves. Un premier monument fut édifié au XVe siècle. Financé par les ducs de la maison de Montfort, il s'agissait pour ces derniers de montrer leur présence dans une zone traditionnellement acquise à leurs ennemis de la maison de Penthièvre. Le duc Jean V, enlevé par les Penthièvre en 1420, aurait d'ailleurs fait vœu d'élever un mausolée à saint Yves pendant sa captivité. Détruit par les révolutionnaires en 1793, le tombeau de saint Yves a été rebâti dans les années 1880. À côté, dans une petite chapelle, est honoré le « chef », le crâne de saint Yves, une relique promenée dans les rues tous les 19 mai.

1341

La guerre de Succession

Entre 1341 et 1364, la Bretagne se déchire lors d'une terrible guerre civile opposant les partisans de Jean de Montfort à ceux de Charles de Blois pour obtenir la couronne ducale. Fait de batailles chevaleresques comme de massacres cruels, ce conflit s'inscrit aussi dans le contexte européen de la guerre de Cent Ans.

En haut, représentation de la bataille d'Auray

Le 30 avril 1341, à Caen, le duc de Bretagne, Jean III meurt après un long règne durant lequel le souverain breton a mené une sage politique de neutralité envers les deux grandes puissances européennes de l'époque, la France et l'Angleterre, ce qui a assuré stabilité et prospérité à son pays. Mais, à la fin de sa vie, Jean III s'est refusé à désigner son successeur, ce qui plonge le duché dans les affres d'un long conflit.

Une succession difficile

En trois mariages, Jean III n'a en effet eu aucun fils légitime, et, à sa mort, deux prétendants réclament la couronne ducale. Il s'agit de Jean de Montfort, demi-frère de Jean III et de Charles de Blois, un neveu du roi de France marié à Jeanne de Penthièvre, fille de Guy, un autre frère de Jean III mort en 1341. Les juristes des deux camps avancent leurs arguments alors que Philippe VI de France prend parti pour Charles de Blois et Édouard III d'Angleterre pour Jean de Montfort. Or, les deux rois se combattent depuis 1337, l'année qui marque le début de la guerre de Cent Ans.

En mai 1341, Jean de Montfort tente un coup de force en se faisant reconnaître comme duc à Nantes et, au terme d'un audacieux raid, s'empare du trésor de Jean III entreposé à Limoges. Mais, en septembre, Philippe VI reconnaît Charles de Blois comme duc. La guerre est désormais certaine entre les deux partis. Jean de Montfort est fait prisonnier à Nantes le 21 novembre, et ses partisans perdent la majeure partie de leurs places fortes. Mais sa femme, Jeanne de Flandre, reprend le flambeau, galvanise les troupes et défend Hennebont jusqu'à l'arrivée de renforts anglais en juin 1342. En octobre de la même année, Édouard III débarque en personne en Bretagne. Philippe VI pénètre également dans le duché, mais les deux rois ne s'affrontent pas et signent une trêve.

Une guerre de siège et d'escarmouches

Dès lors, la guerre s'installe pendant de longues années. Aucun des deux camps n'a vraiment les moyens de vaincre l'autre. En 1345, Jean de Montfort meurt. Son fils, le second Jean de Montfort, n'a que six ans, mais il a pour tuteur Édouard III qui envoie des troupes combattre pour lui. De son côté, Charles de Blois est sévèrement battu à la bataille de La Roche-Derrien le 20 juin 1347. Une bonne partie de ses partisans périt ce jour-là. Lui-même a reçu dix-sept blessures, mais il survit, et il est fait prisonnier. Il doit alors payer une rançon considérable qui empiète d'autant sur ses ressources militaires.

> La guerre de Succession est une guerre d'escarmouches avec des guets-apens, des combats confus.

La guerre de Succession est aussi une guerre de sièges; plusieurs villes sont régulièrement prises et se défendent victorieusement. C'est le cas lors du siège de Rennes par le duc de Lancastre lorsqu'un jeune chevalier originaire de Broons se distingue: Bertrand Du Guesclin. C'est également pendant la guerre de Succession qu'est utilisée, pour la première fois, en Bretagne une nouvelle arme, l'artillerie à poudre. Les canons sont alors sommaires et de faible portée. De plus, les boulets sont en pierre et n'ont pas la force de percussion de leurs successeurs en métal. Mais cette artillerie provoque bien des dégâts dans les murailles, et l'architecture militaire est obligée d'évoluer pour leur résister.

La guerre de Succession est donc une guerre d'escarmouches avec des guets-apens, des combats confus autour de quelques villages ou de manoirs pris et repris. Les combattants se payent souvent sur le pays, et ce sont les plus humbles, paysans, habitants des petites villes, commerçants ruinés par les hostilités qui en pâtissent.

La guerre de Succession de Bretagne est enfin une guerre de personnages hauts en couleur comme les capitaines qui se battent dans chaque camp: Du Guesclin ou Beaumanoir pour Charles de Blois; l'Anglais John Chandos ou le Breton Tanguy du Châtel pour les Montforts. Les femmes tiennent également leur rôle: Jeanne de Flandre, surnommée « Jeanne la Flamme » et Jeanne de Penthièvre, les épouses des deux prétendants, mais aussi Marguerite de Clisson qui, après l'exécution de son mari par le roi de France, lève une flotte de corsaires et ravage les ports fidèles à Charles de Blois, ou encore Tiphaine Raguenel, la douce et patiente épouse de Du Guesclin, dont on disait qu'elle était un peu magicienne.

La bataille d'Auray

En 1362, le jeune Jean de Montfort vient enfin faire valoir ses droits en Bretagne. Lassés par de longues années de guerre, les belligérants semblent pressés d'en finir. Ils se rencontrent à Auray le 29 septembre et, selon le chroniqueur Froissart, il est convenu qu'il n'y aura pas de pitié pour le prétendant vaincu. C'est Charles de Blois qui commande son armée dans laquelle on retrouve Bertrand Du Guesclin. En face, le très expérimenté John Chandos commande l'armée des Montforts. Plusieurs milliers de combattants s'affrontent avec acharnement, et ce sont les partisans des Montforts qui remportent la bataille: Charles de Blois est tué et Du Guesclin fait prisonnier.

Dès lors, Jeanne de Penthièvre décide de mettre un terme à la lutte. En 1365, un traité de paix est signé à Guérande. Jean de Montfort devient le duc Jean IV, et il s'attelle à pacifier et à relever le pays. La dynastie qu'il fonde a régné pendant tout le XVe siècle et voit l'indépendance du duché se renforcer. ■

En haut, ce vitrail de l'église Saint-Malo, à Dinan, représente Charles de Blois et ses partisans, dont Du Guesclin et Beaumanoir, en visite dans cette ville qui a conservé de nombreux vestiges médiévaux.

En bas, entre Ploërmel et Josselin, cette colonne rappelle le fameux combat des Trente qui a opposé trente chevaliers bretons et trente chevaliers anglais. Un affrontement épique, relaté dans les chroniques de l'époque.

1363

Tiphaine épouse Du Guesclin

On dit qu'elle était aussi belle et gracieuse qu'il était laid et rustaud, mais il s'agissait de deux êtres d'exception. En 1363, la gracieuse Tiphaine Raguenel épouse Bertrand Du Guesclin. Elle est une femme savante, lui un combattant hors pair. Le couple est toujours resté très lié, même si Tiphaine n'a guère vu son mari, occupé à faire la guerre un peu partout.

Le Mont Saint-Michel (Collection du Musée)

Bertrand du Guesclin et sa femme Tiphaine de Raguenel

Comme son futur époux, Tiphaine Raguenel est née dans la région de Dinan, probablement vers 1333. D'une vive intelligence, cultivée, cette belle jeune fille s'adonne à l'astrologie et aux arts divinatoires et était ainsi considérée par les paysans des environs comme une fée. C'est par cet art qu'elle entre en contact avec Bertrand Du Guesclin alors qu'il s'apprête à livrer un combat singulier contre Canterbury, un chevalier anglais qui a enlevé son frère, Olivier Du Guesclin, lors d'une trêve. Il finit de s'équiper lorsqu'un écuyer vient lui annoncer qu'une jeune demoiselle a prédit qu'il serait vainqueur. « Vous le verrez s'en retourner sain et sauf du combat après avoir déconfit son ennemi en champ clos, et il couchera à son aise en cette ville. Si vous ne le croyez, je veux perdre tout ce que j'ai vaillant », aurait annoncé Tiphaine Raguenel de La Bellière. Des paroles qui n'ont guère d'écho chez le futur connétable. Au contraire, il s'en offusque : « En une femme, il n'y a pas plus de sens qu'en une brebis. Laisse faire et que Dieu y ait part ! » Bertrand Du Guesclin remporte une victoire sans appel. Le soir, lors du banquet donné en son honneur, on lui présente la jeune astrologue, et Du Guesclin, admirant sa beauté, doit quelque peu regretter ses paroles.

Un excellent mariage

La guerre de Succession de Bretagne continue. Bertrand a-t-il oublié Tiphaine ? Il semble que non, mais il hésite à la demander en mariage. Homme de guerre, Du Guesclin est plus à l'aise dans le siège des forteresses que dans les assauts amoureux. Heureusement, Charles de Blois, dont Du Guesclin est l'un des meilleurs lieutenants, intervient et négocie avec la famille de Tiphaine. Le père de celle-ci, Robin Raguenel, est un fidèle du parti des Penthièvre. Et il est particulièrement flatté de voir sa progéniture épouser un guerrier si réputé. Bertrand se sait laid. Il s'interroge : la belle jeune femme acceptera-t-elle une union avec un être aussi disgracieux que lui ? Il semble que l'obstacle n'était pas insurmontable comme le résume l'écrivain dinanais Roger Vercel : « Mais la rêveuse Tiphaine possède [...] le regard des mages, que n'arrêtent ni les profondeurs du temps, ni l'épaisseur des chairs, et qui traverse facilement la rude et vulgaire enveloppe d'un corps d'occasion pour admirer le grand cœur qu'on lui offre. [...] Tiphaine était belle et savante, Bertrand laid et ignorant : cela fera un excellent ménage. »

La noce se prépare, mais quelques semaines avant l'événement, Charles de Blois demande à Du Guesclin d'être otage quelque temps auprès des Anglais. Bertrand accepte à condition d'être libéré au bout d'un mois pour se rendre à son mariage. L'échéance arrive, mais son geôlier, Guillaume Felton, refuse de le laisser partir. Alors, au cours d'une promenade à cheval, Bertrand s'échappe. Felton, furieux, part à la poursuite de celui qu'il considère comme un parjure. Mal lui en prend : il assiège vainement Pontorson où se trouvent Tiphaine et Bertrand. La femme du futur connétable déjoue même un assaut pendant une nuit : elle fait un rêve prémonitoire au cours duquel elle voit des Anglais escalader le rempart. Elle se lève et donne l'alarme. Des soldats anglais étaient effectivement en train de monter sur des échelles. Ils sont repoussés.

Du Guesclin est plus à l'aise dans le siège des forteresses que dans les assauts amoureux.

Une astrologue

Car Tiphaine Raguenel est une astrologue réputée et une devineresse. Quelque temps après son mariage, qui est célébré en grande pompe à Dinan, elle se charge de rédiger l'horoscope de Bertrand. Elle lui dresse une liste de jours infortunés où il doit se garder de combattre. Le rude soldat en rit d'abord, mais un soir, au terme d'un combat au cours duquel il a été défait, Bertrand, s'apercevant qu'il s'agit d'un de ces fameux jours infortunés, s'écrie : « Elle me l'avait prédit ! » Peu après son mariage, Bertrand lui donne une maison au Mont-Saint-Michel. L'abbaye « au péril de la mer » est un refuge plus sûr que la ville de Pontorson dont le roi de France lui a donné la garde. Tiphaine aménage des pièces pour ses travaux d'astrologie. On dit que lorsque le roi de France a demandé son aide à Du Guesclin, sa femme l'a conforté pour rejoindre le souverain du royaume des Lys : « Sire, par vous ont été faits commencés, et par vous seulement, en nos jours, doit être la France recouvrée. »

Un mari absent

Il est vrai que la jeune épousée avait du temps libre. Durant sa vie, elle ne voit guère son époux. « En l'épousant, écrit Roger Vercel, elle se voue, elle le sait, à la vie solitaire qui fut celle de tant de dames du Moyen Âge. Son mari chevauchera ; elle administrera les domaines, gouvernera les biens, armera des chevaliers, les enverra rejoindre Bertrand, réunira ses rançons. » En 1364, Bertrand Du Guesclin est fait prisonnier lors de la bataille d'Auray. Il faut payer une lourde rançon. Une fois libéré, le roi de France lui confie la tâche de réunir les grandes compagnies, des soldats sans solde qui se paient sur le pays, pour aller combattre en Espagne contre le roi de Castille Pierre le Cruel. Pendant des années, il combat donc en Espagne. Il finit par être capturé par le Prince noir. Revenu en Bretagne, il n'y reste guère. Tiphaine le revoit quelques jours, à Caen, où il ne lui fait qu'une seule demande, celle de lui donner sa vaisselle et ses bagues : son mari a besoin de fonds pour aller combattre à nouveau l'Anglais…

Bertrand Du Guesclin est d'ailleurs en Poitou lorsque, en 1372, Tiphaine Raguenel décède. Deux ans plus tard, Du Guesclin épouse Jeanne de Laval-Tinténiac. Pas plus avec elle qu'avec sa première femme, il n'a eu d'enfants. Le cœur de Tiphaine a été inhumé dans la chapelle des Jacobins à Dinan. Huit ans plus tard, celui de son illustre mari l'a rejoint. ■

Page précédente, représentation du mariage de Du Guesclin et de Tiphaine Raguenel.

En haut, la statue de Bertrand Du Guesclin trône sur la place du marché de Dinan, là même où il vainquit Canterbury avant de rencontrer sa future épouse.

En bas, les armes de Du Guesclin.

1381

Jean IV crée l'ordre de l'Hermine

Créé en 1381 par le duc Jean IV, en souvenir de la bataille d'Auray, l'ordre de l'Hermine est la première décoration honorifique bretonne. Elle est l'un des rares ordres de chevalerie qui était ouvert aux femmes.

En haut, l'ordre de l'Hermine a été reconstitué dans les années 1970. Décerné par l'Institut culturel de Bretagne, il distingue quatre personnalités ayant œuvré pour la Bretagne. Le collier est une création de l'artiste quimpérois Toulhoat.

En bas, représentation du collier de L'Hermine dans *L'Histoire de Bretagne* d'Arthur de la Borderie.

La création de l'ordre de chevalerie de l'Hermine intervient dans les années qui suivent la bataille d'Auray (1364) et la fin de la guerre de Succession de Bretagne. Elle est remportée par Jean de Montfort – le futur duc Jean IV – qui a les faveurs et l'aide militaire du roi d'Angleterre contre Charles de Blois, soutenu par la France. Auray est un événement décisif dans l'histoire de la Bretagne et la nouvelle dynastie des Montforts, qui s'installe sur le trône ducal et n'a de cesse de promouvoir l'indépendance de la principauté en en renforçant les institutions autonomes.

Une mode européenne à la fin du Moyen Âge

Pour autant, les premières années du règne de Jean IV ne sont pas de tout repos pour celui-ci. Il doit même s'exiler en Angleterre, entre 1373 et 1379. Or, à Londres, il est le premier prince étranger à être fait chevalier de l'ordre de la Jarretière d'Édouard III. Il n'échappe pas à Jean IV que cet ordre anglais, fondé dans un but militaire, servait en fait les ambitions politiques du roi qui pouvait ainsi récompenser ses fidèles et ses nouveaux alliés. Gageons que la Jarretière a donné quelques idées au prince breton. En fait, la création de l'ordre de l'Hermine s'inscrit dans un contexte plus général. La mode pour les ordres de chevalerie en Europe se diffuse, au XIVe siècle, à travers la création des ordres de la Jarretière en Angleterre (1348), de l'Étoile en France (1351), du Nœud à Naples (1352) ou du Collier en Savoie (1362) ; cette dernière institution semblant avoir directement inspiré Jean IV de Bretagne.

« À ma vie, comme j'ay dit »

Il n'existe pas de textes relatant la création de l'ordre de l'Hermine. Elle a dû intervenir après le retour de Jean IV d'exil en 1379. Lors d'une assemblée des états de Bretagne, convoquée en 1381, *La Chronique de Saint-André* nous apprend que de nombreux nobles arboraient les insignes de l'Hermine : « *Qui lors portaient nouveaux colliers/ De moult bel port, de belle guise/ Et estoint nouvelle devise/ De doux roletz bruniz et beaux/ Couplez ensemble de doux fermaulx/ Et au dessoux estoit l'ermine/ En figure et en couleur fine/ En deux cedules avoit escript :/ A ma vie, comme j'ay dit.* » La formule « *A ma vie* » est la devise de l'ordre. Jean IV l'utilise à plusieurs reprises sur son sceau dans les années 1380.

Hélas, les statuts originaux de l'ordre ont été perdus. On sait que ses membres engageaient à se réunir annuellement pour une messe à la collégiale de Saint-Michel-du-Champ à Auray. Un clergé permanent, composé d'un doyen et de huit prêtres, servait sur ce monastère édifié non loin du lieu de la bataille. Il en coûtait six cents livres par an au Trésor ducal. Dans une lettre du successeur de Jean IV, son fils Jean V, datée de 1437, il est indiqué que les officiers ducaux avaient l'ordre de poursuivre les héritiers des membres de l'ordre décédés afin de récupérer les colliers. Ceux-ci servaient ensuite à entretenir la chapelle de l'ordre à Auray.

Dès le début, il semble que l'ordre ait été ouvert aux femmes.

Dès le début, il semble que l'ordre ait été ouvert aux femmes. Jeanne, vicomtesse de Rohan, est l'une des premières à y être admise. Elle laissa son collier à la collégiale Saint-Michel d'Auray en 1401. Contrairement à une idée reçue, il ne s'agit pas du seul ordre ouvert à des « chevalières ». L'ordre de la Jarre, fondé par le prince castillan Fernando de Antequera, en 1403, l'était aussi.

Un instrument politique

Il est probable que Jean IV ait été entouré de plusieurs chevaliers arborant le collier de l'Hermine lorsqu'il partit prêter hommage à Charles VI, à Paris, en septembre 1381. Cela lui permettait de montrer une suite luxueuse et de rehausser le prestige de la délégation bretonne. Un prestige d'autant plus nécessaire que, pour affirmer l'indépendance de son duché, Jean IV refusa de prêter l'hommage lige très contraignant, ce qui provoqua un incident diplomatique avec les conseillers du roi de France. En fait, pour Jean IV, comme pour ses successeurs, l'ordre de l'Hermine s'insère donc, ainsi que le souligne Michael Jones, « dans une plus vaste stratégie afin de graver de façon indélébile le pouvoir ducal et son symbolisme dans l'imaginaire populaire ». Les ducs ont besoin d'apparat pour affirmer la force de leur dynastie. Ainsi, dans un compte-rendu de 1424, le collier du duc est décrit comme étant une magnifique chaîne en or couverte de bijoux et de perles à laquelle était attaché un pendant d'hermine, également orné de bijoux. La remise du collier de l'Hermine s'inscrit dans une étiquette de plus en plus élaborée.

Vers 1430, des chevaliers anglais et écossais se trouvaient parmi les bénéficiaires du collier ducal. Dans la seconde moitié du XIVe siècle, l'ordre de l'Hermine devient moins politique qu'honorifique. Sous le duc François II, il n'est plus conféré que pour des raisons diplomatiques à des ambassadeurs en visite ou pour conforter des alliances. François II, qui obtient le classement, par bulle papale, de la collégiale d'Auray, semble ne plus avoir assisté aux messes commémoratives qui s'y déroulaient.

Les autres ordres de chevalerie en Bretagne

L'Hermine n'est pas le seul ordre de chevalerie breton. En 1450, le duc François Ier fonde l'ordre de l'Épi. Il paraît cependant n'être qu'une variante de l'Hermine. Un témoignage affirme qu'il s'agissait d'un petit anneau supplémentaire ajouté sur le collier de l'Hermine avec des pendants qui étaient des miniatures d'épis de blé. François II fonde un nouvel ordre, la Cordelière, qui concurrença très fortement l'Hermine, notamment sous le règne d'Anne de Bretagne. Après la mort de la reine, en 1514, il fallut attendre 1532 pour que le dernier duc de Bretagne, François III, arbore les insignes de l'ordre. L'ordre de l'Hermine n'a pas disparu. Il a été recréé au cours des années 1970. Aujourd'hui, tous les ans, il est remis à plusieurs personnalités ayant œuvré pour la Bretagne dans le domaine culturel. ■

En haut, la tombe du duc Jean de Montfort est située dans l'abbaye Sainte-Croix de Quimperlé.

En bas, portrait du duc Jean IV.

1399

Début du règne de Jean V, le « Sage »

Le règne de Jean V, entre 1399 et 1442, a été l'un des plus longs de l'histoire de Bretagne. Surnommé le « Sage » pour avoir mené une habile politique extérieure et avoir maintenu la paix en pleine guerre de Cent Ans, ce duc a également assuré une durable prospérité à sa principauté.

En haut, cette statue visible dans la chapelle Saint-Fiacre, au Faouët, représente le duc Jean V. En apportant son patronage et en finançant la construction d'édifices religieux dans toute la péninsule, les souverains bretons affirmaient leur puissance.

Le futur duc Jean V de Bretagne est né le 24 décembre 1389 au château de l'Hermine, à Vannes, l'une des principales résidences des princes bretons. Il est le fils de Jean IV de Montfort, le vainqueur de la terrible guerre de Succession de Bretagne qui a pris fin en 1364. Les soubresauts continuent d'agiter la péninsule pendant plusieurs décennies, en témoignent les conflits réguliers qui opposent Jean IV et Olivier de Clisson. La mère de Jean V est Jeanne de Navarre qui, en 1403, devient reine d'Angleterre en épousant Henri IV.

En 1399, son père décède, et Jean V inaugure l'un des plus longs règnes de l'histoire de Bretagne. Il n'a alors que dix ans et gouverne sous la tutelle du duc de Bourgogne, Philippe le Hardi. Soutenu par les Anglais, son père s'était à maintes reprises opposé aux rois de France. Jean V, lui, se réconcilie avec Charles VI et épouse sa fille, Jeanne de France. À ses débuts, il semble vouloir se défier de l'Angleterre et envoie d'ailleurs quelques troupes pour soutenir l'insurrection galloise d'Owen Glyndwr. En 1404, il reprend Brest et son château, pourtant surnommé « le plus fort du monde » par le chroniqueur Froissart, que tenaient les Anglais depuis plusieurs décennies.

« Il vivait avec ses compatriotes et ses sujets, sans orgueil et sans faste, sachant se contenter de ses propres revenus. »

Une politique étrangère prudente

Toujours allié des Français en 1415, il n'arrive, avec les troupes bretonnes, qu'à la fin de la bataille d'Azincourt, ce qui lui permet de sauvegarder son armée après cette terrible défaite française. Dans la foulée, il récupère Saint-Malo dont l'évêque et les bourgeois ont été lâchés par le roi de France. Puis, il se rapproche des souverains de Londres dont il reconnaît, un moment, les prétentions au trône de France. En fait, durant tout son règne, Jean V a alterné les alliances avec l'Angleterre et la France au gré de ses intérêts, mais également des menaces que faisaient peser ces deux royaumes sur une indépendance bretonne qu'il n'a cessé de renforcer en développant les institutions du duché.

Saint Vincent Ferrier

Le règne de Jean V est également marqué par les prédications de l'un des plus célèbres religieux de son temps, saint Vincent Ferrier. Ce dominicain catalan, né en 1350, a parcouru l'Europe entière pour prêcher. Ses missions l'ont mené de la Sicile à l'Écosse. En 1418, il arrive en Bretagne qu'il sillonne pendant deux ans. Il multiplie les miracles dont celui, dit-on, de se faire comprendre aussi bien en haute qu'en basse Bretagne. Épuisé, il meurt à Vannes en 1419.

Le duc kidnappé !

En 1420, Margot, fille d'Olivier de Clisson et les héritiers de Jeanne de Penthièvre et de Charles de Blois commettent l'inimaginable. Ils attirent le duc dans un guet-apens et le kidnappent! Ils le retiennent prisonnier quelques mois. La guerre de Succession entre Montforts et Penthièvre va-t-elle reprendre? La duchesse Jeanne de France rallie la Bretagne derrière elle. L'armée ducale prend une à une les forteresses des Penthièvre avant de mettre le siège devant Champtoceaux, à la frontière de la Bretagne et de l'Anjou, où Jean V est retenu prisonnier. Il est libéré et ordonne la confiscation de tous les biens des Penthièvre dans le duché. L'expulsion de ces derniers hors de Bretagne contribue grandement à la stabilité de la péninsule.

Le sage

Malgré les différends avec les Penthièvre et d'autres grands féodaux, Jean V a su, pendant une quarantaine d'années, maintenir son duché dans une relative tranquillité, ce qui lui a valu le surnom de « Sage ». L'un des chroniqueurs de l'époque, le « religieux de saint Denis », dresse d'ailleurs un portrait flatteur de Jean V: « Le duc de Bretagne était doux et bienveillant, plein de bonnes qualités; mais ce qui le distinguait des autres princes du royaume, c'est qu'il vivait avec ses compatriotes et ses sujets, sans orgueil et sans faste, sachant se contenter de ses propres revenus, sans fouler son pays sous les exactions injustes, le gardant efficacement contre les attaques de ses voisins, le maintenant dans une paix parfaite et dans un repos qui lui procurait grande abondance de biens. »

Jean V signe ainsi un certain nombre de traités commerciaux, notamment avec la Castille, les villes basques ou les riches cités allemandes de la Hanse. Sous son règne, le commerce se développe fortement. Les Bretons exportent du sel, des produits alimentaires et des toiles. Les villes se développent et profitent de la paix, particulièrement Nantes qui devient l'une des grandes places commerciales sur l'Atlantique, tout en s'imposant comme la capitale de la Bretagne.

Le duc est également un mécène. Il finance divers monuments religieux dont la chapelle Saint-Fiacre du Faouët qui conserve encore une statue polychrome de bois représentant Jean V en manteau d'hermines. Il entreprend les travaux de la cathédrale de Nantes. Il entretenait des musiciens et ménestrels. En 1430, sous son patronage, se tient également la plus ancienne représentation théâtrale dont nous ayons conservé la trace en Bretagne, *Le Mystère de la Passion*, donnée à Rennes. C'est donc un duché prospère et stable que lègue Jean V à son fils François Ier à sa mort, en 1442, au manoir de la Touche, à Nantes, l'actuel musée Dobrée. Une prospérité que pouvaient envier bien des habitants des royaumes de France et d'Angleterre rendus exigus par plus de cent ans d'affrontements. ■

En haut, sceau de Jean V: avec la dynastie des Montforts, les ducs de Bretagne ne cessent de renforcer les symboles de leur souveraineté.

En bas, gisant de Jean V dans la cathédrale de Tréguier.

1450

Le temps des châteaux forts

Au Moyen Âge, la Bretagne se couvre de châteaux forts. Incarnation du pouvoir féodal ou construction de l'État ducal, ils évoquent des images de batailles et de violence. Pourtant, ils étaient avant tout des résidences aristocratiques et des centres économiques et politiques.

À l'exception du site de Brécélien, en Paule, on connaît encore mal les résidences aristocratiques du haut Moyen Âge breton, même si l'on devine que nombre d'entre elles étaient défendues par de vastes enceintes de terre circulaire. Aux IXe et Xe siècles, comme dans le reste de l'ouest de l'Europe, un nouveau type de résidences fortifiées apparaît: la motte féodale. En général, il s'agit d'une tour de bois assemblée sur une hauteur de terre, cette dernière étant parfois artificielle. On en dénombre plusieurs centaines dans la péninsule, et la tapisserie de Bayeux représente celles de Dinan et de Rennes assiégées par Guillaume de Normandie en 1064.

L'exemple anglo-normand

En 1066, le même Guillaume traverse la Manche et conquiert l'Angleterre. Il est accompagné de nombreux Bretons dont plusieurs membres de la famille d'Eudes de Bretagne, oncle du duc. L'un d'eux, Alan le Roux, se voit confier de nombreuses terres prises aux Saxons, notamment dans le nord de l'Angleterre, à Richmond. Il y édifie l'un des premiers châteaux forts en pierre de Grande-Bretagne sur le modèle d'un grand donjon. Un modèle qui devait ensuite s'exporter en Bretagne.

À partir du XIIe siècle, sous influence normande et anglaise, les premiers châteaux forts en pierre sont construits en Bretagne, en témoigne le vaste édifice construit à Hédé, en Ille-et-Vilaine, l'un des derniers témoins de cette période en raison des destructions ultérieures.

Guerres et artillerie

Aux XIIIe et XIVe siècles intervient un nouveau développement de l'architecture militaire en Bretagne. Les ducs de la famille de Dreux, liée aux Capétiens français, mais également les grandes familles aristocratiques bretonnes, construisent d'importantes forteresses, comme les Rohan en Bretagne centrale, la famille de Dinan autour de la Rance, les Penthièvre dans le nord de la péninsule. Soumis à une autorisation ducale, l'édification de châteaux forts est aussi le fait de membres de la moyenne noblesse, comme les Coëtmen en Trégor et Goélo ou les Tournemine dans la région de Dinan. Ces forteresses sont mises à rude épreuve, au XIVe siècle, lors de la guerre de Succession de Bretagne. Un grand nombre sont endommagées ou détruites au cours de ce conflit tandis qu'apparaît une nouvelle arme: l'artillerie à poudre. Peu efficaces au début, les canons et les poudres ne cessent de s'améliorer au XVe siècle, particulièrement avec l'utilisation de boulets métalliques bien plus performants que ceux en pierre.

L'architecture militaire évolue alors. On bâtit des tours d'artillerie pour y installer des canons. La tour

Raoul, à Fougères, en est un parfait exemple. Les murs des tours et des remparts s'épaississent et perdent en hauteur. Édifié dans les années 1450, le château de Guingamp est ainsi conçu pour résister aux boulets censés ricocher sur la base de ses quatre tours.

Il existe par ailleurs une particularité dans l'architecture militaire de la fin du XVe siècle : d'imposants mâchicoulis, en forme de pyramides inversées, destinés à soutenir efficacement les chemins de ronde.

Témoins de la puissance de l'aristocratie, les châteaux forts bretons gagnent aussi en surface et en volume. Haute de plusieurs dizaines de mètres, la tour centrale du château des Rohan, à Josselin, était l'une des plus hautes d'Europe à l'époque. Elle a aujourd'hui disparu.

Un rôle économique et social

Les ponts-levis des châteaux forts n'étaient pas en permanence levés, bien au contraire. Il faut imaginer la plupart des châteaux comme des lieux grouillant d'activités. Leurs propriétaires y entretenaient une nombreuse domesticité employée aux différentes tâches du domaine. Car le château est souvent au cœur d'un ensemble de terres ou d'activités diverses (moulins, bois, construction, pêcheries, foires…) dont le châtelain tire ses revenus. Le château joue donc un rôle économique non négligeable.

De plus, la proximité de ses murailles attire de nouvelles populations. De petites agglomérations se développent autour. Nombre de châteaux forts bretons sont d'ailleurs à l'origine de bourgs et de villes médiévaux (Guingamp, Hennebont, Guémené-sur-Scorff, Châteaubriant, Blain, Vitré, etc.).

Les châteaux ducaux

Pour les ducs de Bretagne, qui essayent de développer des structures étatiques dans toute la péninsule, la question des châteaux forts est cruciale. Ils instaurent un droit de fortification, surtout après la guerre de Succession et contrôlent l'effort de construction des grands aristocrates. Ils possèdent eux-mêmes plusieurs châteaux forts, notamment dans les Marches de Bretagne pour défendre la frontière orientale du duché. Tout au long du XVe siècle, à l'Est, les ducs favorisent la création d'une double ligne de forteresses censées empêcher toute invasion française. De l'autre côté de la frontière, les rois de France entretiennent également plusieurs châteaux forts face à la Bretagne.

Quelques-uns de ces châteaux forts sont avant tout des lieux de résidence ou de pouvoir. L'imposant château de Nantes est devenu, à la fin du XVe siècle, le centre de l'administration de ce que l'historien Jean Kerhervé a nommé l'État breton. Face à la mer, dans la presqu'île de Rhuys, le château de Suscinio est un lieu apprécié des ducs qui y séjournent, entre autres, pour la chasse. Car, dès la fin du XVe siècle, les châteaux deviennent de plus en plus résidentiels. Nombre d'entre eux ont encore servi lors des guerres de la Ligue dans les années 1590. ■

Page précédente, le château de Vitré faisait partie de l'important réseau de forteresses destiné à protéger la frontière orientale du duché, les Marches de Bretagne.

En haut, les ruines restaurées du château des Tournemine à la Hunaudaye.

1451

Jaloux, le duc gifle sa femme

Plutôt mouvementée, la vie à la cour des ducs de Bretagne ! Le cadet du duc Jean V, Pierre de Bretagne, fut ainsi accusé de battre sa femme Françoise d'Amboise. Légende ou réalité ?

En haut, ce vitrail de la basilique de Guingamp représente la vie de la bienheureuse Françoise d'Amboise. On y distingue Pierre s'apprêtant à frapper sa femme lors d'une crise de jalousie. Un épisode sans doute inventé pour rehausser la sainteté de la future duchesse.

À l'instar de bien des souverains, la vie des ducs de Bretagne et de leurs familles n'était pas toujours un long fleuve tranquille. Ce fut particulièrement le cas pour Jean V et ses enfants. Jean V a été kidnappé par les Penthièvre. Son fils aîné, François, est responsable de la mort de son frère benjamin, Gilles. Quant au cadet, Pierre, on l'a accusé d'avoir battu sa femme Françoise. Mais nombre d'histoires qui touchaient les princes d'autrefois tenaient le plus souvent de l'invention, de la rumeur, voire du simple ragot... Comme pour les puissants d'aujourd'hui ?

Il est vrai que la vie de Françoise d'Amboise, future duchesse de Bretagne, débute de manière mouvementée. Née en 1427, fille et héritière du très riche Guy de Thouars, elle est fiancée à 4 ans à Pierre, second fils du duc de Bretagne. Cet accord provoque la fureur de Guy de La Trémoille, grand chambellan et favori du roi de France Charles VII. La Trémoille voulait marier Françoise à son fils pour capter sa fortune. Arthur de Richmont, frère de Jean V, parvient à récupérer la fillette et à éviter un rapt. Elle est placée en sûreté à Vannes. Furieux en apprenant la nouvelle, La Trémoille fait jeter le père de Françoise en prison. Il lui confisque également ses biens.

Quand la jalousie s'en mêle...

À la cour de Bretagne, la duchesse Jeanne de France prend la petite Françoise en amitié. Elle lui lègue ainsi le quart de ses bijoux, son chapelet et son livre d'heures à sa mort en 1433. En 1442, le mariage de Pierre et Françoise est célébré. L'hagiographe Albert Le Grand affirme que, ce jour-là, Pierre fit porter à la mariée des habits de damas blanc, signe de continence absolue. En effet, les deux époux se seraient jurés, secrètement, de n'avoir d'autres rapports que platoniques. Cet épisode a pu être inventé par la suite pour renforcer la « sainteté » de Françoise d'Amboise. Mais il est exact que le couple n'a pas eu d'enfants.

En 1433, Pierre avait reçu le comté de Guingamp, confisqué aux Penthievre. Après la noce, le couple aurait choisi de s'installer dans la ville qui est alors un important carrefour commercial à l'entrée de la basse Bretagne. On attribue à Pierre la construction du château qui semble néanmoins plus tardif et être resté sous le contrôle du pouvoir ducal. Une petite cour, composée essentiellement de nobles des environs, se serait constituée autour du couple princier. L'hagiographie présente Françoise comme un modèle d'épouse sortant accueillir son mari à la porte de Rennes lorsqu'il rentrait de la chasse ou passant le reste de son temps à accomplir des œuvres de charité. Cette belle harmonie est bouleversée par des courtisans mal intentionnés. Se répandant en remarques salaces et en sous-entendus, ils seraient parvenus à instiller le doute chez Pierre quant à la fidélité de sa femme. Le fils du duc multiplie dès lors les scènes de jalousie. Ses sautes d'humeur vis-à-vis de sa femme deviennent de plus en plus fréquentes.

> Les époux se jurent, secrètement, de n'avoir d'autres rapports que platoniques.

Scène de ménage princière

La situation dégénère et le couple en arrive au « clash » ! Selon Albert Le Grand, un jour qu'il était particulièrement excédé par les calomnies, Pierre injurie sa femme dans la grande salle du château. Puis, ne se maîtrisant plus, il ne peut s'empêcher de la souffleter devant tout le monde. Profondément choquée, humiliée, Françoise se retire et reste alitée au point de tomber gravement malade.

Pierre se rend compte de son erreur. Mortifié, il vient faire amende honorable auprès de son épouse. Touchée par la sincérité des remords, Françoise accorde son pardon et se remet rapidement. Désormais uni, le couple fait installer un tombeau commun en l'église Notre-Dame de Nantes en 1447 et promet que si l'un venait à mourir, le conjoint survivant renoncerait à se marier…

Les légendes ont leur charme, mais l'épisode du prince violent a toutes les chances d'avoir été inventé par les hagiographes de Françoise d'Amboise, plus soucieux de souligner les qualités chrétiennes de leur héroïne que de vérité historique. Rien n'indique en effet que Pierre de Bretagne et sa femme aient séjourné pendant une longue période à Guingamp. Ses actes sont localisés dans le sud de la Bretagne où le couple devait suivre la cour ducale dans ses fréquents déplacements.

Pierre II le simple

À la mort de son frère, François, Pierre devient duc en 1450. Timide, on le dit cependant coléreux, et on lui attribue le surnom de « Simple ». Il sait cependant se montrer efficace en réorganisant sa principauté en neuf baronnies et en instituant une forme d'assistance judiciaire pour les plus pauvres. Lorsqu'il meurt en 1457, à 39 ans, son épouse Françoise entre au couvent Sainte-Claire de Nantes. Le nouveau duc, Arthur III, fait pression pour qu'elle se remarie au duc de Savoie. Elle refuse. Elle se consacre ensuite à la fondation d'un couvent des carmes à Vannes. Il est possible que le roi de France Louis XI ait monté un projet d'enlèvement, déjoué à temps par Françoise qui se réfugie à Nantes. Elle prononce ses vœux définitifs en 1468 et décède en 1485. Elle a été béatifiée par l'Église en 1863. ■

En haut, c'est par cette petite porte, à proximité du château, que Pierre et Françoise se rendaient dans l'église Notre-Dame de Guingamp.
En bas, Le duc Jean V et ses trois fils : François, Gilles et Pierre.

François Ier, duc fratricide

Tragique destin que celui de Gilles de Bretagne, fils et frère du duc de Bretagne, anglophile à une époque où la Bretagne cherchait à préserver ses intérêts entre France et Angleterre. En 1432, à 8 ans, on l'envoie en ambassade à Londres où son brillant cortège fait forte impression. Il reste outre-Manche pour parfaire son éducation et se lie d'amitié avec le futur Henri VI. Revenu en Bretagne, il se marie à Françoise de Dinan, une riche héritière, et séjourne fréquemment au château du Guildo où il reçoit, dit-on, des émissaires anglais, ce qui irrite son frère le duc François Ier. Après une expédition anglaise en 1449 contre la Bretagne, Gilles est emprisonné, notamment au château de la Hardouinais dans la forêt de Merdrignac. L'un des fidèles du duc François tente de l'empoisonner. Sans succès. Il est finalement étranglé en avril 1450. Son frère François, rongé de remords, l'accompagne dans l'au-delà quelques mois plus tard.

1472

Jean Brito, premier imprimeur

Curieux personnage que ce Jean Brito, originaire de Pipriac, en pays gallo, et installé à Bruges où il est considéré comme l'un des inventeurs de l'imprimerie moderne.

Ci contre, représentation de Jean Brito, dans la salle d'honneur de l'hôtel de ville de Bruges. Depuis le XIXe siècle, plusieurs des grands personnages de la cité flamande sont ainsi honorés dans cette pièce.

À partir du XIIIe siècle, le livre ne cesse de se développer en Europe. Textes juridiques ou religieux, transactions commerciales, et littérature produisent de plus en plus d'écrits. Partout existent des ateliers de copistes, mais leur travail reste aléatoire, et les manuscrits comportent fréquemment des erreurs de recopiage.

Le formidable essor économique que l'Occident connaît dans la seconde moitié du XVe siècle s'accompagne d'une soif de découvertes et de connaissances. Cette révolution intellectuelle qui débouche sur la Renaissance a besoin d'une diffusion à grande échelle. L'imprimerie va en être le support. C'est une invention chinoise, perfectionnée par l'Allemand Gutenberg dans les années 1450. Parmi ses pionniers figure un Breton, Jean Brito.

Copiste en Bretagne

Jean Brito, nommé parfois Jean Brulelou, naît à Pipriac, petite commune du sud de l'Ille-et-Vilaine, alors située dans le diocèse de Saint-Malo, entre 1415 et 1420. La légende affirme qu'enfant, il découvrit le principe de la typographie en faisant tomber un morceau de bois gravé dans un chaudron d'encre. En voulant le récupérer, il le fit à nouveau tomber sur un drap blanc et comprit que les lettres étaient gravées à l'envers.

En fait la première trace historique le mentionnant date de 1437. Elle figure sur un manuscrit, écrit à la main et contenant trois textes en latin, conservé à la bibliothèque de Leyde. On y trouve la mention : « Ce livre appartient à Jean Brulelou, clerc du diocèse de Saint-Malo, lequel Jean a écrit de sa propre main le présent livre. » Il aurait été rédigé dans la paroisse de Saint-Séglin, voisine de Pipriac. Son auteur est clerc, a étudié la calligraphie et a reçu une sérieuse éducation religieuse. Cependant, il n'a pas coupé les ponts avec le monde des laïcs qu'il rejoint bientôt.

Bourgeois de Bruges

On perd ensuite la trace de Jean Brulelou pendant neuf ans avant de le retrouver sous le nom de Jean Le Breton établi à Tournai dans le sud des Flandres. On ne sait pourquoi il a quitté la Bretagne et la voie ecclésiastique. Le changement de patronyme semble lié à ses origines. À l'époque, les Normand, les Langlais ou Lallemand ne manquent pas. Sa présence en Flandres n'a rien non plus d'étonnante. Avec l'Italie du Nord, ce pays est alors l'un des deux centres économiques de l'Europe. Les échanges avec la Bretagne, qui dispose d'une flotte importante, sont intenses.

En 1454, Jean Le Breton porte un nom flamand, Jan Brotoen ou Jan Brito. Il est membre de la guilde des libraires de Bruges, corporation où son nom figure pendant trente ans. En 1455, il paye quatorze livres et huit sols pour acquérir la qualité de citoyen brugeois.

Bruges, une cité en plein développement

La présence d'un professionnel du livre s'explique aisément dans la cité flamande alors en pleine expansion. Bruges s'enrichit grâce au commerce international et c'est là que naît la Bourse, dans l'hôtel Van der Beurse. Elle profite également de la présence fréquente des ducs de Bourgogne, accompagnés de l'une des plus fastueuses cours d'Europe. Dans ce contexte, le livre est considéré comme un excellent placement, et un bon calligraphe ne devait pas manquer de travail.

Jan Brotoen, ou Jean Brito sous une forme latine, s'installe définitivement à Bruges. Il y fréquente les milieux intellectuels et s'intéresse à la littérature flamande. On lui doit une impression en français du *Wapene Martin* du poète Jacob Van Maerlant. Certains en attribuent la traduction à Jean Brito lui-même. À partir de 1458, ce dernier est systématiquement qualifié du titre de *mesteer*, c'est-à-dire maître, sans doute en raison de la reconnaissance de ses compétences.

Jean Brito a été l'un des cinq premiers imprimeurs en Europe.

L'arrivée de l'imprimerie

La notoriété de Jean Brito lui vient avant tout d'avoir été l'un des pionniers de l'imprimerie en Flandres et même en Europe, puisqu'il est considéré comme l'un des cinq premiers imprimeurs de l'histoire du continent. Il s'est associé avec un artisan brugeois, Mansion, et un Anglais, Caxton. C'est ce dernier qui aurait ramené une presse à imprimer de Cologne en 1472. Caxton quitte assez vite l'affaire pour fonder la première imprimerie londonienne en 1476.

Le principe de l'imprimerie moderne, avec des caractères métalliques mobiles, avait été mis au point par l'Allemand Gutenberg quelques années plus tôt. Il s'agit d'assembler des caractères en plomb pour former un texte à l'envers. La plaque obtenue est enduite d'encre, puis l'on presse sur des cahiers qui sont ensuite assemblés en livres.

Dans l'un de ses ouvrages, Jean Brito revendique son rôle pionnier et écrit : « Regarde la beauté du présent ouvrage. [...] Regarde avec quelle élégance, avec quelle netteté, Jean Brito, bourgeois de Bruges, l'a imprimé. Lui qui a découvert, sans que personne ne lui montre, une technique merveilleuse ainsi que des instruments tout aussi dignes de considération. » Les affaires de Jean Brito ont, en tout cas, prospéré. Reconnu sur la place de Bruges, il y meurt en 1484. Coïncidence, c'est la même année que sort *Le Trépassement de la Vierge* de l'atelier de Bréhan-Loudéac, le premier livre imprimé en Bretagne. Les artisans bretons utilisent alors les mêmes caractères qu'à Bruges tandis qu'à Paris, ce sont des caractères allemands qui ont la faveur des imprimeurs. ■

En bas, statue de Jean Brito dans sa commune d'origine, Pipriac.

Les papes et la Bretagne

Si aucun Breton n'a jamais occupé le trône de saint Pierre, les souverains pontifes ont longtemps entretenu des relations diplomatiques avec le duché de Bretagne. On en retrouve toujours les traces dans la Ville éternelle.

En haut, pierres tombales de religieux bretons enterrés à Rome. Page suivante, la façade de l'église de Saint-Yves-des-Bretons.

Lorsque les Bretons d'outre-Manche émigrent à la fin de l'Antiquité vers l'Armorique, ils apportent avec eux des pratiques culturelles et cultuelles originales. L'Église, qui se structure dans l'ouest de la péninsule, se rattache en effet aux usages « scotiques » en vigueur alors dans les îles Britanniques. Un fonctionnement basé notamment sur le monachisme. Par contre, dans l'est de l'actuelle Bretagne, les élites gallo-romaines du pays de Rennes et de Nantes semblent adhérer sans retenue au catholicisme romain dont le relais dans l'ouest de la Gaule est la métropole de Tours. Au début du IXe siècle, l'empereur Louis le Pieux soumet la Bretagne et ordonne à l'abbé de Landévennec d'abandonner les usages scotiques. L'Église bretonne, jusque-là très autonome, paraît rentrer dans le rang. Plusieurs ducs se rendent en personne à Rome dont Geoffroi Ier et l'un de ses successeurs, Hoël. Ce dernier effectue un pèlerinage en 1072 sans que l'on conserve des détails sur ce voyage. En revanche, en 1095, lorsque le pape Urbain II se rend à Clermont-Ferrand pour y prêcher la première croisade, le duc de Bretagne est bien présent, à l'instar de nombreux princes européens. Alain Fergent se croise et participe activement aux combats en Terre sainte. Mais jusqu'à la fin du XIIe siècle, les relations entre les papes et la Bretagne restent très épisodiques.

Conflits et rapprochements

Les choses changent avec l'arrivée de Pierre Ier sur le trône ducal en 1213. Surnommé « Mauclerc », le « mauvais clerc », en raison de ses rapports difficiles avec l'Église, ce dernier et son fils confisquent de nombreuses terres aux religieux. Ce qui vaut à Pierre Ier d'être excommunié en 1218 par le pape. Les choses s'apaisent ensuite malgré des conflits récurrents entre évêques, abbayes et autorités civiles. En 1288, le pape Nicolas IV reconnaît officiellement le duché de Bretagne, une véritable reconnaissance internationale pour Jean II. Quelques années plus tard, en 1297, la Bretagne, jusque-là qualifiée de comté par les souverains français, est érigée en duché-prairie.

Au XIVe siècle, un conflit sanglant, la guerre de Succession, divise la Bretagne entre partisans de Charles de Blois et des Montforts. La papauté prend d'abord position pour Charles de Blois qui se voit même octroyer des fonds. Mais les choses s'équilibrent ensuite. Jean de Montfort gagne la bataille d'Auray au cours de laquelle son rival est tué. Grégoire XI envoie un nonce pour faciliter les négociations et la signature d'un traité.

Le Grand schisme

En 1378, le grand schisme divise l'Europe avec deux papes, l'un à Rome Urbain VI, l'autre en Avignon, Clément II. Les deux envoient des émissaires rencontrer le duc de Bretagne Jean IV qui ne prend pas trop ouvertement position. Le duc doit composer entre un clergé plutôt favorable à Avignon et ses relations très fortes avec l'Angleterre restée fidèle à Rome. Son fils Jean V joue un rôle dans la résolution du schisme en envoyant son conseiller, le baron de Malestroit, au concile de Pise. Par la suite, Jean V, qui renforce l'indépendance du duché, entretient de bonnes relations avec les souverains pontifes. Dès cette époque, au début du XVe siècle, les relations diplomatiques entre le duché et le Vatican s'intensifient. Ainsi, en 1433, le duc envoie une ambassade solennelle au concile de Bâle tandis que des fidèles du duc effectuent des missions à Rome. Plusieurs d'entre eux ont le rang d'ambassadeurs comme Robert de Coëtlogon, envoyé de Pierre II.

Droits et privilèges

Le dernier duc François II développe également une politique vaticane active dont il demeure de nombreux documents échangés entre la cour ducale et Rome. Le pape Pie II autorise la création de la première université bretonne, celle de Nantes, en 1460. Quelque temps plus tard, les Bretons peuvent faire commerce avec les Turcs. L'essentiel de l'action diplomatique des ducs vise à éviter de faire élire des évêques « étrangers », particulièrement français et donc soupçonnés d'être trop inféodés au puissant voisin. Quant aux papes, en récompensant la Bretagne, ils trouvent alors un moyen de faire pression sur un royaume de France où un puissant courant « gallican » a toujours milité pour une plus grande indépendance de l'Église française et son contrôle par le roi.

Par ailleurs, grâce à cette action diplomatique vers le Vatican, les Bretons disposent de plusieurs privilèges et de droits particuliers, notamment en matière de fiscalité religieuse. Ces singularités bretonnes sont d'ailleurs maintenues après l'union de la Bretagne à la France en 1532. Le parlement de Bretagne, au XVIIe siècle, se voit ainsi reconnaître par plusieurs bulles ses prérogatives judiciaires. ■

L'église Saint-Yves-des-Bretons à Rome

À l'angle de deux obscures rues romaines, non loin de la grande artère du Corso et de la très belle place Navone, se trouve la façade de l'église Saint-Yves-des-Bretons. Son existence est d'abord liée à l'histoire des grands pèlerinages médiévaux, et particulièrement celui de Rome depuis la fin de l'Antiquité. Au terme d'un périple long et dangereux, les fidèles étaient accueillis dans les hospices de la Ville éternelle. Assez naturellement, les pèlerins ont eu tendance à se regrouper en fonction de leurs origines, ce qui conduit à la constitution d'établissements spécifiques à chaque peuple d'Europe, dont les Bretons. Au XVe siècle, avec la politique d'indépendance des ducs de Bretagne, les Bretons obtiennent leur église spécifique. Le 24 septembre 1454, le pape Nicolas II leur accorde un sanctuaire sur la rive gauche du Tibre. Cette donation est confirmée par une bulle de Calixte III (Alfonso Borgia) l'année suivante. Concrètement, les Bretons se voient confier une vieille église du IXe siècle dont ils entreprennent la restauration et à côté de laquelle ils bâtissent un hospice. Le tout est géré par une compagnie de Saint-Yves-des-Bretons, chapeautée par deux procureurs, venant de basse et haute Bretagne. Grâce à des donations, la compagnie régit des immeubles et lève des fonds pour assurer le fonctionnement des édifices. Elle entretient aussi deux lutteurs bretons qui se distinguent dans les tournois organisés à Rome. Nombre des prêtres sont bretonnants, puisqu'il est souvent mentionné qu'ils entendent la confession « en langue armoricaine ». Après l'union de la Bretagne à la France, en 1532, Saint-Yves connaît une période de déclin. Les souverains français voient d'un mauvais œil la persistance d'une « église nationale » pour les Bretons de Rome. La compagnie de Saint-Yves est intégrée et dissoute dans celle de Saint-Louis-des-Français. Jusqu'à leur dissolution, les états de Bretagne continuent cependant à participer aux frais d'entretien de l'église Saint-Yves-des-Bretons. La situation se dégrade ensuite, et le titre de paroisse lui est retiré en 1824. Il ne subsiste aujourd'hui de l'église, revendue par Saint-Louis-des-Français, qu'une belle façade romaine et un oratoire. Ils ont été restaurés dans les années 2000 par le Conseil régional de Bretagne.

1480

Les Coatanlem, une dynastie maritime

Originaire de Morlaix, les Coatanlem ont marqué l'histoire maritime de la Bretagne à la fin du Moyen Âge. L'aîné, Jean, s'est fait connaître par ses exploits de corsaire audacieux. Nicolas, le neveu, a mené une carrière d'armateur et de négociant dans la cité des deux rivières, alors en plein essor.

En haut, la fin tragique du vaisseau amiral de la flotte bretonne *La Cordelière*, commandé par Hervé de Portzmoguer. Il explose avec un navire anglais, le *Regent*, lors d'une bataille au large du Conquet en 1513. Cette toile est visible au Musée des beaux-arts de Brest.

Jehan Coatanlem, l'un des plus fameux corsaires bretons, serait né en 1455 au manoir de Keraudy en Plouézoc'h. Il est sans doute issu d'une famille qui s'était enrichie dans le commerce des crées, ces toiles de lin que la Bretagne commence à exporter dans toute l'Europe au XVe siècle. Morlaix prospère alors et se développe grâce au lin. Peut-être originaires du Léon ou du Trégor, les Coatanlem semblent bien implantés dans la petite noblesse du pays.

Un jeune marin aventureux

En 1475, on retrouve le jeune Jehan Coatanlem au service du roi de Louis XI qui lui prête deux cents livres pour acheter une vieille nef espagnole et la convertir en navire corsaire. Le roi de France est à l'époque en conflit plus ou moins ouvert avec le duc de Bretagne, même après la fin de la ligue du Bien public qui avait vu, jusque 1468, Bourguignons et Bretons mettre en difficulté le roi de France. Ayant reconquis la Normandie, Louis XI arme des corsaires et les autorise à piller les navires anglais ou flamands dans la Manche. Coatanlem s'enrichit rapidement et peut fonder une société d'armement de six navires. Armateur et capitaine, il navigue près des côtes bretonnes, ce qui gêne le duc de Bretagne alors en bons termes avec l'Angleterre. Son navire principal est *La Cuiller*, qui navigue en flotte avec d'autres corsaires et des barques. En 1484, les commerçants de Bristol envoient trois navires contre lui à Morlaix. Au terme d'un combat de six heures, Coatanlem les défait. En représailles, l'escadre de Coatanlem traverse la Manche et met Bristol à sac, prenant plusieurs notables en otage. L'exploit fait grand bruit, mais provoque l'ire du duc de Bretagne. Le sac est considéré comme un acte de piraterie, et Jehan Coatanlem doit s'exiler plutôt que d'indemniser ses victimes.

Amiral du Portugal

L'audacieux Jehan Coatanlem part se mettre au service du roi du Portugal, Jean II, qui, dès 1484, prépare la formidable expansion maritime de son pays. Lorsque Coatanlem arrive, les Portugais ont reconnu l'embouchure du Congo et les côtes de Namibie. Le capitaine breton paraît d'abord avoir été employé contre les navires barbaresques du Maghreb afin de protéger les navires contournant le Maroc vers les comptoirs africains. Coatanlem aurait dirigé, ou coordonné, plusieurs expéditions. La légende dit que les marins du Breton seraient même parvenus jusqu'en Amérique avant Christophe Colomb. La chose n'est pas impossible, une bonne partie des expéditions menées par les Portugais à l'époque étant restées secrètes. Jehan Coatanlem meurt dans son palais de Lisbonne en 1492 avec le prestigieux titre de Gouverneur de la mer.

Jehan Coatanlem meurt dans son palais de Lisbonne avec le prestigieux titre de « Gouverneur de la mer ».

Un neveu armateur

Jehan Coatanlem n'est pas le seul marin célèbre de la famille. Né en 1460 à Morlaix, Nicolas se fait également corsaire et armateur. Lors de la guerre contre le roi de France, il vient en aide au duc François II assiégé dans Nantes. Avec le Quimpérois Michel Marion, il arme une flotte et brise le blocus français.

Quelque temps après la défaite des armées bretonnes et le mariage d'Anne de Bretagne à Charles VIII, Nicolas Coatanlem se retrouve impliqué dans un complot visant à restaurer la souveraineté de la Bretagne. Il met aux prises des anciens membres du « parti français » dont le vicomte de Rohan, qui estimait n'avoir pas été suffisamment récompensé, et des partisans de l'indépendance, comme Pierre Le Pennec, ancien maître des requêtes du duc François II. Il est soutenu par Henri VII d'Angleterre. Une flotte doit débarquer six mille soldats anglais en Bretagne. Elle est censée s'emparer de Brest et de Morlaix – où est solidement établi Nicolas Coatanlem – et appuyer les révoltés bretons afin de placer le vicomte de Rohan sur le trône ducal. Mais Henri VII Tudor ne tient pas ses promesses. Le complot est démasqué. Coatanlem est emprisonné, puis libéré quelque temps plus tard. Charles VIII préfère jouer l'apaisement et concède d'importants droits au duché, notamment celui de ne payer que les impôts consentis par les états de Bretagne.

Nicolas Coatanlem poursuit sa carrière de financier et de négociant à Morlaix. Il étend ses affaires vers Penmarc'h et Paimpol. En 1500, la reine Anne de Bretagne fait appel à lui pour construire le célèbre navire *La Cordelière*. Il meurt à Morlaix en 1518, quelques années après la destruction de ce navire, lors d'un combat contre les Anglais au large du Conquet. ■

En bas, représentation de navire médiéval sur l'église de Roscoff. De nombreuses églises des ports bretons conservent des représentations de navires des XVe et XVIe siècles, lorsque les Bretons « peuplaient les mers », suivant la belle expression d'Irène Frain.

La marine bretonne à la fin du Moyen Âge

Dans la seconde moitié du XVe siècle, la flotte bretonne se développe considérablement à la faveur d'une prospérité croissante. Les navires bretons sillonnent l'Atlantique, la Manche et la mer du Nord. Ils font commerce de toiles, de vins et de produits divers. Ils sont les routiers des mers européennes. Les navires armés dans le duché arboraient la *kroaz du*, la bannière de Bretagne, une croix noire sur fond blanc entourée d'hermines. Pour protéger ses ports, le duc armait un « convoi de mer », des navires marchands armés. Le duc n'accordait ses brefs, l'autorisation de commercer, qu'aux navires y participant ou payant une taxe. Le commerce comme ces taxes vont considérablement enrichir le duché. Les ports se développent. Penmarc'h est alors l'un des plus importants pour l'Atlantique. Le duc entretenant de bonnes relations avec l'Angleterre, les relations économiques s'accroissent notablement dans les années 1470, notamment par le port de Morlaix. On estime, qu'en 1480, un million de mètres de toiles de lin sont envoyés dans les îles Britanniques.

1514

Anne, la dernière duchesse

En 1514, il y a cinq cents ans, Anne de Bretagne s'éteint au terme d'une existence particulièrement mouvementée. Mariée à un empereur et à deux rois de France, elle demeure la dernière souveraine d'un duché de Bretagne quasi indépendant dont elle a vaillamment défendu le statut. Elle demeure la plus célèbre Bretonne de l'histoire de France.

En haut, Anne de Bretagne et ses dames de compagnie. Duchesse de Bretagne et reine de France, Anne de Bretagne est restée très dévote tout au long de son existence.

Anne de Bretagne est née en 1477, au Moyen Âge, dans un duché de Bretagne indépendant et prospère. Elle meurt reine de France dans une Europe de la Renaissance où se multiplient prouesses artistiques, découvertes géographiques et avancées scientifiques. Anne « de Bretagne » disparaît à l'issue de trente-sept années particulièrement denses. Elle est encore une enfant lorsque son père décède, quelques mois après la terrible défaite de Saint-Aubin-du-Cormier. Dès lors, le destin ne l'épargne guère et contribue à forger un caractère étonnant. Entourée de conseillers fidèles et attachés aux libertés bretonnes, elle continue la lutte contre les troupes françaises. Vaincue militairement, elle doit capituler en 1491. Elle fait partie du butin du vainqueur, le roi de France Charles VIII, qui l'épouse quelques mois plus tard sans même attendre de dispense papale annulant son précédent mariage.

La petite Brette

La « petite Brette » fait d'abord le dos rond. Elle encaisse les brimades d'un mari plutôt fruste, heureusement régulièrement parti guerroyer en Italie. Elle apprend à se faire respecter. Saint-Gelais nous dit qu'elle était crainte des courtisans. Brantôme, dont une partie de la famille a servi Anne, évoque également une certaine dureté envers ses serviteurs qu'elle sait cependant récompenser royalement lorsqu'elle est satisfaite. Avec Charles VIII qu'elle n'aime pas, Anne de Bretagne tente de tenir son rang de duchesse et de reine. Elle enchaîne également les grossesses – une dizaine au cours de sa vie –, mais aucun enfant qu'elle a avec Charles VIII ne survit.

On ne la devine guère affligée lorsque son royal époux décède d'un bête et anodin accident dans leur château d'Amboise. Charles VIII a, semble-t-il, glissé et s'est cogné la tête dans un escalier. Anne a 21 ans. Elle est veuve. Elle se remarie au successeur de Charles, Louis XII, dès 1499, par nécessité politique sans doute, mais des sentiments sincères paraissent les lier tous les deux. Avant d'être roi de France, Louis n'a-t-il pas été un aristocrate frondeur, un temps réfugié à la cour d'un duc de Bretagne pour lequel il a combattu contre Charles VIII jusque 1487 ? Fait unique dans l'histoire de France, Anne exige d'être sacrée reine de France une seconde fois à Saint-Denis.

Louis XII se montre, en tout cas, beaucoup plus respectueux des droits de son épouse et de son duché. Cette dernière y a rétabli une certaine forme de souveraineté et gère désormais directement les affaires d'une péninsule qui dispose de ses propres institutions. Catholique fervente, elle nomme elle-même des ecclésiastiques de confiance à la tête des évêchés bretons. C'est en duchesse souveraine qu'elle correspond avec les papes de son époque auxquels elle multiplie les signes de ferveur et de fidélité, même lorsque ceux-ci appartiennent à la famille des Borgia.

> La Bretagne obtient un statut d'autonomie fiscale et juridique qui a perduré pendant trois siècles.

Loin d'être la pauvre « duchesse en sabots » décrite plus tard, Anne de Bretagne est en fait une fine politique qui a su renégocier les clauses de son contrat de mariage. Il y a, chez elle, du *Prince* de ce Machiavel qu'elle a probablement rencontré. Elle s'oppose ainsi farouchement au mariage de sa fille Claude au futur François Ier qui annexe le duché en 1532. D'ailleurs, si Anne avait eu deux héritiers mâles, la Bretagne aurait recouvert son indépendance. Grâce à Anne de Bretagne et aux résistances que rencontre le pouvoir royal, la Bretagne obtient un statut d'autonomie fiscale qui perdure pendant trois siècles.

Avec Louis XII, Anne comprend que le temps des humiliations est passé. Les Bretons qui lui sont restés fidèles dans les épreuves se voient désormais récompensés. En revanche, elle peut se montrer particulièrement rancunière. En 1506, elle obtient la condamnation de Pierre de Rohan, pourtant maréchal de Gié. Il appartient à une famille qu'elle exècre pour avoir trahi les intérêts du duché. Elle n'hésite pas à utiliser la corruption, l'intimidation et son accès privilégié au roi contre lui. « Elle estoit prompte à la vengeance et pardonoit malaisément », commente sobrement Brantôme.

Une popularité posthume

Savante sans être lettrée, Anne a également le souci de la postérité. Elle finance plusieurs ouvrages historiques sur la Bretagne (Le Baud, Bouchart, De Belges) qui contribuent à alimenter une flamme souverainiste, ravivée par Bertrand d'Argentré à la fin du XVIe siècle. Dès cette époque, la mémoire populaire commence à l'idéaliser. À partir du XVIIe siècle, on lui consacre de nombreux récits, romans, pièces de théâtre et, surtout, chansons populaires. Dans le cœur des Bretons, le « temps de la duchesse Anne » devient celui d'une époque mythique, mêlant rêves de prospérité et de liberté. Et la plupart des villes de Bretagne conservent une « maison de la duchesse Anne » en souvenir de son « *tro Breizh* » triomphal, en 1505. ■

En bas, le reliquaire contenant le cœur d'Anne de Bretagne a été rapporté à Nantes après son décès. Il figure dans les collections du musée Dobrée.

Un cœur à Nantes

Décédée le 9 janvier 1514 au château de Blois, Anne de Bretagne bénéficie de funérailles royales. Elle est enterrée dans l'abbaye Saint-Denis comme tous les souverains français. Cependant, quelque temps avant sa mort, Bretaigne, le héraut d'armes de la duchesse, indique qu'elle : « commanda, pria, octroya et accorda que son cœur eust été porté en son pays et duché de Bretaigne, mys et enterré en sa cité et ville de Nantes avec ses père et mère ; duquel cœur elle faisait présent à ses Bretons, comme à ses bons amys et subjectz ». Le magnifique tombeau qu'elle avait fait édifier pour ses parents – aujourd'hui dans la cathédrale de Nantes – est ouvert pour accueillir son cœur placé dans un superbe reliquaire. Il se compose d'une boîte en forme de cœur, constituée de valves en tôle d'or, réunies par une cordelière en or qui dissimule les jointures. En 1727, Gérard Mellier, maire de Nantes, fait ouvrir le tombeau où est redécouvert le cœur d'Anne, enfermé dans trois coffrets. La pièce d'orfèvrerie a probablement été réalisée par des artisans à Blois. Pendant la Révolution, le tombeau de François II est profané. Après moultes vicissitudes, le reliquaire est finalement acquis par le Conseil général de Loire-Atlantique et exposé au musée Dobrée, à Nantes.

1535

JACQUES CARTIER AU CANADA

L'un des plus grands pays du monde, le Canada, doit son nom à un navigateur malouin, Jacques Cartier. Sans combattre les Indiens, il a mené trois expéditions dans les « Terres-Neufves » et reconnu les sites de Québec et de Montréal.

EN HAUT, la statue de Jacques Cartier sur les remparts de Saint-Malo, sa ville natale.

PAGE SUIVANTE, EN HAUT, le buste de Jacques Cartier à Rothéneuf.

EN BAS, le manoir de Limoëlou.

À l'époque des grandes découvertes, au début du XVIe siècle, les Bretons ont pris leur part dans ce que les historiens nomment désormais la « première mondialisation ». Les marins européens traversent les océans, reconnaissent de nouvelles terres et fondent des comptoirs commerciaux aux quatre coins de la planète. Parmi ces grands découvreurs se détache la figure de Jacques Cartier, né en 1491.

Il est à l'origine de la formule « faux comme un diamant du Canada ».

Réputé excellent navigateur dès 1511, il épouse, en 1520, Catherine de Granches, fille du connétable de Saint-Malo. Il s'est sans doute rendu au Brésil en 1526, ramenant une indigène baptisée « Catherine du Brézil ». Il a aussi probablement participé aux expéditions morutières en Atlantique Nord qui se développent à cette époque.

PREMIÈRE EXPÉDITION EN 1534

Le 8 mai 1532, il est présenté au roi de France, François Ier, en visite au Mont-Saint-Michel. Il y présente son projet de découverte vers les « Terres-Neufves » en vue de rechercher un passage direct vers la Chine. Il obtient des fonds et monte une première expédition qui quitte la Bretagne le 20 avril 1534. Le 10 mai, il est à Terre-Neuve. Le 27 mai, il aborde la côte du Labrador et arrive le 10 juin dans le « hable de Brest », un comptoir breton établi depuis quelques années sur la côte canadienne. Ce petit port a pu compter plusieurs dizaines d'habitants et tendrait à prouver que les Bretons fréquentaient déjà les côtes américaines à la fin du XVe siècle.

En juillet, Jacques Cartier reconnaît l'immense estuaire du Saint-Laurent, et il a des premiers contacts avec les Amérindiens de la tribu des Micmacs. Il explore également la Gaspésie, prend possession des terres au nom du roi et rembarque en compagnie de deux des fils d'un chef amérindien. Le 5 septembre, il est de retour à Saint-Malo.

LE DEUXIÈME VOYAGE

Avec la *Grande Hermine*, la *Petite Hermine* et l'*Émérillon*, il reprend la direction du Canada en mai 1535. Cette fois, il pénètre dans le Saint-Laurent et entre dans le royaume du Saguonay qu'il nomme Canada, un mot indien signifiant « grande maison ». Il s'établit un moment à Sainte-Croix où Champlain a fondé plus tard la ville de Québec. Il remonte ensuite dans les terres et, le 2 octobre 1535, reconnaît le mont Royal, futur emplacement de l'actuelle ville de Montréal.

Il hiverne au Canada, mais perd 25 hommes sur 110, principalement du scorbut. Il revient à Saint-Malo en mai 1536. Il est accompagné par une dizaine d'Amérindiens qui suscitent une vive curiosité.

Les voyages de Jacques Cartier ont éveillé la méfiance des Espagnols qui constituent un réseau d'espions autour de lui et de ses Indiens. Madrid entend conserver sa suprématie sur le Nouveau Monde. À l'inverse, à la cour de France, on ne croit guère au potentiel de ses Terres-Neufves, et Jacques Cartier va de désillusions en désillusions pour monter une troisième expédition.

Les diamants du Canada

Le 23 mai 1541, Jacques Cartier appareille seul. Le seigneur de Roberval, qui doit commander l'expédition, reste à Honfleur, puis se livre à des actes de piraterie sur les côtes léonardes. En août, Cartier accoste de nouveau à Sainte-Croix et reprend l'exploration du pays. Il cherche des richesses potentielles et croit découvrir des diamants, de l'or et du fer. De retour à Saint-Malo, il apprend qu'il ne s'agit que de mica, de quartz et de pyrite de fer. Jacques Cartier est à l'origine de la formule « faux comme un diamant du Canada »… Malgré ces déceptions, il est accueilli triomphalement dans sa cité et participe à diverses activités de la vie malouine. Il se consacre notamment à des travaux de cartographie et rédige ses mémoires et récits de voyages. Ces derniers sont publiés en 1545 en France, puis en Italie en 1565 et, en anglais, en 1580.

Jacques Cartier meurt de la peste le 1er septembre 1557 et est inhumé dans la cathédrale de Saint-Malo. À partir du XIXe siècle, il devient d'ailleurs un héros de l'histoire canadienne tout en étant honoré en Bretagne avec l'érection de plusieurs statues dont l'une est installée sur le bastion de la Hollande en 1905. ■

Le manoir de Limoëlou

Jacques Cartier est particulièrement honoré à Saint-Malo où sa statue se dresse sur les remparts. Son ancien manoir du Limoëlou, à Rothéneuf, est aujourd'hui un musée consacré aux voyages de Jacques Cartier ainsi qu'à la vie quotidienne au début du XVIe siècle. On y évoque également les techniques de navigation à l'âge des grandes découvertes. Bâtiment typique de la fin du Moyen Âge breton, Limoëlou permet enfin de découvrir des objets et du mobilier d'époque. Des visites guidées sont proposées tous les jours.

1554

Création du Parlement de Bretagne

Le palais du Parlement de Bretagne est l'un des fleurons du patrimoine rennais. Il tire son nom de la cour de justice qui y a siégé de 1655 à 1789 et qui s'est parfois opposée au pouvoir royal.

De nos jours, le mot « parlement » désigne le plus souvent une assemblée démocratiquement élue qui incarne le pouvoir législatif, c'est-à-dire qui fait et défait les lois. Il peut cependant revêtir des sens différents, notamment dans le cas des parlements d'ancien régime qui étaient des institutions judiciaires possédant cependant des attributions législatives et administratives.

Sous l'Ancien Régime, le parlement de Bretagne est d'abord une cour de justice. Souveraine, elle juge l'essentiel des affaires en dernier ressort, en appel des décisions des juridictions royales ou seigneuriales. Le Parlement prend également des arrêts et des règlements, ce qui en fait la référence en matière administrative dans la province. Il est également une source de jurisprudence pour les autres cours de justice en Bretagne. Enfin, il est chargé d'enregistrer et d'appliquer les textes juridiques royaux, donc de les adapter au droit local. Il peut d'ailleurs critiquer certaines décisions royales sous forme « d'humbles remontrances ».

Le parlement de Bretagne existait dès le Moyen Âge. Il s'agissait alors d'une cour ducale de justice comprenant vingt-deux conseillers. En mars 1554, quelque temps après l'union du duché à la France, un nouveau Parlement est institué par le roi Henri II. Pour le contrôler, le pouvoir royal exige qu'il y ait égalité numérique entre Bretons et non Bretons dans ses rangs. Le Parlement se réunit d'abord en deux sessions, l'une à Nantes et l'autre à Rennes. En 1561, Rennes obtient définitivement le siège du Parlement.

En fonction des besoins et des époques, le nombre de parlementaires évolue. De trente-huit conseillers à ses débuts, dont quatre présidents, on passe à plus d'une centaine de membres au XVIIIe siècle. Il comprend ainsi une Grand' Chambre, une Chambre de la Tournelle pour les affaires criminelles, une à deux Chambres pour les enquêtes. Les charges de conseillers comme de présidents sont payantes. La vente des offices est en effet un moyen efficace de remplir les caisses royales. Si quelques bourgeois ont pu siéger au Parlement à ces débuts, à partir de 1672, seuls les nobles peuvent accéder à ces charges. Le parlement de Bretagne, comme la justice d'Ancien Régime, est effectivement largement contrôlé par la noblesse. En Bretagne, elle parvient habilement à associer ses intérêts avec la défense des droits de la province, ce qui permet à l'aristocratie de se concilier une partie de l'opinion publique. Le parlement de Bretagne est donc considéré comme le gardien du statut de 1532 et des droits de la province dans le royaume de France.

Trente-six ans de travaux !

En 1564, le roi Charles IX autorise la construction d'un palais pour abriter le parlement de Bretagne. Il aura fallu attendre presque un siècle pour qu'il s'y installe. En 1600, un impôt est levé sur le cidre pour financer la construction et, en 1615, décision est prise de l'édifier sur l'enclos Saint-François à Rennes. Trois ans plus tard, la première pierre est posée et il faut trente-six ans de travaux pour achever le bâtiment en 1654. L'année suivante, une grande cérémonie est organisée pour l'installation du Parlement. Bâti en pierre, cet imposant palais de pierres échappe au grand incendie de Rennes de 1720. Sa façade fut remaniée par Gabriel, l'architecte chargé de la reconstruction de la ville de Rennes. Par ailleurs, il est décidé, à cette occasion, de profiter des destructions pour édifier une place royale devant le Parlement. Tout autour, on construit d'élégants hôtels pour loger les conseillers et les parlementaires.

Les épreuves de 1675

En avril 1674, pour augmenter les recettes fiscales, le pouvoir royal impose que, dans tout le royaume, il soit utilisé du papier timbré (taxé) pour les actes judiciaires et notariaux et les registres paroissiaux. Dans une province relativement épargnée par la pression fiscale comme l'était la Bretagne, du fait de son statut, la mesure passe mal. L'édit royal est enregistré au Parlement en août et en novembre 1674. Mais, en avril 1675, l'agitation s'empare de Rennes. Des émeutiers s'en prennent aux représentants du roi. Nantes s'enflamme également. Puis, en basse Bretagne, une révolte rurale, celle des Bonnets rouges, se poursuit jusqu'à l'été.

Les membres du parlement de Bretagne ne cachent pas leur hostilité à ce papier timbré dont l'obligation leur fait craindre une baisse de leur activité. En coulisse, ils semblent avoir joué un rôle dans la propagation de la contestation. La reprise en main royale est sévère. Un quartier de Rennes est rasé. Le Parlement, quant à lui, est exilé à Vannes. Il y reste jusque 1690.

C'est à nouveau pour financer des guerres que le pouvoir royal tente, entre 1762 et 1763, d'augmenter les taxes et contributions indirectes dans les différentes régions du royaume. Cette poussée fiscale est particulièrement mal vécue en Bretagne où les maladresses de l'intendant, le duc d'Aiguillon, vont achever de dresser contre lui les corps constitués de la province. En 1765, le parlement de Bretagne refuse ainsi d'enregistrer les lettres patentes du roi, et il interrompt ses audiences. Le 10 avril, plutôt que de se soumettre, la grande majorité des parlementaires démissionne, ce qui provoque la fureur de Louis XV. Des parlementaires sont arrêtés dont l'un des meneurs de la résistance, Louis-René de Caradeuc de La Chalotais, qui est ensuite emprisonné au fort du Taureau en baie de Morlaix.

Résistances parlementaires

Embastillés, puis exilés hors de Bretagne, ces parlementaires ne cèdent pas et voient leur cause accueillie favorablement dans l'opinion publique tandis qu'à Rennes, la fronde persiste. La démission et le remplacement du duc d'Aiguillon calment un moment les choses. En 1769, l'ancien Parlement est rappelé. Mais comme les désordres continuent, il est dissous par Louis XV en 1771. La situation est totalement bloquée. Seule la mort de Louis XV en 1774 change la donne. Son successeur rétablit les parlements et rend leur liberté aux exilés. Le 13 décembre, La Chalotais et les parlementaires exilés font une entrée triomphale à Rennes. Même si elle est dirigée essentiellement par la noblesse, cette révolte contre le centralisme et l'arbitraire royal n'est pas sans préfigurer les grands bouleversements sociaux de la fin du XVIIIe siècle qui aboutissent à la Révolution française. Cette dernière supprime le parlement de Bretagne dont le bâtiment demeure un palais de justice. Une nouvelle institution créée en 1804, la cour d'appel de Rennes, est l'héritière du parlement de Bretagne. Sa juridiction s'étend d'ailleurs aux cinq départements correspondant à la Bretagne historique. ■

PAGE PRÉCÉDENTE, EN HAUT, joyau de l'architecture classique, le parlement de Bretagne a consacré Rennes dans son rôle de capitale administrative et judiciaire.

EN HAUT, le toit du Parlement, restauré après le terrible incendie de 1994.

EN BAS, un jeton frappé par la ville de Dinan pour les états de Bretagne.

L'ÂGE D'OR DES MANOIRS

Dès le Moyen Âge, la Bretagne se couvre de maisons nobles ; les manoirs. Moins fortifiées que les châteaux, ces solides bâtisses sont aussi le centre de domaines agricoles plus ou moins importants. Aujourd'hui encore, le manoir demeure l'un des éléments les plus représentatifs de l'architecture bretonne.

La tradition des demeures aristocratiques de taille moyenne, à vocation agricole, remonte à l'Antiquité. Durant la période gauloise, de petites forteresses sont ainsi édifiées dans toute la péninsule armoricaine, comme celles de Laniscat ou Inguiniel. Plus tard, après la conquête romaine, une partie de l'aristocratie gallo-romaine possède de vastes domaines agricoles comportant des parties résidentielles, occupées occasionnellement par des propriétaires demeurant également dans les nouvelles villes romaines, et des parties agricoles fournissant des revenus importants. Au haut Moyen Âge, les petits nobles bretons résident dans des domaines plus ou moins fortifiés ayant également une vocation agricole prononcée.

Une fonction ostentatoire

Aux XIIe et XIIIe siècles, la Bretagne entretient des liens économiques et culturels avec la Normandie et l'Angleterre. C'est sans doute de ces régions que se sont diffusés les premiers modèles architecturaux de manoirs. Il s'agit alors de demeures habitées par des petits nobles, faiblement ou peu fortifiées, et au cœur d'un domaine agricole. Le terme de manoir vient du latin *manere*, « demeurer » ou « rester ». Ces premiers manoirs sont en général des constructions de bois et de terre, qui ont aujourd'hui disparu, victimes de conflits ou de reconstructions ultérieures. Certains manoirs bretons conservent cependant un plan archaïque, proche des *halls* britanniques. Il s'agit d'un long bâtiment sous charpente. La grande salle occupe tout l'espace entre le sol et le toit, comme au manoir de Molant, à Bréal-sous-Montfort. Des salles d'apparat illustrent bien la fonction ostentatoire des édifices. Car le manoir est à la fois un lieu de vie, de travail et de pouvoir. Il est la résidence d'une famille aristocratique. Avant de désigner une habitation, le manoir était d'ailleurs synonyme de terre noble. Il abrite aussi la domesticité, les ouvriers agricoles et parfois le métayer chargé de diriger le domaine. Les gens du propriétaire sont en général logés dans les dépendances, ou dans des bâtiments extérieurs, notamment dans les « métairies ».

Moulins, colombiers, chapelles...

Le manoir se distingue de la ferme par l'ampleur des bâtiments et par la concentration de terres environnantes. Certains manoirs bretons comportent également des éléments défensifs : douves, échauguettes, murs d'enceinte... Plus que de pouvoir résister à un long siège, il s'agit surtout de dissuader des maraudeurs. Ces éléments défensifs sont parfois de nature ostentatoire. Il s'agit de rappeler la fonction militaire de la noblesse.

Les propriétaires de manoirs affirment leur statut grâce à un certain nombre de constructions symboliques qui étaient autant de sources de revenus. On trouve ainsi fréquemment associés des moulins, des pêcheries, des viviers, des fours. On ne trouve que rarement des manoirs bretons sans colombiers. La possession de manoir impliquait un certain nombre de droits ancestraux comme les droits de justice et les titres de fondateurs et de bienfaiteurs dans les chapelles environnantes ou dans l'église paroissiale.

Une architecture singulière

L'une des particularités du manoir breton réside dans son extraordinaire concentration dans la péninsule. Les spécialistes en recensent plus de douze mille avec, parfois, entre quarante et soixante manoirs par commune. La noblesse bretonne du Moyen Âge et de l'Ancien Régime était en effet très nombreuse, bien plus que dans le royaume de France. Quelquefois, seule la possession d'un modeste manoir permettait d'ailleurs d'en distinguer les membres du reste du peuple. Le nombre des manoirs bretons et la richesse de leur architecture illustrent aussi la prospérité de la péninsule qui, contrairement à certaines idées reçues, se trouvait alors au cœur des grands axes commerciaux de l'époque.

Outre les matériaux employés (granit, ardoises) qui leur confèrent une allure spécifique, les manoirs bretons possèdent certains éléments particuliers. On dénombre fréquemment des logis-portes, apparentés aux *gate-houses* britanniques. Il s'agit d'un bâtiment construit au-dessus d'une porte et qu'il défend. Sur nombre de manoirs bretons, on peut également observer les traces de supports de galeries extérieures. Mais la plupart d'entre elles ont aujourd'hui disparu, à l'exception du manoir de Launay-Bazoin, à Sainte-Anne-sur-Vilaine. Enfin, les escaliers monumentaux font également partie de nombreux manoirs. On les trouve parfois sur des tours qui ornent les façades et ajoutent de la majesté à l'édifice.

À la fin du Moyen Âge, les ducs de Bretagne et leur entourage font aussi construire des manoirs. Le duc Jean V finit ainsi sa vie au manoir de la Touche, l'actuel musée Dobrée, à quelques kilomètres de la ville close de Nantes. D'autres familiers des ducs font édifier d'élégantes demeures comme le Hac, près de Dinan, ou le Bois Orcan à proximité de Rennes.

Un élément de l'identité bretonne

La majesté de certains manoirs bretons influence fortement l'architecture régionale. Certains prêtres se font bâtir de véritables petits manoirs comme en témoigne le vieux presbytère de Landeleau. Peu à peu, le manoir devient la propriété de notables et de marchands, notamment dans les régions de productions de toiles. Un phénomène qui s'accentue avec le déclin de la petite noblesse rurale a partir du XVIIe siècle. Les armateurs aussi érigent de luxueuses demeures comme dans la région de Saint-Malo où ils s'inspirent de l'architecture militaire de la ville close pour construire les fameuses malouinières.

Au XIXe siècle, avec un regain d'intérêt pour le Moyen Âge et la vague romantique, le manoir connaît une nouvelle mode. Il influence l'architecture des stations balnéaires bretonnes les plus chics et commence à être identifié comme l'un des éléments pittoresques du paysage breton. Aujourd'hui encore, le manoir breton continue d'être associé à un certain *standing* social, en témoignent les nombreuses restaurations. Mais sur les douze mille manoirs anciens recensés, il n'en reste plus guère aujourd'hui que la moitié. ■

Page précédente, Comper, en forêt de Brocéliande, accueille désormais le Centre de l'imaginaire arthurien. Il présente une belle façade aux reflets rosés.

En haut, le manoir de la Touche, au cœur de Nantes, a été la résidence du duc Jean V. Puis, il a abrité un collège des Irlandais avant d'être acheté par l'armateur Dobrée, qui y a installé son musée.

Les protestants bretons

Au XVIe siècle, des Bretons sont séduits par la religion réformée. Mais ces conversions touchent essentiellement la noblesse, et les troubles religieux y sont plus brefs que dans le reste de la France.

En haut, le château de Careil, près de Guérande, a été un important centre du protestantisme en Bretagne.

Au début du XVIe siècle, un moine augustin d'origine allemande, Martin Luther, va changer la face de l'Europe. Il défie le pape en affirmant que la Bible est la seule source d'autorité religieuse, minant ainsi le pouvoir de la hiérarchie catholique. En 1521, il est excommunié. Mais, protégé par le grand électeur de Saxe, il continue de prêcher, d'écrire, et il effectue une première traduction de la Bible en allemand. Il reproche aussi au pape d'avoir renoncé aux idéaux primitifs de l'Église et condamne le système des indulgences (les fidèles pouvaient « acheter » leur salut éternel en faisant des dons à l'Église). Ses idées ont un grand retentissement grâce aux progrès de l'imprimerie. En quelques décennies, la religion qu'il a fondée se répand dans toute l'Europe et provoque une forte réaction catholique. D'autant que des pays entiers se convertissent, à l'instar de l'Angleterre, après que le pape eut refusé au roi Henri VIII de divorcer. La seconde moitié du XVIe siècle est marquée par de violents affrontements entre protestants et catholiques.

En Bretagne, de premiers troubles ont lieu dès 1534. À Morlaix, un jeune homme détruit une statue de la Vierge et, à Dinan, un prêtre est accusé d'avoir brisé un crucifix. Une dizaine de Bretons semblent également avoir rejoint Calvin à Genève en 1558. Quelques gentilshommes ruraux ainsi que des magistrats du parlement de Bretagne paraissent également avoir été tentés par la nouvelle religion réformée.

Coligny en Bretagne

En 1558, l'une des grandes figures du protestantisme en France, l'amiral de Coligny, arrive en Bretagne pour inspecter les défenses côtières. Il organise un prêche dans le château de La Bretesche, près de Rennes, que possédait sa femme. De nombreuses familles nobles du Bassin rennais en profitent pour proclamer leur adhésion au protestantisme. Peu à peu se constituent des foyers protestants à Rennes, Vitré, Nantes, Hennebont. Dans les années qui suivent, plusieurs prêches ont lieu en haute Bretagne, notamment à Blain dont les châtelains, Catherine de Parthenay et René II de Rohan sont devenus de fervents réformés. À Vitré, Renée de Rieux fait de cette ville des Marches un bastion huguenot.

Surtout en haute Bretagne

Si, jusqu'aux années 1570, le protestantisme se diffuse en Bretagne, il reste essentiellement cantonné à la haute Bretagne. L'historien du protestantisme breton, Jean-Yves Carluer, estime que : « La barrière linguistique représentée par la limite du breton n'aurait pu être franchie durablement que si les réformés avaient disposé de prédicateurs et de traducteurs en langue celtique, ce qui ne fut pas le cas, hormis quelques tentatives isolées. »

Il est aussi isolé au niveau sociologique : les protestants se recrutent essentiellement dans la noblesse et la bourgeoisie urbaine. On compte également quelques commerçants britanniques, flamands ou néerlandais installés dans les ports de la Manche.

Les protestants bretons se recrutent essentiellement dans la noblesse et la bourgeoisie urbaine.

En fait, l'immense majorité de la population bretonne reste catholique, et le protestantisme n'est pas perçu comme une menace réelle par le clergé. Les gouverneurs de Bretagne, de 1558 à 1572, observent une politique de relative neutralité. Alors que le royaume de France sombre dans la guerre civile, la situation reste calme en Bretagne, même si quelques escarmouches ont lieu après la Saint-Barthélemy. Les villes bretonnes refusent d'ailleurs l'ordre du gouverneur de massacrer les protestants comme à Paris. En 1577, un coup de main protestant pour s'emparer de Concarneau tourne à l'échec.

Les guerres de la Ligue

La situation devient plus critique en 1585 avec l'arrivée d'un nouveau gouverneur, le duc de Mercœur, dont la femme était la descendante des Penthièvre qui, aux siècles précédents, avaient prétendu au duché de Bretagne. Mercœur se range aux côtés des ligueurs, des ultracatholiques qui refusent de reconnaître Henri de Navarre comme roi de France. Pendant une dizaine d'années, la Bretagne est en proie à une guerre civile, amplifiée par l'arrivée de troupes étrangères. L'Angleterre protestante envoie des troupes qui cantonnent à Paimpol. La très catholique Espagne en fait autant dans le sud de la Bretagne. Les protestants bretons souffrent beaucoup de cette guerre, nombre d'entre eux y perdant la vie.

En 1598, la Bretagne demeure la seule province que ne contrôle pas Henri IV. Ce dernier se rend à Nantes, et Mercœur préfère se soumettre. Au château de Nantes, Henri IV signe le fameux édit de Nantes qui instaure la liberté religieuse. Le parlement de Bretagne n'enregistre l'édit qu'en 1600. Les temples protestants peuvent rouvrir. Blain, mais aussi Pontivy abritent des communautés protestantes protégées par les Rohan. En 1650, on ne compte guère plus d'un millier de protestants en Bretagne. Les violences persistent. Ainsi, les protestants de Rennes sont victimes des insurgés lors de la révolte du papier timbré en 1675. Dix ans plus tard, Louis XIV révoque l'édit de Nantes. Les protestants préfèrent fuir, et la Bretagne, avec ses nombreux ports, fait figure de porte de sortie d'un royaume de France désormais hostile aux huguenots. Il faut attendre le XIXe siècle, avec notamment des missionnaires gallois, pour voir à nouveau émerger un protestantisme breton. ■

En haut, la duchesse Margueritte de Rohan fut obligée d'épouser un catholique, mais resta fidèle à la religion réformée jusqu'à sa mort en 1684.
Elle protégea la communauté protestante de Pontivy dont le château était sa résidence officielle.

1598

Henri IV en Bretagne

Mettant un terme à la féroce guerre de la Ligue, le voyage d'Henri IV en Bretagne, d'avril à mai 1598, a été marqué par la proclamation de l'édit de Nantes, instaurant la tolérance religieuse. Lors de son séjour, le « Vert Galant » s'est également montré à la hauteur de sa réputation de séducteur.

En haut, le château ducal de Nantes. En le découvrant, en 1598, Henri IV se serait exclamé : « Ventre Saint-Gris ! Les ducs de Bretagne n'étaient pas de petits compagnons ! ».

En 1597, la partie s'achève pour le duc de Mercœur, gouverneur rebelle de Bretagne et chef du parti de la Sainte Ligue, une coalition d'ultracatholiques qui combat Henri de Navarre, devenu Henri IV après sa conversion au catholicisme. Après avoir pacifié Paris, le Béarnais s'approche de la Bretagne pour mettre fin à une décennie de combats, souvent féroces. Mercœur consent à négocier. Une délégation ligueuse est envoyée, début 1598, auprès du roi arrivé à Angers. Après de longues négociations, la paix est conclue le 20 mars. Dès l'annonce de la paix retrouvée, l'effervescence s'empare de Nantes où l'on prépare activement l'arrivée du souverain. Le 26 mars, les notables décident que : « On préparerait dans les carrefours par lesquels le roi devait passer des théâtres et des arcs de triomphe ». Le 4 avril, le maréchal Albert de Gondi arrive dans la cité ducale afin d'obtenir la « réduction de la ville et du château » et d'organiser le séjour du Béarnais qui ne souhaite pas faire une entrée trop ostentatoire. Gondi réclame aussi 12 000 écus pour l'entretien de sa garde, ce que négocient âprement les édiles nantaises qui ont déjà dépensé 4 000 écus en cadeaux et préparatifs divers.

L'édit de Nantes et la tolérance religieuse

Enfin, le 13 avril 1598, vers dix-huit heures, Henri IV pénètre dans Nantes. Il franchit la porte Saint-Pierre, encadré des ducs d'Elbeuf et d'Épernon ainsi que du duc de Schomberg. Il prend ses quartiers et travaille avec ses conseillers à la rédaction d'un édit qui va révolutionner la vie religieuse, puisqu'il instaure le principe de tolérance et met fin aux guerres entre catholiques et protestants qui ont ensanglanté le royaume de France pendant plusieurs décennies.

On ne connaît pas la date exacte de la promulgation de ce texte qui compte quatre-vingt-treize articles, plus une cinquantaine de clauses secrètes. Outre le retour à la paix, il ouvre aux protestants les portes de l'administration royale. Ce texte fondamental est resté comme « l'édit de Nantes » ; il ne fut remis en cause que par Louis XIV.

Pacifier la Bretagne

Henri IV est également à Nantes pour instaurer la paix en Bretagne. Il offre ainsi une importante rétribution au duc de Mercœur qui s'en va combattre les Turcs en Hongrie. La fille de Mercœur, Françoise de Lorraine, est mariée à César de Bourbon, duc de Vendôme, alors âgé de 4 ans, fils naturel du Béarnais et de Gabrielle d'Estrées. Cette dernière accouche d'un second fils dans la cité ducale, naissance annoncée par la grosse cloche de la cathédrale.

Les anciens chefs de guerre et les seigneurs bretons se voient confier des offices et contributions financières. Henri IV permet enfin aux soldats espagnols de revenir en sûreté dans leur pays.

Le 9 mai, le roi part à Rennes qui lui est resté fidèle pendant les guerres de la Ligue. « C'est un fort agréable prince, note un témoin, et fort familier à tout le monde, et meslé en toutes choses, sans grandes longueurs de discours et adonné à toutes sortes d'exercices, de moyenne taille, la barbe toute blanche, le poil blond commençant à griser et l'œil plaisant et agréable. » L'accueil rennais est enthousiaste, le canon tonne, les cloches sonnent, et le roi passe sous des arcs de triomphe. Les parlementaires bretons, en robe rouge, viennent le complimenter dans la cathédrale. On lui présente les clefs de la ville, ce à quoi Henri répond par cette jolie formule : « Voilà de belles clefs, mais j'aime mieux encore les clefs des cœurs des habitants. »

« Voilà de belles clefs, mais j'aime mieux encore les clefs des cœurs des habitants. »

Toujours dans un esprit d'apaisement, Henri IV reçoit Sourdéac, le puissant gouverneur de Brest qui avait combattu pour lui, mais craignait désormais pour sa fonction. Le Béarnais l'accueille chaleureusement, tout en lui lançant : « Sourdéac, la fête des rois est finie ! » Sans doute une manière de lui signifier que le temps des chefs de guerres et des potentats locaux était révolue ou, peut-être, était-ce une allusion aux rumeurs de négociations entre le gouverneur de Brest et les souverains espagnols et anglais prêts à s'emparer de cette place forte stratégique. Quoi qu'il en soit, Sourdéac est subjugué et choisit de se rallier au roi.

Distractions royales

Si durant son séjour breton, Henri IV a beaucoup travaillé et œuvré à la réconciliation des esprits, il n'a pas oublié de se divertir. Le 13 mai, il chasse à la Prévalaye où, selon Ogée : « On prit un loup et un lièvre remarquable par sa singularité : il avait deux corps, huit jambes, une tête et trois oreilles ». Après la chasse, de nombreux divertissements sont proposés dont des tournois de lutte, ces derniers étant fort renommés en Bretagne à l'époque.

Le roi devait quitter Rennes le 15 mai. Ce jour-là, alors qu'il revient de la messe, un individu surnommé « Gravelle » l'apostrophe en lui disant : « Je suis duc de Bretagne et je vous fais prisonnier. » Il est aussitôt arrêté. Peu perturbé par l'épisode, Henri l'est en revanche par la rencontre d'une jeune beauté locale qui, d'après Ogée, « toucha le cœur sensible du souverain ». Elle était la fille d'un certain Jean Yger de Launay, avocat à Rennes, et la femme du capitaine Desfossés.

On dit que le Vert Galant eut, dans la soirée, « un tête-à-tête » avec elle. La belle Rennaise modifia l'emploi du temps du Béarnais qui ne quitta donc les bords de la Vilaine que le 16 mai, un peu avant l'aube. ■

En haut, Sourdéac, gouverneur de Brest et soutien d'Henri de Navarre (portrait conservé au Musée des beaux-arts de Brest).

En bas, le duc de Mercœur, gouverneur de Bretagne et partisan de la Ligue. Après s'être soumis à Henri de Navarre, il part combattre les Turcs en Europe centrale. Il meurt à Nuremberg en 1602.

1602

La Fontenelle roué en place de Grève

Le 27 septembre 1602, Guy-Éder de La Fontenelle est roué en place de Grève à Paris. Il avait profité des guerres de la Ligue pour ravager la basse Bretagne à son profit. Dans la mémoire collective, il demeure un personnage particulièrement cruel dans une époque qui pourtant n'en manquait pas.

Guy-Éder de La Fontenelle naît vers 1572 dans l'une des propriétés de son père, René Éder, seigneur du château de Beaumanoir, en Vieux-Bourg-Quintin, dans l'évêché de Saint-Brieuc. Il suit des cours, en 1587, au prestigieux collège Boncourt à Paris. Les universités de la capitale du royaume de France sont alors en ébullition, les orateurs s'y succèdent pour prêcher contre le roi Henri III, coupable de trop de mansuétudes envers les protestants, et particulièrement Henri de Navarre, le futur Henri IV. La Fontenelle prit-il part aux émeutes du 12 mai 1588, connues sous le nom de journées des Barricades ? Selon le chanoine breton Moreau : « En 1589, il vendit ses livres et sa robe de chambre, et du provenu de l'argent acheta une épée et un poignard. » Le jeune La Fontenelle quitte alors Paris pour rejoindre l'armée catholique à Orléans. Mais en chemin, il est dépouillé. Suite à cet échec, il décide de rentrer en Bretagne.

Jusque-là épargnée par les troubles entre catholiques et protestants qui ravagent la France et une bonne partie de l'Europe, la Bretagne commence à son tour à s'agiter en cette année 1589. Le jeune La Fontenelle prend le parti des ligueurs et regroupe autour de lui quelques compagnons. Sa troupe va peu à peu grossir. En 1590, il réside au château de Kersaliou, en Pomerit-Jaudy, d'où il lance plusieurs expéditions dans le Trégor. Deux ans plus tard, il parvient à prendre le puissant château de Coatfrec, en Ploubezre. Mais La Fontenelle commence à faire peur. Une troupe royaliste vient l'y assiéger vers Pâques 1593. Le jeune chef ligueur quitte la place en promettant de ne plus y revenir.

La Fontenelle ravage le Poher

En juin 1593, La Fontenelle est à Carhaix. Il s'empare du Granec à Collorec, une maison forte « dotée de cinq à six canons de fonte verte », en endormant la méfiance du propriétaire Vincent de Coatanezre. Mobilisés par leur seigneur, les paysans des alentours en font le siège en juillet, mais, lors d'une sortie avec une cinquantaine de cavaliers, La Fontenelle les massacre. Selon le chanoine Moreau, il en tua « sept cents à huit cents ». Pire, empêchant les familles de venir prendre leurs morts, il laissa les corps se décomposer dans les champs.

Fortifiant cette place, il ravage la haute Cornouaille. D'autant qu'il contrôle le château, en ruines, de Callac et celui de Corlay. Dans cette place, il se blesse gravement, en juin 1594, après l'effondrement d'un plancher lors d'une fête où le poids des danseurs aurait provoqué l'accident. La Fontenelle se casse une jambe et en demeure claudiquant le reste de sa vie.

L'île Tristan devient son repaire

En mai 1595, l'île Tristan, à Douarnenez, est tenue, pour le parti royaliste, par Jacques de Guengat, un protestant. Le 15 mai, La Fontenelle attaque l'île sans passer par la ville pour ne pas donner l'alerte. Il pille les lieux. On le croit parti, mais le chef de guerre a compris tout le parti qu'il pourrait tirer de ce lieu séparé de la terre par une distance de quatre cents mètres. Quelques jours plus tard, il revient donc et s'y fortifie. Il y reste plus de cinq ans.

En 1595, la légende assure qu'il enleva sa future femme, âgée d'une dizaine d'années, Marie Le Chevoir, une riche héritière. Une *gwerz* trégorroise ajoute que la fillette fut en fait séduite par ce jeune *condottiere*, alors âgé de 23 ans. La lune de miel ne dura pas longtemps. Quelques mois après son mariage, il tombe dans un guet-apens et est envoyé en prison à Rennes. Les royalistes en profitent pour assiéger l'île Tristan, mais renoncent au bout de six semaines.

Le massacre de Penmarc'h

Moyennant une rançon de 18 000 écus, La Fontenelle est relâché le 24 avril 1596. Il regagne Douarnenez où il reprend ses activités de pillage et de rapine. Il se fait aussi pirate et constitue une flotte de « huit à neuf bons vaisseaux », aux dires du gouverneur royaliste de Brest, René de Rieux, seigneur de Sourdéac. Fin mai, il se rend en Pays bigouden et s'empare de l'important port de Penmarc'h. Sourdéac rapporte qu'il y fit un véritable massacre : « Toutes les femmes et filles depuis l'âge de 17 ans furent violées, plus de cinq mille pauvres paysans périrent de coups de cordes, de feu et d'eau. Plus de deux mille maisons furent brûlées. »

Au cours de l'année 1597, La Fontenelle a l'audace d'assiéger deux fois la ville de Quimper. Mais il échoue à chaque tentative. Il se contente d'expéditions terrestres, en Cornouaille, ou maritimes sur les côtes sud et nord de la Bretagne. Pourtant, la donne change et la position de la Ligue faiblit en Bretagne. Le 20 mars 1598, la paix est signée entre le duc de Mercœur et le roi de France Henri IV. Ce dernier pénètre triomphalement à Nantes en avril. Il signe le célèbre décret instaurant la liberté de culte pour les protestants.

La fin de La Fontenelle

Malgré les pressions des ennemis de La Fontenelle, le souverain fait preuve de clémence envers lui. Henri IV le confirme même dans son rôle de gouverneur de l'île Tristan avec cependant la défense expresse de fortifier davantage le lieu. Pendant deux ans, La Fontenelle semble se calmer et même mener une vie tranquille de hobereau avec sa femme. Pourtant, plusieurs de ses hommes se livrent à nouveau à des actes de piraterie. On le soupçonne aussi de vouloir livrer l'île Tristan aux Espagnols. Arrêté une première fois en 1600, il est relâché l'année suivante, puis à nouveau incarcéré à Paris.

Sully, le célèbre ministre d'Henri IV, a rapporté dans ses mémoires que le roi avait décidé de condamner La Fontenelle pour en faire un exemple et ainsi mieux pardonner aux autres chefs bretons. Le 27 septembre 1602, après avoir été torturé, Guy-Éder de La Fontenelle est conduit en place de Grève où il est roué de coups jusqu'à ce que mort s'ensuive. Le bourreau lui coupe ensuite la tête qui est ramenée en Bretagne où elle est exposée quelque temps sur la porte Toussaints à Rennes. Le « folâtre Guyon », ainsi qu'il était surnommé, avait terminé sa vie terrestre. Son souvenir, alimenté par ses terribles exploits, allait longtemps survivre dans les légendes et les chants de basse Bretagne. ■

Page précédente, cette gravure représente la prise de Penmarc'h et le supplice de la femme du gouverneur violentée par les soudards de La Fontenelle.

En bas, l'île Tristan, à Douarnenez, a été fortifiée par La Fontenelle qui en a fait l'un de ses repaires.

1631

Richelieu lance l'arsenal de Brest

Les entreprises de défense constituent un pan important de l'industrie bretonne. Elles sont les héritières des arsenaux implantés dans la péninsule à partir du XVIIe siècle. Ces derniers ont été des lieux d'innovation et de diffusion des technologies, notamment dans le domaine maritime.

En haut, vue du port de Brest. Au XVIIIe siècle, la cité du Ponant devient la grande base de la Marine sur l'Atlantique. L'arsenal est un acteur économique majeur.

Comme « amiral » (l'« émir de la mer »), il semble que le mot « arsenal » soit également un apport de l'arabe dans les langues européennes. Il signifierait « maison d'entretien » pour l'avitaillement et la réparation navale. Et si, dans l'Antiquité, l'arsenal de Carthage a longtemps constitué un modèle, au Moyen Âge, c'est celui de Venise (créé en 1104) qui a inspiré les stratèges navals de toute l'Europe.

Une création de Richelieu

La Bretagne ducale ne semble pas avoir développé d'arsenaux officiels. Les navires étaient ravitaillés dans les différents ports bretons. Les choses évoluent au XVIIe siècle. Dès son arrivée au pouvoir, Richelieu ambitionne de doter la France d'une marine puissante. En 1626, il supprime les amirautés et crée un poste de grand maître de la Marine qu'il s'attribue en même temps que celui de gouverneur de la Bretagne. Il envoie ensuite un inspecteur, Louis Le Roux d'Infreville, pour observer les meilleures places afin d'établir un port militaire. Ce dernier lui signale que la Penfeld est « fort commode pour la Marine ».

Brest possède aussi un intérêt stratégique évident avec un accès rapide à l'Atlantique – un océan que se disputent alors Français, Espagnols, Britanniques et Hollandais –, mais protégé par le goulet de la rade. De plus, le « sous-développement » de Brest se révèle un atout. L'absence de trop nombreuses constructions permet d'y édifier de nouveaux bâtiments militaires sans difficulté. Enfin, Richelieu, qui vient de mater le port de La Rochelle, aux mains des huguenots, après un long et difficile siège, se rappelle que Brest est resté fidèle au roi pendant la guerre de la Ligue et que les protestants ne sont guère nombreux dans le pays de Léon.

En 1631, Richelieu arrête donc son choix sur Brest. Il ordonne la construction d'un grand magasin de la Marine. D'autres bâtiments sont édifiés dont une corderie et une forge. Des Hollandais sont embauchés. La ville prospère et s'étend désormais hors des vieilles murailles romaines et médiévales.

Les travaux de Colbert et de Vauban

Après les troubles de la Fronde, le développement de Brest se poursuit sous l'influence de Colbert. Il adjoint Recouvrance à la ville, puis envoie, en 1666, Chertemps de Seuil pour parachever les travaux de l'arsenal. En 1676, ce dernier fait construire plus de deux kilomètres de quais sur lesquels sont installés des ateliers et des magasins. En dix ans, les travaux ont coûté plus d'un demi-million de livres, une somme énorme pour l'époque. De 1661 à 1671, plus d'une centaine de navires sortent des chantiers brestois. La population augmente considérablement.

À la fin du XVIIe siècle, la France entre en guerre contre la Grande-Bretagne. Brest, comme la Bretagne, se retrouve en première ligne. En 1683, Vauban est chargé de fortifier la ville. Il l'entoure d'un rempart et d'une ceinture de forts pour défendre les accès depuis la terre et protéger le goulet et la rade. Dopé par les commandes militaires, l'arsenal ne cesse de se développer. Sous Louis XV et Choquet de Lindu, un nouveau programme de construction est engagé qui transforme Brest en « Versailles maritime et guerrier » et en fait le principal port de la « Royale » sur l'Atlantique.

Tout au long du XIXe et du XXe siècle, l'arsenal demeure le cœur industriel de Brest, assurant du travail à une abondante main-d'œuvre et procurant une prospérité importante à la ville. Il constitue aussi un objet de fierté au regard de nombreuses innovations technologiques qui y ont été mises au point. On peut notamment citer la fabrication d'une grue à vapeur en 1860. Capable de soulever des charges de 80 tonnes, elle pouvait embarquer les chaudières dans les navires et réaliser, avec 20 ouvriers, des tâches qui en nécessitaient 600 auparavant. Mais l'arsenal devient aussi la cause de la ruine de la ville, attirant les bombes alliées pendant la Seconde Guerre mondiale.

L'arsenal de Lorient

À Lorient, le développement de l'arsenal est lié à celui de la Compagnie des Indes au XVIIIe siècle. Après sa disparition, la Marine prend en charge les installations et assure son évolution industrielle. En 1865, l'atelier de construction des navires en fer comporte trois nefs juxtaposées. Chacune d'elles mesure 160 mètres de longueur et 15 mètres de largeur. Les chantiers de Lorient bâtissent de très nombreux navires militaires dont *La Couronne* (1861) qui est le premier navire cuirassé français. Plusieurs cuirassés sortent également de ses formes de radoub, notamment le *Dévastation*. Dans les années 1930, les effectifs atteignent plus de cinq mille salariés. Très endommagé durant la Seconde Guerre mondiale, l'arsenal reprend du service. Malgré le départ de la Marine dans les années 1990, il demeure l'un des sites de production pour le groupe industriel DCNS. ■

En haut, buste de Richelieu, au musée de la Marine dans le château de Brest.

L'arsenal d'Indret

C'est en 1777 qu'Antoine de Sartine, le grand réformateur de la Marine française crée, sur une île de la Loire, une fonderie afin de couler des canons pour les navires. Le site d'Indret dispose de plusieurs avantages : facilité de transport sur la Loire, isolement pour procéder à des essais de tir, proximité de carrières de sable pour le moulage des pièces d'artillerie. La production commence en 1779. Dans les années 1820, la marine à vapeur se développe, et Indret se spécialise dans cette fabrication. La création d'une manufacture de « machines à feu » est confiée à l'ingénieur mécanicien Philippe Gengembre. La conception de chaudières pour les bateaux se développe rapidement. L'usine d'Indret se transforme au gré des évolutions de la flotte et des guerres. On recense près de mille deux cents ouvriers à la fin des années 1860. À la fin du XIXe siècle, on y fabrique des mitrailleuses et des turbines. Un important atelier de chaudronnerie est mis en place au début du XXe siècle. L'activité industrielle et militaire d'Indret s'est perpétuée jusqu'à aujourd'hui. Le site de l'ancienne fonderie est actuellement occupé par l'unité propulsion de la DCNS.

1661

Nicolas Fouquet arrêté à Nantes

La chute, en 1661, du surintendant des Finances, Nicolas Fouquet, met un terme à l'ascension d'un homme complexe. Économiste averti, homme d'affaires parfois douteuses, ami des arts, il avait réussi à s'attirer la jalousie du jeune Louis XIV.

En haut, portrait de Nicolas Fouquet. Le surintendant des Finances était surnommé « l'écureuil », un animal associé à l'épargne et qu'il avait intégré sur ses armes. En gallo, cet animal se nomme *foucquet*.

En ce mois de septembre 1661, Nantes est en effervescence. La cité accueille les états de Bretagne qui doivent voter le « don gratuit », c'est-à-dire la contribution de la province aux finances du royaume. Pour obtenir une décision favorable, le grand argentier du royaume, Nicolas Fouquet, s'est déplacé en personne dans la cité des ducs. Il a aussi persuadé le roi Louis XIV de faire le déplacement. Ce que le surintendant semble ignorer, c'est la folle jalousie qu'il inspire au jeune souverain. Cette dernière est attisée par Colbert, l'ancien secrétaire de Mazarin, qui rêve de prendre la place de Fouquet.

La crise ne tarde pas à éclater. Le 6 septembre, un capitaine des mousquetaires, un certain d'Artagnan, arrête Fouquet au château des ducs de Bretagne. Il s'ensuit un procès-fleuve, visant à démontrer les malversations du ministre déchu.

Remarqué par Mazarin

Le procès de Fouquet dévoile, de fait, un système financier très complexe, avec l'utilisation de nombreux prête-noms. L'activité économique du surintendant ne se limitait pas à la région parisienne où il a fait bâtir le somptueux château de Vaux-le-Vicomte. Fouquet avait développé de nombreuses relations en Bretagne, pays d'États au système judiciaire et fiscal particulier, et il y avait multiplié les acquisitions de terres ou les opérations financières. Il y possédait à l'origine quelques fiefs, et une partie de sa famille, les de Chalain, y résidait. Il y avait également les armements coloniaux et maritimes auxquels son père, François, féru de géographie et fin lettré, l'avait intéressé. Son père était lui-même armateur en Bretagne.

Né en 1615, Nicolas Fouquet a été remarqué par Mazarin qui lui confie la tâche de réorganiser les Finances royales, alors bien mises à mal. Pour remplir les caisses de l'État, Fouquet négocie des emprunts gagés sur sa fortune personnelle. Cette dernière ne cesse de s'accroître grâce à de judicieux placements. Fouquet est en affaires avec ses cousins de Chalain, notamment Christophe, conseiller au parlement de Bretagne et fils d'un président à mortier. Il est gouverneur à Concarneau où il s'est associé avec le corsaire Jacob Duquesne pour armer des vaisseaux à la course. Fouquet leur achète ainsi deux vaisseaux de guerre, puis la terre de Coat-Canton, en Rosporden, visiblement surpayée, afin de rémunérer de Chalain pour la fourniture de navires ensuite intégrés dans la flotte royale.

Trégor, Goëlo et pays vannetais

Une autre partie des terres bretonnes de Fouquet lui venait de l'héritage laissé par sa première épouse, Louise Fourché, dame de Quéhillac, issue d'une prestigieuse famille de parlementaires bretons. Il achète aussi la seigneurie trégorroise de Kerraoul en 1646. À ce fief sur la côte nord, il ajoute, en 1653, les terres de Langarzeau, Pléhédec, Keruzoré et Grand-Pré, principalement situées dans le Goëlo. Au sud, il profite des déboires de la famille de Rieux pour lorgner sur l'ancien comté de Langouët dans le pays vannetais. Il en rachète une partie à des créanciers à Lanvaux, Elven et Rochefort. Il prospecte également dans l'estuaire de la Loire où il cherche un mouillage pour ses navires. En 1657, il obtient le gouvernement de Guérande et du Croisic, puis il fait main basse sur la seigneurie de La Guerche qui comprend des droits de mouillage à Paimbœuf.

Belle-Île-en-Mer

En 1658, ruiné, le seigneur de Retz doit se contraindre à vendre Belle-Île-en-Mer. Mazarin encourage Fouquet à s'en porter acquéreur pour un million trois cent mille livres, à charge pour lui d'en assurer la défense. Il y entretient une garnison de cinq cents hommes, construit une jetée sur le port, un hôpital et une halle. Il en fait également le siège d'une compagnie bretonne de pêche à la baleine. Les activités maritimes de Fouquet sont très diverses. Elles vont du transport maritime à la pêche, de la guerre de course au commerce négrier, sans compter l'import et l'export de marchandises vers l'Amérique, l'Asie ou l'Europe du Nord.

La chute de l'écureuil

Parallèlement, Fouquet accentue son emprise économique sur la péninsule en rachetant la Ferme des impôts et Billots de Bretagne. Il contrôle les taxes sur le vin et les alcools. Elle lui assure des revenus considérables qui lui permettent désormais d'entretenir une clientèle nombreuse et des réseaux influents. Il compte ainsi Mme de Sévigné parmi ses amis. En 1659, lorsqu'il devient surintendant, on estime que sa fortune a triplé depuis 1646.

En 1660, Nicolas Fouquet est au sommet de sa gloire, fidèle en cela à la devise familiale : « *Quo non ascendet ?* Jusqu'où ne montera-t-il pas ? » L'écureuil a fait construire le magnifique château de Vaux-le-Vicomte. Il y donne des fêtes somptueuses et s'entoure d'artistes qu'il protège à l'instar de Molière, Le Nôtre, Puget… Cette réussite et ce faste ont suscité bien des jalousies dont celle du jeune Louis XIV qui attend la mort de Mazarin pour s'attaquer à un Fouquet que l'on accuse aussi d'avoir voulu fomenter une révolte en Bretagne en s'appuyant sur ses forteresses. Condamné au bannissement par les juges, sa peine est transformée par le souverain en emprisonnement à vie à la forteresse de Pignerol dans les Alpes.

Contrairement à son ennemi Colbert, qui lui succède et entreprend une politique économique très protectionniste et centraliste, Fouquet était partisan d'une économie ouverte et souhaitait favoriser les échanges maritimes et commerciaux avec les autres pays. Ses entreprises et compagnies offraient et auraient pu offrir à la Bretagne des emplois et des débouchés internationaux, dont l'ont sans doute privé les excès du colbertisme. ■

1664

Création de la Compagnie des Indes

Créée à la fin du XVIIe siècle, la Compagnie des Indes a lancé le port de Lorient et fait la richesse de la cité morbihannaise. Plusieurs Bretons se sont également investis dans cette aventure commerciale.

Le premier européen à rallier l'Inde par voie maritime est le Portugais Vasco de Gama, qui quitte Lisbonne en 1497. On ignore si des Bretons faisaient partie de cette expédition, mais les rôles des équipages des navires de Magellan, parti en 1519 pour faire le premier tour du Monde, indiquent la présence de plusieurs marins originaires de la péninsule. En 1600, les Malouins lancent leurs premières expéditions vers l'Extrême-Orient, Cathay et les Indes, pour en rapporter des porcelaines et des épices, des produits de luxe qui se diffusent alors en Europe. Mais, outre les aléas de la navigation dans des océans aussi lointains, ces navires doivent faire face aux Hollandais, qui coulent ou capturent leurs concurrents, jusqu'à la signature de la paix entre la France et les Pays-Bas en 1624. Au XVIIe siècle, plusieurs compagnies de commerce sont créées, et les Français s'implantent à la Réunion et à l'île Maurice, sur la route des Indes.

Alors que les Anglais, les Écossais, les Hollandais ou les Suédois ont fondé de puissantes « Compagnies des Indes », pourvues de capitaux importants, il faut attendre 1664 pour que Colbert impulse le lancement d'une « Compagnie pour le commerce des Indes orientales ». Ses statuts en font une manufacture royale, disposant d'un monopole du commerce avec l'Extrême-Orient. Elle est dotée d'un capital de plus de huit millions de livres. Sa devise est : « *Florebo quocumque ferar* », (Je fleurirai là où je serai portée). La Compagnie a le pouvoir de nommer des ambassadeurs, de lever des troupes, de déclarer des guerres et de conclure des traités internationaux. Ses buts ne sont pas uniquement commerciaux : elle doit également contribuer au rayonnement politique de la France et développer la religion catholique. Un huguenot, François Caron, qui avait travaillé pour la Compagnie hollandaise des Indes, en devient pourtant le premier directeur.

La naissance de Lorient

La Compagnie est d'abord installée à Port-Louis sur le littoral morbihannais. Mais la forteresse comme le petit port adjacent se révèlent trop petits. En 1666, le pouvoir royal lance donc la création d'un chantier naval sur la grève du Faouëdic, en amont de Port-Louis, à l'embouchure du Scorff et du Blavet. Le premier vaisseau qui y est construit est le *Soleil d'Orient*. Les habitants des environs prennent l'habitude de venir voir le chantier de « l'*Orient* », l'expression finissant par donner son nom à la ville nouvelle qui va se développer autour : Lorient. Selon une autre étymologie, Lorient viendrait d'un nom de lieu breton, Roc'h-Yann ou Loc-Roc'h-Yann, une terre ayant appartenu aux seigneurs de Rohan-Guéméné.

Cotonnades et épices

La Compagnie s'enrichit rapidement. Sa première activité est l'importation d'indiennes, des cotonnades légères, aux couleurs bariolées. Dans les années 1660, une dizaine de vaisseaux en transportant arrivent chaque année à

Port-Louis. La guerre avec la Hollande, puis la disgrâce temporaire de Colbert freinent cependant le commerce avec l'Asie. En 1682, la Compagnie perd son monopole du commerce avec les terres situées entre le cap Horn et le cap de Bonne-Espérance. La navigation est rendue encore plus difficile en raison de l'entrée en guerre de l'Angleterre, en 1688, contre la France. Les riches armateurs malouins investissent alors et renflouent en partie la Compagnie afin de relancer le commerce avec l'Inde. Au début du XVIIe siècle, le Malouin Magon de la Lande, directeur de la Compagnie, se constitue ainsi une belle fortune.

Les comptoirs indiens

En 1668, un premier comptoir est fondé à Surate dans le Gujarat. En 1674, le principal comptoir français en Inde est établi à Pondichéry. Une ville se développe autour et devient le centre asiatique de la Compagnie. Peu à peu, la présence française se fait de plus en plus importante dans le sud de l'Inde où s'établissent d'autres comptoirs dont Chandernagor.

En 1719, la Compagnie des Indes tombe dans l'orbite d'un financier douteux, John Law, qui la fusionne avec d'autres compagnies françaises. La banqueroute qui s'ensuit constitue l'un des plus grands scandales de la fin de l'Ancien Régime. En 1723, la Compagnie reprend son indépendance. Les Bretons sont évidemment nombreux parmi les marins de la Compagnie des Indes. L'un d'eux s'illustre particulièrement, le Quimpérois René Madec qui, dans les années 1760 et 1770, recrute une véritable armée privée pour le compte du grand Moghol qui le nomme nabab.

Le déclin

Mais la Compagnie française se heurte aux intérêts britanniques, notamment ceux de l'East India, compagnie qui lève des armées contre les Français. Ces derniers sont vaincus en 1757, à la bataille de Plassey, et perdent le Bengale. En 1761, Pondichéry est détruite par les Anglais. En 1763, le traité de Paris prive la France de son empire colonial dont la majeure partie des territoires indiens. La Compagnie ne possède dès lors plus que cinq comptoirs : Pondichéry, Karikal, Yanaon, Mahé et Chandernagor. En 1769, sur décision du ministre Choiseul, la Compagnie est suspendue, et le commerce est ouvert aux compagnies privées. En 1785, une nouvelle compagnie est créée et prend possession des magasins et ateliers de l'ancienne compagnie à Lorient. Elle prospère rapidement, mais, en 1790, l'Assemblée nationale décrète que « le commerce de l'Inde, au-delà du cap de Bonne-Espérance, est libre à tous les Français ». En 1793, sous la Terreur, la Compagnie est accusée d'activités antirévolutionnaires. Deux ans après, elle est en liquidation.

En Bretagne, la cité qui a le plus profité de la Compagnie des Indes est bien évidemment Lorient. La ville grandit rapidement, passant de six mille habitants, en 1702, à plus de vingt mille en 1720. En 1709, la paroisse Saint-Louis de Lorient est d'ailleurs fondée. Les armateurs et les administrateurs de la Compagnie se font également construire de belles demeures dans les campagnes environnantes. Cet essor est brutalement interrompu par le traité de Paris et la perte des territoires indiens en 1763. En 1770, le pouvoir royal rachète une partie des terrains de la Compagnie et les transforme en arsenal qui a longtemps constitué l'une des principales activités de la ville. ■

Page précédente, le manoir des Indes, à Quimper, est aujourd'hui un hôtel de standing. Il a été construit par René Madec qui avait fait fortune au service du grand Moghol. Le nabab de Quimper n'en a guère profité puisqu'il est décédé peu de temps après sa construction.

En bas, la forteresse de Port-Louis abrite le musée de la Compagnie des Indes.

Le musée de la Compagnie des indes

Le souvenir de la Compagnie ne s'est pas tout à fait estompé dans la cité morbihannaise qui possède toujours un quai des Indes dans le centre-ville. Depuis 1984, un bâtiment de la citadelle de Port-Louis accueille également le musée de la Compagnie des Indes. Au moyen de dioramas, de maquettes et d'objets divers, elle fait revivre les riches heures du commerce avec l'Asie. On peut notamment y admirer un certain nombre de produits qui ont alimenté ces échanges : cotonnades indiennes, porcelaines de Chine, épices ou bois précieux. Ces derniers sont d'ailleurs à l'origine d'un mobilier spécifique aux grands ports. Le musée présente aussi un ensemble remarquable d'estampes, de tableaux et de cartes marines qui constituent autant d'occasions de se replonger dans ce riche passé.

1675

Bonnets rouges et papier timbré

La révolte des Bonnets rouges, en 1675, a mis une partie de la Bretagne à feu et à sang. Une insurrection provoquée par une crise européenne, un refus de l'impôt, une insatisfaction sociale et une certaine idée de la Bretagne.

Monté sur le trône en 1643, Louis XIV gouverne seul en 1661. Il s'entoure d'hommes de confiance dont Colbert qui prend en charge les finances après avoir évincé Nicolas Fouquet, d'origine bretonne. Fouquet était partisan d'une économie ouverte, Colbert met en place une économie dirigée et étatiste.

Une crise européenne

En 1672, les armées de Louis XIV franchissent le Rhin pour envahir les Provinces-Unies. Les Français pensent mettre rapidement à genoux cette petite république protestante. Mais le dirigeant néerlandais, Guillaume d'Orange, les bloque et retourne la situation diplomatique. En quelques mois, la France est isolée, menacée par une grande coalition et doit se battre sur plusieurs fronts. Pour financer la guerre, Colbert propose de créer des impôts sur le papier timbré (nécessaire aux actes notariaux), le tabac et la vaisselle d'étain. Ils doivent s'appliquer à tout le royaume, dont la Bretagne. Or, cette dernière possède un statut particulier. Elle jouit de « droits et libertés » garantis en 1532. Ils sont défendus par le parlement de Bretagne, une instance judiciaire, et les états de Bretagne, une assemblée représentant les trois corps de la province. Dans les faits, la noblesse et le haut clergé dominent, et ils n'aiment guère Colbert.

Premiers affrontements

La Bretagne est autonome sur le plan fiscal. Les contributions qu'elle verse au Trésor royal doivent être acceptées par les états qui se chargent d'une partie de la collecte. Une part des recettes provient en fait de taxes sur le vin et les boissons, ce qui rend plus « acceptable » la pression fiscale en Bretagne. Cette autonomie bretonne gêne la politique centralisatrice de l'État monarchique qui passe outre et fait appliquer l'impôt sur le papier timbré et le tabac dans la péninsule, provoquant la révolte dite « du papier timbré » en haute Bretagne et celle des Bonnets rouges à l'ouest de la province. C'est en effet dans les villes de haute Bretagne que démarrent les troubles en avril 1675. Des émeutes éclatent à Saint-Malo et à Lamballe. À Guingamp et à Nantes, on exécute des meneurs. À Rennes, le gouverneur de Bretagne, le duc de Chaulnes, est pratiquement assiégé dans son hôtel particulier, dont il n'ose plus sortir.

Le 9 juin, le marquis de Coste, lieutenant du roi pour la basse Bretagne, se rend à Châteaulin pour s'assurer de l'exécution des édits royaux sur les nouveaux impôts. À son arrivée, le tocsin résonne, et des bandes de paysans en armes se rassemblent. L'une d'entre elles rencontre le marquis, et les esprits s'échauffent. Les agents de l'administration sont molestés, et de Coste ne doit la vie sauve qu'en promettant l'annulation des édits. Dans le même temps, à Edern, un château est brûlé et pillé. En quelques jours, le tocsin de la révolte sonne dans toute la Bretagne. Le duc de Chaulnes quitte Rennes pour s'enfermer à Port-Louis. Dans le centre Bretagne, les insurgés se coiffent d'un bonnet rouge, il est bleu en Pays bigouden. *« Torr e benn! »* (casse-lui la tête!, en breton) est leur cri de ralliement. Début juillet, la foule dévaste la maison d'un notaire de Spézet. Le papier timbré est brûlé. Le 11 juillet, six mille paysans du Poher prennent d'assaut le château de Kergoat à Saint-Hernin. Partout, on s'attaque aux nobles, aux notaires ou aux fonctionnaires royaux. « Il n'est nulle sûreté en la campagne », écrit un témoin.

La Bretagne étonne

Plus original, les révoltés rédigent des codes et des chartes, appelés « codes paîsans » ou « codes pesovat » (*ar pezh a zo vat*, ce qui est bon). Ils y demandent l'abolition des droits et taxes féodales et royales. Ils réclament une justice équitable. Ils espèrent l'autorisation des mariages entre roturiers et nobles et entendent défendre « la liberté Armorique », formule dans laquelle certains historiens ont vu une revendication patriotique bretonne. Les codes paysans des « paroisses unies » de Bretagne étonnent l'Europe entière. L'ambassadeur de Venise, en France, en fait mention. Les gazettes hollandaises et anglaises les évoquent également. Bien construits, les textes ont été rédigés par un ou plusieurs juristes. Or, l'un des meneurs est justement un ancien notaire royal, emprisonné entre 1673 et 1675, Sébastien Le Balp. Il va incarner la révolte. Il organise les insurgés et les assemblées. Fin juillet, il envisage de marcher sur Morlaix et de s'emparer de son port grâce aux Hollandais.

Le Balp tente de persuader le marquis de Montgaillard, un ancien officier, de prendre la tête des opérations militaires. Le 3 septembre, Le Balp réunit des milliers d'hommes au manoir du Tymeur en Poullaouën. Il pense s'emparer de Carhaix, puis de Quimper. Mais Le Balp est tué par le frère du marquis de Montgaillard. Les Bonnets rouges sont totalement désorganisés par sa mort. Entre-temps, les troupes royales sont arrivées en Bretagne. Le 1er septembre, elles sont à Quimper. Elles arrivent à Rennes le 20. En l'absence de résistance organisée, l'expédition se transforme en promenade de santé pour les dragons. Pour les habitants des paroisses et villes révoltées, ce sont arrestations sommaires, violences, viols et contributions forcées à l'effort de guerre...

Répression sans pitié

Les meneurs qui sont capturés sont aussitôt pendus. Le duc de Chaulnes a d'ailleurs cette phrase terrible: « Les arbres commencent à avoir le poids qu'on leur donne. » Plusieurs clochers du Pays bigouden, qui avaient sonné le tocsin de la révolte, sont rasés. En souvenir, ils n'ont jamais été reconstruits. À Rennes, un quartier est entièrement rasé, et les états de Bretagne, exilés à Vannes, sont forcés de verser une contribution de trois millions de livres au Trésor royal. Une somme colossale qui ruine la Bretagne. La répression est aussi idéologique avec les missionnaires du père Maunoir, envoyés « évangéliser » les campagnes rebelles et surtout enseigner la soumission à leurs habitants. Quant à Sébastien Le Balp, son corps est exhumé. Un juge royal fait un procès à son cadavre qui est ensuite traîné sur une claie, rompu et exposé sur une roue.

Après avoir soufflé le temps de l'été 1675, la révolte des Bonnets rouges s'éteint tragiquement dans la répression de l'État monarchique. Par la suite, les constantes guerres de la France, particulièrement contre la Grande-Bretagne, ont mis à mal la Bretagne et son commerce international. ■

En haut, le clocher de la chapelle de Lambour, à Pont-l'Abbé, a été rasé en représailles de la révolte de 1675.

Page précédente, monument commémoratif de la révolte des Bonnets rouges à Spézet en centre Bretagne.

En bas, les impôts du ministre des Finances de Louis XIV, Colbert, ont provoqué les révoltes bretonnes de 1675. On lui doit cette maxime : « L'art de l'imposition consiste à plumer l'oie pour obtenir le plus possible de plumes avant d'obtenir le moins possible de cris. »

1690

VAUBAN FORTIFIE LE LITTORAL

À la fin du XVIIe siècle commence une seconde « guerre de Cent Ans » entre l'Angleterre et la France qui ne se termine qu'en 1815. Ce conflit fait de la Bretagne une région stratégique et une frontière à défendre. C'est dans ce contexte que Louis XIV demande à Vauban de fortifier le littoral armoricain.

EN HAUT, classée au patrimoine mondial de l'humanité, la Tour dorée de Camaret a été imaginée par Vauban. Elle a subi le feu, en juin 1694, lors d'une descente repoussée d'une flotte anglo-hollandaise.

Alors que durant les débuts du règne de Louis XIV, la Grande-Bretagne était restée en dehors des conflits opposant la France au reste de l'Europe, grâce notamment à l'influence d'une Bretonne, Louise de Keroual, sur le souverain anglais, la situation change à partir de 1689. Cette année-là, le prince Guillaume d'Orange, souverain de Hollande, ennemi farouche des Français et champion du protestantisme en Europe, monte sur le trône britannique. Il fait basculer le Royaume-Uni – et sa puissante flotte de guerre – dans le camp de la ligue d'Augsbourg qui fédère déjà une grande partie de l'Europe contre Louis XIV.

La Bretagne se retrouve en première ligne. Le roi envoie son meilleur architecte, le célèbre Vauban, pour en assurer la défense. Ce Morvandiau, issu de la petite noblesse bourguignonne, avait gagné la confiance du roi par son seul mérite et ses qualités exceptionnelles de stratège. « Ville assiégée par Vauban, ville prise ; ville défendue par Vauban, ville imprenable », disait l'adage. Il s'était déjà rendu à Belle-Île-en-Mer, en 1686, pour y superviser les travaux d'amélioration de la citadelle du Palais, confisquée au surintendant Fouquet. On lui doit aussi la fontaine fortifiée, en bord de falaise, dite « Aiguade Vauban ». Il entreprend également la création de tours fortifiées sur Houat et Hoëdic.

DÉFENDRE LES GRANDS PORTS

De retour sur le continent, Vauban passe par Port-Louis et fait un certain nombre de recommandations pour améliorer les défenses de la citadelle de la Compagnie des Indes. Il se rend ensuite à Brest où il étudie les moyens de défendre le goulet et le port. Il lance ainsi les débuts des travaux de la Tour dorée de Camaret. Il envisage aussi de construire un port au Stiff, sur l'île d'Ouessant, projet abandonné faute de crédits. De même, Vauban n'obtient pas de financements pour améliorer les défenses de Saint-Malo.

Attaques anglaises

La situation est tout autre en 1693. La flotte française a été presque anéantie à la bataille de La Hougue, et les espions de Louis XIV savent qu'un débarquement est imminent. Une première attaque, avec une « machine infernale » – un navire bourré d'explosifs –, a lieu en novembre 1693 contre Saint-Malo. L'engin ne tue que des Anglais, et les Malouins en font leurs gorges chaudes, mais la cité corsaire a tremblé. Aussi Vauban entreprend de reconstruire, ou renforcer, les murailles de la cité médiévale. Il fait également édifier un certain nombre de « forts à la mer », de véritables vaisseaux de pierres défendant tous les accès au port : le Petit Bé, la Conchée, Harbourg… Il se préoccupe aussi de protéger la zone du cap Fréhel, propice à un débarquement. Le Fort-la-Latte est renforcé, une tour est édifiée aux Ébihens et un phare est chargé de donner l'alerte sur le cap.

La descente de Camaret

Au printemps 1694, Vauban est à Brest dont il réorganise les forces constituées de quelques troupes aguerries et de milices bretonnes sans expérience. Il les emploie à renforcer les défenses existantes, notamment en creusant des tranchées sur les points de débarquement possibles. « La sueur évite le sang », affirme-t-il. La sentence se révèle exacte. Le 17 juin, en effet, une escadre anglo-hollandaise est signalée au large d'Ouessant. Forte de plusieurs milliers d'hommes, elle tente de débarquer à Camaret. Au cours d'une bataille rageuse, les assaillants laissent plus d'un millier de morts et des centaines de prisonniers. Les troupes de Vauban ne déplorent que quelques pertes minimes, son système de défense côtière ayant parfaitement fonctionné. L'année suivante, en 1695, les travaux entrepris par Vauban à Saint-Malo se montrent tout aussi efficaces. Une escadre anglaise s'empare du fort en construction de la Conchée, le plus au large, mais les vaisseaux qui parviennent ensuite à s'approcher de Saint-Malo sont gravement endommagés et doivent renoncer. Les constructions de Vauban sont effectivement très dissuasives : le fort du Taureau, qu'il fait reconstruire, a permis d'empêcher toute descente ennemie contre Morlaix jusqu'au XIXe siècle.

Un impôt universel

En 1699, Vauban effectue une ultime visite d'inspection des places fortes de l'Atlantique. C'est la dernière fois qu'il se rend en Bretagne où il continue cependant de veiller à l'avancement des fortifications par le biais des rapports que lui envoient ses ingénieurs. Il meurt en 1707 après être tombé en disgrâce. À la fin de sa vie, il avait en effet préconisé au roi d'instaurer un impôt universel à hauteur de 10 % des revenus, y compris pour la noblesse et le clergé… De quoi s'attirer de nombreux et puissants ennemis ! Honnête homme à la mode du XVIIe siècle, soucieux d'améliorer le bien commun, Vauban pouvait se révéler un militaire très civil. Il a légué à la Bretagne quelques-unes de ses plus belles forteresses, des chefs-d'œuvre d'architecture qui font désormais partie intégrante de son patrimoine. ■

En haut, la citadelle du Palais, à Belle-Île-en-Mer, constitue un témoignage des talents d'architecte de Vauban. Au XVIIIe siècle, les Anglais parviennent cependant à s'en emparer.

En bas, architecte militaire et expert de la guerre de siège, Vauban a contribué à fortifier une grande partie du littoral breton. Il laisse une série de forts à la mer destinés à protéger Saint-Malo.

1700

Les corsaires bretons écument les mers

La grande période de la « guerre de course » se déroule au XVIIIe siècle. Plusieurs ports deviennent alors des nids de corsaires, particulièrement Saint-Malo, la cité de Duguay-Trouin et de Surcouf.

À la fin du Moyen Âge, les Bretons sont les rouliers des mers en Europe occidentale. Les ports se développent, et la péninsule se révèle un réservoir de marins pour constituer les équipages. En cas de guerre, les navires marchands sont armés et peuvent être mis au service des ducs. De nombreux Bretons pratiquent « l'escumerie », surtout aux dépens des Anglais. En 1688, La Bretagne est donc au cœur des grands trafics commerciaux mondiaux lorsque survient un événement géostratégique majeur, à savoir l'accession au trône d'Angleterre de Guillaume d'Orange. La guerre ne tarde pas à éclater entre la France et la Grande-Bretagne. Pendant plus d'un siècle, elle se déroule en grande partie sur mer et son impact est considérable pour la Bretagne qui se retrouve en première ligne, notamment Saint-Malo dont le commerce avec les îles Britanniques est touché de plein fouet. La cité risque la ruine, mais les Malouins ont de la ressource et ils savent que la guerre peut être source d'opportunités juteuses.

Le grand siècle malouin

Les Malouins se lancent avec enthousiasme dans la guerre de course qui n'est pour eux que la « continuation du commerce par d'autres moyens ». Habitués à manœuvrer en escadres, formés au combat, leurs marins vont harceler les vaisseaux ennemis et déstabiliser le commerce britannique et néerlandais dans la Manche, dans l'Atlantique et sur la route des Indes. Entre 1692 et 1713, plus d'un millier de navires sont capturés, représentant un bénéfice de plusieurs milliers de livres. L'efficacité de la course malouine ne pouvait que provoquer des réactions britanniques, en prévision desquelles Louis XIV envoie son meilleur stratège, Vauban, pour renforcer les défenses de Saint-Malo et du littoral breton. Vauban bouleverse la physionomie de Saint-Malo, qu'il protège d'une première ceinture de « forts à la mer », puis d'une solide ceinture urbaine. Son disciple Garangeau poursuit son œuvre et procède à différents agrandissements de la ville close, tout en lui donnant une unité architecturale. Bien défendue, la ville de Saint-Malo repousse plusieurs attaques anglaises tandis qu'entre ses murs, les armateurs élèvent de vastes hôtels qui sont autant des lieux de résidence que de travail.

D'un point de vue géostratégique, la guerre de course entre dans les logiques du « faible au fort ». C'est pour palier à la faiblesse de la Marine royale que Louis XIV fait appel aux armateurs malouins pour porter des coups très durs au commerce britannique ou néerlandais. Se dispensant du Trésor royal épuisé par les guerres terrestres, Louis XIV demande à des privés d'assumer la charge de véritables armées navales. Les corsaires dépouillaient également le Trésor britannique d'importantes rentrées fiscales en droits de douane. Il est à noter que l'anglais désigne le corsaire par le mot de *privateer* et que les principaux ports corsaires britanniques étaient basés dans les îles Anglo-Normandes. Au début du XVIIIe siècle, la richesse de Jersey répondait à l'opulence de Saint-Malo.

On distingue plusieurs types de courses. Entre 1695 et 1713, la grande course voient de véritables escadres corsaires se déployer sur tous les océans. Durant cette période, les Malouins arment neuf cents vaisseaux, soit 140 000 tonneaux. La moyenne course, avec quelques frégates, perdure jusqu'aux guerres d'empire. En Bretagne, l'essentiel de la guerre de course concerne cependant des activités dans la Manche à l'aide de petits navires très rapides. Ils opèrent en hiver lorsque les nuits sont longues et le temps mauvais, ce qui permet d'échapper aux flottes de guerre. Au printemps et en été, ils attaquent surtout près des côtes. Dans les faits, la guerre de course est aussi économe en pertes humaines, par rapport aux grands combats navals. Il est vrai que l'effet psychologique est très important, et la plupart des navires marchands, une fois abordés ou rattrapés, préfèrent se rendre pour éviter des échanges meurtriers. Les corsaires savent d'ailleurs jouer d'une certaine réputation de sauvagerie, même si les biens personnels des passagers et membres d'équipages sont théoriquement préservés du pillage. On leur attribue ainsi l'habitude de frotter leurs armes blanches avec de l'ail, un anticoagulant naturel, afin de « saigner » leurs ennemis.

La fin des corsaires

En 1756 éclate la guerre de Sept Ans. France et Angleterre s'affrontent une nouvelle fois sur mer. Les corsaires reprennent leur activité lors de la guerre d'Indépendance américaine. Plusieurs capitaines américains mouillent dans les ports bretons avant de venir harceler les Britanniques. Mais dans ce conflit, c'est surtout la Marine royale qui s'illustre en portant de rudes coups à la Royal Navy. Louis XVI avait consenti un effort particulièrement important pour réorganiser et développer sa flotte de guerre classique. La Révolution française désorganise toutefois la Marine. La plupart des officiers sont en effet d'origine noble, une bonne partie est emprisonnée ou guillotinée, une autre préfère émigrer.

Privée de cadres, la Marine française se tourne une nouvelle fois vers la guerre de course. Pendant les guerres révolutionnaires et d'empire, les corsaires bretons se distinguent à nouveau, et la Manche devient un terrain d'affrontements incessants. Certains, comme Surcouf, s'attaquent avec succès au commerce britannique avec les Indes. Surcouf est aussi armateur et c'est l'un de ses navires, *Le Renard,* qui est engagé dans le dernier combat officiel d'un corsaire français en 1813. Par la suite, la France et la Grande-Bretagne deviennent des alliés, et c'est à l'issue de la guerre de Crimée, que la guerre de course est interdite par le traité de Paris en 1856. ■

En haut, figure de proue de navire corsaire conservée au musée de Saint-Malo.

Page précédente, *L'Étoile du Roy* est la réplique d'une frégate corsaire du XVIIIe siècle basée à Saint-Malo.

La prise de Rio par Duguay-Trouin

Né en 1673, dans une famille d'armateur, René Trouin s'engage très tôt dans la Marine. À 18 ans, il décroche son premier poste de commandant sur un corsaire et mène la vie dure aux Anglais dans la Manche. En 1697, il reçoit le grade de capitaine de frégate légère. Désormais, le corsaire malouin n'est plus obligé de baisser pavillon lorsqu'il croise des navires de la Royale. Trouin adapte la guerre de course aux escadres. Il croise avec plusieurs navires qui s'attaquent d'abord aux vaisseaux d'escorte. Une fois ceux-ci neutralisés, les corsaires s'emparent des bateaux de commerce. En 1704, sa flotte s'en prend ainsi à deux cents navires portugais revenant du Brésil. En 1707, il fond sur une flotte anglaise d'une centaine de navires. Les Britanniques perdent cinq navires de ligne et quinze marchands. Le Roi-Soleil l'anoblit et il devient René Duguay-Trouin. Il récolte des fonds privés et lève une flotte de dix-sept navires capables de transporter six mille hommes. Il quitte l'Europe en juin 1711 et arrive le 11 septembre devant les côtes de Rio. Il force les entrées de la baie, débarque ses hommes et son artillerie, puis pilonne la ville pendant plusieurs jours. Finalement, après négociation, les Portugais préfèrent payer une énorme rançon en or, en argent et en sucre. Duguay-Trouin rembarque, les cales chargées de richesse. Son escadre arrive à Brest le 2 février en n'ayant perdu que deux navires. Il est accueilli en héros, notamment par ses financeurs qui font un bénéfice de 92 %... Couvert d'honneurs, il est nommé chef d'escadre quelques jours avant la mort du Roi-Soleil. Il meurt en 1736 et sans fortune, mais laisse des *Mémoires* qui se révèlent un précieux témoignage sur les mœurs et les stratégies des corsaires des XVIIe et XVIIIe siècles. Pour l'anecdote, on y apprend que ce grand marin souffrait... du mal de mer.

1720

Le grand incendie de Rennes

Sous la Régence, pendant plusieurs jours, le centre de Rennes a été ravagé par un violent incendie. S'il a entraîné d'importantes destructions, ce sinistre a également permis de faire évoluer l'urbanisme de la cité, notamment en matière de salubrité.

Une boutade lancée au moment du procès Dreyfus affirmait que « à Rennes, il n'y a qu'une chose qui prend, c'est le feu », manière de moquer l'apparent désintéressement des Rennais pour un événement qui suscitait la passion des journalistes parisiens venus sur les rives de la Vilaine. La ville était, il est vrai, déjà réputée pour les incendies qui, régulièrement, endommageaient les vieilles demeures historiques du centre. Pourtant, ces sinistres n'étaient que feu de paille en comparaison du terrible incendie de 1720.

À l'époque, en ce début du XVIIIe siècle, Rennes a mauvaise réputation. Les visiteurs la décrivent comme sale et peu agréable. Elle est divisée en deux parties. La ville basse, située au sud de la Vilaine, héberge les habitants les plus pauvres. La ville haute, au nord, concentre les habitations des bourgeois et des nobles. Rennes attire à l'époque la noblesse de robe qui fréquente les grandes institutions de la province : intendant et cours de justice. Une foule d'artisans, d'orfèvres ou de libraires travaille grâce à ces « messieurs du Parlement ». Héritière de la cité romaine, puis médiévale, la ville haute constitue une concentration d'habitations anciennes avec de nombreux immeubles en pans de bois.

Sept jours d'incendie

Afin de passer l'hiver 1720-1721, les habitants ont entreposé de grandes quantités de bois de chauffage. Des milliers de fagots s'entassent dans les caves et les greniers. Mais, dans la nuit du 23 décembre, un artisan de la rue Tristain, ivre, met le feu à son appartement. Très vite, le feu se propage dans l'édifice, puis aux habitations voisines. L'incendie dure sept jours du fait de l'étroitesse des ruelles, de la promiscuité des maisons et du bois qu'elles contiennent. Les autorités – l'intendant comme les édiles rennaises – hésitent à prendre des mesures radicales comme la création de coupe-feu en détruisant des habitations. Les habitants semblent, quant à eux, surtout préoccupés de sauver leurs biens et d'évacuer leurs meubles pour les soustraire des flammes ou aux convoitises des soldats du régiment d'Auvergne envoyés pour combattre le sinistre.

Rapidement, comme souvent en pareil cas, les rumeurs de complot fleurissent. Les annales du couvent des Ursulines rapportent ainsi que « vers la fin de 1720, il y eut à Rennes un terrible incendie qui réduisit en cendres tout le cœur de ville. Quoiqu'on ait toujours ignoré la vraie cause, on ne peut douter, cependant, qu'il ait été mis exprès, puisqu'à mesure qu'on travaillait à l'éteindre dans un quartier, il éclatait dans un autre. On ne pouvait que difficilement peindre l'horreur du spectacle qu'offrait alors notre malheureuse cité, vomissant des tourbillons de flammes et dévorant ses infortunés habitants, dont les uns blessés, les autres mourants, tous épouvantés, poussaient des cris confus et déchirants [...]. Dans la confusion qui régnait, chacun jetait par la fenêtre ce qu'il avait de plus précieux, des mains avides s'en saisissaient aussitôt. Aussi vit-on un grand nombre de pauvres devenir riches tandis que beaucoup de maisons opulentes tombèrent dans l'indigence. »

Un spectacle de désolation

Au bout de plusieurs jours, devant l'ampleur du sinistre, l'intendant Feydeau de Brou prend enfin une décision forte et ordonne la destruction des maisons, près de la cathédrale et du Parlement, qui se trouvaient menacées. Plusieurs bâtiments de la basse ville sont également abattus préventivement. On craignait que le feu ne se propage à travers les échoppes et les habitations construites sur les ponts. Enfin, le 29 décembre, une pluie providentielle permet de circonscrire le feu, même s'il reste, de-ci de-là, quelques foyers résiduels.

> En 1760, c'est une nouvelle ville, agréable et ordonnée qui s'élève désormais sur les bords de la Vilaine.

Près d'un millier de bâtiments ont été détruits ou endommagés, et Rennes propose un spectacle d'apocalypse... Si l'on ne compte que quelques décès, plusieurs centaines de personnes sont blessées et huit mille sont désormais sans logis. Les victimes s'entassent dans les couvents et les abris de fortune. La fierté de la cité, la grosse horloge de l'hôtel de ville, a été détruite.

Une reconstruction problématique

Dès le 30 décembre, une commission de cinq échevins est mise en place pour la reconstruction d'une cité presque à moitié détruite. Ils estiment à neuf millions de livres les dégâts, une somme colossale pour l'époque. Très vite, des collectes sont organisées et des dons récoltés. L'intendant autorise l'édification de baraques sur les terrains et places libres. De construction légère, utilisant des matériaux de réemploi, elles s'élèvent parfois sur un étage. Il en subsiste encore quelques-unes. Les autorités doivent aussi répondre aux problèmes de sécurité, particulièrement aux dangers que représentent ces ruines instables ou les ouvertures de puits cachés par les décombres.

Les autorités comprennent que, tel Néron à Rome, elles peuvent profiter de la catastrophe pour remodeler la cité. Le conseil du roi envoie l'ingénieur Robelin, alors basé à Brest dans la Marine, pour redécouper la ville. Dès le 25 avril, il propose un plan avec des quartiers bien équilibrés et de nombreuses places. Il suggère également de rectifier le tracé de la Vilaine d'une façon plus rectiligne. S'il laisse subsister les bâtiments médiévaux autour de la cathédrale, il envisage d'élever de vastes bâtiments d'architecture classique, séparés par des rues spacieuses. Il souhaite donner une unité d'ensemble avec des édifices à cinq étages, des toits à la française et des caves, répartis sur dix-huit îlots.

Le caractère difficile de Robelin et les problèmes de redistribution du foncier provoquent des réactions hostiles dans la population rennaise. Il est remplacé, en 1724, par Jacques-Jules Gabriel, plus conciliant qui reprend néanmoins l'essentiel du projet de Robelin. C'est Gabriel qui conçoit la magnifique place du Parlement de Bretagne avec ses façades classiques et ses vastes immeubles destinés à la noblesse de robe.

Le chantier de reconstruction de Rennes prend une quarantaine d'années. En 1760, c'est une nouvelle ville qui s'élève désormais sur les bords de la Vilaine. Une ville agréable et ordonnée selon les canons de l'époque dont le centre-ville actuel a conservé tout le charme. ■

Page précédente, en haut, ce tableau votif représente la Vierge intercédant pour arrêter le grand incendie. Il est accroché sur l'un des murs de la basilique Saint-Sauveur.

En haut, suite aux destructions de 1720 et à l'établissement du parlement de Bretagne, Rennes possède un ensemble unique de bâtiments du XVIIIe siècle.

1720

La conspiration de Pontcallec

L'exécution de quatre nobles bretons, en mars 1720, met fin à une conspiration contre le Régent. Un complot manipulé par de puissants seigneurs, appuyé par l'Espagne et mené par quelques petits nobles rêvant d'instituer une république aristocratique dans la péninsule.

À la fin de l'Empire romain, plusieurs cités de l'ouest de la Gaule auraient créé une confédération, la « république des Armoriques », pour faire face à la déliquescence des institutions impériales. Contrôlée par les notables, elle disparut rapidement alors que Francs et Bretons se disputaient ce territoire. Son souvenir a curieusement ressurgi à la fin des années 1710 sur fond de révolte fiscale et de mécontentement de la petite noblesse bretonne.

Une génération après les révoltes de 1675, une fronde se développe à nouveau en Bretagne après la mort de Louis XIV en 1715. La période est d'autant plus troublée que le Roi-Soleil a laissé un État criblé de dettes à son successeur, le jeune Louis XV, qui n'a alors que 5 ans. La régence est assurée par Philippe d'Orléans qui a réussi à écarter Louis-Auguste, duc du Maine, fils naturel et légitimé de Louis XIV. Philippe V d'Espagne, petit-fils de Louis XIV conserve également des prétentions au trône de France. Rompant avec l'absolutisme de Louis XIV, Philippe d'Orléans gouverne en s'appuyant sur le Parlement et la haute noblesse à travers des conseils, la polysynodie.

Résistance des états

Mais le Régent accroît également la pression fiscale pour rembourser les dettes du royaume, ce qui provoque de vives résistances, particulièrement en Bretagne, où était alors maintenu un statut spécial en matière d'impôts. Les états de Bretagne, réunis à Saint-Brieuc, refusent ainsi d'agréer de nouvelles taxes. La situation ne s'arrange guère avec la nomination d'un nouveau gouverneur, le maréchal de Monstesquiou. Issu d'une vieille famille gasconne – son cousin Charles de Castelmore a inspiré le d'Artagnan de Dumas –, Montesquiou vexe ainsi les trois cents gentilshommes venus l'accueillir à Rennes en ne daignant les saluer qu'à travers la fenêtre de sa voiture.

En 1717, la résistance des états de Bretagne se renforce. Ils sont suspendus au bout de quatre jours. Montesquiou veut passer en force et lever de nouvelles taxes, mais il se heurte cette fois au Parlement. De leur côté, les états de Bretagne envoient une délégation pour plaider leur cause auprès du Régent. Mais ses membres s'arrêtent à Sceaux et rencontrent le duc du Maine, le grand rival de Philippe d'Orléans. La chose irrite le Régent qui confirme son soutien à Montesquiou.

Fronde et rêve de république

De nouveaux états sont convoqués en juin 1718 à Dinan. L'institution est alors dominée par la petite noblesse. Du fait des droits hérités de l'ancien duché, elle est plus nombreuse que dans le reste du royaume et ses revenus sont souvent très faibles. Ces nobles sont exaspérés par l'impôt, et beaucoup rêvent d'une république qui serait dirigée par les aristocrates.

La situation se tend durant l'été 1718. Le 22 juillet, Monstesquiou, excédé, fait exiler 73 membres des états et augmente l'impôt sur le vin et l'eau-de-vie. Il se heurte à nouveau au Parlement. La fronde bretonne attire alors l'attention du roi d'Espagne tandis qu'en août, le duc du Maine semble vouloir recruter des troupes pour s'opposer au Régent qui lui a supprimé un certain nombre de droits. C'est alors qu'un « acte pour la défense des libertés de la Bretagne » recueille plusieurs centaines de signatures. Il est appuyé par une Association patriotique bretonne qui regroupe sept à huit cents membres. On y retrouve un petit seigneur du centre Bretagne, le marquis de Pontcallec, qui en est venu à incarner une révolte aux accents quelque peu fantasques et aux buts peu précis.

La conspiration

Réputé dur avec ses gens, Pontcallec recrute quelques dizaines d'hommes de main. En juin 1719, il parvient à rassembler deux cents personnes à Questembert en vue d'une démonstration de force visant à empêcher son arrestation pour contrebande. La troupe se disperse rapidement, mais elle a attiré l'attention du Régent. Le 15 août, les conspirateurs attaquent des collecteurs d'impôts. En réponse, Montesquiou rejoint Rennes avec quinze mille hommes.

C'est alors que l'un des membres de la conspiration est arrêté à Nantes et avoue tout sur leurs projets, notamment l'arrivée de troupes espagnoles. Pontcallec est pourchassé. Il tente de mettre en défense son château, mais doit se résigner à se cacher. En octobre, les Espagnols envoient deux mille soldats, des Irlandais pour la plupart. Trois navires doivent les débarquer dans la presqu'île de Rhuys. Mais ils sont découragés par un conspirateur qui a été effrayé par la démonstration de force de Montesquiou. De plus, un certain nombre de soldats irlandais semblent avoir été soudoyés par le Régent. Ils rembarquent donc rapidement.

Décapités sur la place du Bouffay

Dès lors, la rébellion, qui n'a guère de soutien populaire, s'effiloche. Plusieurs meneurs sont arrêtés dont Pontcallec, capturé au presbytère de Lignol, le 28 décembre. Le pouvoir organise un procès qu'il veut exemplaire avec 23 accusés dont sept sont présents à Nantes quand il débute. Le verdict tombe le 26 mars, et il est très sévère, puisque quatre conspirateurs – Pontcallec, du Couëdic, Talhouët et Montlouis – sont condamnés à mort. Ils sont décapités dans la foulée sur la place du Bouffay à Nantes. Seize autres conspirateurs, en fuite, sont condamnés à mort par contumace.

La sévérité des peines peut étonner, la révolte de Pontcallec n'ayant jamais représenté un danger sérieux pour le régime. Les conspirateurs n'ont guère recruté au-delà de cercles restreints, et le peuple n'a jamais semblé prendre leur parti. L'accusation a tenté de mettre en évidence des connexions avec l'Espagne et surtout le duc du Maine, et c'est sans doute ce qui explique la sévérité des peines. Pontcallec et ses associés ont probablement servi de boucs émissaires vis-à-vis de la haute noblesse que le Régent voulait mettre au pas.

Par la suite, le mouvement breton a présenté Pontcallec comme un héros populaire, un défenseur des libertés bretonnes. Une *gwerz* du *Barzaz Breiz*, « Maro Pontkallek », évoque la révolte et a été chantée par plusieurs artistes contemporains, contribuant à forger une image romantique du marquis. Quant au caractère quelque peu brouillon de la conspiration, il transparaît très justement dans le film de Bertrand Tavernier, *Que la fête commence*, avec Jean-Pierre Marielle dans le rôle de Pontcallec. ■

En haut, le Régent, Philippe d'Orléans, fin politique qui fit échouer la conspiration bretonne de Pontcallec.

Page précédente, une exécution publique sur la place du Bouffay à Nantes.

1750

La fraise prend à Plougastel

Après moult tribulations, une variété de fraises d'origine américaine s'est implantée sur les bords de la rade de Brest au XVIIIe siècle. Elle assure depuis une renommée internationale à la presqu'île de Plougastel.

En haut, marin, espion, botaniste, Amédée-François Frézier fut également l'un des membres de l'académie de Marine de Brest.

Les espions ont parfois du bon et les habitants de la presqu'île de Plougastel peuvent remercier l'un de ceux de Louis XIV, le bien nommé Amédée-François Frézier, parti un beau jour de novembre 1711 vers les côtes d'Amérique du Sud. Officier du génie maritime, embarqué sur le *Saint-Joseph*, il fut en effet chargé d'espionner les possessions espagnoles de la côte pacifique de l'Amérique du Sud, notamment le très riche Pérou où les Malouins trafiquaient des métaux précieux depuis quelques années.

Un esprit curieux

Au cours d'un périple de plusieurs années, Amédée-François Frézier reconnaît les différents ports, espionne leurs défenses et cartographie le littoral et les courants marins. « Honnête homme » dans le sens de l'époque, son intérêt ne se borne pas à la chose militaire. Il s'intéresse aussi aux populations qu'il rencontre, à l'instar des peuples indiens de l'actuel Chili. Il se pique également de sciences naturelles : géologie, minéralogie et botanique. C'est ainsi que, en escale dans la baie de Concepción au Chili, il découvre des plants de fraise qui retiennent son attention. Par rapport aux fraisiers sauvages d'Europe, leurs feuilles sont « plus arrondies, plus charnues et plus velues », comme il les décrit dans sa *Relation du voyage*. Surtout, les fruits sont « ordinairement gros comme une noix, et quelquefois comme un œuf de poule ». Le fruit est d'un aspect blanchâtre. Il est cultivé depuis des siècles par les Indiens Mapuches. Aujourd'hui encore, les Mapuches représentent près de 10 % de la population chilienne.

Enthousiaste, Amédée-François Frézier décide de rapporter des plants en Europe. Durant le long voyage qui le ramène, il y veille particulièrement avec l'aide de l'un des fils de son armateur. Au terme d'une navigation de six mois, à son arrivée à Marseille, le 17 août 1714, cinq plants ont survécu. Il en garde un, en donne deux à son armateur, un à Antoine de Jussieu, intendant du Jardin des Plantes (alors nommé Jardin royal) de Paris, et un à Peletier de Souzy, ministre des Fortifications.

Acclimatation difficile

À l'instar de nombreuses plantes ramenées d'outre-mer et acclimatées dans les jardins botaniques d'Europe, la fraise chilienne reste longtemps à l'état de curiosité scientifique. Les premiers plants cultivés donnent de jolies fleurs, mais peu de fruits. La plante est néanmoins diffusée dans différents jardins européens. En 1739, Amédée-François Frézier est affecté à Brest et, sans doute, ne manque-t-il pas d'apporter quelques plants de fraisiers, cultivés au jardin botanique de l'hôpital maritime.

La plante va très bien s'adapter. Peut-être retrouve-t-elle des conditions naturelles proches de celle de la baie de Concepción au Chili avec une rade océanique, un climat tempéré et un sol argileux et granitique. Surtout, elle se développe au contact d'une autre fraise arrivée d'Amérique du Nord, la *Fragaria virginiana*, originaire de Virginie et ramenée par d'autres voyageurs. C'est donc un plant hybride, de son nom savant, la *Fragariax ananassa*, qui colonise la presqu'île de Plougastel où un cultivateur, Le Gall, l'aurait introduite dans le village de Kéraliou.

La rouge de Plougastel

Peu à peu, dans la presqu'île de Plougastel, la culture de la fraise se substitue à celle du lin et du chanvre destinés à la fabrication des toiles. À partir de 1820, les plants recouvrent les champs. Contrairement à la fraise chilienne « blanche », la fraise de Plougastel présente un aspect rouge. D'un arôme goûteux, elle est d'une taille exceptionnelle, ce qui explique son succès. On la trouve d'abord sur les marchés locaux, puis jusqu'à Brest. En 1878, le responsable du jardin botanique de la Marine, Blanchard, écrit ainsi que : « Il n'y a pas de pays en Europe où il ne soit plus consommé de fraises qu'à Brest. Il en vient tellement, dans la saison, que les marchés, les coins de rue, les portes des casernes et des arsenaux sont encombrés par les marchands de fraises. » Le transport s'effectue en chaloupe à travers la rade, ou en charrette, par Landerneau.

La plantation des fraisiers se fait à l'automne. Après les labours, les champs sont divisés en billons, des espaces surélevés, tracés en travers des pentes pour retenir l'eau de pluie. Entre les rangs, des « plantes-abris » sont semées ou plantées : du blé, de l'avoine ou de l'ail. Les stolons sont régulièrement prélevés pour être replantés. Toute l'année, les champs sont travaillés, bêchés, labourés ou amendés. La cueillette a lieu du printemps jusqu'en juillet.

Dès 1854, les fraises de Plougastel sont envoyées en Angleterre grâce à un petit caboteur, l'*Espérance*. Le marché se développe à partir des années 1870 grâce à l'apparition de nouveaux moyens de conditionnement qui permettent aux fraises de voyager plus loin. Appelées *karched*, il s'agit de petites boîtes de quarante sur vingt centimètres en bois blanc. Les fruits sont disposés sur des lits de fougère. À partir de 1880, les agriculteurs de Plougastel s'organisent pour armer des navires vers Plymouth, que les fruits atteignent en une trentaine d'heures.

En 1906, un premier syndicat des fermiers fraisiéristes est créé, qui regroupe deux cents exploitants, et quelques années plus tard, les premières usines de confiture sont construites. Le marché anglais s'étend après la Première Guerre mondiale au point que désormais, l'essentiel de la production est envoyé outre-Manche. Près de mille cinq cents tonnes sont ainsi expédiées en Grande-Bretagne en 1924. La crise des années 1930 met cependant un frein au développement de la fraise de Plougastel à l'international. Dans les années 1950 et 1960, les producteurs entreprennent un important effort de modernisation et de structuration avec, notamment, l'emploi de serres. Si aujourd'hui, la presqu'île n'occupe plus une place aussi importante sur les marchés européens, la fraise de Plougastel continue toutefois de jouir d'une excellente réputation gastronomique et contribue à la prospérité économique de la pointe Bretagne. ■

En bas, un passionnant musée est consacré à l'aventure de la fraise de Plougastel ainsi qu'à l'histoire de cette presqu'île.

Le temps des négriers

Aux XVIIe et XVIIIe siècles, nombre de marins et d'armateurs bretons participent à la traite négrière, un odieux commerce visant à approvisionner en esclaves les colonies d'Amérique.

À l'origine, le mot « traite » désigne une forme de négoce consistant à échanger des produits manufacturés, souvent de faible valeur, contre des produits locaux. Par extension, à partir du XVIe siècle, il en est venu à nommer la plus atroce des formes de commerce qui soit, celle des êtres humains. Le phénomène est complexe. Ainsi, en Afrique, on distingue plusieurs types de « traite ». La traite « intérieure » alimentait l'esclavage en Afrique, une traite, dite « orientale », visait à approvisionner les marchés aux esclaves d'Arabie, à partir du VIIe siècle, et enfin, la traite « atlantique » était organisée par les Européens pour doter leurs colonies américaines d'esclaves noirs. Cette dernière se déroula sur une période plus courte – un peu plus de quatre siècles –, mais dans des proportions massives. Les historiens estiment, entre onze et douze millions, le nombre d'Africains déportés vers le Nouveau Monde. Un peu moins de dix millions y sont arrivés après des voyages en mer dans des conditions affreuses.

Le commerce triangulaire

Ce commerce s'explique par le besoin de main-d'œuvre en Amérique. La colonisation de ce continent par les Européens a effectivement rapidement pris des allures brutales. Dans de nombreux endroits, les Indiens ont été réduits en esclavage pour répondre aux besoins de main-d'œuvre, mais ils ont été exterminés par les maladies et les mauvais traitements. Les Espagnols ont donc été les premiers à faire venir des esclaves africains, réputés plus résistants, et ce, dès 1502, à Cuba. Par la suite, avec le développement des plantations de canne à sucre, la demande de « bois d'ébène » explose. Le royaume de France suit le mouvement au XVIIe siècle avec ses possessions antillaises. En 1685, Colbert institutionnalise l'esclavage dans les colonies à travers un ensemble de dispositions judiciaires baptisé *Code noir*.

Le trafic d'esclaves est au cœur d'un système de vastes échanges transatlantiques nommé « commerce triangulaire ». Au départ, des Européens réunissent des capitaux, arment des navires et embarquent des marchandises pour l'Afrique. En Bretagne, il s'agit souvent d'« indiennes », des toiles colorées et illustrées. Ces marchandises sont ensuite échangées contre des esclaves dans les comptoirs d'Afrique de l'Ouest. Ils sont entassés dans les soutes de navires pendant plusieurs semaines. Nombre d'entre eux périssent de maladie ou de l'insalubrité. Les révoltes sont également fréquentes. En Amérique, la revente des esclaves permet d'acheter des denrées locales – sucre, rhum, tabac, café, cacao – qui sont ensuite revendues en Europe.

Les Européens justifient ce commerce honteux par des arguments économiques. Dans un mémoire sur le commerce transocéanique, rédigé à Nantes au XVIIIe siècle, on peut lire : « La richesse de nos colonies est aujourd'hui le principal objet de notre commerce, et le commerce de Guinée en est tellement la base que si les négociants français abandonnaient cette branche du commerce, nos colonies seraient nécessairement approvisionnées par des étrangers, des Noirs. »

La part des ports bretons

Pendant quelque temps, les ports bretons semblent être restés à l'écart du commerce négrier. Depuis le Moyen Âge, ils tirent principalement leur richesse du négoce du vin, des céréales, des toiles ou du sel avant que ces circuits tombent en déclin à la fin du XVIIe siècle. Les négociants bretons se reconvertissent dans le commerce négrier. Un premier navire est ainsi armé à Saint-Malo en 1669, un autre à Nantes en 1688. Dans le premier quart du XVIIIe siècle, la part des ports bretons représente près de 75 % de l'armement négrier français.

Le principal port négrier est alors Nantes, mais les Malouins et les Lorientais pratiquent également le commerce triangulaire. Ils investissent dans un commerce qui peut rapporter énormément d'argent même s'il n'est pas sans risques. Particularité bretonne, de nombreuses familles nobles – l'aristocratie bretonne est importante et les cadets sont désargentés – se lancent dans la traite. L'un des plus fameux exemples est le père de l'écrivain François-René de Chateaubriand. Issu d'une famille qui avait presque perdu son statut aristocratique, il devient négrier et se constitue une fortune qui lui permet d'acheter le château de Combourg. 14 % du milieu négrier nantais était d'origine aristocratique. Mais la traite a aussi favorisé l'ascension sociale de bien des familles de négociants, issus notamment de la petite bourgeoisie. Elle a incontestablement joué un rôle majeur dans le développement des ports de Nantes et de Lorient au XVIIIe siècle. Cette prospérité s'affiche d'ailleurs sur les façades des immeubles que font construire les armateurs et les capitaines sur les quais de Nantes où sont sculptées des « têtes de nègres », des mascarons exotiques alors à la mode.

En 1789, Nantes contrôle un tiers du commerce négrier français. L'esclavage est aboli le 4 février 1794 sur proposition de Danton, mais, en 1803, Napoléon le rétablit, et il faut attendre 1848 pour qu'il soit définitivement abrogé dans les possessions françaises. Par contre, la traite négrière a été interdite depuis la Révolution, ce qui n'empêche pas de nombreux armateurs et marins de la pratiquer clandestinement. Sous la Restauration, plus de 70 % de la traite clandestine est ainsi assurée par les Nantais. Même après l'abolition de l'esclavage, les conditions de vie des travailleurs noirs aux Antilles restent très pénibles. Ce n'est qu'en 1926 qu'une convention internationale abolit définitivement l'esclavage. Il est désormais considéré comme un crime contre l'humanité.

Dans les années 1770, on estime à un millier le nombre de Noirs vivant en Bretagne. Très parcellaires, les sources ne nous renseignent guère sur leur destin. Certains ont cependant défrayé la chronique, comme Jean Mor, pendu à Brest le 29 mai 1764, pour avoir tenté d'empoisonner son maître qui lui refusait la liberté. Certains Bretons ont également dénoncé l'horreur de la traite négrière comme l'avocat quimpérois Théophile-Marie Laënnec ou l'armateur nantais Thomas Dobrée.

Une mémoire douloureuse

Longtemps, en Europe, le souvenir de la traite négrière est resté un tabou. C'est le cas à Nantes où les héritiers des familles de négriers sont demeurés influents jusqu'à des périodes récentes. Depuis, les choses ont heureusement changé. Ouvert il y a quelques années, le nouveau musée du Château des ducs de Bretagne évoque longuement le passé négrier de la ville. On peut y découvrir des objets ayant servi à entraver les esclaves dans les cales des vaisseaux négriers. En 2011, un mémorial de l'esclavage a été édifié à Nantes, quai de la Fosse. ■

Page précédente, figure de proue représentant un esclave enchaîné. Elle est exposée au musée de la Marine à Brest.

XVIIIe SIÈCLE

Descentes anglaises sur les côtes bretonnes

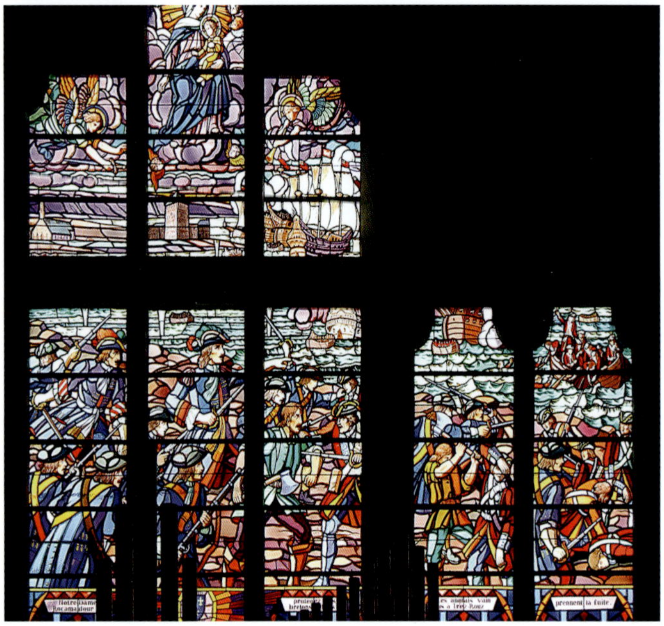

Au XVIIIe siècle, la France et l'Angleterre sont en conflit permanent. La suprématie navale des Britanniques leur permet de monter régulièrement des expéditions sur les côtes bretonnes. Le siège de Lorient et la bataille de Saint-Cast demeurent parmi les plus fameuses de ces « descentes » anglaises.

En haut, ce vitrail de l'église de Camaret rappelle la bataille de 1694, qui vit l'échec d'un débarquement anglo-hollandais sur les côtes bretonnes.

Depuis le Moyen Âge, les Anglais ont régulièrement mené des opérations militaires, des « descentes » sur les côtes bretonnes. En retour, plusieurs ports anglais ont également été attaqués comme Bristol, ravagé par Jean Coatanlem en 1484. Ces opérations s'accentuent lors de la « seconde guerre de Cent Ans », entre 1688 et 1815. Pour les Britanniques, il s'agit de maintenir sous pression la flotte française et de fixer sur les côtes atlantiques des troupes qui pourraient combattre sur d'autres fronts.

Le siège de Lorient

Dans le cadre de la guerre de Succession d'Autriche, une importante opération est ainsi lancée contre Lorient du 29 septembre au 10 octobre 1746. Les Anglais restent au large pendant quelques jours sans parvenir à débarquer leurs quatre mille cinq cents hommes, ce qui laisse le temps aux défenseurs de s'organiser. Divisés en deux colonnes, les Anglais arrivent ensuite par l'ouest. Ils prennent et pillent Ploemeur.

Espérant une reddition rapide, les Anglais ne bombardent la ville que le 5 octobre. Les canons sont trop loin et manquent de munitions. On ne compte que six morts lorientais et deux maisons brûlées… Les pertes, comme la médiocrité des ingénieurs britanniques, poussent le commandant anglais à la retraite. Des prostituées et des fuyards l'auraient aussi induit en erreur en le convainquant que Lorient était défendu par vingt mille hommes… Ironie de l'histoire, le commandement français s'apprêtait sans doute à se rendre, la ville étant en réalité mal défendue par des troupes hétéroclites.

Le siège de Lorient a eu pour conséquence le renforcement des défenses du littoral de la Bretagne sud. On compose aussi des chansons pour se moquer des Anglais, et le culte marial se développe. Une statue de Notre-Dame-de-la-Victoire est ainsi consacrée. Enfin, concernant la narration de l'événement, une polémique oppose Voltaire et David Hume par ouvrages interposés.

Bataille de Saint-Cast

Une décennie plus tard, pendant la guerre de Sept Ans (1756-1763), une autre descente anglaise a marqué la mémoire bretonne. Il s'agit cette fois d'une attaque contre Saint-Malo en 1758. Pour défendre les côtes de Bretagne, le gouverneur d'Aiguillon peut compter sur plusieurs régiments professionnels et sur des milliers de miliciens et de gardes-côtes dont l'encadrement est en partie assuré par les nobles locaux. Mais depuis quelque temps, le duc d'Aiguillon est en conflit larvé avec une partie de la noblesse bretonne.

C'est dans ce contexte que, le 3 septembre 1758, une flotte britannique débarque près de dix mille hommes commandés par le général Bligh sur la plage de Saint-Briac. Mais le vent et le mauvais temps obligent les navires de la Royal Navy à trouver refuge à Saint-Cast. Les troupes au sol se heurtent à l'artillerie des forts défendant Saint-Malo. Sans appui de la flotte, Bligh décide de se retirer vers l'ouest, dévastant les campagnes parcourues.

Défaite anglaise

Les 8 et 9 septembre, des gardes-côtes et des miliciens bretons opposent une forte résistance, au Guildo, au passage de l'Arguenon. L'objectif de la centaine de Bretons, commandés par un bourgeois de Matignon, Rioust des Villes-Audrain, est de gagner du temps jusqu'à l'arrivée des troupes du duc d'Aiguillon. Le 11 septembre, les Britanniques tentent de rembarquer sur la plage de Saint-Cast soumise au feu des régiments du duc d'Aiguillon et des milices bretonnes. Pour empêcher les canons anglais de tirer sur la plage, des nobles bretons se lancent au contact de l'ennemi sur le sable. Les combats sont acharnés et prennent fin vers midi. Les Britanniques laissent près de 2000 morts et 740 prisonniers.

La belle meunière

Bien que vainqueur sur le terrain, le duc d'Aiguillon se voit reprocher d'avoir trop tardé pour porter des coups encore plus sévères aux Britanniques. Ayant installé son état-major dans un moulin, on l'accuse de « s'être couvert de farine plus que de gloire » et d'avoir tenté d'abuser des charmes de la meunière… Le duc d'Aiguillon traînait en effet une solide réputation d'homme à femmes. On compose des chansons pour se moquer d'un gouverneur qu'une partie des élites bretonnes ont intérêt à discréditer. Cette anecdote a d'ailleurs donné son nom à la principale pâtisserie de Saint-Cast, baptisée « la Belle-Meunière ».

Rapidement, la bataille de Saint-Cast devient un enjeu de mémoire, les élites bretonnes mettant en valeur le rôle de la noblesse et des milices de la province. D'autant qu'à partir de 1763 débute l'affaire de Bretagne, ou affaire La Chalotais, au cours de laquelle une partie des parlementaires bretons sont emprisonnés ou exilés en raison de leur opposition à Louis XV. Un siècle plus tard, en 1856, le centenaire de la bataille donne l'occasion aux aristocrates bretons de réaffirmer leur rôle politique face à un régime, le second Empire, qu'ils jugent illégitime. À Saint-Cast, un monument est élevé en hommage à des soldats bretons présentés à la fois comme les héros de l'affrontement contre les Anglais, mais également les défenseurs des libertés bretonnes face à l'absolutisme et au centralisme royal. ■

En haut, ce canon exposé à Saint-Cast est l'un des derniers témoins de la bataille de 1758.

En bas, reconstitution du rembarquement des Britanniques sur la plage de Saint-Cast.

1759

La bataille des Cardinaux

Au large de Quiberon, le 20 novembre 1759, la Royal Navy remporte une victoire écrasante sur la Marine française. Elle assure à l'Empire britannique la suprématie sur les mers jusqu'à la révolution américaine.

De la fin du XVIIe siècle à 1815, la France et la Grande-Bretagne sont en état de conflit quasi permanent, se disputant l'hégémonie sur les mers afin de défendre leurs empires coloniaux respectifs. La France contrôle alors une partie du Canada, le Sénégal et divers comptoirs, particulièrement en Inde. Mais, lors de la guerre de Sept Ans (1756-1763), le royaume de France doit affronter la Prusse et l'Autriche, ce qui l'oblige à diviser ses forces en deux fronts, l'un terrestre où ses armées piétinent, l'autre maritime incluant un projet d'invasion de l'Angleterre.

Pourtant, la Marine de Louis XV présente de graves faiblesses avec des vaisseaux mal équipés et des équipages mal payés et peu motivés. Elle est dirigée par Berryer, un ancien policier, guère au fait des choses de la mer.

Envahir la Grande-Bretagne

Cela n'empêche pas les stratèges français d'imaginer un plan d'invasion des îles Britanniques, prévoyant tantôt une descente en Irlande, tantôt une intervention en Écosse ou un débarquement en Angleterre. Le plan est ambitieux, mais ne tient absolument pas compte de la supériorité navale britannique qui permet à Londres de contrôler la Manche et une partie des abords du littoral français. Dans ce but, durant l'été 1759, des troupes sont rassemblées dans le Morbihan à des fins d'embarquement, soit près de seize mille hommes répartis en quinze régiments et dotés d'une artillerie conséquente. Il est prévu de mobiliser quatre-vingt-dix navires marchands réquisitionnés de Saint-Malo à Bayonne. Cependant, les préparatifs prennent du temps, et l'opération est reportée en novembre. Les tempêtes sont alors fréquentes et les conditions climatiques déplorables.

Supériorité navale britannique

Il est vrai que les Français attendent le renfort de leur flotte de Toulon partie le 5 août. Mais cette dernière est dispersée et décimée par les attaques anglaises. Les Britanniques s'efforcent de maintenir un blocus permanent sur les grands ports de la façade atlantique. Ils surveillent les côtes, interceptent les petits navires et, en cas d'alerte, alertent aussitôt leurs escadres en croisière.

Une vingtaine de navires de ligne navigue en permanence au large de Brest. Mais le dispositif a des failles. Lorsque, le 7 novembre, l'amiral Bompard, de retour des Antilles, affirme ne pas avoir vu de vaisseaux ennemis, l'amirauté française décide de saisir sa chance et de rejoindre Quiberon. En raison d'une tempête, l'essentiel de la flotte anglaise de l'amiral Hawke mouille en effet à Torbay.

Le 14 novembre, la flotte française quitte Brest, mais elle est repérée par une frégate anglaise. Les Britanniques lancent la chasse et les deux flottes sont prises dans la même tempête au large de Belle-Île le 19 novembre.

La bataille

La bataille des Cardinaux – ou bataille de Quiberon pour les Britanniques – intervient le 20 novembre : vingt et un vaisseaux de ligne français et cinq frégates font face à quarante-cinq navires britanniques. Les Français sont commandés par l'amiral de Conflans, leurs adversaires par Hawke.

Vers 10 heures, sous un fort vent, les navires se mettent en ligne suivant la logique de la guerre d'escadre. Les premières bordées sont échangées vers 14 heures alors qu'une partie de l'escadre française n'a toujours pas réussi à se mettre en ordre de bataille. Les Britanniques engagent et remontent les lignes françaises. Vers 15 h 15, le vent tourne, ce qui désorganise encore plus la flotte française. Vers 16 heures, le *Formidable*, l'un des navires amiraux, baisse pavillon. Deux autres vaisseaux français ont coulé.

Vers 17 heures, la nuit tombe, et le combat se calme. Les navires, toutes nationalités confondues, tentent de mouiller où ils peuvent, compte tenu des conditions météorologiques. Sept vaisseaux français se réfugient dans l'embouchure de la Vilaine, onze autres prennent la haute mer vers Rochefort.

Le lendemain matin, c'est donc une flotte française très diminuée qui doit affronter l'amiral Hawke, le tout au cours d'une forte tempête. Le *Soleil-Royal* reçoit ainsi l'ordre de s'échouer devant le Croisic. Le jeudi 22, craignant sa capture, l'amiral Conflans ordonne d'ailleurs qu'on l'incendie ainsi que le *Héros*, échoué à proximité.

La bataille est terminée. La Royal Navy instaure un blocus sur la Vilaine. On procède à des échanges de prisonniers, et Le Croisic est bombardé le 6 décembre. Leur mouillage ne fut abandonné qu'en 1762.

Remise en cause stratégique

La Marine française a subi l'une de ses pires défaites. Elle a pourtant des effets bénéfiques, puisque, en 1761, le duc de Choiseul reprend le portefeuille d'une Marine qu'il restructure complètement. Il engage une nouvelle réflexion stratégique, notamment dans la transmission des ordres entre vaisseaux d'escadre. Un nouveau système est mis en œuvre avec succès lors de la bataille d'Ouessant en 1778. On trouve d'ailleurs dans la commission plusieurs acteurs de la bataille des Cardinaux. Des enseignements qui conduisent à l'engagement de la France lors de la guerre d'Indépendance américaine, épisode au cours duquel la suprématie britannique fut à nouveau remise en cause sur les océans. ■

Page précédente, pour les Britanniques, ce combat reste « la bataille de Quiberon », peinte ici par Nicholas Pocok.

En bas, la citadelle du Palais, à Belle-Île-en-Mer.

La citadelle de Belle-Île-en-Mer

Belle-Île-en-Mer et sa citadelle ont joué un rôle important dans les guerres maritimes entre la France et l'Angleterre du XVIIe au XIXe siècle. L'île constitue en effet un point stratégique pour la défense des rivages de Bretagne sud comme du golfe de Gascogne ; une importance renforcée par la création d'un port de L'Orient pour accueillir la Compagnie des Indes françaises. L'île permet ainsi aux vaisseaux de se ravitailler en eau potable. La première forteresse du Palais aurait été édifiée par François de Rohan, en 1549, et il aurait utilisé des pierres provenant du château ducal dit de « l'Hermine » à Vannes. Le célèbre intendant des Finances de Louis XIV, Nicolas Fouquet, fait renforcer les fortifications. On dit même qu'il projetait de s'y réfugier lorsqu'il suscite la jalousie du jeune roi par ses richesses. Mais Fouquet est arrêté, et sa citadelle confisquée. En 1685, c'est cette fois Vauban qui débarque au Palais pour achever la formidable citadelle qui domine toujours le port. La victoire des Britanniques lors de la bataille des Cardinaux, non loin de là, leur assure la suprématie sur les mers. Ils débarquent sur la plage des Grands Sables. Ils bousculent les défenseurs de l'île et installent leurs batteries sur les hauteurs du Palais. Pendant trois semaines, la citadelle est bombardée depuis la terre, ainsi que par les navires britanniques qui croisent à proximité. Une partie de l'enceinte principale finit par céder. Le gouverneur choisit de se rendre, mais avec les honneurs de la guerre rendus par les Britanniques qui contrôlent l'île pendant plusieurs années. À l'issue de la guerre de Sept Ans, en 1763, Belle-Île est rendue aux Français en échange de Minorque. Le commandant anglais se voit d'ailleurs remercié par Louis XV pour la manière humaine dont il a traité les insulaires.

1767

L'affaire La Chalotais

L'arrestation arbitraire de cinq membres du parlement de Bretagne, dont Louis-René Caradeuc de La Chalotais en novembre 1767, est l'un des moments les plus critiques de « l'affaire de Bretagne », une fronde fiscale et judiciaire contre Louis XV, quelques décennies avant la Révolution.

En haut, Louis-René Caradeuc de La Chalotais.

Jusqu'à ses 62 ans, l'existence de Louis-René de Caradeuc de La Chalotais reste des plus paisibles, celle d'un juriste estimé par ses pairs et membre influent du parlement de Bretagne où il occupe, depuis 1752, la charge de procureur général. À la fin de 1761, il se distingue par ses comptes-rendus sur les jésuites. Lié aux philosophes, il s'oppose aux religieux et, sous son influence, le parlement de Bretagne ordonne la fermeture des collèges jésuites de Quimper, Rennes et Vannes. La Chalotais propose alors un plan d'éducation nationale pour remplacer ces établissements.

Révolte parlementaire

La Chalotais profite de sa notoriété pour s'opposer de plus en plus fermement au très autoritaire gouverneur de Bretagne, le duc d'Aiguillon. Engagé dans la coûteuse guerre de Sept Ans, le pouvoir royal a en effet d'énormes besoins d'argent, d'où des pressions constantes sur les états de Bretagne pour que ceux-ci augmentent les contributions de la province. Le duc d'Aiguillon tente d'introduire de nouvelles taxes, ce qui provoque une très vive résistance des états, principalement du corps de la noblesse, en 1762 et 1763.

La session des états de 1764 promet d'être houleuse. Elle est l'une des plus longues et des plus agitée de l'histoire de cette institution bretonne. Surtout, les maladresses du duc d'Aiguillon ont pour conséquence d'allier les états au parlement de Bretagne, l'autorité judiciaire de la province. En mars 1765, le Parlement refuse d'enregistrer les lettres patentes du roi, et il interrompt ses audiences. Le 15 mars, convoqués à Versailles, les quatre-vingts conseillers en robes rouges écoutent les remontrances du roi. Celui-ci pense avoir maté la fronde. Il n'en est rien et, le 10 avril, la grande majorité des parlementaires préfèrent démissionner plutôt que de se soumettre. Louis XV est furieux.

La Chalotais en prison

Face à cette révolte parlementaire, le pouvoir royal réagit par la répression. Rien n'y fait, les parlementaires persistent dans leur décision. L'acte de démission est signé par quatre-vingt-cinq conseillers le 22 mai 1765. « Les imputations accablantes contenues dans le discours du roi ont avili les magistrats et les ont mis dans l'impuissance de faire respecter les lois... Ils n'ont donc plus qu'à consommer l'abdication d'un ministère désormais inutile. » Il s'agit d'un des actes de résistance les plus graves qu'un corps judiciaire ait tenté contre la puissance royale. Celle-ci tente bien de s'appuyer sur les non-démissionnaires et exile hors de Rennes quarante-six conseillers frondeurs. Mais, avec dix-neuf membres, le nouveau parlement de Bretagne, surnommé le « bailliage d'Aiguillon », qui se réunit en janvier 1766, n'a plus guère de légitimité. Il fallait des coupables. Dans les cabinets ministériels, on estime que c'est la faute de La Chalotais. On monte une cabale contre lui : il aurait envoyé des billets anonymes et injurieux au ministre Saint-Florentin. Dans la nuit du 10 au 11 novembre, La Chalotais et son fils, lui aussi parlementaire, sont arrêtés, puis transférés et jetés dans des cachots du château du Taureau en baie de Morlaix. Au même moment, les conseillers Charrette de La Gâcherie, Picquet de Montreuil et Charrette de La Colinière sont à leur tour arrêtés.

Emprisonné, La Chalotais organise sa défense dans des conditions difficiles. Il parvient à rédiger deux mémoires qu'il assure avoir écrits avec un cure-dent, de l'encre fabriquée à base de suie et des enveloppes de sucre et de chocolat. Imprimés rapidement, ces *Mémoires* lui permettent de médiatiser sa cause et ce qui apparaît de plus en plus comme un acte arbitraire du roi. On tente de mettre en place un tribunal exceptionnel pour s'occuper des parlementaires bretons. Puis, on envisage de les faire juger par le fantomatique parlement de Rennes. Lorsque le duc d'Aiguillon décide de disjoindre l'affaire des billets anonymes, l'opinion publique achève de basculer en faveur des inculpés. Il devient clair que l'on n'a rien de sérieux à reprocher aux cinq prisonniers et que La Chalotais est victime d'un règlement de comptes. En novembre 1766, les accusés sont transférés à la Bastille. Le 22 décembre 1766, le roi finit par abandonner les poursuites, mais ordonne l'exil hors de Bretagne des cinq hommes. La Chalotais est envoyé en résidence à Saintes.

L'autorité royale en difficulté

Pendant ce temps, la situation est loin de s'apaiser en Bretagne. À chaque session des états, d'Aiguillon doit faire face aux blocages de la noblesse. Les parlementaires, qui lui restent fidèles, sont moqués, interdits dans les salons rennais. On publie des satires et des pamphlets contre le gouverneur et son pseudo-parlement. Le départ du duc d'Aiguillon, en août 1768, et l'arrivée, en septembre, de son successeur, le duc de Duras, calment un moment l'agitation. En 1769, l'ancien Parlement est rappelé, à l'exception des exilés, toujours frappés de l'opprobre royal.

À Paris, le Parlement ouvre une procédure contre Audouard, l'un des assistants du duc d'Aiguillon dont il apparaît qu'il a appuyé la diffusion des faux témoignages. Mais très vite, l'affaire tourne au procès du duc d'Aiguillon. Le 27 juin 1770, Louis XV étouffe la procédure. Réunis en session extraordinaire, en septembre, les états de Bretagne prennent fait et cause pour La Chalotais. Excédé par la révolte des parlements, le pouvoir royal finit par les dissoudre. Celui de Bretagne est supprimé en octobre 1771.

Quant à La Chalotais, il continue à se morfondre en exil. N'y tenant plus, en juin 1773, il rentre en Bretagne pour enterrer sa femme. Arrêté, il est interné au château de Loches en juin 1774. Un seul événement pouvait débloquer la situation : le 10 mai, Louis XV meurt. Son successeur, Louis XVI rétablit les anciens parlements. Le 27 août, il rend leur liberté aux exilés qui sont rétablis dans leurs fonctions. Le 13 décembre, La Chalotais fait un retour triomphal à Rennes, escortés par deux cents jeunes hommes à cheval. Il reste encore onze ans en fonction avant de s'éteindre à l'âge vénérable de 85 ans. Même si elle était dirigée essentiellement par la noblesse, la révolte des années 1760 et 1770 n'est pas sans annoncer les profonds bouleversements qui devaient survenir vingt ans plus tard. Et comme l'a écrit Emmanuel Du Rusquec, biographe de La Chalotais : « Le centralisme démesuré, l'arbitraire, l'absence de concertation, la pression fiscale et la violation de l'indépendance des juges ont été parmi les causes essentielles de l'affaire de Bretagne. » ■

XVIIIe SIÈCLE

Quand le lin faisait la fortune de la Bretagne

La Bretagne peut se prévaloir d'une riche histoire industrielle, notamment dans le secteur textile, très implanté dans la péninsule entre le Moyen Âge et la Révolution. Une partie de la production était fabriquée en Bretagne centrale, entre Quintin, Loudéac et Pontivy, avant d'être exportée depuis Saint-Malo.

La mondialisation des échanges économiques n'est pas nécessairement une chose nouvelle, et force est de constater que la Bretagne a pu en tirer profit à certaines époques. Une partie du riche patrimoine breton témoigne d'ailleurs de la prospérité de la péninsule, aux XVIIe et XVIIIe siècles, lorsque ses marchands exportaient des toiles dans le monde entier. Réputées pour leur solidité, ces dernières étaient généralement tissées avec du lin, parfois du chanvre ou un assemblage des deux. Chanvre et lin sont connus depuis la Préhistoire, mais leur culture et l'utilisation de leurs fibres ont explosé à la fin du Moyen Âge. En effet, l'essor de la population européenne, à partir du XIVe siècle, puis les grandes découvertes et le développement des échanges transocéaniques ont entraîné un accroissement des besoins en textiles. Il en fallait pour l'habillement, la literie mais également pour emballer les marchandises et, surtout, tisser les voiles des navires.

Un contexte favorable

À partir du XVe siècle, la Bretagne devient l'un des principaux fournisseurs européens de toiles de chanvre et de lin. La péninsule est alors assez densément peuplée. On y trouve donc une main-d'œuvre abondante pour la culture du lin et du chanvre, mais aussi pour le filage et le tissage. Le climat humide de la Bretagne est particulièrement favorable à la culture du lin et au traitement de ses fibres. Par ailleurs, à l'époque, les Bretons sont véritablement les rois des mers. Leurs navires sillonnent les ports européens où ils proposent leurs toiles (noyales, crées, olonnes et autres toiles « bretagnes »). Elles y jouissent d'une bonne réputation.

Le développement de l'industrie toilière connaît un nouveau développement aux XVIIe et XVIIIe siècles avec une explosion de la demande dans les colonies espagnoles d'Amérique du Sud. Le Trégor, le centre Bretagne et Saint-Malo vont singulièrement tirer profit de ce commerce. Le Trégor se spécialise dans la culture du lin, une activité délicate, car tributaire des aléas climatiques et de la qualité des sols. Depuis la fin du XVIe siècle, le lin cultivé dans le Trégor et le Goëlo n'était pas issu d'une souche indigène, mais de graines achetées en Europe du Nord, en Hollande ou dans les pays Baltes. Au bout de trois ans, ces souches dégénéraient et il fallait en importer de nouvelles. Cette culture permettait donc d'importants échanges internationaux. Après le rouissage du lin, les paysans de la côte recevaient la

visite des linotiers, des petits commerçants qui achetaient de la filasse revendue ensuite aux ateliers du centre Bretagne, principalement situés dans un triangle Quintin, Loudéac, Pontivy. Ces ateliers indépendants composaient un ensemble économique, la « manufacture des toiles bretagnes », pour laquelle travaillaient, au maximum de l'activité, près de quarante mille fileuses et cinq mille tisserands.

De nombreux paysans de la zone s'étaient également spécialisés dans le blanchiment des toiles, comme au Quillio. Cette opération durait plusieurs mois et faisait beaucoup pour la qualité des toiles qui étaient par la suite conditionnées en balles, des paquets pouvant atteindre jusqu'à cent kilos. Ces balles étaient acheminées vers Saint-Malo qui, au milieu du XVIe siècle, devient le grand port d'embarquement des toiles bretonnes au détriment de Nantes.

Des toiles aux Amériques

Au XVIIe siècle, on s'arrache les toiles bretonnes dans la péninsule Ibérique et surtout, dans les colonies sud-américaines. Les *bretanas*, quintines et autres *ponidivi* sont utilisées pour confectionner d'agréables vêtements en lin. Des milliers de balles sont exportées, notamment vers Cadix où les Bretons disposent de maisons de commerce et de réseaux déjà anciens. Depuis le Moyen Âge, il existe en effet une colonie bretonne dans le port andalou de Sanlùcar de Barrameda. En 1770, on compte à Cadix une centaine de maisons de commerce françaises où les Bretons sont très représentés, majoritairement les audacieux armateurs malouins.

Aussi lucratif qu'il soit, ce commerce des toiles centre bretonnes était fragile. Après 1770, l'Espagne relève ses tarifs douaniers, ce qui pénalise les toiles bretonnes face à la concurrence irlandaise ou silésienne. La période d'instabilité ouverte par la Révolution française se révèle fort néfaste pour la manufacture des toiles bretagnes. Autre handicap, les négociants bretons ont préféré placer leur fortune et leurs bénéfices dans la pierre ou l'achat de terres. Faute de capitaux disponibles, la Bretagne et particulièrement le centre de la péninsule passent donc à côté de la révolution industrielle et de la mécanisation des industries textiles. La production s'effondre rapidement et la manufacture des « bretagnes » disparaît vers 1840. Le choc social et économique est énorme. La région s'enfonce dans un marasme qui dure presqu'un siècle avant que l'agriculture intensive et l'agroalimentaire ne génèrent un nouveau développement. La Bretagne centrale est touchée par une véritable dépression collective qui se traduit par une grave crise démographique. Cette région se vide de ses habitants. Certaines communes possédaient ainsi plus d'habitants au début du XIXe siècle qu'aujourd'hui.

Tombée longtemps dans l'oubli, la formidable saga du lin en Bretagne laisse cependant un patrimoine civil et religieux remarquable, notamment en centre Bretagne où il est désormais mis en valeur. Une initiative d'autant plus méritoire que, depuis quelques années, on redécouvre les vertus du lin, une plante bien moins polluante à cultiver que le coton et qui possède de nombreuses qualités alimentaires. ■

En haut, des graines de lin exposées à la maison des toiles de Saint-Thélo en Bretagne centrale.

Page précédente, on peut visiter le *kanndi* du Fers, à Saint-Thégonnec, témoignage important de la culture du lin en Bretagne. Au XVIIIe siècle, il existait plusieurs centaines de ces bâtiments dont le nom signifie « maison à blanchir ». Les fils de lin étaient traités dans de grandes cuves en pierre.

En bas, un métier à tisser du XVIIIe siècle. À cette période, on tissait des toiles dans d'innombrables fermes bretonnes, une activité qui assurait une certaine prospérité, comme en témoigne l'architecture religieuse.

1776

Benjamin Franklin débarque à Auray

Nombreux furent les Bretons qui s'illustrèrent lors de la guerre d'Indépendance des États-Unis à la fin du XVIIIe siècle. C'est aussi chez eux, à Auray, que débarqua l'un des plus célèbres *Insurgents* : Benjamin Franklin. Homme de lettres, scientifique et fin politique, il reçut un chaleureux hommage dans la ville de Nantes avant d'aller représenter son pays à la cour de Versailles.

En haut, c'est à Saint-Goustan, le port d'Auray, que Benjamin Franklin a débarqué en Bretagne avant d'aller prendre ses fonctions d'ambassadeur auprès du roi de France.

En 1763, la France de Louis XV sort humiliée de la guerre de Sept Ans. Sur le continent, elle a été tenue en échec par le roi de Prusse. Sur les mers, elle a été bousculée par la Grande-Bretagne et a perdu ses colonies du Canada, des Indes et du Sénégal. Triomphante, la Royal Navy assure sa suprématie sur tous les océans du globe. Mais déjà, à Versailles, on travaille à la revanche. L'occasion est fournie par l'agitation qui se développe dans les treize colonies anglaises d'Amérique du Nord. Ces dernières ont acquis un poids considérable, elles comptent près de deux millions et demi d'habitants, soit le tiers de la métropole et leur activité économique est florissante. Elles se répartissent en trois ensembles : au nord, des territoires occupés par des protestants radicaux, puritains notamment, qui ont traversé la mer pour fuir les persécutions religieuses ; au sud, des grandes plantations, tenues par des aristocrates, font appel à une main-d'œuvre d'esclaves noirs déplacés d'Afrique ; au centre, un groupe intermédiaire, plus ouvert aux influences étrangères, regroupe les futurs États de New York, du Delaware ou de Pennsylvanie. En 1775, des affrontements ont lieu entre Anglais et Américains qui lancent la guerre. L'année suivante, le 4 juillet, le Congrès américain proclame l'indépendance.

Écrivain, savant, homme politique

Parmi les rédacteurs de cette déclaration figure l'une des personnalités les plus importantes du XVIIIe siècle : Benjamin Franklin. Né en 1706, à Boston, dans une famille de commerçants, il fait fortune à Philadelphie dans l'imprimerie et le journalisme. Esprit curieux, c'est aussi un brillant savant qui s'intéresse à l'hydrodynamisme et invente le paratonnerre. Riche, il décide de s'investir dans la vie publique. À 51 ans, il est ainsi le représentant de la Pennsylvanie à Londres. Revenu en Amérique, il se persuade de la légitimité des Américains à décider de leur propre sort, et il s'engage en faveur de l'indépendance.

En 1775, George Washington a été nommé à la tête de la nouvelle armée américaine qui reste à structurer. Les *Insurgents* ont besoin d'armes, d'uniformes, de vivres. Ils vont en trouver chez les Français qui voient, d'abord, dans cette cause une manière de se venger de la perte des colonies voisines du Canada. Le trafic d'armes est parfaitement toléré dans les ports atlantiques du royaume et, parmi ceux-ci, le port de Nantes se montre particulièrement actif. Les corsaires américains, qui tentent de couper les lignes de ravitaillement anglais, savent qu'ils peuvent faire relâche dans les ports bretons.

L'arrivée à Auray

Pour plaider sa cause auprès du roi Louis XVI, le congrès américain envoie en ambassadeur l'un de ses membres les plus éminents : Benjamin Franklin. Après une traversée prudente de l'Atlantique et ayant pu éviter les vaisseaux anglais, son navire arrive en vue des côtes bretonnes au début de décembre 1776. Le 3, il accoste à Saint-Goustan, le pittoresque port d'Auray, une arrivée que Philippe Carrer décrit ainsi : « Franklin aperçoit un groupe de paysans et s'approche d'eux. Ils ont de longs cheveux, des chapeaux noirs à larges bordes, des vestes courtes, des culottes bouffantes, des guêtres serrées. Il leur adresse la parole. Ils ne comprennent ni son anglais ni son français qui est, à l'époque, très sommaire. Plus tard, Franklin dit qu'il avait reconnu en eux des Bretons, plus anciens que les Anglais. » L'Américain se rend ensuite à Vannes. Il atteint Nantes le 7 décembre. S'il avait souhaité se reposer, c'est manqué : il est accueilli par une foule enthousiaste. On se presse devant le symbole vivant de la Révolution américaine, et banquets, discours et réceptions se succèdent dans la capitale des ducs.

Des Bretons aux Amériques

Le 21 décembre, lorsqu'il arrive à Paris, le peuple lui fait, à nouveau, un accueil triomphal. Franklin s'installe. Il parvient à obtenir des prêts importants pour les insurgés, aidé par la famille de Chaumont, originaire de Nantes. Franklin travaille à convaincre Louis XVI d'une intervention française. Après la brillante victoire américaine de Saragota, le 17 octobre 1777, elle semble d'autant plus acquise que nombre de sujets français sont déjà partis outre-Atlantique pour combattre les Anglais dont le célèbre La Fayette. Le 20 mars 1778, Franklin est reçu à Versailles : on lui annonce l'entrée en guerre de la France aux côtés des Américains. Dans cette guerre, nombre de Bretons se sont illustrés, comme La Rouërie ou l'amiral Émeriau, sans oublier les milliers d'anonymes tombés pour l'indépendance d'un pays appelé à l'avenir que l'on sait. Ainsi, rien qu'à Ouessant, près de cent cinquante insulaires ont trouvé la mort dans cette guerre qui prend fin en 1783.

De nombreux combattants reviennent en Europe, influencés par les idées de liberté et de démocratie de leurs compagnons d'armes américains, des idées contagieuses qui ne tardèrent pas à se répandre sur le Vieux Continent. ■

En haut, père de l'indépendance américaine, Benjamin Franklin était également imprimeur, éditeur, écrivain et inventeur. Il est particulièrement célèbre pour ses travaux sur l'électricité.

1788

La révolution débute à Rennes

En 1788 et au début de 1789, Rennes est secouée par des troubles en marge de la tenue des états de Bretagne. La bourgeoisie des villes bretonnes réclame plus de pouvoir, ce que conteste l'aristocratie qui entend conserver ses privilèges.

Peut-être provoquée par l'irruption d'un volcan islandais, l'Europe connaît une série d'hivers particulièrement rigoureux à la fin des années 1780. Les récoltes sont mauvaises, la famine touche de nombreuses régions, la révolte gronde… En ce mois de décembre 1788, le froid est particulièrement vif sur les bords de la Vilaine, à Rennes, où les délégués des états de Bretagne arrivent de toute la péninsule pour leur session. En France, Louis XVI avait annoncé la réunion des états généraux du royaume, au printemps 1789, afin de répondre aux doléances de son peuple. La question de la représentativité des délégués – la noblesse et le clergé avaient plus de représentants que le tiers état, c'est-à-dire l'écrasante majorité de la population – était au cœur des débats. Elle se posait également pour les états de Bretagne et avait été soulevée dès mai 1788.

Des troupes pour maintenir l'ordre

Le 10 mai 1788, en effet, le comte de Thiard, commandant des armées en Bretagne, et l'intendant Bertrand de Moleville se rendent au parlement de Bretagne afin de faire enregistrer les ordres du roi rognant sur les prérogatives des institutions bretonnes. La résistance procédurale des conseillers du Parlement dure sept heures, mais les édits royaux sont enregistrés. Une foule de plusieurs centaines de jeunes gens se rassemblent pour protéger les parlementaires. Ils sont menés par Victor Moreau, un futur révolutionnaire. Dans les semaines qui suivent, les protestations se multiplient tant de la part de la noblesse que de la bourgeoisie. Le comte de Thiard fait venir des milliers d'hommes de troupe pour sécuriser Rennes. Il doit faire face à la démission des officiers du régiment de Penthièvre. Les membres du Parlement décident de se réunir malgré l'interdiction. Prévenus qu'ils vont être arrêtés, le 2 juin à l'aube, les parlementaires s'échappent et se réunissent à l'hôtel de Cuillé. Une foule importante se masse à proximité et s'en prend aux dragons et aux soldats venus arrêter les frondeurs. Estimant être en danger, l'intendant de Moleville regagne Versailles le 9 juillet. Thiard est remplacé par le maréchal de Stainville qui arrive à Rennes avec dix mille soldats. Des émeutes de la fin ont régulièrement lieu. Le roi cède. Le 8 octobre, les parlementaires regagnent leur palais sous les ovations de la foule.

Rôle croissant de la bourgeoisie

Comme lors de l'affaire Le Chalotais, cette agitation semble d'abord opposer avant tout l'aristocratie bretonne, qui se pose en garante des libertés de la

Bretagne, et le pouvoir royal. Pourtant, un nouvel acteur se pose en arbitre : le tiers état. Les populations rurales en composent l'essentiel, mais la bourgeoisie urbaine prétend le représenter et peser politiquement. Elle va peu à peu jouer un rôle prépondérant. Le tiers état demande, en effet, des réformes fiscales et une meilleure répartition des représentants aux états de Bretagne convoqués le 29 décembre. Mais les nobles ne veulent rien céder. À la fin du mois de décembre, noblesse et bourgeoisie rassemblent leurs partisans. L'agitation est à son comble.

Après l'ouverture des états, les délégués du tiers état pratiquent une politique d'obstruction afin de voir leurs revendications aboutir. Deux jours plus tard, la session est suspendue en attendant une décision du roi. Le 7 janvier, le roi ordonne une suspension d'un mois pour réunir de nouveaux cahiers des charges. Le lendemain, la noblesse proteste et refuse de siéger dans une assemblée modifiée. Avec le clergé, ils décident de continuer leurs travaux. Mais à la fin du mois de janvier, des émeutes éclatent. Ce blocage n'est pas sans conséquences, car c'est pendant que les états se tiennent qu'est déterminé le montant des taxes et des contributions que doit verser la province au Trésor royal. La Bretagne dispose en effet d'un statut fiscal particulier, héritier du duché, et qui permet à ses habitants de payer moins d'impôts. Le ministre de Louis XVI, Necker, avait reconnu qu'un laboureur breton payait moins de taxes que son équivalent dans les provinces limitrophes. Le 20 janvier, un arrêt royal semble donner raison aux bourgeois sur la question de la représentativité en octroyant autant de députés au tiers état qu'aux deux autres ordres réunis. Mais les représentants du tiers état restent fermes sur leurs autres revendications et refusent de revenir siéger. La situation se tend et dégénère lors des journées du 26 et 27 janvier lorsqu'éclatent des affrontements dans Rennes.

La fin des états de Bretagne

Sur l'incitation du comte de Thiard et afin de calmer les esprits, Louis XVI décide de suspendre indéfiniment les états de Bretagne. Des gentilshommes bretons se rendent alors à une réunion d'étudiants rennais et nantais pour les supplier de convaincre le tiers état de protester contre cette suspension. Mais les représentants du tiers refusent de défendre une constitution et une institution qu'ils jugent trop favorables à l'aristocratie. Le 6 février 1789, les étudiants rennais et nantais signent un pacte d'entraide mutuelle. La fracture entre l'aristocratie et le peuple semble alors consommée, annonçant les bouleversements des mois suivants avec la convocation des états généraux du royaume. D'une certaine manière, c'est bien à Rennes que la Révolution française a commencé. ■

Page précédente, les états de Bretagne se réunissent pour la dernière fois en 1788 à Rennes. Ils sont marqués par des heurts entre les représentants de la noblesse et du tiers état.

En bas, meneur des étudiants lors des événements de 1788, le Morlaisien Jean-Victor Moreau devient général de la République avant de rejoindre les opposants de Napoléon. Blessé mortellement lors de la bataille de Dresde, en 1813, contre les troupes napoléoniennes, il est enterré avec les honneurs à Saint-Pétersbourg.

La journée des bricoles

À la fin du XVIIIe siècle, une bricole était une lanière de cuir passée autour du coup pour traîner une voiture. Les porteurs de bricoles englobaient tout ce petit peuple – portefaix, porteurs d'eau, porteurs de chaises, domestiques divers – qui travaillait à Rennes pour les juristes, les riches commerçants et la noblesse de robe. Alors que les représentants de la noblesse et du tiers état s'affrontent en ce début du mois de janvier 1789, des aristocrates tentent de provoquer une manifestation populaire pour défendre le rôle des nobles et des états de Bretagne. Réunies le 26 janvier au matin, sur l'actuel Champs-de-Mars, des centaines de personnes écoutent des orateurs leur expliquer que les bourgeois de Rennes vont les affamer par leurs manœuvres politiques. Ils se rendent ensuite au Parlement au cri de : « Vive la noblesse ! » Des heurts ont lieu entre des porte-chaises et de jeunes bourgeois. Commandés par Moreau, des étudiants en droit s'arment et patrouillent en ville. Le 27, ils gagnent le Parlement et exigent qu'on leur livre un valet coupable d'une agression contre un commerçant de la ville. N'obtenant pas de réponse claire, ces jeunes bourgeois se dirigent vers le couvent des Cordeliers, tout proche, où se sont rassemblés les représentants de la noblesse. Des coups de feu sont échangés entre les deux parties. Des affrontements à l'épée ont lieu tout autour du Parlement. Deux jeunes nobles sont tués. Le lendemain, les échauffourées recommencent. Six cents nobles et leurs hommes se réunissent aux cordeliers. Les bourgeois et les étudiants sont à l'hôtel de ville où les rejoignent plusieurs centaines d'étudiants nantais encore plus radicaux. Le gouverneur de Bretagne tente une médiation, et, finalement, la noblesse déclare « renoncer à sa vengeance ». Présent sur les lieux pendant ce que l'on a appelé la « journée des bricoles », François-René de Chateaubriand y voit les « premières gouttes de sang versé par la Révolution ».

1790

Création des départements

Les débuts de la Révolution sont marqués par une ambitieuse réforme territoriale avec la création des départements. Si elle conserve ses anciennes frontières orientales, la Bretagne est divisée en cinq départements et disparaît en tant qu'entité administrative.

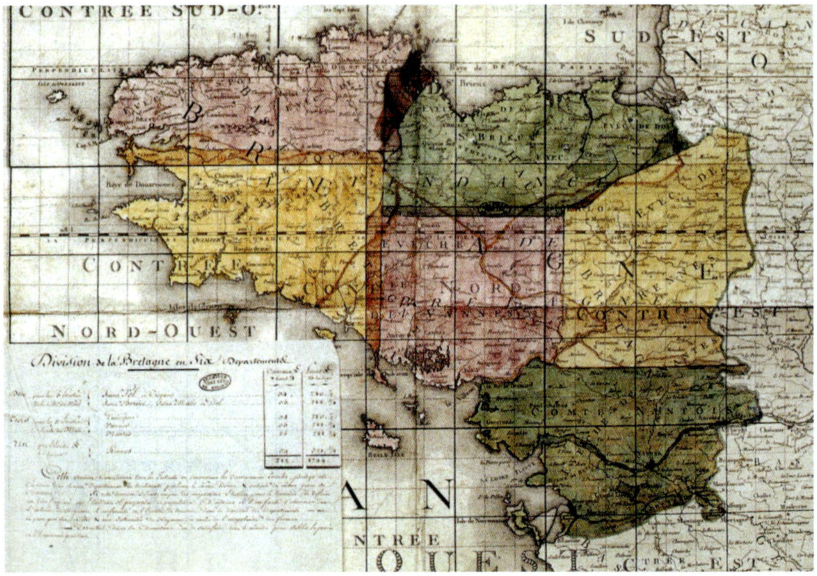

Une révolution est un changement brusque de régime, mais elle implique également des transformations profondes de la société. Et avant de faire chuter la royauté, la Révolution française a durablement changé le cadre de vie des citoyens en imposant un nouveau découpage territorial dès 1790.

Mille-feuille d'Ancien Régime

Si le mille-feuille territorial semble une spécialité française contemporaine, l'administration du royaume était déjà d'une singulière complexité. Au fil des conquêtes, de nouvelles provinces – du latin *pro vincere*, le « pays vaincu » – sont annexées à la France. Plusieurs anciens pays indépendants, comme la Bretagne, conservent un statut particulier. Les provinces d'États s'opposent aux pays d'élections, plus soumis à l'État central. Au fil du temps, on a ajouté des organismes sans supprimer les anciens. Les provinces correspondent rarement aux généralités, aux archevêchés, aux parlements, aux gouvernements militaires ou aux intendances… sans compter les innombrables enclaves. En raison de son unité militaire, judiciaire, fiscale et politique, la Bretagne faisait alors figure d'exception privilégiée, notamment, par rapport à ses voisins normands ou angevins.

> Entre Quimper et Landerneau, on se dispute le chef-lieu du Finistère.

À la fin de l'Ancien Régime, on se préoccupe déjà de réformer le territoire. Des philosophes proposent différents découpages, autant dans un souci d'optimisation administrative que d'unification politique dans une optique nationaliste. Mais c'est la révolution qui permet ce chantier. Quelques années plus tôt, la révolte des parlements avait démontré que les institutions des provinces pouvaient se révéler de sérieux contre-pouvoirs à Versailles, mais en 1789, elles apparaissent comme des bastions des privilèges de la noblesse et des freins à une unité nationale que les nouvelles élites bourgeoises entendent promouvoir.

Suppression des provinces

Tout se joue en août 1789. Suite aux troubles dans le royaume et aux révolutions municipales, les députés estiment qu'il faut s'attaquer aux privilèges de la noblesse et du clergé pour calmer le peuple. Dans la nuit du 4 août, au cours d'une séance fiévreuse, on abolit ces privilèges, mais la situation dérape, et il est décidé de supprimer les libertés et franchises des provinces. Ce qui gêne d'ailleurs plusieurs députés bretons considérant qu'ils n'avaient pas de mandat pour cela. La suppression du statut particulier de la Bretagne s'effectue ainsi sans consultation populaire alors que de nombreux cahiers de doléances demandaient à ce que les « libertés de la Bretagne » soient préservées. Dans la foulée du vote du 4 août, il est choisi de créer de nouvelles entités, baptisées « départements ». Le nom vient d'une administration fiscale. Une commission, menée par le député Thouret, est chargée de les définir afin de jeter les bases d'un régime démocratique tout en supprimant les statuts particuliers. Au nom du principe d'égalité, les révolutionnaires entendent supprimer toutes différences, essentiellement historiques ou géographiques. Certains préconisent d'ailleurs un découpage de la France en damiers géométriques sur le modèle des États américains.

Vaste marchandage

Mais la géographie et l'histoire sont des matières têtues, et les débats qui s'engagent en novembre et décembre 1789 se préoccupent surtout de délimitations territoriales. Pétitions et délégations arrivent sans cesse à Paris pour plaider la cause de tel ou tel territoire. « J'ai vu des députés se disputant de vastes territoires avec le compas, demander des villages, en céder, faire des traités d'échange, des transactions et marquer les frontières de leur souveraineté », note alors, quelque peu dubitatif, Choiseul D'Aillecourt, député de Champagne.

On se dispute aussi sur le nombre de départements. Dans leur majorité, les députés bretons semblent plutôt provincialistes et partisans de la création de vingt-quatre départements, c'est-à-dire de vastes régions. C'est finalement un nombre approchant la centaine qui est retenu. Les nouvelles circonscriptions doivent en effet permettre à chaque citoyen de rejoindre le chef-lieu en une journée à cheval, soit une quarantaine de kilomètres. C'est aussi le temps nécessaire pour envoyer la troupe mater rapidement un soulèvement, où qu'il soit.

« Les Français commandent »

Les oppositions sont fortes en Bretagne, particulièrement de la part du Parlement de Bretagne qui entend défendre les droits de la « nation bretonne ». Le 8 janvier 1790, devant l'Assemblée nationale, dix magistrats, conduits par le président de La Houssaye, clament que « nos franchises sont des droits et non des privilèges, les nations seules ont des droits ». Les députés bretons du tiers, comme Le Chapelier, leur reprochent leur manque de représentativité, sans d'ailleurs se soucier du fait qu'eux-mêmes n'ont guère consulté la population bretonne sur la question. Les parlementaires bretons sont violemment attaqués par Mirabeau qui les traite de Pygmées et leur lance : « Êtes-vous bretons ? Les Français commandent ».

La Bretagne conserve ses anciennes limites, à l'est des départements de Rennes et de Nantes. La question principale concerne le nombre de départements, Saint-Malo militant pour être le chef-lieu d'un sixième département. La cité corsaire ne l'obtient pas et est par la suite quelque peu marginalisée, comme Carhaix, à la croisée de trois nouveaux départements. Le choix des chefs-lieux se révèle une autre pierre d'achoppement, particulièrement dans le Finistère où Landerneau et Quimper se disputent longtemps la prééminence.

La réforme territoriale initiée par la Révolution étonne par sa rapidité et sa durabilité. À leur retour d'exil, les Bourbons conservent ainsi des structures départementales devenues les lieux d'expression politique des élites locales, et qui se révélèrent de remarquables institutions pour contrôler des territoires. Divisée en cinq départements, la Bretagne n'a retrouvé une existence administrative que dans la seconde moitié du XXe siècle, et encore, amputée de la Loire-Atlantique. Et les départements basés sur la journée de voyage à cheval se sont maintenus au XXIe siècle. ■

Page précédente, projet de découpage très géométrique de la Bretagne en six départements proposé en décembre 1789.

1793

Révoltes girondines

En 1793, une grande partie des républicains bretons se soulèvent contre Paris où les Montagnards, menés par Robespierre, triomphent. Cette insurrection eut peu de suite, mais la Bretagne devient une terre d'asile pour certains des principaux chefs girondins.

En haut, mise au point par un médecin, Joseph-Ignace Guillotin, la guillotine est une machine à décollation censée épargner la douleur des condamnés en comparaison de la pendaison ou de la décapitation à la hache. « Avec ma machine, je vous fais sauter la tête en un clin d'œil, et vous ne souffrez point », expliquait le député Guillotin devant l'Assemblée nationale qui va adopter sa machine pour les exécutions capitales. Mais le « rasoir national » sera employé à plein régime pendant la Terreur, période durant laquelle Guillotin est lui-même emprisonné et de nombreux députés girondins exécutés.

L'histoire de la Révolution française en Bretagne ne se résume pas à un affrontement entre chouans et républicains, et opposa aussi Girondins et Jacobins. Déjà, il y a deux siècles, le clivage entre tenants d'un État centralisé et partisans du fédéralisme divisait. Il aboutit à l'insurrection girondine de l'été 1793.

La Révolution a d'abord été plutôt bien acceptée en Bretagne, notamment dans la bourgeoisie urbaine qui y voit un moyen de servir ses intérêts et ses idéaux, particulièrement en matière économique. La première Déclaration des droits de l'homme et du citoyen, en 1789, n'affirme-t-elle pas que les principaux droits sont la liberté, la propriété, la sûreté et la résistance à l'oppression. Mais, très vite, la population des campagnes est mécontente des persécutions contre le clergé catholique, des difficultés économiques, de la hausse des impôts.

1793 : Girondins contre Jacobins

En février 1793, la décision de la « levée en masse » de 300 000 hommes provoque dans tout l'ouest de la France un fort sentiment de révolte. C'est le cas en Bretagne dont les habitants étaient – en vertu de l'édit d'union de 1532 – exemptés de service militaire. Une insurrection éclate en Vendée et se structure. À plusieurs reprises, Nantes est assiégée par les Vendéens. En Bretagne, d'abord de manière sporadique, se développe la chouannerie.

À Paris, la tension monte. Les Girondins, républicains, partisans d'un libéralisme économique affirmé et d'un certain fédéralisme politique, sont de plus en plus inquiets des excès des sans-culottes et du parti jacobin, chantres d'un centralisme étatique fort. Le 2 juin 1793, des milliers de sans-culottes encerclent les Tuileries où siège la Convention. Sous la contrainte, l'Assemblée doit décréter l'arrestation de vingt-neuf députés girondins et de deux ministres.

À la nouvelle du coup de force, quantité de départements se soulèvent. À Lorient, les Girondins exigent la libération de leurs députés. Du 19 au 25 juin, sur proposition du Conseil général du Finistère, les députés des communes des cinq départements bretons se réunissent à Rennes et forment un comité central. La levée d'une armée est décidée. Elle rassemble des volontaires avant tout issus du Finistère, du Morbihan et de l'Ille-et-Vilaine. Les Nantais ne peuvent dégarnir leurs forces, fort occupés à faire face aux attaques des Vendéens contre leur ville.

L'armée fédéraliste

Les fédéralistes bretons rassemblent plusieurs centaines d'hommes en armes. Ils se rendent à Caen rejoindre d'autres troupes. Mais là, les chefs girondins tergiversent et perdent du temps, refusant de joindre leurs forces aux royalistes. Finalement, ils sont battus à Pacy-sur-Eure par une armée envoyée par la Convention. Une jeune égérie girondine, Charlotte Corday, parvient cependant à assassiner le chef montagnard, Marat, dans sa baignoire. Mais, à Paris, les Jacobins ont déjà pris le pouvoir au sein du Comité de salut public. Ils y obtiennent sept sièges sur neuf, le 10 juillet 1793. La Terreur commence. Les vingt et un députés girondins sont jugés en sept jours et condamnés à mort dans la nuit du 30 au 31 octobre 1793.

> Les fédéralistes bretons rassemblent plusieurs centaines d'hommes en armes.

L'un des commandants de l'armée girondine, battue à Pacy-sur-Eure, le comte de Puisaye, ne reste pas inactif. On le retrouve en Bretagne, en mars 1794, où il cherche à unifier les différents groupes de chouans sur un coup de bluff : aux insurgés, il se présente comme l'envoyé des princes français en exil, et dans le même temps, il affirme à ces derniers qu'il est le représentant des chouans. S'il obtient des résultats, Puisaye voit son action réduite à néant après l'échec du débarquement de Quiberon.

Les Girondins de Pouldavid

Lors de la rafle des chefs girondins, en juin 1793, plusieurs d'entre eux parviennent cependant à échapper aux sans-culottes : Pétion de Villeneuve, ancien maire de Paris en 1791, Barbaroux, député de Marseille, Louvet de Couvray. Avec mille précautions et de nombreuses péripéties, ils arrivent en Cornouaille. Barbaroux et sa mère, Louvet et son épouse ainsi qu'un certain Rojoux sont alors cachés dans le manoir de Kervern, en Pouldavid, aujourd'hui intégré à la commune de Douarnenez.

Ils sont hébergés par le régisseur du domaine, Chapuis de Boulair. Celui-ci aménage des pièces secrètes. Pour donner le change et faire comme si de rien n'était, il invite régulièrement la bonne société douarneniste et les gendarmes au manoir. Ceux-ci sont loin de se douter que, derrière les planches, des députés girondins en fuite les espionnent. Les fugitifs n'ont cependant pas perdu espoir d'une nouvelle insurrection qu'ils entendent lancer à Bordeaux. Le 21 septembre, ils embarquent à Lanvéoc sur le brick l'*Industrie*. Au bout du voyage ne les attend que l'échec. Capturés, Barbaroux est guillotiné, Pétion préfère se suicider. Louvet, s'il parvient à s'enfuir, meurt en 1797. Seul le dénommé Rojoux, qui a choisi de rester caché à Kervern, a survécu à la Terreur. ■

En haut, le monument érigé à Pontivy en souvenir de la fédération de Pontivy. En 1790, des républicains de Bretagne et d'Anjou jurent de protéger la constitution. Par la suite, Pontivy est devenue une importante ville de garnison afin de contrôler les campagnes alentours où intervenaient les chouans.

En bas, le 2 juin 1793, soixante-treize députés girondins protestent contre le vote de la convention nationale sous la menace des armes et la mise en accusation de plusieurs d'entre eux.

1793

Les noyades de Nantes

Venu en Bretagne combattre la contre-révolution et le fédéralisme en 1793, le représentant du peuple Jean-Baptiste Carrier a laissé un souvenir effrayant, à coups d'exécutions de masse et de noyades dans la Loire. Contrairement aux idées reçues, ce Jacobin exalté n'a pas tué que des royalistes, il est aussi responsable de la mort d'un grand nombre de républicains modérés.

En haut, gravure représentant des noyades dans la Loire. Plusieurs centaines de prisonniers ont ainsi été liquidés au cours de ce que Carrier décrivait comme des « déportations verticales » dans le « fleuve républicain ».

Depuis le début de l'année 1793, sous la pression des éléments les plus radicaux – Jacobins et sans-culottes –, la Révolution française s'emballe. Après les royalistes, ce sont désormais les républicains modérés, les Girondins, libéraux et fédéralistes que l'on combat. À Paris, Robespierre et son Comité de salut public ont érigé la Terreur en système de gouvernement. La guillotine tourne désormais à plein régime.

« Son regard est encore plus affreux »

Pour contrôler et mater les provinces, la Convention envoie ses représentants. C'est dans ce cadre que Jean-Baptiste Carrier est envoyé dans l'ouest de la France et en Bretagne. Il est né à Yolet, près d'Aurillac, en 1756, dans une famille de cultivateurs aisés. Il a suivi des études et a renoncé à entrer dans les ordres pour devenir conseiller au baillage de sa ville. Il fréquente des clubs politiques d'Auvergne et est élu député Montagnard en 1792. « Ce monstre est d'une taille très avantageuse, écrit Stanislas Fréron dans *L'Orateur du peuple*. Il est presque tout en jambes et en bras. Il a le dos voûté, la tête, le visage oblong et marqué d'un caractère très prononcé [...]. Son nez aquilin rend son regard encore plus affreux [...]. Quand il est à la tribune et un peu animé, il semble tirer son discours de ses entrailles déchirées, prononçant les R comme un tigre qui gronde. Son physique est l'expression fidèle de son caractère. »

En juillet 1793, Carrier arrive dans le Calvados, l'un des centres de l'opposition girondine. Le 12 août, il est dans les Côtes-du-Nord pour organiser la répression. Le 6 septembre, il s'installe à Rennes et menace de la « vengeance nationale ». Il réorganise les services de sécurité et ordonne l'embarquement de prisonniers sur des navires à Saint-Malo afin qu'ils soient noyés au large. Mais la menace des vaisseaux britanniques au large contrarie ses projets.

Terreur à l'ouest

En octobre, Carrier arrive à Nantes après un détour par Cholet où il est pris d'une « manie homicide » en voyant des coupables partout. Il se défie des élites bourgeoises, plutôt girondines à Nantes. Carrier voue une haine farouche aux notables et aux riches, aux « accapareurs » que combat la Terreur. Les négociants de Nantes ont donc du souci à se faire. Carrier met en place un comité de surveillance révolutionnaire. Le 28 octobre, il signe des pouvoirs pour les fanatiques du comité Marat qui leur permettent de faire des visites à domicile et de procéder à des arrestations. Le député Coustard, accusé d'être girondin, en est la première victime. Il est envoyé à Paris et guillotiné. Le 2 novembre, Carrier écrit au Comité de salut public : « Je prends l'engagement de ne pas laisser sur pied, dans quelques jours d'ici, un seul contre-révolutionnaire, un seul accapareur dans Nantes, malgré la fourmilière qui peuplait cette commune. »

Dans les prisons de Nantes

Il tient parole… Dans la nuit du 16 au 17 novembre, 90 prêtres sont embarqués dans une péniche et noyés dans la Loire. Carrier affirme avoir démasqué une conspiration des prisons et dresse une liste de trois cents prisonniers à exécuter, mais il doit faire face à la résistance du tribunal révolutionnaire. Dans la nuit du 9 au 10 décembre, cinquante-trois autres prêtres sont noyés par les membres du comité Marat. Cinq jours plus tard, le tribunal autorise le transfert des cent vingt-neuf prisonniers vers Belle-Île-en-Mer. C'est une ruse de Carrier qui fait couler la barque les transportant. Il écrit à la Convention : « Quel torrent révolutionnaire dans la Loire ! »

Il est tout aussi dénué de pitié face aux Vendéens. Il ordonne la mort de tous les habitants de Noirmoutier après la prise de la ville, sans distinction de sexe ou d'âge, ou lorsque les restes des troupes royalistes de la « virée de Galerne » tentent de passer la Loire. Plusieurs milliers de personnes sont massacrées. Au fur et à mesure, Carrier devient de plus en plus enragé. Il est en proie à des accès de fureur incontrôlables. Le 17 décembre, il ordonne l'exécution d'une vingtaine de personnes, place du Bouffay où trône la guillotine. On n'a même pas pris la peine de les interroger. Quatre d'entre eux ont moins de 14 ans, et le plus jeune est trop petit pour la planche de la guillotine. C'est son crâne que la lame tranche… Le bourreau finit par tomber malade.

Mariages républicains

Les noyades se succèdent également à raison de trois par semaine. Le 28 décembre, huit cents prisonniers sont noyés ! Parfois, les tortionnaires organisent des « mariages républicains » en attachant un homme et une femme avant de les lancer dans l'eau. Aux noyés, guillotinés et fusillés s'ajoutent des centaines de Nantais morts de malnutrition. En s'attaquant aux notables, Carrier n'a réussi qu'à paralyser l'économie et à mettre en péril le ravitaillement.

À Paris, on commence à trouver que Carrier en fait trop. Il est rappelé, sans que la Terreur ne cesse en Loire-Atlantique où des colonnes volantes dévastent les campagnes. Carrier n'est arrêté qu'en septembre, deux mois après la chute de Robespierre. Ce « terroriste républicain » est jugé et condamné à mort en décembre 1794. ■

En bas, portrait de Jean-Baptiste Carrier surnommé le « missionnaire de la Terreur » par l'historien Jules Michelet.

1795

La Bretagne chouanne

Durant la Révolution, une partie de la Bretagne est en proie à une terrible guerre civile opposant républicains et royalistes ; la chouannerie. Faite de coups de mains, d'embuscades, de batailles rangées et d'exactions des deux côtés, cette guérilla a profondément marqué la péninsule et a longtemps influé sur sa sociologie politique.

À ses débuts, la Révolution paraît bien accueillie en Bretagne. Malgré quelques troubles, les paysans, qui constituent alors l'immense majorité de la population, accueillent plutôt favorablement la fin des privilèges féodaux. Mais le climat se détériore peu à peu.

À partir de l'été 1790, l'Assemblée nationale prend une série de mesures concernant les affaires religieuses dont la constitution civile du clergé, appliquée à partir de janvier 1791. Désormais, les prêtres doivent prêter serment à la Constitution, ce que beaucoup refusent d'autant que le pape Pie VI condamne cette mesure. Dans les régions les plus catholiques de Bretagne, la mesure passe mal. Nombre de paysans modestes ont également vu d'un mauvais œil les riches bourgeois s'accaparer les biens nationaux confisqués à l'Église ou aux nobles émigrés. Ces bourgeois sont également bien mieux représentés que les paysans à l'Assemblée nationale, en raison notamment du suffrage censitaire, ce qui provoque un sentiment de frustration politique dont profitent les royalistes et les divers opposants.

La levée des trois cent mille hommes

Le 21 septembre 1792, la République est proclamée, mais ce n'est pas cet événement qui met le feu aux poudres ni même l'exécution de Louis XVI, le 21 janvier 1793, mais l'appel sous les drapeaux de nombreux jeunes hommes. En effet, afin de faire face à l'entrée en guerre de nombreuses monarchies européennes contre la France, la Convention adopte un décret pour organiser la levée en armes de trois cent mille hommes en janvier 1793, ce qui entraîne de vives réactions dans les campagnes, où l'on ne veut pas voir partir à l'armée tant d'hommes si nécessaires aux travaux des champs.

En mars 1793, à l'annonce de la levée des trois cent mille hommes, c'est l'embrasement en Vendée et dans le sud du pays nantais. Les jacqueries du début se transforment en une véritable insurrection. La Vendée militaire, qui dure jusqu'en décembre 1793, fait trembler la République dont les armées sont mises en déroute à plusieurs reprises. À la fin de 1793, lors de la « virée de Galerne », les armées vendéennes traversent la Loire, puis marchent jusqu'à Granville où elles espèrent un secours britannique. Vaincus, les insurgés rebroussent chemin et sont décimés. En cours de route, ils ont été rejoints par près de six mille hommes du Morbihan et par des insurgés royalistes d'Ille-et-Vilaine, notamment une troupe de la région fougeraise commandée par un ancien contrebandier mayennais, Jean Cottereau, dit « Jean Chouan », dont le surnom aurait donné son nom à la chouannerie, la guérilla qui suit la guerre de Vendée à partir de 1794.

La chouannerie

À Paris, en ce début de 1794, on pense donc en avoir fini avec cette rébellion à l'Ouest. Le général Kléber préconise même des mesures de clémence et prône le dialogue pour rallier les derniers chefs insurgés. Mais le feu n'est pas éteint. Plutôt que d'affronter directement les Bleus, les insurgés préfèrent désormais mener une véritable guérilla. Elle touche la Loire-Atlantique, l'Ille-et-Vilaine, le Morbihan et la partie est des Côtes-du-Nord. Le Finistère est moins concerné par le phénomène, à l'exception du Léon. Dès février 1794, des embuscades dans le pays de Fougères font plusieurs dizaines de morts chez les Bleus. Dans la région de Vitré, c'est un ancien officier républicain et girondin, Puisaye, qui prend le contrôle de l'insurrection.

Contre les Bleus, les chouans mènent une véritable guérilla.

Outre les Marches, la seconde grande zone de chouannerie, en Bretagne, se situe dans le pays vannetais. Entre Auray, Vannes et Ploërmel, plusieurs chefs s'imposent durant l'année 1794 dont Cadoudal et Guillemot, surnommé « le roi de Bignan ». Ils mènent des coups de main et font du Morbihan intérieur une zone où l'insécurité est permanente pour les républicains. L'un des plus grands exploits des chouans du Morbihan demeure la prise de la poudrerie de Pont-de-Buis dans le Finistère. Quelque cinq cents hommes participent à ce raid spectaculaire entre le 12 et le 17 juin. Ils traversent la Bretagne centrale, s'emparent d'un véritable arsenal, puis parviennent à échapper aux colonnes républicaines lancées à leur poursuite.

Le débarquement de Quiberon

Le 25 juin 1795, les premières voiles d'une escadre britannique font leur apparition en baie de Carnac. Le 27, les premières troupes débarquent, dont des nobles immigrés qui regardent avec morgue les chouans du Morbihan arrivés en masse pour combattre les républicains. En juillet, Hoche, avec une dizaine de milliers d'hommes, organise la contre-attaque républicaine et bloque les royalistes dans la presqu'île de Quiberon. Le débarquement anglo-royaliste tourne au fiasco.

Malgré cet échec, la chouannerie ne cesse pas. Cadoudal a préservé ses forces après l'affaire de Quiberon. La guérilla s'intensifie dans le Morbihan où Cadoudal commande à huit divisions et met en place une administration parallèle. Hoche, quant à lui, s'occupe d'abord de la Vendée, puis des Marches de Bretagne. Sentant le vent tourner, Cadoudal négocie. Le 18 juin 1796, les chefs de division des chouans du Morbihan font leur soumission. En août 1796, l'état de siège est levé dans les départements de l'Ouest, et le culte catholique est à nouveau autorisé, ce qui contribue à l'apaisement général.

Une troisième chouannerie a cependant lieu en 1799 et 1800, mais les combattants semblent lassés de tant d'années de guerre civile. En janvier 1800, la bataille du Loch, près de Grand-Champ, met aux prises dix mille chouans à quatre mille républicains. Après plusieurs heures d'affrontement, les républicains doivent se retirer, mais effectuent une retraite en bon ordre. C'est un échec pour les royalistes. Le 14 février 1800, Cadoudal et ses dernières troupes remettent leur soumission au château de Beauregard près de Vannes. La chouannerie bretonne s'achève, même si elle a continué de profondément marquer la région, notamment en termes de sociologie politique, jusqu'au XXe siècle. ■

Page précédente, soldat républicain et chouan dans un livre d'histoire du XIXe siècle.

En haut, le monument des Martyrs, à Auray, a été érigé en souvenir des royalistes tués lors du débarquement de Quiberon.

En bas, statue du général Hoche à Quiberon. Ce jeune général républicain a fait reculer l'insurrection chouanne.

1813

Surcouf, le dernier corsaire

Corsaire de la République, puis de l'Empire, Surcouf demeure l'un des grands marins de l'histoire de Bretagne. Indépendant et frondeur, mais aussi pragmatique et gestionnaire, il incarne pleinement l'esprit malouin.

En haut, la statue de Surcouf, sur les remparts de Saint-Malo, désigne l'Angleterre, principal ennemi du plus célèbre des corsaires malouins.

Robert Surcouf naît dans la ville close de Saint-Malo le 12 décembre 1773. Le futur corsaire serait né au 2, rue du Chat qui danse – en souvenir de la seule victime animale de la machine infernale des Anglais en 1693 –, dans l'hôtel familial de la Berthaudière. Quelques décennies plus tôt, la cité corsaire avait connu une extraordinaire prospérité avant que s'amorce un relatif déclin économique. Les armateurs et les marins malouins conservent un indéniable prestige. Même si les grandes familles ont préféré investir dans la terre et la pierre pour vivre de rentes, l'esprit d'entreprise y demeure vivace. Or, le jeune Surcouf ne semble pas en être dénué. Indiscipliné et turbulent, il s'enfuit du collège de Dinan où il fait ses études et ne tarde pas à embarquer.

Corsaire par passion et par amour

Le 3 mars 1789, Surcouf quitte la Bretagne pour l'océan Indien. Il apprend la navigation au long cours et la cartographie. Après plusieurs campagnes de traite, il prend son premier commandement en 1794. L'année suivante, en janvier, il capture ses premières prises dans l'océan Indien, notamment le *Triton*, un puissant navire britannique. La légende est en marche.

De retour à Saint-Malo, il veut se marier à Catherine Blaize de Maisonneuve, mais le père de la belle refuse tant que Surcouf n'aura pas fait fortune. Qu'à cela ne tienne ! Il prend le commandement de la *Clarisse* en 1798 et entame une croisière particulièrement fructueuse dans l'océan Indien.

En six croisières, Surcouf s'empare de quarante-quatre navires et devient la bête noire des Britanniques. Par ses attaques, il perturbe en effet les liaisons entre la Grande-Bretagne et les Indes. Son plus grand exploit reste la prise du *Kent*, un vaisseau de 1 200 tonneaux, après deux heures de combats. Surtout, il s'enrichit.

Un riche armateur

Familier de Napoléon, Surcouf refuse d'intégrer la Marine nationale. Il est vrai que son esprit indiscipliné et aventureux ne s'y prêtait guère… Revenu en 1808 à Saint-Malo, désormais riche et marié à Catherine de Maisonneuve, Surcouf se fait armateur. Il lance ainsi quinze corsaires, entre 1804 et 1813, dont le plus célèbre demeure le *Renard*. On peut voir sa réplique au pied de la ville close. Le *Renard* fut le dernier corsaire à livrer bataille dans la Manche. Embarqués sur de petites unités, les corsaires bretons ont porté de rudes coups au commerce britannique sous l'Empire, essentiellement après la victoire anglaise à Trafalgar sur une flotte française qui n'a jamais pu ensuite rivaliser avec la Royal Navy. Sur mer, il ne restait donc que les corsaires pour essayer de mettre à mal la suprématie maritime britannique.

Surcouf demeure fidèle à Napoléon jusqu'à la chute de ce dernier. Le corsaire malouin vit d'ailleurs très mal l'arrivée de troupes étrangères à la fin de l'Empire. La plage, devant le Fort-National, aurait été le théâtre de l'un de ses derniers exploits. Un matin de l'automne 1816, alors que la France est encore occupée par les troupes alliées qui avaient vaincu Napoléon, Surcouf s'entretient avec quelques amis au café Joseph, place Duguay-Trouin lorsqu'une douzaine d'officiers prussiens arrive et invective les clients. Surcouf provoque en duel tous les Prussiens et leur donne rendrez-vous entre le Grand Bé et le Fort-National. Le corsaire tranche net le poignet de son premier adversaire et « démâte » le second, puis le troisième… Il vient rapidement à bout de onze adversaires avant de déclarer au dernier Prussien : « Restons-en là, si vous voulez bien, monsieur. Il est bon que vous puissiez raconter en votre pays comment se bat un ancien soldat de Napoléon. » Sans doute enjolivée, l'anecdote n'en révèle pas moins la forte personnalité de Surcouf…

Devenu homme d'affaires, Surcouf mène une existence plus paisible après la Restauration. Il achète la malouinière de Belle-Noé. Il meurt en 1827 et est enterré au cimetière de Rocabey. ■

En bas, le *Renard*, réplique du dernier navire corsaire malouin, armé par Surcouf.

1815

La petite chouannerie

Éprouvée par le conflit entre chouans et républicains, sinistrée par le blocus continental, la Bretagne accueille avec un enthousiasme très modéré le retour des Bourbons en 1814. Mais, lorsque Napoléon revient lors des Cent Jours, une insurrection royaliste éclate, principalement dans le Morbihan : la petite chouannerie.

EN HAUT, Napoléon revient de l'île d'Elbe le 20 mars 1815 et marche rapidement sur Paris avec ses grognards.

Le 14 avril 1814, Paris capitule face aux troupes de la grande coalition européenne réunie contre Napoléon Ier. Le Sénat proclame la déchéance de l'Empereur et les alliés installent Louis XVIII sur le trône. Napoléon part pour l'île d'Elbe. Cette première restauration se fait sans remous en Bretagne où les préfets et les administrations restent en place. Il n'y a pas de représailles ni de terreur blanche comme dans d'autres régions.

La situation se dégrade cependant petit à petit, particulièrement en novembre, lorsque les prisonniers et les soldats démobilisés de la Grande Armée retrouvent leurs foyers. Les « demi-solde », mal payés, restent attachés à l'Empereur. Le 10 janvier, des troubles éclatent ainsi à Rennes. D'anciens chouans, venus réclamer des aides pour services rendus, sont malmenés par des étudiants en droits, d'anciens officiers de l'armée impériale et des paysans accourus de communes républicaines voisines.

Napoléon revient

Le 20 mars 1815, Napoléon débarque en Provence et marche en direction de Paris. Louis XVIII s'enfuit. Dans les grandes villes, on assiste à quelques scènes d'enthousiasme. Des jeunes gens, favorables à l'Empereur, manifestent et se baptisent « fédérés » en souvenir des républicains bretons et de leur célèbre serment de Pontivy en 1790. Mais les campagnes restent indifférentes, voire hostiles, au retour de Napoléon. Quant au clergé, il observe une relative neutralité.

Début avril, Napoléon décrète la mobilisation des anciens soldats et de la garde nationale. Pour la majorité des Bretons, il est évident que la guerre va recommencer et que de nombreux jeunes gens vont à nouveau être tués lors des campagnes de celui que l'Europe surnomme « l'Ogre ». Le mécontentement gagne, même si les royalistes peinent à mobiliser dans un premier temps. Échaudés par les guerres de la chouannerie, les paysans bretons hésitent à se soulever une nouvelle fois.

Le Morbihan en ébullition

Le pouvoir fait une erreur lorsque Napoléon ordonne aux régiments stationnés dans l'Ouest de faire mouvement vers le nord de la France. La Bretagne se retrouve sans troupes à même d'assurer l'ordre alors que des rumeurs de débarquement d'armes fuitent. Le Morbihan, foyer de la chouannerie bretonne, est en ébullition. Louis Sol de Grisolles est à la tête de la contestation. Il vient de passer dix ans en prison pour avoir participé à l'attentat de Cadoudal contre Bonaparte en 1804.

Entre avril et juin 1815, Sol de Grisolles parvient à lever plus de dix mille hommes dans le pays vannetais. Il y a des vétérans de la chouannerie, des marins commandés par Rohu et les élèves du collège de Vannes. La mobilisation n'est cependant pas générale. L'ancien chef de la légion de Gourin, Le Guezno de Penanster, n'a pas digéré la fuite de Louis XVIII. Il refuse de lever des hommes. « Qui quitte la partie perd ! Les Bourbons sont partis, tant pis pour eux ! »

Les Bourbons sont partis, tant pis pour eux !

Dernière bataille

Le climat se tend. Les élèves du collège de Vannes font front lorsque 500 fédérés sortent de Lorient pour disperser des royalistes rassemblés à Auray. Les Bleus sont obligés de battre en retraite. Quelque temps plus tard, un important débarquement d'armes anglaises a lieu sur la côte morbihanaise. Le général Rousseau, qui tient Vannes, part intercepter le convoi. Mais les royalistes l'attendent de pied ferme. Une fois encore, les troupes impériales sont contraintes à la retraite. Un nouvel affrontement a lieu le 20 juin, entre trois mille soldats réguliers venus de Rennes et huit mille insurgés commandés par Sol de Grisolles. Les impériaux ont finalement le dessus après de violents combats. Une victoire pour le moins absurde, puisque, deux jours plus tôt, Napoléon a été définitivement défait à Waterloo. Des troupes prussiennes sont d'ailleurs annoncées du côté de Rennes.

La seconde restauration est en route, mais il faut attendre le 15 juillet pour voir des officiers arborer la cocarde blanche en signe de soumission. Le 22 juillet, les troupes royalistes entrent dans Vannes. Les vieux grognards des troupes impériales applaudissent d'ailleurs les jeunes écoliers du collège de Vannes en signe de reconnaissance de leur bravoure.

Une semaine plus tard, l'évêque de Vannes, Mgr de Bausset, organise un *Te deum* pour célébrer la paix retrouvée. Deux groupes séparés, les fédérés et les jeunes royalistes, y assistent sur la promenade de la Rabine. La célébration entendait prôner la réconciliation, mais cette dernière n'était que de façade. Pendant plus d'un siècle, les clivages engendrés par la Révolution et l'Empire marque fortement la vie politique bretonne. ■

En bas, l'une des rares représentations de Sol de Grisolles, un portrait-robot établi par la police impériale en 1804.

xixe siècle

Le sel en Bretagne

Le sel fait partie des produits qui ont fait la richesse de la Bretagne depuis des siècles. Il y est récolté par évaporation depuis l'Antiquité, la péninsule possédant encore de nombreux marais salants où l'on perpétue des techniques ancestrales.

Depuis la Préhistoire, le sel est utilisé par les hommes comme condiment ou médicament – dans des solutions antiseptiques, tel un simulateur d'appétit ou bien encore en peausserie. Jusqu'au xviiie siècle, il a constitué l'un des principaux moyens de conservation de la nourriture. Dès l'Antiquité, de véritables routes du sel se mettent en place. Pour de nombreuses civilisations, le sel était un moyen de paiement. Le mot salaire vient ainsi du latin *salarium*, la somme donnée aux légionnaires pour acheter du sel. Il était en effet un élément très stratégique pour les Romains dont les armées consommaient de grandes quantités de salaisons, ce qui leur permettait de se déplacer facilement sur de longues distances.

Le sel des Celtes

Le sel était également exploité dans l'Europe celtique. L'un des plus anciens sites celtiques, Hallstatt en Autriche, est situé dans une région de mines de sel. Dans l'Armorique gauloise, on l'obtenait grâce à des fours dont plusieurs dizaines ont été repérés par les archéologues sur le littoral breton. En chauffant, l'eau de mer s'y évaporait, laissant le sel cristalliser. Il était ensuite récolté dans des récipients en argile et conditionné en pain de sel. Quelques-uns de ces ateliers de « bouilleurs de sel » ont été fouillés. Ils témoignent d'une activité florissante à la veille de la conquête romaine. Ce sel était ensuite utilisé par les populations locales ou commercialisé dans des flux commerciaux européens. Les salaisons gauloises étaient ainsi réputées dans le monde méditerranéen. Ces fours ont été abandonnés après la conquête. Peut-être les Romains ont-ils interdit aux Armoricains de produire ce sel qui était l'une des sources de leur puissance.

La production de sel reprend en Bretagne au Moyen Âge. Une charte de 845, conservée dans le *Cartulaire de Redon*, nous apprend que le comte de Vannes aurait fait don à l'abbaye de Redon de terrains dans la presqu'île de Guérande afin d'y construire des salines. Quelques siècles plus tard, les abbayes de Saint-Gildas-de-Rhuys et de Prières, à Billiers, sont à l'origine de la création de nouveaux marais salants sur l'actuel littoral morbihannais. Rapidement, le sel devient une source importante de revenus pour le duché. La Bretagne exporte cet « or blanc » dans une Europe en pleine croissance démographique.

Sel et grande pêche

Avec les troubles du xvie siècle, la demande et la production baissent. Aux siècles suivants, elle est relancée grâce à la grande pêche dans laquelle les Bretons s'investissent. Ils partent pêcher la morue en Atlantique nord, à Terre-Neuve ou en Islande. Salée, la morue est ensuite revendue dans toute l'Europe. Au xviiie siècle, la demande de sel est telle que le bassin guérandais arrive à saturation. De nombreux paludiers guérandais se déplacent vers le pays vannetais. Ils défrichent d'importantes zones littorales comme dans la presqu'île de Rhuys. Grâce à leur grande maîtrise de l'hydraulique salicole, ils transforment durablement ces paysages.

Entre 1728 et 1745, deux mille trois cents œillets sont ainsi réalisés dans les marais de Sené, près de la rivière de Navalo, à la demande des chanoines de la cathédrale de Vannes qui espèrent se renflouer après une banqueroute. Quatre cents paludiers y travaillent. De nouvelles salines sont ensuite aménagées jusqu'à la région d'Auray. La production bretonne continue d'augmenter jusqu'au XIXe siècle pour ensuite décliner. En guerre contre la France, les Britanniques ont trouvé d'autres sources d'approvisionnement. L'invention des conserves métalliques, permettant de préserver les aliments durablement, porte également un coup sévère à la production salicole. Le développement des conserveries de poisson entraîne, par exemple, la disparition des presses à sardine, grandes consommatrices de sel. Les salines de l'Ouest et de Bretagne doivent également faire face à la concurrence des salines du Midi ou de l'Est qui proposent un sel moins cher et plus rapide à obtenir.

Au XXe siècle, les prix du sel chutant, les salines du Morbihan sont peu à peu délaissées. Les marais salants abandonnés constituent aujourd'hui des espaces naturels exceptionnels, et l'un d'entre eux, à Saint-Armel, a été remis en activité dans les années 2000. L'activité s'est en revanche maintenue dans la presqu'île guérandaise, le « pays blanc » en breton. Le sel y demeure un élément identitaire fort, malgré le développement du tourisme.

Gabelle et beurre salé

Outre son poids économique, le sel a joué un rôle culturel important en Bretagne. Après la perte de son indépendance et jusqu'à la Révolution, la Bretagne disposait en effet d'un statut particulier, notamment en matière fiscale. Contrairement au reste du royaume de France, on n'y prélevait pas la gabelle, un impôt très impopulaire sur le sel. Il existait une importante activité de contrebande entre la Bretagne et les provinces voisines, réprimées par les fameux « gabelous ». Nombre de contrebandiers, au chômage après 1789, fournissent des troupes à la chouannerie.

Sous l'Ancien Régime, le sel était donc très bon marché en Bretagne. Il pouvait, par exemple, être utilisé pour conserver les laitages, et particulièrement le beurre dont la production a toujours été importante dans la péninsule. C'est un élément qui permet d'expliquer l'absence de fromages traditionnels en Bretagne ainsi que le goût des Bretons – Loire-Atlantique incluse – pour le beurre salé dont la consommation est très faible dans les départements voisins. ■

Page précédente, les marais salants de Guérande.

En haut, la paludière de Batz-sur-Mer devant le musée dédié à l'industrie du sel.

Marais salants et paludiers bretons

Les marais salants font partie du paysage du sud de la Bretagne avec leurs œillets, leurs constructions de terre et d'argile, leurs systèmes hydrauliques complexes, les tas de sel récoltés séchant au soleil… Ils fonctionnent suivant un principe simple. L'eau de mer irrigue les marais au rythme des marées. L'eau parcourt ensuite différents bassins grâce un système de dénivellation, puis s'évapore en se transformant en saumure. Le paludier récolte ensuite la fleur de sel qui se trouve en surface, ou le gros sel, au fond de l'œillet. Depuis les années 2000, un paludier, Olivier Chenelle, a entrepris de restaurer le marais salant du Lasné dans la presqu'île de Rhuys. C'est cependant dans la région guérandaise que l'on trouve le plus de marais salants et de témoignages sur la culture salicole. De nombreux ethnologues se sont penchés sur la culture des paludiers bretons qui avaient leurs costumes spécifiques, caractérisés par un grand chapeau de feutre pour les hommes et des couleurs vives et chatoyantes pour les femmes, particulièrement le « rouge guérandais ». La récolte du sel et l'entretien des marais impliquent également un certain nombre de savoir-faire ancestraux. Ils sont à l'origine de tout un vocabulaire qui emprunte beaucoup à la langue bretonne, parlée ici jusqu'au début du XXe siècle. On découvre d'intéressants témoignages sur cette culture du sel au musée des Arts et des Traditions populaires de Guérande ou au musée des Paludiers de Batz-sur-Mer. Ce dernier est l'un des plus anciens musées d'ethnologie en France. On y trouve près de mille cinq cents objets et maquettes qui racontent l'histoire de la presqu'île guérandaise et de la récolte du sel. On y voit d'impressionnants costumes de cérémonies de paludiers ainsi qu'un intérieur traditionnel. On y explique également le rôle économique du sel et son utilisation traditionnelle dans différents produits. Le musée de Batz-sur-Mer est une invitation à comprendre le paysage si spécifique de cette région. On peut ensuite flâner dans les marais salants ; des sorties avec des spécialistes sont régulièrement proposées en été pour nous permettre de découvrir l'extraordinaire faune et flore des marais.

1832

Le choléra en Bretagne

L'actualité nous rappelle régulièrement combien l'humanité peut être menacée par des pandémies mondiales. Des catastrophes qui n'ont pas épargné la Bretagne où une bonne partie de la population fut décimée par la grande peste noire du XIVe siècle et souffrit à plusieurs reprises du choléra au XIXe siècle.

Si, aujourd'hui, on surveille les avions en provenance d'Afrique pour se prémunir de la fièvre Ebola, on sait que la deuxième pandémie mondiale de choléra, originaire d'Asie, est arrivée en Bretagne… par la diligence. La maladie aurait été transmise par un certain Catel, marin à Alger, et passé par Nantes où il tombe malade. Il voyage ensuite pendant trente-six heures, vomissant abondamment, notamment sur ses voisins.

Le choléra est une toxi-infection due à une bactérie qui n'a été découverte qu'en 1854. Elle produit des diarrhées brutales et des vomissements entraînant une déshydratation des patients. Une victime peut ainsi produire entre 10 et 20 litres de diarrhée par jour ! La contamination se fait par voie orale, principalement avec de l'eau ou des aliments souillés. Les matières fécales sont particulièrement contagieuses.

La grande pandémie de 1832

De mauvaises conditions d'hygiène, l'absence d'assainissement ou des dépôts d'ordures non ramassées peuvent donc contribuer fortement à sa diffusion. Or, en la matière, la Bretagne du début du XIXe siècle était loin d'être un exemple si l'on en croit les témoignages de nombreux voyageurs décrivant la saleté des villes bretonnes de l'époque. La région est donc très exposée lorsque la deuxième pandémie de choléra arrive des Indes et d'Asie. Elle touche l'Europe vers la fin de l'année 1831, particulièrement Paris où son arrivée provoque un certain émoi, surtout parmi les autorités. Président du Conseil et soutien majeur de Louis-Philippe, Casimir Perier meurt ainsi du choléra le 16 mai 1832. Une victime célèbre parmi des milliers d'anonymes.

Le préfet du Finistère a demandé au maire de Quimper, début avril 1832, de prendre des mesures d'assainissement, essentiellement dans les quartiers du centre où s'amassent de nombreux tas de fumier, tout en relativisant la menace pour éviter la panique collective. « Le choléra ne doit pas susciter de craintes excessives », écrit-il aux maires du département. Tandis qu'un médecin quimpérois, le docteur Lejumeaux de Kergaradec, indique publiquement que le choléra n'est pas contagieux…

On implore santig Du

Néanmoins, des mesures sont prises. La Marine nationale inspecte des navires suspects. Des cargos norvégiens sont ainsi mis en quarantaine à Concarneau. Dans les églises, on prie les saints, en particulier *santig Du*, saint Jean-Discalceat, vénéré en Cornouaille pour avoir lutté contre la peste au Moyen Âge. À Quimper, des instructions sont placardées en français et en breton.

Le premier contaminé, Catel, est arrivé à Quimper le 12 mai. Paniqué, le propriétaire du Lion d'or, où il loge, appelle les autorités. Le maire ordonne qu'il soit emmené à l'hospice. Catel est transporté à travers les rues et les marchés de Quimper où il diffuse la maladie. Il est examiné, puis ausculté par les médecins locaux sans aucune précaution. On dilue même son sang dans de l'eau destinée à des canards qui ne semblent éprouver aucune gêne… Pourtant, dès le lendemain, deux femmes de l'hospice tombent malades.

Page précédente, caricature du XIXe siècle présentant les dangers de l'eau contaminée.

En haut, *santig Du*, le « petit saint noir » fait partie des saints guérisseurs bretons. Il est invoqué pour arrêter les épidémies.

Dès lors, le choléra ravage la basse Bretagne, faisant de nombreuses victimes chez les plus pauvres qui vivent dans des logements insalubres et ne disposent que de peu de moyens pour se soigner. Ainsi, le 29 juin, une mendiante aveugle, qui avait refusé toute aide, meurt sans traitement dans un taudis de Quimper. Les esprits s'échauffent, on parle d'un empoisonnement pour se débarrasser des indigents. Par ailleurs, des charlatans font des bénéfices en vendant des remèdes plus ou moins miraculeux contre le choléra.

Sudatorium et hôpitaux de campagne

Les autorités mettent à disposition un étonnant *sudatorium*, un appareil destiné à faire suer les patients, remède censé éliminer la maladie. Des hôpitaux de campagne sont également montés. Les médecins militaires sont mis à contribution. C'est le cas à Brest où les moyens mis en place par la Marine limitent l'épidémie. Le choléra y est arrivé le 9 juin dans le quartier de Pont-de-Terre. En juillet, le quartier de Recouvrance est touché avec près d'une centaine de victimes sur les sept cents recensées dans la cité du Ponant.

D'une manière générale, les campagnes restent épargnées, ce qui n'est pas le cas des villes moyennes où l'on dénombre rapidement des contaminés (Douarnenez, Guingamp,…). À Morlaix, la population féminine représente 65 % des victimes. Très impliqué dans la lutte contre la maladie, le maire Rivoalllan y laisse la vie. Peu à peu, la maladie s'éloigne, mais elle a fait de nombreuses victimes et a engendré un choc profond dans la population. Ainsi, on a inventorié plus de deux cents victimes à Quimper, à un rythme de quatre à cinq décès quotidiens.

La Bretagne n'en a pas fini avec le choléra qui revient faire plusieurs centaines de morts en 1834, puis à la fin des années 1850 et dans les années 1880. Peu à peu, les mesures d'hygiène et d'assainissement ont permis de faire reculer cette maladie qui tue encore, de nos jours, des patients dans les régions les plus pauvres de la planète. Le choléra a marqué le paysage de plusieurs régions européennes où l'on a pris l'habitude de badigeonner avec de la chaux les murs des habitations pour détruire les miasmes, donnant ainsi leur couleur blanche – et un certain cachet – aux maisons traditionnelles. ■

En 1954, la variole à Vannes

Une épidémie de variole a provoqué une véritable psychose à Vannes et dans sa région dans les années 1950. Quelque peu oubliée en Europe, cette maladie était encore très active en Asie après la Seconde Guerre mondiale. C'est d'ailleurs un sergent parachutiste, Roger Debuigny, qui la ramène à Vannes après un séjour en Indochine, en novembre 1954. Sans le savoir, il contamine son fils Daniel, âgé de 18 mois. L'enfant est hospitalisé le 7 décembre, sans que les médecins ne prennent conscience du danger de contagion. Les médecins et le service de pédiatrie sont alors victimes d'une mystérieuse épidémie sur laquelle on ne met un nom que le 31 décembre : la variole ! Le service est mis en quarantaine, mais le drame est en marche. Un nourrisson décède. Une campagne de vaccination est mise en place – 250 000 Bretons sont traités – et les malades consignés. Pourtant vacciné, le docteur Guy Grosse décède à 44 ans. Dès lors, la panique gagne la ville, puis la France entière. *Paris-Match* évoque des « trains entiers de cercueils en gare de Vannes ». Les habitants de la ville se cloisonnent ou fuient dans le plus grand désordre. On désinfecte les maisons des malades avec des vapeurs de formol… La découverte d'un cas de variole à Brest fait monter la pression d'un cran. Pourtant, l'épidémie est en net recul dès la fin janvier. Elle s'éteint en mars à Vannes et en mai à Brest. Au total, quatre-vingt-dix-huit personnes ont été infectées, et une vingtaine en est morte, dont seize à Vannes.

1839

L'aventure du *Barzaz Breiz*

En pleine vague romantique, La Villemarqué publie le *Barzaz Breiz*, un recueil de chants et de légendes populaires qui fait connaître la Bretagne dans toute l'Europe. Mais ce succès est terni quelques décennies plus tard par une virulente querelle sur l'authenticité du texte, qui se poursuivra sur plus d'un siècle.

La fin du XVIIIe siècle et le début du XIXe siècle ont été marqués, dans toute l'Europe, par une révolution littéraire et culturelle : le romantisme. Les écrivains s'affranchissent des contraintes de l'écriture classique et laissent libre cours à leur imagination et leurs passions. Ce courant est incarné en France par le Malouin Chateaubriand. Le romantisme favorise également la redécouverte des littératures orales d'Europe, notamment celles des Celtes de l'Antiquité et du Moyen Âge dont l'archaïsme et l'étrangeté des textes fascinent nombre de lettrés de l'époque.

Le renouveau des littératures populaires

La réédition, voire la réécriture de ces textes, a parfois constitué de véritables phénomènes d'édition comme les contes des frères Grimm, en Allemagne, ou les récits d'Ossian de l'Écossais Macpherson. En Grande-Bretagne, l'écrivain Walter Scott puise dans les traditions populaires pour écrire des romans historiques qui, tel *Ivanohé*, séduisent un large public. En France, le phénomène tarde à se développer, peut-être parce que, comme l'estime l'ethnologue Donatien Laurent, « le fossé entre littérature écrite et parole du peuple illettré était encore quasi infranchissable en ce début de XIXe siècle, rien n'avait été encore été publié ».

C'est dans ce contexte que paraît, en 1839, le *Barzaz Breiz*, l'œuvre majeure de Théodore Hersart de La Villemarqué, un jeune aristocrate breton, originaire de Nizon sur la côte sud de la Cornouaille. Pendant plusieurs années, ce dernier a collecté des légendes, des contes et des chants dans les campagnes de basse Bretagne. Il en a sélectionné les versions qui lui paraissaient les plus authentiques, puis il a traduit et retravaillé les textes pour les mettre au goût du jour. Bien qu'éditée à compte d'auteur, la première version du *Barzaz Breiz* rencontre un grand succès d'estime. Des comptes-rendus élogieux en sont faits dans les journaux bretons et français. Le livre est aussi recommandé par des revues étrangères.

Celtomanie et bretonisme

En 1845, La Villemarqué publie une nouvelle version revue, corrigée et surtout augmentée. Mais les nouveaux chants ajoutés semblent d'une origine plus douteuse. Ainsi « Les Vêpres des grenouilles », l'un des grands chants de la tradition bretonne, sont présentées comme le dialogue entre un druide et son disciple, ce qui paraît peu vraisemblable. Même s'il se démarque de la celtomanie – ce courant de pensée du début du XIXe siècle qui exaltait de manière exagérée et souvent fantaisiste le souvenir des Celtes de l'Antiquité –, La Villemarqué n'est pas exempt de certains arrangements avec cette histoire.

Il est vrai que La Villemarqué est aussi l'une des figures du bretonisme, un mouvement qui se constitue au milieu du XIXe siècle et regroupe nombre d'historiens et d'érudits bretons. Ces derniers vont redécouvrir et mettre en valeur l'histoire de la Bretagne, en en exagérant volontiers les spécificités. Le ton des chants du *Barzaz Breiz* est ainsi parfois hostile à « l'ennemi français » comme le cycle des cinq chants en l'honneur du roi Morvan, adversaire malheureux de l'empereur

Louis le Pieux. En exaltant l'histoire bretonne, le *Barzaz Breiz* s'inscrit de fait dans la lignée d'un certain nombre d'ouvrages contemporains. En 1835, par exemple, Elias Lönnrot publie le *Kalevala*, la grande épopée légendaire des Finlandais dont le pays est alors sous domination russe.

Notoriété et succès d'édition

Cela n'empêche pas Théodore Hersart de La Villemarqué d'être reconnu comme une autorité scientifique et de recevoir, en 1846, la Légion d'honneur. Les honneurs, d'ailleurs, s'accumulent. En 1851, il est élu membre de l'Académie royale de Berlin sur proposition de Jacob Grimm. En 1858, il devient membre de l'Institut de France. Comme le souligne Donatien Laurent, « désormais en Bretagne, rien ne sera plus comme avant : grâce au *Barzaz Breiz*, une langue de paysans et de gueux, si longtemps méprisée et dépréciée, va subitement conquérir honneur et dignité ». Il n'est pas qu'en Bretagne que l'on s'enthousiasme, dans les salons parisiens aussi, à l'instar de l'écrivain George Sand qui déclare en 1856 : « Une seule province de France est à la hauteur, dans la poésie, de ce que le génie des plus grands poètes et celui des nations les plus poétiques ont jamais produit, nous oserons dire qu'elle le surpasse. Nous voulons parler de la Bretagne. » En 1865, Tom Taylor réalise la première traduction complète du *Barzaz Breiz* en anglais alors que plusieurs chants sont aussi traduits en allemand, suédois, polonais… En français, les rééditions se succèdent.

La querelle

Pourtant, dès les années 1860, nombre d'auteurs et d'érudits s'interrogent sur l'authenticité du travail de La Villemarqué. Les folkloristes bretons s'étonnent de ne pas retrouver dans leurs collectes certains chants recueillis par La Villemarqué. Certains le soupçonnent d'avoir inventé tout ou partie des textes, ce qu'avait fait l'Écossais Macpherson au XVIIIe siècle. La querelle éclate en 1867 à Saint-Brieuc qui accueille le Congrès celtique international, un rassemblement d'érudits et de savants. Plusieurs d'entre eux interpellent La Villemarqué qui se refuse à répondre aux attaques portées contre lui et à présenter des cahiers de collecte qui auraient apporté les preuves de sa bonne foi. Le coup est d'autant plus rude pour l'auteur du *Barzaz Breiz* que certains de ses anciens disciples font partie de la cabale comme François-Marie Luzel. La querelle agite les milieux d'érudits bretons pendant plusieurs décennies. En 1960, François Gourvil soutient ainsi une thèse où il affirme que le *Barzaz Breiz* est un faux. Il faut attendre les années 1970 et les travaux de Donatien Laurent pour mettre en évidence l'authenticité d'une grande partie des textes après la redécouverte des cahiers de collectage de La Villemarqué chez l'un de ses descendants. « Imprudence, crédulité, manque de sens critique, incapacité à résister aux prestigieux mirages de son imagination, telles furent les fautes de jeunesse qu'il acceptait volontiers de reconnaître », estime cependant Donatien Laurent. D'autres écrivains, comme Morvan Lebesque, ont souligné l'ampleur du travail de La Villemarqué. « La fraude qu'ils lui reprochent à un nom, elle s'appelle l'art sans quoi il n'y aurait pas d'affirmation culturelle […]. La grandeur du *Barzaz*, c'est d'avoir un auteur. »

Reste qu'avec le *Barzaz Breiz*, pour la première fois à l'époque moderne, un ouvrage breton a obtenu une audience internationale. Grâce à ce livre, la Bretagne a passionné et touché des milliers de lecteurs dans le monde. Considérée comme mineure, « provinciale », la culture bretonne prouvait ainsi qu'elle avait une portée universelle. Plus d'un siècle et demi plus tard, il est à espérer que cette culture populaire et vivante continue d'être la matrice d'où sortiront d'autres chefs-d'œuvre. ■

Page précédente, en haut, la statue de La Villemarqué, érigée à Quimperlé.

1840

Premières mises en eau du canal de Nantes à Brest

Pour la construction de ses écluses, de ses déversoirs et de ses débarcadères, il a fallu autant de pierres taillées que pour la pyramide de Khéops ! Édifié au XIXe siècle, le canal de Nantes à Brest traverse la Bretagne sur plus de trois cents kilomètres.

Les projets de canaux en Bretagne remontent aux XVIe et XVIIe siècles. En 1627, les états de Bretagne approuvent ainsi un projet de canalisation de l'Aulne entre la rade de Brest et Carhaix, mais aucun financement ne permet d'entamer ce tronçon. En 1746, François-Joseph de Kersauson rédige un mémoire sur la canalisation de la province pour les états de Bretagne où il projette des jonctions entre différentes rivières. En janvier 1783, une commission de navigation intérieure est formée pour lancer des études préliminaires. Les rapports, les études et les projets se multiplient avec parfois des chantiers financés comme lors de la mise en navigabilité de la Vilaine, près de Redon, entre 1784 et 1789.

Un canal stratégique

En 1803, le projet d'un grand canal reliant l'ouest et l'est de la péninsule redevient d'actualité avec la guerre contre la Grande-Bretagne. Celle-ci domine en effet les mers et bloque l'accès aux ports bretons. Par ailleurs, les transports par terre sont lents et difficiles. Or, les liaisons entre les ports militaires et les arsenaux de Saint-Malo, Nantes, Lorient et de Brest sont stratégiques. La voie fluviale est donc considérée comme la seule solution pour contourner le blocus britannique. Le 28 ventôse, an XII (1804), le directeur des Ponts et Chaussées informe le préfet des Côtes-du-Nord qu'il vient de charger l'ingénieur Bouessel « d'étudier la possibilité et les moyens d'établir une navigation intérieure entre Nantes et Brest ». Napoléon approuve le projet, et le chantier peut démarrer.

Les travaux engagés sont considérables en raison, notamment, du relief. On compte parfois jusqu'à dix écluses au kilomètre entre Pontivy et Carhaix. Chaque écluse nécessite près de deux mille mètres cubes de pierres de gros appareil, en partie taillées. L'aménagement des biefs exige également des terrassements importants et des travaux soignés pour éviter les tassements ou les fuites d'eau. Il faut également prévoir des rigoles de ceinture qu'il faut creuser le long du bief pour récupérer les eaux latérales. Prévu à l'origine pour une somme de quatre millions de francs, le percement du canal de Nantes à Brest en a coûté dix fois plus. Il est vrai que les travaux sont interrompus en 1814 et qu'ils ne reprennent qu'en 1822 pour s'achever une vingtaine d'années plus tard.

Des bagnards à Glomel

Pour faire baisser les prix, on fait appel aux prisonniers. Nombre d'entre eux sont logés dans un camp sommaire, édifié à Glomel. Ce bagne est ouvert en 1823, et il accueille plusieurs dizaines de condamnés dont la peine est commuée en travaux forcés. Ils creusent à la force de leurs bras l'impressionnante tranchée de Glomel à travers une colline. Les conditions de travail sont si dures qu'il y a souvent des révoltes, principalement en 1830 lorsque les bagnards s'emparent du camp et marchent jusqu'à Pontivy avec l'intention de piller la ville. L'entrepreneur Charles Beslan les ramène à la raison et évite sans doute un bain de sang. Nombre de bagnards s'évadent également, certains se cachant ensuite dans les campagnes environnantes et faisant parfois souche. Le 5 juin 1832, le choléra arrive au camp où il provoque une hécatombe, entraînant sa fermeture. Il n'en reste aujourd'hui plus qu'un terre-plein envahi par la végétation.

Concurrence et fermeture

D'autres ouvrages d'art, comme la digue-barrage du Corong, forcent l'admiration. Après bien des aléas et des exploits techniques, la mise en eau du canal est prévue le 1er janvier 1842. Mais les réparations et les finitions sont régulières. Ainsi, dès 1858, il a fallu procéder au remplacement des portes d'écluses. Imaginé au moment de la guerre contre la Grande-Bretagne, le canal est donc achevé en temps de paix et n'est guère utilisé par les militaires. De plus, il n'a que peu servi aux échanges entre les deux extrémités de la péninsule, mais a été surtout utilisé pour le trafic local. Le canal de Nantes à Brest a cependant contribué au développement économique du centre Bretagne en permettant, par exemple, de transporter des amendements agricoles depuis la rade de Brest jusqu'au Poher.

Très vite, la batellerie bretonne est confrontée à une redoutable concurrence : le chemin de fer, même si ce dernier n'arrive à la pointe Bretagne que dans les années 1860 après de nombreux débats. Ainsi, alors qu'en 1842 est discutée une première loi pour la construction d'un réseau ferré français partant de Paris, avec notamment une ligne vers Nantes *via* Tours, le député breton Glais-Bizoin dépose un amendement pour une ligne « sur l'Océan, par Versailles, Rennes et Brest ». Il doit faire face au rapporteur de la loi, Jules Dufaure, qui estime que les Bretons doivent se contenter des routes royales et des canaux : « On a creusé au fond de la Bretagne, explique-t-il, et pour mettre la Bretagne en communication avec sa capitale, qui est Nantes. »

Malgré la concurrence du rail, puis de la route, le canal est toujours utilisé au début du XXe siècle. En 1920, l'État concède à l'Union hydroélectrique armoricaine la partie du canal entre Guerlédan et Bon-Repos afin d'y édifier un barrage et d'y produire de l'électricité. Long d'une quarantaine de mètres de hauteur, il est bâti à Guerlédan et mis en service en 1930. La concession imposait à l'entreprise le rétablissement de la navigation soit par un ascenseur à bateau, soit par un escalier d'écluses, clause qui n'a jamais été respectée. La liaison entre Nantes et Brest est alors coupée, ce qui accélère le déclin de la batellerie. Il faut attendre les années 1980 pour que cette majestueuse voie d'eau soit redécouverte. Désormais, ce sont les randonneurs et les pêcheurs qui en fréquentent les berges, faisant du canal de Nantes à Brest l'une des grandes attractions touristiques de la Bretagne. ■

Page précédente, en haut, le canal de Nantes à Brest, à Saint-Hernin, en centre Bretagne.

En bas, la rigole d'Hilvern à proximité de Saint-Caradec.

La rigole d'Hilvern

Le canal de Nantes à Brest ne manque pas d'ouvrages d'art remarquables. Parmi les plus étonnants figure la rigole d'Hilvern dont le percement s'est révélé un véritable exploit technique. Elle est en effet longue de plus de soixante kilomètres avec une pente de trois millimètres par mètre ! Elle tire son nom d'un bief du canal situé non loin de Saint-Gonéry, dans le centre de la Bretagne, et dont il a fallu assurer l'alimentation en eau. En 1824, l'ingénieur en chef Lenglier jette son dévolu sur l'étang de Bosméléac, non loin de Medréac et d'Allineuc, près des sources de l'Oust. Un barrage y est édifié. En 1828, l'itinéraire que doit emprunter la rigole est fixé ainsi que ses dimensions « d'une largeur de tête de bêche ». Le chantier a duré près de quatre ans et employé six cents personnes. En 1836, un premier lâché d'eau a lieu, il n'a pour résultat que d'inonder les champs riverains, et il faut à nouveau procéder à des travaux d'étanchement. En 1838, la rigole est enfin en état de fonctionnement… Elle a alimenté le canal pendant plusieurs décennies. Abandonnée ensuite, la rigole d'Hilvern a été sauvée par une association de passionnés dans les années 1990. Ils ont réhabilité l'ouvrage et planté près de dix mille arbres le long des berges qui font désormais le bonheur des marcheurs et des pêcheurs.

1848

Mort de Chateaubriand, incarnation du romantisme breton

Au cénacle des lettres bretonnes, Chateaubriand occupe une place de choix. Ce Malouin d'origine laisse de belles descriptions de la Bretagne.

Qu'est-ce que le romantisme sinon l'exaltation des sentiments, une certaine attitude face à l'immensité du temps ou à la grandeur de la nature et à la violence de ses éléments, ajoutée à une mélancolie vécue comme une force. Quelque chose, somme toute, de très breton, au point que Xavier Grall voyait un pléonasme dans le terme de « romantisme breton ». Alors que le romantisme ne fut qu'une posture pour beaucoup, il fut une façon de vivre et d'écrire chez Chateaubriand qui en vint à incarner ce courant. Les premiers instants de sa vie, tels qu'il les a décrits dans ses fameuses *Mémoires d'outre-tombe*, semblaient déjà présager de la suite : « J'étais presque mort lorsque je vins au monde. Le mugissement des vagues, soulevées par une bourrasque annonçant l'équinoxe d'automne, empêchait d'entendre mes cris : on m'a souvent conté ces détails ; leur tristesse ne s'est jamais effacée de ma mémoire. Il n'y a pas de jour où, rêvant à ce que j'ai été, je ne revoie en pensée le rocher sur lequel je suis né, la chambre où ma mère m'infligea la vie, la tempête dont le bruit berça mon premier sommeil. »

Chateaubriand est issu d'une de ces vieilles familles bretonnes dont le rappel de la généalogie est une obsession. Ses ancêtres remonteraient au XIe siècle, et ils auraient été remarqués durant les croisades. Mais, d'héritage en héritage, la fortune des aïeux du futur écrivain avait périclité. Son grand-père, quoique toujours considéré comme appartenant à la noblesse, ne possédait plus que quelques terres dans le pays de Dinan. Son père, en devenant marin, négociant, puis armateur à Saint-Malo, s'enrichit et redresse la situation. Alors que tant d'autres se construisent de modernes malouinières, lui achète le château fort de Combourg où le jeune Chateaubriand et sa famille s'installent. Ce château, les paysans gallos des alentours et les campagnes et bois environnants marquent profondément le jeune Chateaubriand. Sans doute autant que les humanités qu'il fait ensuite aux collèges de Dol, Dinan et Rennes et où il dévore les classiques grecs et latins. Le jeune Chateaubriand se promène, s'imprègne des légendes du pays et rêve à la Velléda, une antique déesse gauloise. Ce vieux fond celtique a influé profondément son œuvre. « Nous autres Bretons attendons le retour [du roi Arthur] comme les Juifs attendent le Messie », écrit-il. Cette enfance, relativement morose, reste marquée par la figure imposante du père et l'amitié qui le lie à sa sœur Lucile.

L'appel du large

Dans ce pays de marins et de paysans, il prend goût à l'évasion. « Chaque paysan, matelot et laboureur, est propriétaire d'une petite bastide blanche avec un jardin : parmi les herbes potagères, les groseilliers, les rosiers, les iris, les soucis de ce jardin, on trouve un plant de thé de Cayenne, un pied de tabac de Virginie, une fleur de Chine, enfin quelque souvenir d'une autre rive et d'un autre soleil : c'est l'itinéraire et la carte du maître du lieu. » Adolescent, il est envoyé à Brest pour s'engager dans la Marine, mais renonce rapidement à cette carrière, la Royale recrutant peu après la guerre d'Indépendance américaine. Il en garde cependant une certaine fascination pour l'océan et les voyages. « Cette mer que je devais rencontrer sur tant de rivages baignait à Brest l'extrémité de la péninsule Armoricaine : après ce cap avancé, il n'y avait plus rien qu'un océan sans bornes et des mondes inconnus. »

La révolution et l'exil

Engagé au régiment de Navarre, il arrive à Paris en 1788 où il publie ses premiers vers dans *L'Almanach des muses*. Il choisit de quitter la France après les débuts de la Révolution française et passe un an en Amérique d'où il ramène des descriptions grandioses des chutes du Niagara et l'inspiration pour plusieurs ouvrages dont son poème *Les Natchez* et son roman *Atala* qui le révèle en 1801 et fait de lui le père du romantisme français. En 1792, il est de retour en Europe pour s'engager dans l'armée des Princes qui lutte contre la France révolutionnaire. Chateaubriand est blessé à Thionville. Il s'installe ensuite à Londres.

Il revient en France en 1800 et fait paraître un autre texte romantique, *René*, qui évoque ses relations avec sa sœur Lucile. En 1802, il exprime ses convictions catholiques dans *Le Génie du christianisme* qui annonce un certain retour du religieux en France. Remarqué par Bonaparte en 1803, il devient diplomate avant de rompre avec l'Empereur suite à l'exécution du duc d'Enghien. Il se rend ensuite en Terre sainte, périple qui lui inspire l'*Itinéraire de Paris à Jérusalem*. Interdit de résidence à Paris, il acquiert le domaine de la Vallée-aux-Loups, près de Sceaux. En 1811, il est élu à l'Académie française où il ne peut siéger qu'après la chute de l'Empire. En 1814, il publie d'ailleurs une violente charge contre Napoléon Ier, *De Buonaparte et des Bourbons*, et accueille très favorablement la Restauration.

Le diplomate

Nommé pair de France et ministre d'État en 1815, il tombe en disgrâce l'année suivante. Il s'engage alors dans le parti ultraroyaliste et dirige *Le Conservateur*, journal représentant cette tendance. Revenu en grâce après 1820, il entame une carrière de diplomate. De 1823 à 1824, il est ministre des Affaires étrangères avant de rejoindre l'opposition, dans le camp libéral cette fois. Il est cependant nommé ambassadeur à Rome en 1828. Il ne joue guère de rôle politique après la révolution de 1830 et se consacre à l'écriture jusqu'à sa mort en 1848. C'est l'époque où il fréquente le salon de son amie madame de Récamier et où il achève ses *Mémoires d'outre-tombe*, véritable monument littéraire où s'exprime son style flamboyant. Chateaubriand avait choisi d'être enterré sur le Grand Bé à Saint-Malo dont il demeure l'un des grands hommes. Il repose donc en Bretagne, un pays qui ne l'avait jamais quitté et dont il laisse de fort plaisantes descriptions à l'instar de celle-ci, glanée dans ses *Mémoires d'outre-tombe* : « Le printemps, en Bretagne, est plus doux qu'aux environs de Paris et fleurit trois semaines plus tôt. Les cinq oiseaux qui l'annoncent : l'hirondelle, le loriot, le coucou, la caille et le rossignol arrivent avec les brises qui hébergent dans les golfes de la péninsule armoricaine. La terre se couvre de marguerites, de pensées, de jonquilles, de narcisses, d'hyacinthes, de renoncules, d'anémones, comme les espaces abandonnés qui environnent Saint-Jean-de-Latran et Sainte-Croix-de-Jérusalem à Rome. Des clairières se panachent d'élégantes et hautes fougères ; des champs de genêts et d'ajoncs resplendissent de leurs fleurs qu'on prendrait pour des papillons d'or. » ■

En haut, médaillon honorant Chateaubriand sur le château de Saint-Malo. L'écrivain est enterré sur le Grand Bré, face à la ville close et à la Manche.

Page précédente, en haut, la statue de Châteaubriand devant le château fort, acheté par son père, à Combourg.

XIXe SIÈCLE

Les conserveries développent l'économie bretonne

Après les guerres de la Révolution et de l'Empire, la Bretagne est coupée du commerce maritime international. Le XIXe siècle est marqué par une période de repli économique bien que certains secteurs connaissent un nouvel élan. C'est le cas de la pêche et de certains secteurs agricoles qui bénéficient du développement de la conserve métallique, un moyen d'exporter loin poissons, viandes et légumes.

La boîte de conserve naît au cours du XVIIIe siècle au Pays-Bas. La Marine néerlandaise utilise des boîtes de fer-blanc pour conserver de nombreuses denrées dans la graisse. À l'aube du XIXe siècle, la conserve se développe pour transporter du poisson fumé ou des tablettes de bouillon. Le gouvernement français s'intéresse également au procédé. Un confiseur, Nicolas Appert, se voit octroyer 12000 francs pour des recherches sur le sujet. L'amirauté britannique dispose aussi d'un programme de recherches. Nicolas Appert travaille sur de nouvelles méthodes de stérilisation d'aliments au bain-marie. S'il utilise des récipients en verre ou en grès, il comprend vite les avantages du fer-blanc qui résiste mieux à la chaleur et au transport.

Dès 1806, Nicolas Appert s'est lié avec Joseph Colin, confiseur à Nantes. Il l'initie à sa méthode. Colin se lance notamment dans la conserve de poisson. En 1810, *L'Almanach des gourmands* note que « les conserves de sardines confites se confectionnent à Nantes ». Il semble que l'on y utilise déjà le fer-blanc. Jusqu'à présent, les sardines étaient salées et conservées dans des tonneaux de bois. En 1814, Appert se rend en Angleterre où la conserve de fer-blanc se développe également pour les besoins de la Royal Navy. Mais à son retour, il retrouve son atelier de Massy pillé par les Prussiens qui occupent alors Paris. Appert fait faillite et meurt dans le besoin en 1841.

Production de masse

Entre-temps, la conserve connaît un spectaculaire développement en Bretagne sud. En 1824, Pierre-Joseph Colin, le fils de Joseph, ouvre une première manufacture à Nantes. Il se lance dans la production en masse de conserves et passe pour le véritable inventeur de la sardine à l'huile. Il s'approvisionne par voitures rapides au port de La Turballe.

Dans les années 1820, des usines se créent également dans le Morbihan, au plus près de la ressource. Des industriels nantais fondent des établissements à Port-Louis, Groix, Lorient ou au Palais. Colin se diversifie et se lance dans la conserve de légumes, de viande ou de saumon. En 1842, on recense 5 manufactures de conserves à Nantes, 24 en 1883. En 1880, près de 150 usines emploient plus de quinze mille personnes, en majorité des femmes, de la Loire-Atlantique au Finistère sud.

Un produit de masse, qui plus est exportable

La plupart de ces entreprises sont contrôlées par des capitaux nantais. Le grand port possède les infrastructures et une bourgeoisie industrieuse qui favorise le développement international de la conserve bretonne. Cette dernière profite ainsi de l'ouverture du marché américain dans les années 1850. Les besoins en nourriture de ce pays sont alors énormes, particulièrement en raison de la ruée vers l'or de Californie qui débute en 1849.

D'abord destinée aux marines qui ont besoin d'embarquer des vivres pour de longues périodes, la conserve est aussi appréciée dans les mines en pleine expansion tant en Europe qu'en Amérique du Nord. Elle met plus de temps à pénétrer les ménages. Dans la première moitié du XIXe siècle, la conserve reste encore un produit cher et peu connu. Mais avec l'invention de la publicité et la massification de la production, elle connaît un essor considérable. Cette massification de la production entraîne une baisse des coûts et la met à la portée du plus grand nombre.

L'or bleu de la Bretagne

Tout au long du XIXe siècle, le produit phare, dans la région, demeure la conserve de la sardine à l'huile, un poisson alors abondant et considéré comme « l'or bleu de la Bretagne ». Les conserveries contribuent à une nouvelle prospérité des ports bretons. Elle assure de nouveaux débouchés aux pêcheurs. À quai, les femmes trouvent de l'embauche dans les usines dont plusieurs dirigeants font montre d'une certaine conscience sociale en développant les structures d'aide aux familles. Mais d'une manière générale, les conditions de travail restent très dures.

La conserve participe également au développement de l'industrie du fer-blanc dans la région. Jusque-là importé, il est désormais fabriqué dans les forges d'Hennebont ou de Basse-Indre. Plusieurs industriels se lancent dans la fabrication de boîtes, notamment à Chantenay. La conserve procure de nouveaux débouchés à l'agriculture bretonne, particulièrement pour les légumes, puis pour les pâtes.

La conserve bretonne est à l'origine de plusieurs grandes sagas industrielles avec la création de marques aujourd'hui centenaires comme Cassegrain, Hénaff ou Saupiquet. Installé à Nantes, Arsène Saupiquet est l'inventeur de la boîte de sardine à ouverture facile et sans l'aide d'instruments. Son groupe se développe ensuite au point de racheter de nombreuses usines dans toute la Bretagne dans les années 1950 et 1960. Il est notable de souligner que la plupart de ces industriels étaient d'origine modeste. Leur grand talent est d'avoir tiré profit des ressources – jusque-là sous-exploitées – de l'agriculture et de la pêche bretonnes, puis d'avoir su les conditionner pour pouvoir les exporter dans le monde entier. ■

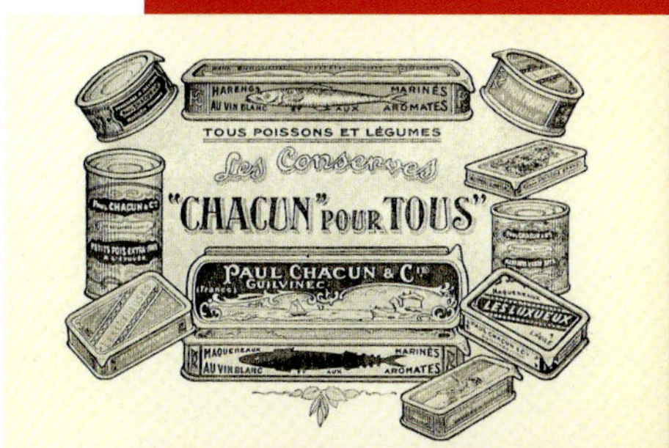

Page précédente, préparation du poisson avant la mise en conserve.

En haut, fabrication et conditionnement de boîtes métalliques pour les conserves de sardine.

En bas, réclame pour la conserverie Paul Chacun & Cie, fondée en 1898 au Guilvinnec. Trois générations de Chacun se sont succédé à la tête de l'entreprise rachetée en 1988. Pendant près d'un siècle, elle a produit des conserves de sardine, de thon, de maquereau, d'anchois, mais aussi de légumes et de pâté de porc.

1852

EXÉCUTION DE LA JÉGADO, LA GRANDE EMPOISONNEUSE

Le 26 février 1852, à Rennes, était guillotinée Hélène Jégado, l'une des plus grandes criminelles de l'Histoire. Pendant dix-huit ans, cette femme a empoisonné et tué plusieurs dizaines de personnes, sans distinction de sexe, d'âge ou de condition sociale.

Hélène Jégado naît le 17 juin 1803, au hameau de Kerordevin, à Plouhinec près de Lorient. Elle est issue d'une famille de modestes cultivateurs. Son père a fait partie des troupes du chouan Cadoudal. Elle est placée très jeune chez ses tantes, puis au presbytère de Séglien où elle apprend le métier de cuisinière. Jusqu'à ses trente ans, elle travaille comme domestique pour plusieurs prêtres. Mais, en 1833, elle est renvoyée par un abbé qui considère qu'elle boit trop.

Elle parvient à se placer chez l'abbé Le Drogo, à Guern. Il ne tarde pas à lui faire reproche de son intempérance. Mais, le 20 juin, l'abbé souffre de coliques et de vomissements. Le 28 juin, il expire. Frappées des mêmes symptômes, sa mère, puis sa nièce et deux servantes décèdent. La propre sœur d'Hélène Jégado, venue en visite, succombe à son tour. En tout, huit personnes, qui avaient mangé au presbytère de Guern, entre la mi-juin et la mi-octobre 1833, meurent… Curieusement, Hélène Jégado n'est pas inquiétée. Le médecin du village a pensé à une épidémie de choléra.

La Jégado déménage donc tranquillement vers Bubry où elle remplace sa sœur au presbytère. À nouveau, plusieurs personnes succombent: la tante, la sœur, puis la nièce du recteur. Le prêtre tombe aussi malade. Hélène Jégado reste la seule femme du presbytère, ce que les bonnes mœurs réprouvent, le curé la licencie. Sans le savoir, il vient de se sauver la vie. Quelques jours plus tard, il se rétablit. La Jégado arrive à Locminé et est embauchée comme apprentie couturière chez une veuve, Jeanne-Marie Leboucher. Cette dernière décède en décembre 1834, suivie de sa fille Perrine, âgée de 15 ans. Le fils est à son tour souffrant, mais il refuse les repas de la Jégado, ce qui lui permet d'échapper à un sort funeste. La Jégado s'occupe également d'une cafetière du bourg à qui elle prépare une soupe à sa façon. La femme n'y survit pas. Elle trouve ensuite de l'embauche comme cuisinière chez les Toussaint en mai 1835. Quelques mois plus tard, on déplore quatre morts… Cette fois, on commence à suspecter la Jégado. Elle quitte rapidement Locminé.

TERREUR AU COUVENT

On retrouve Hélène Jégado au couvent d'Auray où elle semble « se mettre au vert ». Mais après quelques mois, le couvent devient le théâtre de curieux événements: des livres de prières sont déchirés, du linge est lacéré… La mère supérieure mène l'enquête et découvre que les novices sont terrifiées par une domestique récemment arrivée: Hélène Jégado. Placée sous surveillance, elle est surprise en flagrant délit alors qu'elle s'apprête à verser de l'eau sale dans un harmonium… La fautive est expulsée. Elle retrouve de l'embauche chez une couturière, Anna Le Corvec. Cette dernière trépasse le 5 décembre, après avoir abondamment vomi! Le 3 mars 1835, la Jégado arrive à Pontivy chez le maire de la commune. Cinq jours plus tard, le fils de la maison, âgé de 14 ans et qui ne cessait de se moquer de la cuisinière, décède de maux de ventre… Mais une fois encore, la Jégado n'est pas inquiétée outre mesure. S'ensuit une période plus calme, entre 1836 et 1839, dans une famille de Kerally. En 1841, dans une autre famille lorientaise, Les Dupuy de Lôme, la Jégado officie à nouveau comme cuisinière. Le 30 mai, la petite Marie, âgée de deux ans, se plaint de maux de ventre.

Elle ne tarde pas à mourir, suivie de sa mère quelques jours plus tard. Le reste de la famille passe l'arme à gauche…

Morts suspectes à Rennes

La Jégado poursuit ses errances en Bretagne. En 1849, elle officie à Rennes comme cuisinière dans la famille Rabot. Albert, le jeune fils, se plaint de la mauvaise odeur de la servante. Il meurt le 29 décembre. Très vite, sa mère et sa grand-mère tombent également malades. Accusée d'avoir volé une vingtaine de bouteilles de Bourgogne, Hélène Jégado est renvoyée. Quelques jours après, les deux malades vont mieux… La Jégado entre alors au service des Ozanne. On lui reproche sa grossièreté et son penchant pour l'eau-de-vie. La cuisinière prend mal les remarques : le 14 avril 1850, l'un des jeunes enfants de la famille succombe. En juin, elle travaille à l'auberge du Bout du Monde. La propriétaire veut la congédier, mais elle tombe malade. Elle vomit et reste paralysée des membres. Elle ne peut plus rien avaler, ce qui lui permet de survivre ! Une chance que n'aura pas une autre servante, Pierrote, décédée à la fin du mois d'août. Le médecin a des doutes et demande une autopsie. Mais la famille refuse. L'année suivante, la Jegado est, cette fois, embauchée chez un grand juriste, Théophyle Bidard de La Noë, ancien avocat et procureur, devenu professeur de droit. En juin 1851, après quelques mois de service, il lui donne quinze jours pour partir. Elle lui concocte un repas de côtelettes et de petits pois. Mais le notable n'a pas faim. Son autre servante, Rosalie Sarrazin, mange le plat. Quelques jours plus tard, elle meurt dans d'atroces souffrances.

La Jegado démasquée

Cette fois, les médecins sont suspicieux. Une enquête est ouverte. Le 2 juillet 1851, l'autopsie de Rosalie conclut à l'empoisonnement à l'arsenic. On décide d'exhumer d'autres corps. Les autopsies révèlent, là encore, la présence d'arsenic. Les enquêteurs remontent le fil du temps sur les traces de la Jégado. Ils collectent des indices permettant de reconstituer une carrière criminelle exceptionnelle de près de vingt ans. Certains crimes sont prescrits, mais la Jégado a laissé de très mauvais souvenirs dans le Morbihan. Grâce à l'enquête, on comprend qu'elle a empoisonné à l'arsenic la plupart de ses victimes. Elle leur confectionnait des « gâteaux à l'angélique confite », une plante dont le goût et l'apparence ressemblent à l'arsenic.

Autant dire que le dossier d'accusation à l'encontre d'Hélène Jégado est particulièrement volumineux. Le procès s'ouvre le 6 décembre 1851, quelques jours après le coup d'État de Louis-Napoléon Bonaparte. Malgré ces événements, il a un certain retentissement à cause de l'ampleur des crimes. Les témoins se succèdent, accablants. Par son attitude véhémente, Hélène Jégado ne calme pas les choses. La foule tente à plusieurs reprises de la lyncher. Elle ne fait preuve d'aucun remords. Pour la défense, la tâche ne s'annonce guère aisée. Elle est assurée par un jeune avocat, Magloire Dorange, un catholique progressiste. Plusieurs médecins sont cités et refusent de la reconnaître comme folle. Le docteur Guépin indique : « Je la tiens pour très intelligente, mais dénuée de ce sens moral qui sert de contrepoint dans la vie ». Sachant qu'il va devoir défendre l'indéfendable, Magloire Dorange se lance dans une très brillante plaidoirie contre… la peine de mort. Hélène Jégado souffre d'un cancer du sein et se sait condamnée. Elle ne bénéficie d'aucune clémence. Après un délibéré d'une heure et quart, les jurés la condamnent à la peine capitale. À 7 h 30, sur le Champs-de-Mars à Rennes, la guillotine tombe. Elle met un terme à la vie de l'empoisonneuse la plus redoutable de l'histoire de Bretagne. ■

Page précédente, un portrait d'Hélène Jégado, l'une des plus terribles empoisonneuses de l'Histoire.

En bas, le procès de la Jégado, à Rennes, a constitué un événement médiatique avec, notamment, l'écriture de chansons imprimées sous forme de feuilles volantes. Cette illustration figurait sur l'une d'elles.

1858

VISITE D'UN EMPEREUR

Durant l'été 1858, l'empereur des Français visite la Bretagne avec son épouse Eugénie. Une visite triomphale qui visait à conforter le régime dans une région travaillée par les royalistes légitimistes et les républicains.

Sous la seconde République et le début du second Empire, le comportement politique des Bretons se singularise déjà. En 1848, ils accordent certes le score confortable de 53,4 % au candidat à la présidence, Louis-Napoléon, mais ce sont 20 % de moins qu'en France. Un demi-siècle plus tôt, la Bretagne avait été marquée par les violences des guerres de la chouannerie. Les royalistes y conservent donc de solides assises. Dans les villes, les libéraux penchent plus pour la république que pour le régime autoritaire mis en place par l'empereur.

En 1858, le projet de voyage en Bretagne apparaît donc stratégique pour Napoléon III. Il s'agit d'une visite de propagande, visant à montrer l'intérêt que l'empereur porte aux Bretons, mais aussi à illustrer les progrès apportés par le régime : stabilité, ordre et innovations technologiques. L'empereur doit ainsi emprunter la nouvelle ligne de chemin de fer entre Rennes et Paris. Une dernière préoccupation anime les bonapartistes : préparer l'opinion catholique à une entrée en guerre de la France afin de favoriser l'unité italienne. À la fin du mois de juillet 1858, Napoléon III a en effet rencontré le Premier ministre du Piémont, Cavour, à Plombières. Ils y ont évoqué l'aide de la France en faveur de l'unité italienne, ce qui sous-entend une probable entrée en guerre contre l'Autriche-Hongrie, contrôlant alors une partie de l'Italie du Nord, mais qui implique également de froisser le pape. À l'époque, le souverain pontife dirige les États pontificaux, un vaste territoire autour de Rome qui coupe la péninsule en deux. Le pape et le parti ultramontain voient donc d'un mauvais œil cette unification italienne qui menace son pouvoir temporel.

UN VOYAGE PRÉPARÉ

Le voyage semble avoir été préparé de longue date avant son annonce en 1858. Établi en 1852, le second Empire paraît alors solide. En 1856, Napoléon III a remporté la guerre de Crimée, et l'impératrice lui a donné un héritier. En janvier 1858, il a échappé à l'attentat d'Orsini. « Le voyage de Bretagne préoccupait depuis longtemps les populations de la vieille Armorique, estime *L'Illustration* de l'époque. Il y a plusieurs années déjà, il en avait été question dans le pays : on parlait d'un vœu de l'impératrice à sainte Anne, patronne des Bretons ; on parlait d'une visite de l'empereur au port de Brest et, plus tard, de l'inauguration du chemin de fer à Rennes. » Le voyage est préparé par le général Fleury, premier écuyer et aide de camp de l'empereur. Du côté de la police, on organise aussi le séjour impérial en arrêtant quelques opposants, notamment du côté de Ploërmel.

Le 3 août, Napoléon III quitte Saint-Cloud pour la Normandie. Le 5 août, il est à Cherbourg où il visite le port militaire et rencontre la reine Victoria d'Angleterre. Le 9 août, le couple impérial embarque sur le navire amiral, le *Bretagne*, en direction de Brest où ils abordent le lendemain.

BINIOUS ET PORT DE COMMERCE

Ils y sont accueillis par les notables, puis visitent l'arsenal. Le soir, une réception et un grand bal sont donnés à Brest. Un spectacle de danses et de musiques bretonnes leur est proposé. « Cinquante jeunes couples bretons, relate *L'Illustration*, se tenant par la main, ont fait leur entrée dans la salle et, précédés du hautbois et du traditionnel biniou, ils ont défilé devant le trône de leurs majestés en costumes. » Le 11 août, pendant une visite de la rade, l'empereur indique aux élites brestoises qu'il est favorable à la création d'un port de commerce dans la cité du Ponant, un vieux projet resté longtemps en butte à l'hostilité des militaires.

Le lendemain, l'empereur et sa suite quittent la ville. « À la sortie de Brest, un grand nombre de cavaliers bretons attendait l'empereur pour lui servir d'escorte d'honneur », rapporte le journaliste de *L'Illustration.* Le couple impérial passe ensuite par Landerneau, Rumengol, Châteaulin et Quimper où la préfecture a été décorée d'arcs de triomphe végétaux. Lors du dîner à Quimper, un incident survient. Une pièce de feu d'artifice explose faisant huit blessés, heureusement sans gravité. Un grand bal populaire breton, au son des binious et des bombardes, est donné ce soir-là. Plusieurs aristocrates ralliés à l'Empire demandent à Napoléon III de proclamer son fils « duc de Bretagne », ce qu'il se refuse cependant à faire.

Son discours du 19 août, à Rennes, est ensuite diffusé sous forme d'affiches bilingues.

Messe à Sainte-Anne-d'Auray

Les 13, 14 août sont passés dans le pays de Lorient où l'empereur arpente l'arsenal. On lui fait la démonstration des nouveaux canons « rayés ». Un navire est lancé devant le couple impérial. Le 15 août, jour de fête mariale, l'empereur et sa femme se rendent à Sainte-Anne-d'Auray pour une messe. C'est un geste évident envers les catholiques. En se rapprochant ensuite de Vannes, ils visitent la nièce de l'empereur, la princesse Élisa Napoléone Baciocchi, installée à Colpo où elle dirige un établissement éducatif. Une inscription en breton : « *Deut mad er Korn er hoëd* » accueille d'ailleurs Napoléon III. Celui-ci poursuit ensuite vers Pontivy, redevenu, depuis 1852, « Napoléonville » comme sous le premier Empire. Un grand défilé de cavaliers en costume blanc du pays y est organisé.

Le 17 août, l'empereur est à Saint-Brieuc où il assure aux édiles que la future ligne de chemin de fer Paris-Brest passera par chez eux. Le 18 août, il visite Saint-Malo et annonce la création d'un nouveau quai sur le Sillon ainsi que la modernisation des infrastructures portuaires. Le 19 août, il est à Rennes où il prononce un grand discours devant la foule. Un discours qui fut ensuite distribué dans toute la région, sous forme d'affiches bilingues en français et en breton. Il quitte la Bretagne sous les vivats en prenant le train qui vient juste d'arriver à Rennes et dont les lignes ont par la suite été prolongées vers Brest et Quimper.

Même les opposants à l'Empire en conviennent, ce voyage a été un succès pour Napoléon III. Les Bretons l'ont accueilli avec enthousiasme. Des républicains comme le folkloriste Luzel y vont de leur panégyrique. Dans un poème en breton, ce dernier célèbre ainsi le voyage impérial, concluant par un vibrant « *Gwened, Kernew, Leon, Treger laret: Doué 'viro Napoléon! /* Vannetais, Cornouaille, Léon, Trégor, dites ensemble : Dieu préserve Napoléon ! »... Quant aux royalistes, ils n'ont guère pu s'exprimer. Héritier du trône de France, exilé, le comte de Chambord lance aux légitimistes bretons qui lui avaient promis de perturber le voyage : « Vous m'avez trompé ! »

En 1858, Napoléon remportait donc un succès en Bretagne avec ce voyage. Mais l'illusion était sans doute trompeuse. En 1870, après la défaite contre la Prusse, après le désastre de l'armée de Bretagne au camp de Conlie, l'Empire s'effondrait totalement. Et il ne restait guère de partisans de Napoléon dans la péninsule, la fin du XIXe siècle étant marquée par le retour du traditionnel affrontement entre Blancs et Bleus, entre monarchistes et républicains... ■

En haut, à la sortie de Brest, le 12 août 1858, le couple impérial est entouré d'une foule de cavaliers bretons.

Page précédente, en haut, représentation de Napoléon III dans le numéro de *L'Illustration* relatant son voyage en Bretagne.

1865

Dinard attire les touristes anglais

Dinard est l'une des stations balnéaires les plus huppées de Bretagne. Petit village de pêcheurs à l'origine, elle doit son développement à l'importante colonie anglaise qui en a fait les beaux jours jusqu'à la crise des années 1930.

Au début du XIXe siècle, Dinard n'est encore qu'un toponyme inconnu, un petit village de pêcheurs situé dans la paroisse de Saint-Enogat. Sa situation, en face de Saint-Malo, en fait cependant un lieu de passage pour les marins et les marchandises qui embarquent de la cité corsaire. On y rencontre aussi quelques Britanniques, essentiellement d'anciens prisonniers des guerres révolutionnaires et impériales, établis depuis leur captivité sur les bords de la Rance.

La situation évolue lorsque le consul britannique choisit de s'y installer. Sans doute les diplomates du Royaume-Uni tiennent-ils à garder quelques distances à l'égard d'une cité où ils n'étaient guère appréciés après plus d'un siècle de guerre maritime. Et si la devise de la cité est : « Ni breton ni français, Malouin suis », c'est parfois pour souligner que l'Anglais reste leur meilleur ennemi.

Le premier consul à s'implanter sur la rive occidentale de la Rance est Alpyn Thomson vers 1840. Lui succèdent John Sedgwich, puis Robert Monteith qui occupe le prieuré de Dinard en 1850. C'est aussi à Dinard que font escale, le temps d'un été, un couple de riches Britanniques, les Faber. En 1852, ils fondent une colonie anglaise appelée à se développer fortement.

Les Anglais débarquent

Après la mort de son mari, Lyona Faber fait construire la villa Sainte-Catherine en 1856. En hommage à ses parents, leur fils, William Faber, édifie le premier temple protestant qui est consacré en 1871. Non loin des Faber emménagent, à la fin des années 1850, plusieurs familles compatriotes, comme les Surtees. Les Brittaniques édifient le château Coppinger et la villa Trente-Trois.

Il est vrai qu'entre-temps, outre-Manche, la renommée de Dinard et de la Côte d'Émeraude ne cesse de grandir. Une ligne de bateaux à vapeur, la Jersey Steam Packet Company, est lancée pour faire traverser la mer à ceux que l'on commence à appeler les « touristes ». La décennie 1860 est celle du décollage de la station balnéaire, portée par la mode des bains de mer et l'arrivée du train à Saint-Malo en 1864. Puis, sous la troisième République, c'est le règne des promoteurs qui donnent à Dinard toute son extravagance architecturale. Partout, villas et cottages sortent de terre. On s'y presse depuis toute l'Europe.

Clubs et régates

Toujours sous l'influence des Britanniques, on construit l'hôtel Crystal qui a pour modèle le Crystal Palace à Londres. À la fin des années 1890, Dinard fait figure de ville anglaise en Bretagne avec même l'implantation de banques venues d'outre-Manche. Un deuxième temple protestant voit le jour. La bonne société fréquente les clubs. Pour les femmes, c'est le New Club, fondé par Gilbert Smith. Les dames peuvent notamment assister à des *musical interludes* et des *dramatic sketches*. Pour les messieurs de la Gentry, c'est le très *select* et fermé Dinard Club où ils peuvent jouer au bridge et déguster, en soirée, un bon whisky.

> La bonne société fréquente les clubs les plus *select.*

C'est grâce aux Britanniques que se développent les clubs de golf ou de tennis. Dans ces distractions, les régates de Dinard occupent une place majeure. Créées en 1869, elles ont un caractère très mondain, et si quelques bisquines locales s'y affrontent, ce sont les yachts et les yoles de plaisance des hôtes de la station qui y tiennent le premier rôle.

Si des Britanniques traversent la Manche avec leur propre embarcation, la plupart embarquent sur des navires de ligne. La colonie anglaise est ainsi particulièrement affectée par le drame du *Hilda*, ce paquebot qui fait naufrage à proximité de Saint-Malo, le 18 novembre 1905, provoquant la mort de 120 personnes.

De crise en crise

La Belle Époque prend fin dans les tranchées de la Première Guerre mondiale. Dinard est alors transformée en hôpital et en lieu de convalescence pour les combattants blessés. Les fêtes s'arrêtent puis reprennent de plus belle au début des Années folles. Après 1918, Anglais mais aussi Américains reviennent à Dinard en proie à une véritable frénésie de divertissements, comme pour mieux oublier les années de barbarie guerrière que le monde vient de connaître. On compte ainsi pas moins de quatre casinos dans la perle de la Côte d'Émeraude. De nombreuses vedettes ou célébrités du monde entier se rendent alors sur les bords de la Rance.

Mais en 1929, Wall Street connaît un *crash* retentissant qui entraîne une crise économique mondiale. Le « jeudi noir » éloigne la clientèle américaine pour longtemps tandis que, pour faire face à la crise, Londres promulgue une loi visant à interdire la sortie des devises du pays. Les nombreux Britanniques de Dinard préfèrent rentrer chez eux. Dinard décline dans les années 1930 avant que la Seconde Guerre mondiale ne porte un coup fatal à la très aristocratique station.

Il faut attendre les années 1970, et surtout 1990, avec la création de la Brittany Ferries et l'aménagement de l'aéroport de Pleurtuit, pour voir les Britanniques revenir en nombre. Dinard accueille aussi le Festival du film britannique, et Londres continue d'y entretenir un consulat. Au-delà de sa singulière histoire, Dinard apparaît comme l'un des premiers lieux touristiques de Bretagne, une activité qui a fortement imprégné la péninsule, contribuant à changer ses paysages maritimes et constituant toujours un secteur économique particulièrement dynamique. ■

Page précédente, les régates de Dinard étaient particulièrement prisées de la *gentry* dans les années 1900.

En bas, la liaison maritime entre Dinard et Saint-Malo.

1865

Le premier Paris-Brest

C'est sous le second Empire que le train arrive d'abord à Rennes avant de pousser, la décennie suivante, jusqu'à la pointe Bretagne et d'irriguer toute la péninsule. Symbole de modernité, ce nouveau moyen de transport a profondément transformé la Bretagne.

Le chemin de fer demeure l'un des grands témoins de la révolution industrielle du XIXe siècle. Il a bouleversé les façons de voyager. Il a permis de transporter – rapidement et sur de longues distances – des hommes et des marchandises. Des régions autrefois lointaines se sont retrouvées accessibles.

Nouvel âge du Fer

L'invention du train résulte directement des découvertes du Français Denis Papin sur l'utilisation de la vapeur comme source d'énergie pour un moteur. La première locomotive à vapeur a été inventée par un ingénieur de Cornouailles britannique, Richard Trevithick, qui l'a testée pour la première fois à Penydarren, au pays de Galles, en 1804. Trop lourd, ce prototype s'est révélé un échec économique. D'autres ingénieurs britanniques ont persévéré, travaillant à alléger les machines et à optimiser les rails. En 1825, la première ligne ferroviaire est mise en service, en Angleterre, entre Stockton et Darlington. En Alsace, une ligne est construite entre Mulhouse et Thann, en 1839. Dans les décennies qui suivent, des milliers de kilomètres de rails sont posés dans le monde entier.

En France, les débats sont vifs sous la monarchie de Juillet. L'homme fort du régime, Adolphe Thiers, considère le train comme « un amusement de savants »… À l'Assemblée, on se querelle sur le choix des futures lignes, les gouvernants ayant une préférence pour une ligne unique, allant de Lille à Marseille en passant bien évidemment par Paris. Un projet qui exclut les régions de l'Ouest et de l'Est…

Le rôle de Glais-Bizoin

Issu d'une famille de négociants en toiles de la région de Loudéac, Alexandre Glais-Bizoin fait partie de ces personnages aujourd'hui quelque peu oubliés, mais qui ont joué un rôle déterminant dans l'histoire de la Bretagne. Il a en effet grandement contribué à l'arrivée du train jusqu'à la pointe Bretagne et donc au développement de la péninsule. Élu député des Côtes-du-Nord sous quatre régimes différents, de 1831 à 1870, il a été le promoteur de l'instauration du timbre postal à tarif unique en 1848 et de différentes mesures à caractère social. Dès les années 1830, il se passionne pour le chemin de fer.

En 1842, après bien des projets, une première loi est discutée pour la construction de lignes partant de Paris. Finalement, la Bretagne n'est pas oubliée, puisque le principe d'une ligne allant de Paris à Nantes, *via* Tours, est adopté. Mais elle ne concerne que le sud de la péninsule. Glais-Bizoin dépose donc un amendement « pour une ligne sur l'Océan, *via* Versailles, Rennes et Brest ». Il doit batailler ferme, notamment contre le rapporteur de la loi, Jules

Dufaure, qui estime que les Bretons peuvent se contenter des canaux et des routes royales.

D'abord Paris-Rennes

Après bien des réticences vaincues grâce à l'activisme de Glais-Bizoin et d'autres parlementaires bretons, des études sont menées, en 1844, pour la construction d'une ligne entre Rennes et Paris. Il faut cependant attendre le second Empire pour que les travaux soient menés à bien. Le train arrive en effet à Nantes en 1851, puis à Rennes en 1857. L'année suivante, l'empereur vient l'inaugurer au terme d'un voyage dans la péninsule resté fameux. Le régime impérial se sert du rail comme vitrine et comme moyen de propagande dans une région qu'il sait relativement rétive et travaillée par l'opposition monarchiste.

À l'époque, les élites bretonnes se félicitent cependant de l'arrivée du chemin de fer, d'autant que le principe d'un prolongement à l'ouest, vers Brest et Quimper, a été adopté. On vante les avantages stratégiques et militaires d'une liaison rapide entre les grands arsenaux de Brest et de Lorient. On souligne l'intérêt économique de pouvoir envoyer massivement les produits agricoles bretons vers l'est. À Paris, on est plus circonspect quant à l'utilité et au coût d'un tel projet. Certains soulignent cependant les vertus du train pour l'unification du territoire français avec des accents presque coloniaux concernant la Bretagne : « C'est de Laval qu'est parti le premier train à grande vitesse, dont le passage dans cette contrée classique de la superstition et de la sainte ignorance va introduire les usages et les habitudes qui doivent faire bientôt rentrer la Bretagne dans le concert de notre civilisation », peut-on lire dans *L'Illustration* en 1857.

Le schéma ferroviaire actuel est en grande partie hérité du XIXe siècle.

Puis Paris-Brest

Les travaux pour l'extension du chemin de fer vers l'ouest débutent à la fin des années 1850. Après un intense *lobbying* des villes littorales comme Saint-Brieuc, le principe d'une voie centrale a été écarté au profit de deux lignes distinctes : Rennes-Brest et Nantes-Quimper. Il faut construire d'imposants ouvrages d'art, à l'instar du pont de la Méaugon, près de Saint-Brieuc, ou de l'impressionnant viaduc de Morlaix, qui domine la ville à plus de soixante mètres de hauteur. Le train arrive en 1863 à Quimper et Guingamp. Les temps de parcours sont considérablement raccourcis. On rejoint désormais la capitale de Cornouaille depuis Paris en moins d'une journée de train, contre plusieurs jours par la route. En 1865, Brest est enfin desservi.

Le financement est assuré par des fonds privés et publics. À l'époque, ce sont en effet des compagnies privées qui exploitent les lignes de chemin de fer, et, en Bretagne, la Compagnie de l'Ouest s'est vu attribuer l'exploitation du Paris-Rennes-Brest, la Compagnie d'Orléans celle du Paris-Nantes-Quimper. Le schéma ferroviaire actuel est, en grande partie, hérité de cette époque et explique l'absence de ligne directe entre Rennes et Nantes, le Rennes-Quimper actuel devant toujours passer par Redon, une ligne mise en service en 1872. ■

En haut, cette gravure de *L'Illustration* représente le voyage en train de Napoléon III en Bretagne en 1856.

Page précédente, le viaduc de Morlaix est l'un des plus importants ouvrages d'art construit en Bretagne pour le chemin de fer.

1871

Les Bretons et la Commune

L'insurrection de la Commune démarre à Paris en mars 1871 et s'étend à plusieurs grandes villes, dont Nantes et Brest. Révolte ouvrière et populaire, elle demeure l'une des grandes dates de l'histoire politique française, un événement dans lequel les Bretons ont joué leur rôle, dans un camp comme dans l'autre.

J'aimerai toujours le temps des cerises/C'est de ce temps-là que je garde au cœur/Une plaie ouverte… Composée en 1866, par Jean-Baptiste Clément, « Le Temps des cerises » fait partie des classiques de la chanson française. Elle est aussi étroitement associée à la Commune de Paris – dont Clément fut l'un des combattants – et continua d'être interprétée pour contourner la censure et la répression de la grande révolte sociale et ouvrière du XIXe siècle, une révolte rouge, rouge comme les cerises, le drapeau des insurgés et la férocité des affrontements.

La défaite de 1870

Les causes de la Commune sont multiples et puisent dans l'histoire du mouvement ouvrier et social du XIXe siècle, un vaste ensemble rassemblant des anarchistes (proudhoniens notamment), des socialistes de diverses tendances et les adeptes d'une nouvelle idéologie – le communisme marxiste –, peu à peu construite par Karl Marx et Freidrich Engels. Elle s'alimente de la misère et des frustrations engendrées par la révolution industrielle. Elle a pour déclencheur la défaite militaire de la France en 1870. Le 4 septembre, suite à une série d'émeutes, l'Empire est renversé. Paris est assiégé par les Prussiens durant l'hiver 1870-1871, mais résiste. Les troupes de la capitale sont commandées par un Breton, le général Trochu, qui abandonne ses fonctions de gouverneur le 22 janvier. Comme lui, de nombreux mobiles bretons ont pris part à la défense de Paris.

Un armistice est signé le 28 janvier. Et des élections sont organisées dans l'urgence, le 8 février. Il en ressort une majorité « pour la paix », comprenant de nombreux monarchistes, mais à Paris, ce sont les républicains radicaux qui l'emportent. Le gouvernement se méfie de sa capitale et déménage, le 10 mars, de Paris vers Versailles. Ancien homme fort de la monarchie de Juillet, Adolphe Thiers prend la tête d'un gouvernement très à droite, et il ordonne, le 17 mars, à l'armée de s'emparer des canons de la garde nationale parisienne. Chargé de cette mission, le général Lecomte est capturé par les Parisiens et fusillé le lendemain. Paris se soulève et se hérisse de barricades.

Des Bretons insurgés

On retrouve plusieurs Bretons parmi les insurgés, dont le Brestois Jean-Louis Pindy qui poursuit ses activités révolutionnaires chez les anarchistes au sein de l'Internationale antiautoritaire de Bakounine. Un Briochin, Louis-Nathaniel Rossel, fait partie des condamnés fusillés. Dès le 23 mars 1871, plusieurs communes sont proclamées dans le reste de la France, notamment à Marseille, Limoges, au Creusot… Mais ces mouvements sont rapidement réprimés. Dans le Bassin nantais, on assiste également à quelques velléités insurrectionnelles. À Brest, au mois d'octobre 1870, lors d'une réunion à la Halle aux blés, un ouvrier de l'arsenal tente de créer une commune dans la cité du Ponant. Constant Le Doré, vivement applaudi, lance cet appel: « Il faut qu'il reste à Brest une armée de travailleurs. Plus de maître, tel doit être notre but. Justice et bien-être pour tous. On nous traite de voleurs et d'assassins, et c'est nous qu'on assassine de tant de manières. Paris, Lyon, Marseille et bien d'autres villes se sont organisées. À nous tous, travailleurs de Brest, de juger et d'aviser au plus tôt. C'est à nous de vouloir! » Un comité est formé autour de lui. Ses membres sont arrêtés quelques jours plus tard. Les communards brestois sont traduits devant le conseil de guerre le 27 octobre 1870. Les condamnations prononcées sont lourdes: deux ans de prison pour Constant Le Doré et Coupart, considérés comme les principaux « meneurs ».

Des Bretons dans les troupes versaillaises

Face à l'insurrection et grâce à l'appui de Bismarck qui libère de nombreux prisonniers, Adolphe Thiers met en place une armée versaillaise qui s'attaque à Paris dès la fin du mois de mars 1871. En avril, les combats sont sporadiques. Début mai, l'étau versaillais se resserre. Le 21 mai, les troupes gouvernementales pénètrent dans Paris par la porte de Saint-Cloud. Commence alors la « Semaine sanglante », jusqu'au 28 mai, avec son lot de règlements de compte et d'exécutions sommaires. Les derniers combats ont lieu au cimetière du Père-Lachaise. La répression est ensuite impitoyable, et plusieurs milliers de communards sont fusillés par des troupes versaillaises dans lesquelles on trouve de nombreux Bretons. Figure de la Commune et déportée en Nouvelle-Calédonie, Louise Michel a laissé d'amères descriptions sur ces soldats bas-bretons.

Des communards en Bretagne

À la fin mai 1871, les Versaillais détiennent plusieurs milliers de prisonniers communards. Il est décidé d'en déporter une partie à l'autre bout du monde en Nouvelle-Calédonie. Des centaines d'entre eux sont entassés dans des wagons à bestiaux et envoyés vers Brest ou Saint-Martin-de-Ré. Le voyage d'une trentaine d'heures est particulièrement éprouvant. Confiés à la garde de la Marine, ces prisonniers sont relativement bien traités par les militaires. 5400 communards sont ensuite envoyés dans le Pacifique au cours de 18 convois. Beaucoup sont repassés par les ports bretons lors de leur retour en métropole, au gré des grâces et des amnisties, les derniers ne rentrant qu'en 1882. ■

Page précédente, une affiche à la gloire de la Commune, un événement qui a durablement marqué l'histoire de la gauche.

En bas, l'un des rares portraits de Nathalie Le Mel.

Nathalie Le Mel

Les femmes ont joué un grand rôle dans la Commune et, si l'on retient, à juste titre, le nom de Louise Michel, une Bretonne s'y est également distinguée: Nathalie Le Mel. Elle est née à Brest en 1827, dans une famille d'artisans et de petits commerçants. Son père sait lire et écrire, et la jeune Nathalie se passionne pour les livres comme pour la politique. Elle fréquente très tôt les milieux anarchistes. Elle épouse un jeune ouvrier relieur, Jérôme Le Mel. En 1849, ils prennent en gérance une librairie-reliure, rue Kéréon à Quimper. Les affaires marchent, mais les idées pour le moins radicales et subversives développées par Nathalie Le Mel choquent la bourgeoisie quimpéroise. Féministe convaincue, on l'accuse de mœurs légères… En 1861, le couple et ses trois enfants déménagent aux alentours de Paris. Nathalie Le Mel est embauchée comme relieuse. Elle fonde une association ouvrière et fait preuve d'une activité militante débordante dans les milieux ouvriers. Elle quitte son mari qui ne supporte plus ses engagements. Nathalie Le Mel devient directrice de « La Marmite », un restaurant appuyé par l'Internationale ouvrière, qui propose une nourriture saine et peu onéreuse. Nathalie Le Mel est alors l'amie de Louise Michel et de la correspondante de Karl Marx à Paris, Élisabeth Dmitrieff. Lorsque la Commune débute, elle est en première ligne. On lui attribue une affiche placardée dans Paris: « Citoyenne, le gant est jeté, il faut vaincre ou mourir! » Elle organise un groupe d'une centaine de femmes qui tiennent tête à la troupe lors de la Semaine sanglante. Elle « pétrole » également de nombreux bâtiments publics au moment de la retraite communarde. Arrêtée le 21 juin 1871, elle tente de se suicider. Durant son procès, le commissaire du gouvernement lance: « Elle est dangereuse ». Elle est déportée six ans en Nouvelle-Calédonie. À son retour, elle tente de reprendre le combat politique. En vain. Elle meurt dans la solitude et la misère, le 8 mai 1921.

1886

Révolution artistique à Pont-Aven

Dans la seconde moitié du XIXe siècle, le petit village de Pont-Aven, au sud de la Cornouaille, devient un centre artistique international grâce à Paul Gauguin, Émile Bernard et d'autres peintres. En créant le synthétisme, ils révolutionnent l'art de leur époque, participant largement à faire connaître la Bretagne dans le monde entier.

Sous le second Empire, le train arrive en Bretagne et contribue à faire de la péninsule une destination touristique. Mais la région n'attire pas que des dilettantes. De nombreux artistes viennent aussi chercher l'inspiration dans un pays à l'identité si forte et aux paysages typés. Le faible coût de la vie en Bretagne est sans doute un autre argument. Dans les années 1860, un groupe de peintres américains s'installe à Pont-Aven, un petit village du sud de la Cornouaille.

En 1888, Émile Bernard et Paul Gauguin révolutionnent l'art moderne.

Ils sont bientôt rejoints par de nombreux autres artistes. Trois établissements les accueillent: l'hôtel des Voyageurs, la pension Gloanec et l'hôtel du Lion d'or. L'hôtel des Voyageurs est tenu par la célèbre madame Julia qui ne ménage pas ses efforts pour faire venir des artistes, aménageant des ateliers dans les salles de son établissement. Avec ce séjour breton, nombre de ces peintres entendent donner une nouvelle impulsion à leur carrière. Ils se placent en rupture avec l'académisme et l'impressionnisme déclinant. Ces artistes d'un nouveau genre ne veulent en effet plus se contenter de reproduire le réel, mais expriment des sensations, des émotions, tout en fuyant un monde moderne de plus en plus industrialisé et désenchanté.

L'arrivée de Gauguin

En juillet 1886, Paul Gauguin arrive pour un premier séjour à la pension Gloanec. Né en 1848, ce personnage a été marin, agent de change et collectionneur d'art. Il se lance dans la peinture impressionniste en autodidacte, puis quitte femme et enfants pour se consacrer à l'art en 1885. Il s'éloigne ensuite de l'académisme pour théoriser une nouvelle forme d'art. « L'art est une abstraction, répète-t-il, tirez-la de la nature en rêvant devant et pensez plus à la création qui en résultera. »

Par son charisme, il fédère aussi un petit cercle autour de lui, que vient rejoindre le jeune Émile Bernard. Gauguin n'est pas insensible aux charmes de la jeune sœur de Bernard. Il prête surtout une attention particulière à la production de ce jeune prodige dont l'audace rejoint ses propres intuitions.

1888 : une révolution artistique

En 1888, Émile Bernard et Paul Gauguin révolutionnent en effet l'art moderne. Cette année-là, Bernard réalise *Les Bretonnes dans la prairie :* pas de ciel, mais une surface verte, presque fluorescente, sur laquelle se détachent les personnages. La même année, Gauguin achève *La Vision après le sermon* ou *La Lutte de Jacob avec l'ange*, l'une des plus célèbres toiles du peintre. Influencé par l'art japonais, Gauguin décrit une curieuse scène de lutte avec une perspective plongeante. Au premier plan, des Bretonnes en prière assistent à la lutte du prophète et de l'ange tandis que l'herbe est rouge… Ces deux tableaux sont considérés comme de véritables « attentats » contre l'impressionnisme et l'art officiel.

L'année suivante, Bernard et Gauguin, ainsi que plusieurs autres peintres de Pont-Aven, sont présentés en marge de l'Exposition universelle de Paris. Un amateur d'art, Volpini, a monté l'exposition dans un café en la présentant comme l'œuvre d'un groupe « impressionniste et synthétiste ». Aucune toile n'est vendue, mais le retentissement est énorme. Le « synthétisme » est né.

Les commandements de l'école

Il faut en revanche attendre 1893 pour que Maxime Maufra publie un premier article où il fait mention de l'« école de Pont-Aven ». Outre Gauguin et Bernard, cette école regroupe des artistes comme Sérusier, Charles Filiger, Jacob Meyer de Haan, Willumsen. Leurs styles sont très différents, mais ils sont reliés par l'influence de Gauguin et par leur présence à Pont-Aven.

On peut cependant dégager quelques principes communs aux peintres de l'école de Pont-Aven. Ils ont en effet opté pour la représentation d'une Bretagne brute, primitive, loin des motifs méditerranéens ou urbains. Ils se moquent de retranscrire la réalité, mais entendent au contraire laisser parler leur imagination et leurs sensations. Beaucoup d'entre eux vivent aussi l'art comme une aventure spirituelle. La Bretagne les inspire donc particulièrement avec ses manifestations originales de la foi (chapelle, pardons, etc.). Charles Filiger décrit ainsi la péninsule comme « un pays de magie ».

La fin de l'école de Pont-Aven

Excédé par l'afflux de touristes et par sa nouvelle notoriété, Gauguin quitte Pont-Aven pour Le Pouldu où il est rejoint par Paul Sérusier, du groupe des Nabis. Gauguin fréquente la buvette de Marie Henry qu'il couvre de fresques. En 1891, Gauguin et Bernard se brouillent. Le jeune Émile Bernard a en effet mal supporté de voir son aîné être présenté comme le premier créateur du « synthétisme ». Par la suite, Bernard quitte la Bretagne pour de longs voyages en Italie et en Égypte, revenant à une peinture plus académique et réaliste.

Gauguin, quant à lui, part rejoindre Van Gogh en Provence. Il revient une dernière fois à Pont-Aven en 1894 avant de partir pour la Polynésie où il finit sa vie. L'aventure de Pont-Aven n'aura duré que quelques années, mais elle aura bouleversé l'histoire de l'art comme l'image de la Bretagne. En effet, grâce à ces artistes devenus célèbres, la plupart des grands musées des beaux-arts dans le monde possèdent des toiles « bretonnes ». *La Vision du serment,* de Gauguin, est conservée à Édimbourg. ■

Page précédente, en haut, le Christ jaune de la chapelle de Tremalo, à Pont-Aven, qui a inspiré Gauguin.

En haut, Paul Sérusier, le nabi de Châteauneuf-du-Faou.

En bas, Julia Guillou, la bonne hôtesse de Pont-Aven qui a hébergé de nombreux peintres.

Le Musée des beaux-arts de Pont-Aven

Il a fallu attendre près d'un siècle après l'arrivée de Gauguin à Pont-Aven pour qu'un Musée des beaux-arts soit créé dans la petite cité cornouaillaise dont nombre de commerces sont par ailleurs occupés par des galeries et des artistes. Ce musée s'est donné pour ambition de faire connaître les artistes inspirés par la Bretagne et particulièrement par Pont-Aven, des années 1860 aux années 1970. Il est aussi ouvert à la création contemporaine. Grâce à une habile politique de mécénat, cet établissement a acquis un certain nombre de toiles. Outre des Gauguin, on peut notamment y admirer des toiles d'Émile Bernard comme *Les Baigneuses*.

La Légende de la mort de Le Braz

Le nom d'Anatole Le Braz demeure attaché à *La Légende de la mort*, son grand succès littéraire. Chantre de la Bretagne, écrivain, journaliste, ethnologue, universitaire, ce natif de Saint-Servais fut à la fois le collecteur passionné de la culture populaire bretonne et le fin observateur des mutations de la péninsule.

C'est dans le petit bourg de Saint-Servais, en pleine Bretagne centrale, que naît, le 2 avril 1859, Anatole Le Bras. Il déménage ensuite vers le Trégor, à Ploumilliau, au gré des affectations de son père, instituteur. Il baigne alors dans la civilisation rurale traditionnelle, s'initie à la langue bretonne, s'imprègne de cet univers si particulier où les légendes, comme les superstitions, font encore partie du quotidien. La mort, les morts y tiennent une place importante, revenant parfois sur terre pour tourmenter ou, plus rarement, réconforter les vivants. Mais l'Ankou n'est pas toujours qu'une légende que l'on raconte aux enfants les soirs de veillée pour les terrifier, il se concrétise parfois, emportant des êtres chers. C'est le cas, en ce mois d'août 1869, où le jeune Anatole est confronté au décès de sa mère Jeannie, dans la maison de Ploumilliau. Quelques mois plus tard, il quitte le domicile familial pour le lycée de Saint-Brieuc. Cet établissement porte désormais son nom.

Il est un élève brillant et, en 1879, il entre au prestigieux lycée Louis-le-Grand à Paris. C'est aussi à cette époque, semble-t-il, qu'il a l'idée de modifier légèrement son patronyme en Le Braz, le « s » de Bras ne se prononçant pas en français. Anatole conserve alors l'ambition de se faire un nom dans le milieu littéraire parisien, même s'il va de désillusions en désillusions. En 1884, il est nommé professeur au collège d'Étampes dans l'Essonne.

Premières collectes

Mais il y a cette Bretagne qui lui manque et l'attire, telle cette sirène de Ouessant à qui il consacre l'un de ses récits. En 1886, il est de retour pour enseigner à Quimper. Il écrit les contes qu'il a commencé à collecter et des nouvelles, une première matière qui, retravaillée, a fourni la trame de plusieurs de ses ouvrages dont *Les Vieilles Histoires du pays breton*, *Les Contes du soleil et de la brume* ou *Les Âmes d'Occident*. Le Braz excelle dans les collectages. Le jeune professeur a en effet le contact facile avec les paysans et les marins, gardiens du riche fonds populaire breton et dans lesquels il voit « les plus gentils hommes de notre race ».

Le Braz effectue aussi des enquêtes plus spécifiques comme celle qui l'amène à étudier les différentes formes que prend la foi chrétienne en Bretagne. Autant ethnologue que journaliste, il en tire des récits précis, servis par un style littéraire limpide. Ces reportages sont ensuite rassemblés dans *Au pays des pardons*, un autre ouvrage de Le Braz qui a contribué à populariser la Bretagne bien au-delà de ses frontières.

Le drame de 1901

Le Braz continue d'arpenter la Bretagne. Ses écrits lui valent déjà une belle notoriété, et l'année 1901 semble sourire à Anatole Le Braz, puisqu'il apprend qu'il est nommé maître de conférences à la faculté des lettres de Rennes, où il occupe la chaire de langue celtique, contribuant ainsi à l'ancrage des études bretonnes et celtiques à l'université.

La recherche d'un logement à Rennes avec sa femme les sauve d'un terrible drame le 20 août 1901. Ce jour-là, onze membres de la famille Le Braz embarquent pour une promenade en mer à Pleubian. Il y a là son père et sa femme, ses sœurs et ses beaux-frères, ses demi-frères et sœurs. Le temps est incertain, et l'on a annoncé un grain, mais les membres de la famille sont têtus et décident quand même d'embarquer. L'esquif fait naufrage à deux cents mètres de la côte. Il n'y a qu'un seul survivant, Léon Marillier, beau-frère d'Anatole. Pour Anatole Le Braz, l'épreuve est d'autant plus terrible que la mer va rendre pendant un mois les cadavres. Il faut, à chaque découverte, aller reconnaître les dépouilles et organiser des cérémonies funéraires. Les membres de la famille sont enterrés au cimetière de Tréguier.

Une voix de la Bretagne

Marqué, Anatole Le Braz fait ensuite paraître quelques recueils de nouvelles, mais se consacre à des sujets plus universitaires. En 1904, il soutient sa thèse sur le théâtre celtique. À l'université, où il enseigne jusque 1921, il donne des cours sur la matière celtique et sur le romantisme. Anatole Le Braz est considéré comme l'une des voix de la Bretagne et s'engage. Il est ainsi membre de l'Union régionaliste bretonne, la première organisation politique bretonne fondée en 1898. Régulièrement, ce républicain convaincu prend la défense de la langue bretonne. Grand voyageur, il est l'un des promoteurs des liens interceltiques et il se rend en Grande-Bretagne et en Irlande où il rencontre plusieurs responsables nationalistes.

Anatole Le Braz est un conférencier hors pair, surtout lorsqu'il s'agit de parler de la Bretagne, ce qu'il fait régulièrement à l'étranger, en Suisse, en Angleterre, puis, en 1906, une première fois aux États-Unis où il rencontre le président Roosevelt. En 1915, il se remarie avec Henriette Porter, une Américaine qui décède en 1919. Anatole Le Braz passe la majeure partie de la guerre aux USA où il s'épuise à parcourir le pays de long en large pour convaincre les Américains de rejoindre les alliés français et britanniques contre l'Allemagne, ce qu'ils font en 1917. En 1915, il perd également son fils Robert sur le front.

Épuisé par les efforts, comme par les drames personnels, Anatole Le Braz prend sa retraite prématurément en 1921. Avec sa troisième femme, Mary Davison, il voyage en Amérique et Égypte. Il travaille à des anthologies. Atteint d'une leucémie, il part se soigner sur les bords de la Méditerranée, à Menton. L'Ankou y passe le chercher le 20 mars 1926, jour où il est terrassé par une hémorragie foudroyante à l'âge de 66 ans. Deux ans plus tard, les cendres de celui qui demeure l'une des plus belles plumes de la littérature bretonne sont rapatriées à Tréguier. ■

En haut, statue de Marc'harid Fulup, conteuse de Vieux-Marché et informatrice d'Anatole Le Braz.

Page précédente, Anatole Le Braz dans les rochers, en visite à l'île de Sein.

La Légende de la mort

C'est en 1893 que sort en librairie *La Légende de la mort en Basse-Bretagne*, un recueil de différentes légendes collectées par Le Braz. Le succès est au rendez-vous et le livre a été réédité quatre fois du vivant de son auteur qui, ainsi, connaît la notoriété au-delà des frontières bretonnes. *La Légende de la mort* est donc l'ouvrage majeur de Le Braz, comme il l'est pour toute personne voulant s'imprégner de la civilisation traditionnelle bretonne. Le Braz n'a pas son pareil pour retranscrire l'esprit des contes et des vieilles légendes celtiques, tout en tenant constamment le lecteur contemporain en haleine. Au long de vingt-deux chapitres, il entraîne ce dernier dans un univers inquiétant où les « intersignes », ces mauvais présages, annoncent une mort programmée à des vivants incrédules. Point donc, ici, de légendes de chevaliers, de dragons ou de créatures extraordinaires, mais des scènes en apparence quotidienne, où la vie de tous les jours peut basculer dans le macabre et le terrifiant et où l'Ankou rappelle à chacun son destin de mortel. À ne pas forcément lire seul, dans une maison isolée, un soir de tempête…

1895

Paimpol au temps des Islandais

Depuis des siècles, les habitants de Paimpol et du Goëlo ont développé un rapport étroit et complexe avec la mer. Ce fut particulièrement le cas au XIXe et au XXe siècle avec la grande pêche lorsque les goélettes paimpolaises allaient pêcher la morue au large de l'Islande.

En haut, une goélette au large de l'Islande.

Comme les Basques, les Malouins et les Normands, les marins du Goëlo semblent avoir fréquenté les côtes de Terre-Neuve dès la fin du Moyen Âge. Au XVIe siècle, des textes de l'abbaye de Beauport font mention de navires du Goëlo partis vers Terre-Neuve. Ils allaient pêcher la morue aux îles Bacalao, comme les appellent les Portugais, friands de ce poisson à l'origine d'un vaste commerce intercontinental. Plus tard, ce sont les Malouins qui contrôlent une partie de cette pêche et qui ramènent des quantités impressionnantes de morues séchées depuis l'Atlantique Nord. Le poisson est ensuite revendu dans tout le royaume.

La grande pêche à Islande

Cette grande pêche connaît un essor extraordinaire au XIXe siècle. En 1835, mille trois cents Paimpolais sont ainsi partis à Terre-Neuve. En 1850, les Paimpolais voguent vers l'Islande. Dès les années 1820, les armateurs du Goëlo ont fondé une société d'assurance mutuelle pour couvrir les risques liés à cette pêche au long cours.

À la même période apparaissent également des navires spécifiques, les goélettes, dont le nom viendrait de Goëlo. En 1862, on compte vingt-trois armateurs, armant près de soixante-dix navires et embauchant plus de quatre mille hommes dans la région de Paimpol. Ces armateurs se font construire de vastes demeures dans la ville ou ses environs. Terre-neuvas et pêcheurs d'Islande font également vivre tout un pays. À cette époque, la moitié des neuf mille inscrits maritimes des Côtes-du-Nord sont recensés au quartier de Paimpol, qui est alors le canton le plus peuplé du département.

L'Eldorado islandais

Les armateurs recrutent sans problème dans les environs. « *Ar bara e oa duhont*, le pain était là-bas », écrivait l'abbé Kerlévéo, l'historien de la grande pêche islandaise. On embarque en février et, à la grande époque, une cinquantaine de goélettes quitte le port. La traversée dure de huit à quinze jours, et le voyage se fait au plus direct, cap au nord, en évitant cependant le canal Saint-Georges entre l'Irlande et l'Angleterre. La pêche suit les migrations de la morue chargée de rogue (les œufs).

Si l'Islande fait figure d'eldorado pour les pêcheurs du Goëlo, les conditions de vie y sont pourtant extrêmement difficiles. Le climat islandais est terrible avec le froid, la neige et la glace qui trempent les vêtements de laine. Les journées de travail durent de quinze à seize heures à un rythme infernal. La pêche se fait sur de petites embarcations, les doris, qui vont tendre des lignes de fond. Les longs filins sont ensuite ramenés sur le navire. Puis, il faut saler les prises. Les marins sont payés à la pièce.

Les contacts avec les Islandais

Parfois, les navires font relâche, et les Paimpolais entrent en contact avec les Islandais. On tente de communiquer malgré la barrière des langues. Au grand étonnement des locaux, les marins se précipitent dans les collines pour cueillir des plantes comme le pissenlit afin de lutter contre le scorbut. Les biscuits des marins sont très recherchés par les populations locales. Les *pompôlaskexid* sont échangés contre des lainages, des gants ou des chaussettes. Interdit en Islande, l'alcool fait également partie des denrées troquées. Plusieurs hôpitaux sont bâtis pour accueillir les marins blessés ou malades, et de nombreuses tombes de Paimpolais jalonnent la côte islandaise.

Un mur des disparus

L'épopée islandaise atteint son apogée vers 1895 avant de connaître un déclin qui se poursuit jusqu'aux années 1930. Elle a profondément marqué Paimpol et son pays qui en conservent un patrimoine parfois émouvant, comme le mur des disparus en mer de Ploubazlanec ou encore la croix des Veuves, en surplomb de Pors-Even. Les naufrages et les drames sont en effet fréquents. Les femmes de marins venaient y guetter le retour des goélettes qui naviguaient par paire. Si l'une manquait, c'était l'assurance que la mer avait pris son lot d'hommes. Magnifiée par le roman de Pierre Loti, *Pêcheur d'Islande*, la grande pêche a bien évidemment façonné la mémoire collective paimpolaise. Il est à noter qu'elle n'a pas forcément eu que des effets bénéfiques. Beaucoup de marins complétaient ainsi les revenus de petites fermes, tenues par leurs épouses, ce qui a longtemps empêché la modernisation de l'agriculture locale. ■

En bas, les conditions de vie étaient très rudes pour les marins de la grande pêche, surnommés les « bagnards de la mer ».

Le musée de la Mer à Paimpol

Les traces de la grande pêche sont encore nombreuses à Paimpol et dans ses environs. Outre le mur des disparus de Ploubazlanec et la croix des Veuves, on peut se promener sur les quais du port, dont les grands bassins furent édifiés pour accueillir les goélettes, et admirer les belles demeures d'armateurs des environs. La magnifique abbaye maritime de Beauport fut ainsi longtemps transformée en habitation d'armateur. On conseillera également une visite au musée municipal de Paimpol, situé dans une ancienne sécherie de morues construite vers 1880. Le musée consacre évidemment une grande place aux campagnes islandaises. Il reconstitue le quotidien des « bagnards de la mer » à travers des photos, des tableaux, des maquettes et des objets. On y évoque la construction navale ou les activités de matelotage. Un espace est dédié au plus célèbre naufrage d'une goélette, celui du *Pouquoi-Pas ?*, un navire océanographique commandé par le commandant Charcot au large de l'Islande en 1936. Le musée rend également hommage aux Paimpolais disparus en mer. Durant les quatre-vingts ans que dure l'aventure islandaise, près de cent goélettes ont sombré et près de deux mille marins du Goëlo ont perdu la vie dans les eaux froides de l'Atlantique Nord.

1899

L'affaire Dreyfus en Bretagne

Pendant douze ans, de 1894 à 1906, l'affaire Dreyfus a profondément marqué la vie politique française. Elle a également secoué la Bretagne où s'est tenu, à Rennes, le second procès en révision du célèbre capitaine accusé d'espionnage au profit de l'Allemagne.

L'affaire Dreyfus demeure l'une des plus fameuses erreurs judiciaires de l'Histoire, et les passions qu'elle a déclenchées ont ébranlé la troisième République. En 1894, un capitaine de l'armée française, d'origine alsacienne et juive, Alfred Dreyfus, est arrêté et jugé pour avoir fourni des renseignements militaires en faveur de l'Allemagne. Il est condamné au bagne à perpétuité et envoyé sur l'île du Diable à Cayenne. Pourtant, sa famille se mobilise pour prouver son innocence. En 1896, le colonel Picquart, du contre-espionnage, démontre que le vrai traître est le commandant Esterházy, mais l'état-major refuse de reconnaître son erreur. Esterházy est acquitté sous les vivats des conservateurs et des nationalistes en 1898. Cette année-là, Émile Zola publie son fameux « J'accuse », dans *L'Aurore,* en faveur de Dreyfus. La France se déchire entre dreyfusards et antidreyfusards. L'antisémitisme se développe sur fonds de nationalisme exacerbé. Mais la défense de Dreyfus est également à l'origine du mouvement des droits de l'homme et consacre l'émergence des intellectuels en tant que force capable d'influencer l'opinion.

Un climat très tendu

La Bretagne n'est pas épargnée par les retombées de « l'affaire ». Une bonne partie du clergé catholique prend position dans le camp antidreyfusard, les conservateurs et les monarchistes aussi. Le camp républicain reste divisé. Après la publication du « J'accuse » de Zola, de violentes émeutes ont lieu dans toute la France. L'une des plus importantes se déroule à Nantes le 17 janvier 1898. Plusieurs milliers de manifestants défilent dans la ville et s'en prennent à des commerces tenus par des juifs. La synagogue est attaquée.

Le 21 janvier, deux cents jeunes paradent ainsi à Saint-Malo au cri de : « Conspuez Zola ! À bas les juifs ! Vive l'Armée ! » Des troubles ont également lieu à Rennes, notamment lorsque plusieurs professeurs de l'université – Victor Basch, Henri Sée et Jules Aubry – prennent position pour la révision du procès. En revanche, plus on s'éloigne vers l'ouest, plus la situation reste calme. Seuls quelques incidents ont lieu à Vannes, Lorient et Quimper.

Un journaliste de *La Dépêche* blessé en duel

Dreyfus et Zola trouvent également des soutiens en Bretagne. Le 4 février 1898, le secrétaire de la rédaction de *La Dépêche de Brest* (l'ancêtre du *Télégramme*) rend hommage à l'écrivain sans prendre parti sur la question de la culpabilité de Dreyfus. Un lieutenant de vaisseau antidreyfusard, H. De Beloy, après un vif échange, le provoque en duel et le blesse. Un épisode qui témoigne des tensions de la société à l'époque. D'une manière générale, dans la presse, « l'affaire » donne lieu à des articles d'une violence et d'une virulence que l'on aurait du mal à imaginer aujourd'hui.

Plusieurs organisations sont également constituées pour défendre l'un ou l'autre point de vue. Ainsi le 17 avril 1898 est créée une Ligue patriotique antisémite nantaise. En janvier 1899, c'est à Rennes qu'est fondée la première section de la Ligue des droits de l'homme, après Paris. Une autre section est également rapidement constituée à Saint-Brieuc. D'une manière générale, l'affaire Dreyfus et l'antisémitisme deviennent un enjeu électoral, notamment pendant les législatives de 1898.

En haut, Alfred Dreyfus devant le tribunal militaire.

Second procès à Rennes

En septembre 1898, le gouvernement transmet une demande de révision à la Cour de cassation. Après un examen rigoureux, cette dernière décide qu'un nouveau procès aura lieu à Rennes, une ville jugée suffisamment calme pour que les passions ne s'y déchainent pas trop. Il doit se tenir en août 1899. En juin 1899, la presse ne cesse de s'interroger sur le lieu où débarquera Dreyfus, de retour de l'île du Diable. Habilement, les autorités, qui veulent prévenir tout risque de violence, font tout pour faire croire que le débarquement aura lieu à Brest. Tout le monde attend donc l'arrivée du *Sfax,* qui transporte le capitaine Dreyfus, dans la cité du Ponant le 30 juin. En fait, le célèbre prisonnier est arrivé la veille à Port-Haliguen, dans la presqu'île de Quiberon. Le train spécial où il est ensuite monté s'arrête en pleine campagne, à Saint-Jacques-de-la-Lande, à quelques kilomètres de Rennes. Le préfet l'y attend avec une solide escouade de gendarmes.

Pendant l'été 1899, Rennes est au centre du jeu médiatique. Des journalistes parisiens, mais également des représentants de la presse étrangère prennent leurs quartiers dans la capitale bretonne. Ils se moquent de cette ville indifférente où « rien ne prend, sauf le feu ». Des journaux locaux sont pourtant spécialement créés. Des *meetings* sont aussi organisés en ville. Le 29 juillet, une bagarre oppose des militants socialistes à un groupe antisémite dont ils interrompent la réunion. Deux défenseurs de Dreyfus, maître Labori et maître Demange, font l'objet d'une tentative d'assassinat, ce qui provoque un tollé général. Lorsque le tribunal militaire rend son verdict, Dreyfus n'est pas acquitté, mais sa peine est réduite à dix ans d'emprisonnement. Épuisé par les épreuves qu'il a subies, il accepte la grâce présidentielle. Libre, il doit attendre 1906 pour être réhabilité. Il retrouve son poste dans l'armée et sert pendant la Première Guerre mondiale. Il meurt en 1935. ■

Page précédente, durant le second procès Dreyfus, Rennes est une ville en état de siège malgré la relative indifférence des habitants.

1900

Les druides reviennent

Lancé en Grande-Bretagne au XVIIIe siècle, le mouvement néodruidique a traversé la Manche au début du XXe siècle avec la création de la Gorsed de Bretagne, une association qui a marqué à sa façon le régionalisme de l'époque.

Dans *La Guerre des Gaules*, Jules César explique que les druides « veillent aux choses divines, s'occupent des sacrifices publics et privés, règlent les choses de la religion ». Leur religion semble avoir disparu après les conquêtes romaines du début de notre ère, notamment avec la destruction des sanctuaires de l'île sacrée de Môn, au nord-ouest du pays de Galles, en 57 après J.-C. Les pratiques religieuses des Celtes ont ensuite évolué à travers des formes de syncrétisme avec les cultes romains, puis dans les pratiques religieuses populaires chrétiennes comme l'étonnante troménie de Locronan. Les derniers druides se sont maintenus en Irlande jusqu'à l'évangélisation de l'île au Ve siècle.

Les anciens Celtes n'écrivant pas, on ne sait presque rien sur leur religion. La faiblesse des connaissances sur un sujet est inversement proportionnelle à la vigueur des fables qui se développent autour. En l'occurrence, celles sur les druides ne manquent pas… qu'on les trouve dans les manuels scolaires de la troisième République, présentant de vénérables prêtres vêtus de blanc et coupant du gui avec des serpes d'or sur des dolmens…, ou qu'elles soient véhiculées par une célèbre bande dessinée où les druides préparent des potions magiques…

Une invention romantique

Même si certains le contestent, une continuité du druidisme de l'Antiquité à nos jours paraît peu probable. C'est donc à une autre source qu'il faut chercher l'origine du druidisme contemporain. Il puise ses racines dans la Grande-Bretagne du XVIIIe siècle où naissent les premières loges maçonniques qui inspirent la philosophie des Lumières tout en se référant à d'illustres prédécesseurs dont les constructeurs du Temple de Salomon ou bien… les druides de l'Antiquité. Un autre parrainage vient du nationalisme gallois qui renaît à la fin du XVIIIe siècle sous l'influence d'un curieux personnage, Edward Williams, dit « Iolo Morganwg ». Prétendant avoir retrouvé d'anciens textes druidiques, il forge tout un rituel qu'il a l'idée de mêler à des manifestations culturelles, l'Eisteddfod. Le 21 juin 1792, il lance donc la Gorsedd (« assemblée » en gallois) de l'île de Bretagne, une organisation néodruidique à vocation culturelle qui compte aujourd'hui des milliers de membres.

La date de 1838 est généralement retenue comme point de départ de l'interceltisme moderne, quand une petite délégation de Bretons traverse la Manche. On y trouve Théodore Hersart de La Villemarqué, le futur auteur du *Barzaz Breiz*. La Villemarqué est très impressionné par le mouvement druidique gallois qui fait alors figure de véritable académie littéraire et culturelle dans la principauté. Il est d'ailleurs intronisé sous le nom de Bardd Nizon (le barde de Nizon). Revenu au pays, La Villemarqué n'a eu de cesse de vouloir créer une organisation similaire. Il lance une Breuriez Breiz (Fraternité de Bretagne), mais l'organisation végète.

Gorsed de Bretagne

Il faut attendre une nouvelle génération pour qu'une nouvelle délégation bretonne se rende à l'Eisteddfod de 1899 parmi laquelle on trouve un jeune intellectuel, François Jaffrennou, qui se fait introniser sous le nom de Taldir (« front d'acier »). Les délégués rencontrent les chefs de la Gorsedd galloise qui leur donnent l'autorisation de lancer une organisation sœur sur le continent. En marge du congrès de l'Union régionaliste bretonne (URB), à Guingamp, à la fin août 1900, la « Gorsed des bardes de la presqu'île de petite Bretagne » est créée dans une auberge sur la route de Callac. Jean Le Fustec est désigné comme grand druide.

Dans les années qui suivent, les membres du Gorsed inventent un rituel, des cérémonies et se constituent un « trésor » comprenant divers objets. Ils définissent également un vestiaire ; les druides sont affublés de longues saies – robes – blanches. Les bardes portent la couleur bleue, et les ovates sont en vert. Ces vêtements pittoresques ne sont pas pour rien dans la notoriété du jeune mouvement druidique breton qui se réunit régulièrement en parallèle des fêtes folkloriques.

En 1904, Yves Berthou devient grand druide sur fond de querelles intellectuelles et politiques. Les premiers membres de la Gorsed envisageaient en effet d'en faire une académie celtique réunissant les plus brillants esprits du régionalisme breton. Mais très vite, des dissensions apparaissent, et plusieurs intellectuels bretons catholiques se défient du néodruidisme dont les symboles et les références païennes les horripilent. La Gorsed peut également compter sur l'appui de personnalités politiques de gauche comme Félix Le Dantec de Lannion ou le député Pierre-Paul Guiesse. Les druides espèrent aussi voir se développer une certaine sympathie pour la Bretagne dans l'opinion française, la péninsule étant présentée comme le conservatoire d'un fonds celtique commun à toute l'ancienne Gaule.

Une organisation centenaire

La Première Guerre mondiale met un terme temporaire aux activités de la Gorsed. Dans les années 1920, Taldir Jaffrenou devient grand druide avant que son rôle pendant l'Occupation ne le discrédite. Une nouvelle génération de druides, de bardes et d'ovates rejoint la Gorsed, dans les années 1970, sous l'influence de l'écrivain et médecin Gwenc'hlan Le Scouëzec, décédé en 2008. Aujourd'hui, la Gorsed de Bretagne existe encore et compte une centaine de membres qui se réunissent régulièrement, notamment lors de cérémonies aux équinoxes et aux solstices. Le rôle de la Gorsed n'a pas été négligeable dans l'histoire récente de la Bretagne, puisque c'est l'un de ses membres, Taldir Jaffrennou, qui a créé l'hymne breton, le « *Bro gozh ma zadoù* », en 1900 et un autre, Morvan Marchal, qui a inventé le drapeau breton moderne en 1924. ■

Page précédente, lors de l'Eisteddfod de 1899, à Cardiff, Bretons, Écossais et Irlandais assistent aux cérémonies néodruidiques galloises. À droite et en costume breton, on distingue de dos François Jaffrenou.

En haut, Yves Berthou, deuxième grand druide de Bretagne dans les années 1900.

1905

Difficile séparation entre l'Église et l'État

Au début du xxe siècle, la Bretagne demeure une région très imprégnée par la religion catholique. Aussi, lorsque le gouvernement Combes promulgue une série de mesures contre l'Église, les résistances y sont particulièrement vives.

On ne déteste jamais autant que ce que l'on a aimé, devise qui s'applique bien à Émile Combes, un radical du Tarn devenu président du Conseil en 1902. Avant d'être un farouche anticlérical, il a en effet été séminariste dans sa jeunesse. Mais on lui a refusé le sous-diaconat au prétexte que sa foi n'était pas assez sûre. Profondément blessé, Émile Combes a patiemment ruminé sa vengeance contre l'Église. En cette fin de printemps 1902, il la tient. Suite à l'affaire Dreyfus, la droite vient d'être laminée aux élections législatives de mai. Le Breton Waldeck-Rousseau quitte donc le gouvernement, où sa présidence du Conseil a été marquée par la loi de 1901 sur la liberté d'association.

Contre les congrégations

Cette loi réglemente de manière sévère l'ouverture d'écoles associatives. Elle ne devait pas être rétroactive et ne devait donc pas toucher les milliers d'établissements tenus par des congrégations religieuses. Pourtant, dès juillet 1902, Combes en décide autrement et s'en sert pour une série de mesures contre ces congrégations. La réaction est vive, notamment en Bretagne où le réseau d'écoles catholiques est très dense. Waldeck-Rousseau se préoccupe d'ailleurs des risques de violence. Il déclare ainsi : « Ce qui se passe en Bretagne m'inquiète beaucoup. Mes compatriotes se montrent rarement, mais quand ils sortent de leur calme, ils sont capables d'aller jusqu'au bout. » Le 7 août, l'expulsion de religieuses à Landerneau malgré deux mille manifestants provoque des troubles dans toute la péninsule. L'armée est appelée en renfort à Audierne, à Roscoff ou à Douarnenez. Les troubles les plus importants ont lieu dans le Léon.

L'interdiction du breton

À Paris, Combes fulmine face à ce qu'il considère un complot réactionnaire et clérical. Par une circulaire du 29 septembre 1902, il impose aux prêtres que les instructions religieuses et le catéchisme soient faits en français… Une décision inapplicable, une grande partie de la population de basse Bretagne ne s'exprimant qu'en breton et ne comprenant que peu le français. Combes reste inflexible. Près de cent trente prêtres sont sanctionnés pour ce motif en trois ans. Cette interdiction provoque une vague de protestation chez les conservateurs comme au sein de la gauche.

En juillet 1904, la France rompt ses relations diplomatiques avec le Vatican. À l'automne survient l'affaire des fiches : on apprend que le ministère de la Guerre enquête sur les officiers à propos de leurs convictions politiques et religieuses. Le climat est délétère. Le gouvernement Combes tombe en janvier 1905.

La séparation

Si le gouvernement Rouvier, qui succède à celui de Combes, est bien plus modéré, c'est lui qui mène à bien la difficile séparation entre l'Église et l'État. Promulguée le 9 décembre 1905, cette loi met fin au concordat napoléonien. Elle a été en grande partie négociée par un habile homme politique breton, Aristide Briand. Les

prêtres ne sont plus payés par l'État, et les lieux de culte sont administrés par des associations cultuelles qui en ont la jouissance gratuite après un inventaire réalisé par les agents de l'État.

Une partie des évêques et du haut clergé ne voit pas forcément d'un mauvais œil cette loi, somme toute libérale, et qui atténue le contrôle de l'État sur l'Église. En Bretagne, pour calmer les choses, un nouvel archevêque, Auguste Dubourg, est nommé en 1905. Originaire de Loguivy-Plougras, en Trégor, bretonnant et issu d'un milieu modeste, il doit gérer la crise des inventaires. En effet, partout dans la péninsule, les églises sont gardées par des fidèles. Des heurts ont lieu au printemps 1906 à Ploudaniel, au Drennec, et à Plougerneau. Une bagarre générale oppose les gendarmes et des jeunes hommes à Saint-Gorgon dans le Morbihan. Les blessés sont nombreux. Les militaires débordés reçoivent l'ordre de dégainer leurs pistolets. La situation est très tendue lorsque le recteur s'interpose, ce qui a pour effet de calmer les choses. Si aucun mort n'est à déplorer en Bretagne, plusieurs dizaines de personnes sont emprisonnées pour leurs actions contre les inventaires. De nombreux élus locaux démissionnent également.

La question de la séparation de l'Église et de l'État a profondément divisé la Bretagne jusqu'à nos jours. L'héritage de cette crise s'est fait sentir tout au long du XXe siècle avec, par exemple, des affrontements réguliers concernant la question scolaire. ■

Page précédente, en haut, reconstitution de l'émeute de Saint-Méen.

En haut, caricature d'Émile Combes, initiateur de la séparation de l'Église et de l'État.

La bataille de Saint-Méen

Le bourg de Saint-Méen, dans le Finistère, va devenir le point de crispation de cette crise. Le 21 juillet, deux gendarmes arrivent afin d'avertir les religieuses des mesures d'expulsion. L'instituteur public se propose de les guider jusqu'à l'établissement. Mais là, six cents personnes les attendent de pied ferme. L'instituteur public tente d'écarter la foule, mais il est molesté et doit partir sous les huées. Les gendarmes, qui n'en mènent pas large, doivent également battre en retraite. L'école des sœurs est ensuite gardée jour et nuit en prévision d'un retour massif des forces de l'ordre. Des barricades sont montées pour bloquer les accès à Saint-Méen. Au matin du 18 août 1902, le sous-préfet Verne vient diriger en personne l'assaut contre Saint-Méen. Il est accompagné de deux commissaires, de cinquante gendarmes et de quatre cents hommes de l'infanterie coloniale. Arrivés devant la première barricade, des négociations ayant échoué, les coloniaux partent à l'assaut sous une pluie de projectiles. Les gendarmes chargent également, sabre au clair. Les défenseurs se replient vers une deuxième barricade face au presbytère. La bagarre est générale : aux coups de crosse répondent les coups de gourdins. Les esprits sont surexcités et le drame est prévisible. Les deux parties trouvent cependant un accord, et les forces de l'ordre parviennent jusqu'à la porte de l'école. Là, les jeunes filles du bourg bloquent l'accès, et il faut les enlever une à une. Quand le serrurier et le sous-préfet veulent ouvrir la porte, ils sont aspergés de matière fécale et de purin. À l'intérieur, la supérieure leur lit une lettre de protestation et sort avec ses sœurs. Sur leur passage, les officiers saluent. L'affaire de Saint-Méen provoque une vague de réactions. *Le Courrier du Finistère*, proche de l'évêché, gronde contre « les troupes d'infanterie coloniale qui, par leur sauvage brutalité, ont laissé penser qu'ils croyaient se trouver en présence de nègres ou de cannibales qu'ils ont ordinairement à combattre et qui s'impatientent visiblement et ne demanderaient pas mieux que de procéder au massacre général ». Le journal très anticlérical, *La Lanterne,* quelque temps plus tard, justifie au contraire tous les excès : « Si rares que soient les fonctionnaires républicains, il doit s'en trouver assez pour entreprendre la colonisation de la Bretagne […]. Les cléricaux bretons nous provoquent. Tapons dessus, de toute la rigueur de nos lois, de tous les poings des gendarmes. Les Bretons n'ont rien compris à la grandeur des idées républicaines. »

1913

Le cidre, boisson des Bretons

En Bretagne, le cidre, issu de la pomme, occupe une place bien particulière liée à une société rurale traditionnelle disparue, mais qui a laissé des traces profondes. Très consommé il y a un siècle, puis un peu oublié, il a regagné ses lettres de noblesse grâce à des efforts de qualité.

Depuis le dernier quart du XXe siècle, une étonnante chanson demeure en tête des *hit-parades* en Allemagne et aux Pays-Bas, *Son ar Chistr*. Prononcées avec des accents exotiques, les paroles en breton popularisées par Alan Stivell, – « *Ev'chistr 'ta laou rak chistr 'zo mat lon la...* (boire du cidre est bon, lon la...) » – ont une drôle de saveur. Ce chant traditionnel, revisité dans les années 1970, témoigne de la place incontournable du cidre, cet alcool de pommes, dans l'image de la Bretagne contemporaine.

Des origines lointaines

Pourtant, à l'origine, le cidre n'a rien de forcément breton ni, *a fortiori*, de celtique. Les premières mentions de « vin de pommes » remontent à l'Antiquité et, connaissant les talents de l'homme pour distiller la moindre source de boisson sucrée, on peut penser que cette boisson devait être déjà préparée depuis le Néolithique. La Bible en fait mention. Si on lui attribue des origines basques, le géographe Strabon affirme que les Gaulois produisaient déjà un jus de poire et de pomme qu'ils laissaient fermenter.

En Bretagne et en Normandie, il est attesté au Moyen Âge. Il en est fait mention en 1130 par un auteur normand, Wace. Les taverniers servent alors une boisson concoctée à base de pommes sauvages fermentées. Au Moyen Âge, le cidre est consommé dans toute l'Europe de même que le vin, ce dernier reculant avec la « petite glaciation » du XVIe siècle. Les vignobles migrent vers le sud tandis que les pommiers se développent et que de nouvelles espèces sont plantées dans la péninsule armoricaine.

Les taxes sur le houblon en Normandie et Bretagne handicapent la bière, et le cidre prend alors un nouvel essor. Les productions de ces deux régions croissent à partir de la Renaissance et dans les siècles suivants. Les campagnes se couvrent de meules à cidre, généralement en granit et de forme circulaire, où les fruits sont broyés. Le jus est ensuite stocké pendant plusieurs étapes dans des barriques. La boisson obtenue titre en général entre deux et huit degrés d'alcool. Puis, on peut le distiller pour obtenir, en Bretagne, le *lambig*, l'équivalent du calvados normand.

Des flots de cidre en haute Bretagne

Au XIXe siècle, alors que se forge une nouvelle identité bretonne, à la fois romantique et largement touristique, le cidre s'intègre à une forme de *marketing* moderne. Il est présenté par les bardes modernes comme la « boisson nationale bretonne » et paré de mille vertus. Sa consommation explose, particulièrement en haute Bretagne.

À Rennes, en 1909, on en consomme quatre cent cinquante litres par habitant et par an! Lors des travaux importants, la consommation peut atteindre entre 8 à 10 litres par jour chez les travailleurs ! Deux millions et demi d'hectolitres sont d'ailleurs produits annuellement en Ille-et-Vilaine dans les années 1880, soit 25 % de la production française ! À la même époque, en basse Bretagne, par contre, le cidre n'est pas forcément la boisson la plus répandue, et elle est concurrencée par le vin et la bière. Sa consommation se développe dans les décennies suivantes.

Au XXe siècle, la production s'industrialise, notamment en Loire-Atlantique et en Ille-et-Vilaine. Ce sont toujours dans ces deux départements que sont situées les deux grandes entreprises industrielles : Kerisac (Loire-Atlantique) et Loïc Raison (Ille-et-Vilaine). En 1913, on produit en France près de 15 millions d'hectolitres de cidre. La Bretagne en assure les deux tiers, loin devant la Normandie.

Concurrence et décadence

Mais le « vin de pommes » commence à souffrir d'une rude concurrence, celle de la vigne, en particulier le vin d'Algérie, fortement alcoolisé et bon marché qui fait des dégâts dans la péninsule. La substitution du cidre par le vin, liée à l'effacement des structures sociales traditionnelles et à l'abandon de la langue bretonne, provoque des ravages. L'alcoolisme se développe dans des populations bretonnes fragilisées psychologiquement par une certaine acculturation.

Tombée à quatre millions d'hectolitres en 1945, la production de cidre s'effondre par la suite en raison de certaines décisions administratives subventionnant l'arrachage de pommiers. On ne produit plus qu'un million d'hectolitres en 1980 en France. Le danger est alors réel, car les variétés tendent à s'uniformiser, et les méthodes de production traditionnelle ne survivent guère aux nouvelles normes hygiéniques et gastronomiques. La profession s'engage alors dans une démarche de qualité qui commence à porter ses fruits. Et le cidre redevient une boisson « branchée » ! Elle est consommée notamment lors de l'Épiphanie ou de la Chandeleur en accompagnement naturel des crêpes. Nul doute d'ailleurs que le cidre ne connaisse un nouvel essor en rapport avec celui des crêperies bretonnes aux quatre coins du monde… ■

En haut, le cidre est aussi associé à l'intempérance, un cliché associé à l'image des Bretons. Ce sont pourtant les exportations massives de vins méditerranéens qui ont favorisé le développement de l'alcoolisme.

Page précédente, dégustation de cidre lors d'une foire au début du XXe siècle.

Différents crus et terroirs

La chose est méconnue, mais la fabrication d'un bon cidre n'a rien à envier à celle des plus grands crus viticoles. Un bon cidre est un assemblage subtil de pommes différentes à l'instar des meilleurs cépages du vin. Depuis une trentaine d'années, les cidriers de basse Bretagne se sont engagés dans des démarches de qualité. En 1986 est ainsi attribuée une appellation d'origine contrôlée (AOC) aux cidres de Cornouaille. Il s'agit d'un cidre « pur jus », sans eau ajoutée, un goût plutôt doux-amer, riche en tanins et avec une belle robe, plutôt ambrée. Au nord, les cidres du Goëlo se distinguent, même s'ils n'ont pas obtenu d'appellation contrôlée tandis que la vallée de la Rance est plutôt associée à la production industrielle. Enfin, impossible de ne pas mentionner le « champagne » des cidres, le Guillevic, obtenu à partir d'une souche unique de pommes qui avait pratiquement disparu dans les années 1960. Il bénéficie aujourd'hui du label rouge. Très clair et pétillant, le Guillevic est idéal pour accompagner les desserts. Légèrement tombés en désuétude, les cidres « exotiques » connaissent également un nouveau départ. Qu'il s'agisse du *sistr per*, le « cidre de poire », traditionnellement produit dans le centre du Morbihan, notamment à Silfiac, ou du « cormé », un cidre de coings aux saveurs étonnantes.

1914 – 1918

La Bretagne dans la guerre

La Première Guerre mondiale se termine le 11 novembre 1918 sur un bilan humain effrayant. En Bretagne, région rurale où la quasi-totalité des hommes a été mobilisée, on dénombre près de cent vingt-cinq mille morts sur une population de trois millions d'habitants. C'est un traumatisme pour une société en proie à de profonds bouleversements.

En haut, poilu à Carhaix-Plouguer.

En août 1914, le tocsin résonne sinistrement dans les campagnes bretonnes. La guerre est déclarée après un enchaînement d'alliances et de déclarations de guerre touchant toute l'Europe à la suite de l'assassinat de l'archiduc François-Joseph d'Autriche à Sarajevo. Des milliers de Bretons, en grande majorité paysans, rejoignent leurs régiments. Quel est leur état d'esprit ? L'envie d'en découdre avec les Allemands et de prendre une revanche sur 1870, comme le montrent les photos de propagande ? ou, plus vraisemblablement, la résignation et une sourde crainte devant un conflit que l'on espère très court. Comme partout en France, les Bretons ont été conditionnés pour se battre, notamment à l'école. Dans toutes les grandes villes, on compte ainsi des bataillons scolaires, véritables fabriques d'enfants soldats. La propagande déshumanise l'ennemi. Mais si le patriotisme de la majorité des Bretons ne peut être mis en doute, on devine aussi les angoisses profondes des pères de famille qui revêtent l'uniforme ou des jeunes gens qui quittent pour la première fois leur pays.

350 000 mobilisés

Dès le 5 août 1914, les premiers convois de soldats quittent la Bretagne. Trois cent cinquante mille Bretons sont mobilisés. Réputés endurants et combatifs, les régiments bretons sont de toutes les grandes batailles et versent un lourd tribut. En mars 1915, on trouve un grand nombre de Bretons, principalement de marins, dans l'expédition des Dardanelles, décidée par un président du Conseil lui-même originaire de la péninsule : Aristide Briand. Les alliés français et britanniques veulent mettre les Turcs à genoux. C'est un désastre militaire avec la perte du cuirassé *Le Bouvet* sur lequel servent de nombreux Bretons. Ils combattent également dans les fusiliers-marins qui s'illustrent à Diksmuide en Flandres. Leur sacrifice, en 1915, permet aux alliés de stopper les Allemands sur les bords de la Manche. L'académicien Charles Le Goffic, d'origine trégorroise, en tire un roman poignant (*Dixmude*, 1915). Le front ne bouge guère ensuite. Ce sont enfin, toujours en 1915, des régiments des Côtes-du-Nord qui font les premiers l'atroce expérience des gaz de combat.

L'enfer de Verdun

En 1915, les armées s'enterrent. La guerre de tranchées débute avec ses escarmouches quotidiennes et ses grandes offensives meurtrières. À partir de février 1916, plusieurs régiments bretons sont ainsi décimés dans l'enfer de Verdun. Le 21 février, mille deux cents canons allemands se déchaînent sur cette ville. La bataille dure près de trois cents jours et provoque la mort de sept cent mille soldats (trois cent soixante-dix mille côté français, trois cent trente mille chez les Allemands). Un véritable holocauste qui ne débouche sur rien : les Français ont tenu, les gains territoriaux allemands sont dérisoires. La 22e division, composée de régiments venant de Brest, Lorient, Quimper et Vannes, a particulièrement souffert. Plus tard, le Premier ministre britannique, d'origine galloise, Lloyd George, fait remarquer : « Vos Bretons se sont bien battus à Verdun » à son homologue français, Aristide Briand, qui a cette réplique : « C'est peut-être parce qu'ils croyaient se battre contre des Anglais ! »

Traumatisme et changement

Pendant quatre ans, plusieurs centaines de milliers de Bretons combattent sur tous les fronts, même les plus lointains comme ceux des Balkans, des combats décrits par le futur prix Goncourt Roger Vercel dans *Capitaine Conan*. Cent cinquante mille y laissent la vie, soit 4,6 % de la population bretonne. Des dizaines de milliers en reviennent blessés dans leur chair ou dans leur âme. Des psychiatres ont ainsi mis en évidence la forte augmentation des suicides et des troubles de l'alcoolisme chez les anciens combattants de la Première Guerre mondiale.

En basse Bretagne, région presque totalement bretonnante au début du XXe siècle, la Première Guerre mondiale marque le début d'un changement linguistique. Nombre de poilus se sont familiarisés avec le français dans les tranchées. Ils apportent aussi dans leurs foyers de nouveaux loisirs, notamment le football, pratiqué lors des périodes de repos et qui va connaître un bel essor en Bretagne.

La société traditionnelle et rurale bretonne est profondément affectée par un conflit qui annonce son déclin. De nouveaux modes de vie s'introduisent dans une péninsule où la main-d'œuvre est désormais moins abondante et où l'agriculture commence à se moderniser. À tous points de vue, la Première Guerre mondiale marque une césure importante dans l'histoire de la Bretagne contemporaine. ■

En bas, sanctuaire voué au culte de sainte Anne, patronne des Bretons, Sainte-Anne-d'Auray abrite un mémorial dédié aux morts de la Première Guerre mondiale.

Le mémorial de Sainte-Anne-d'Auray

Après la fin des hostilités, partout en France, les communes commencent à ériger des milliers de monuments aux morts désormais inscrits dans notre paysage. En Bretagne, l'activité granitière en est particulièrement stimulée. À l'ouest de la péninsule, les monuments aux morts de la Grande Guerre possèdent fréquemment des épitaphes rédigées en français et en breton, l'un des rares espaces publiques où cette langue a pu s'exprimer au XXe siècle. Les catholiques consacrent ainsi de nombreux lieux de mémoires aux combattants, notamment dans les églises. Né en 1876, à Nantes, l'architecte René Ménard a dédié près de quinze années de sa vie au mémorial de Sainte-Anne-d'Auray, à la mémoire des Bretons morts pendant les hostilités. Il a été retenu lors d'un concours organisé par les évêques des cinq départements bretons. René Ménard réussit à fédérer de nombreuses énergies autour de son projet à l'instar des sculpteurs et artistes Xavier de Langlais, Jules-Charles Le Bozec ainsi que l'entrepreneur Francis Huchet. Il est inauguré en grande pompe et consacré le 24 juillet 1932.

1917

Guerre sous-marine au large de la Bretagne

La Première Guerre mondiale a été marquée par la mise en service de nouvelles armes et de nombreuses avancées technologiques. Les sous-marins jouent désormais un rôle très important, particulièrement du côté allemand. Rôdant dans la Manche et l'Atlantique, les *U-Boot* ont constitué une menace sérieuse pour les marins bretons.

Si la Première Guerre mondiale a été un conflit essentiellement terrestre, les marines ont également joué un rôle non négligeable. Malgré de gros efforts d'armement au début du siècle, en 1914, la Marine allemande ne peut rivaliser avec celle de la France et, surtout, avec la puissante Royal Navy britannique qui domine alors les océans. Consciente du danger, l'amirauté allemande a décidé de protéger ses cuirassés et l'essentiel de la flotte. Celle-ci est barricadée dans des ports solidement défendus.

En fait, les Allemands misent sur une nouvelle forme de combat: la guerre sous-marine. Ils ont développé leur flotte d'*Unterseeboot*, les fameux *U-Boot*. Utilisés depuis le XIXe siècle, ces bâtiments submersibles le sont plus massivement à partir de 1914. Ils manœuvrent encore essentiellement en surface et ne plongent qu'avant une attaque. Rudimentaires, ces sous-marins possèdent en général une coupe triangulaire ainsi qu'une quille et une étrave marquées pour limiter les effets du roulis en surface.

Dès septembre 1914, les *U-Boot* coulent plusieurs croiseurs britanniques en mer du Nord. En conséquence, l'amirauté britannique décide, elle aussi, de s'adapter et laisse ces plus gros bâtiments dans des ports fortifiés.

Une évolution stratégique

L'une des causes du déclenchement du conflit réside dans l'isolement géographique de l'Allemagne, particulièrement pour se procurer des matières premières. Dès le début des hostilités, les alliés imposent un blocus maritime aux empires centraux, ce qui a pour conséquence le développement de l'industrie chimique allemande. Pour rendre la pareille aux alliés, les Allemands décident de s'attaquer au commerce maritime français et britannique. Les sous-marins jouent un rôle majeur dans cette stratégie.

Néanmoins, cette utilisation des sous-marins pose des problèmes moraux et juridiques aux autorités allemandes. En effet, auparavant, les attaques de navires civils étaient codifiées. Conformément au droit maritime, les navires marchands devaient être prévenus et leurs occupants avoir le temps d'embarquer sur des canots de sauvetage. Or, il n'en est rien avec les sous-marins qui agissent par surprise.

Les chefs de la Marine impériale allemande sont partisans d'attaques sans préavis. Mais les politiques sont plus réticents. Ils craignent des bavures et le torpillage de navires neutres. C'est ce qui arrive le 7 mai 1915 lorsque le paquebot *Lusitania* est coulé dans l'Atlantique par un sous-marin allemand. Mille deux cents passagers périssent dont cent vingt-quatre Américains, ce qui provoque une vague d'indignation outre-Atlantique. Ce drame influe la position des Américains qui exigent des réparations allemandes. L'empereur Guillaume II décide alors de suspendre la guerre sous-marine.

Guerre sous-marine totale

Avant d'entrer en guerre, les USA accroissent leur aide matérielle aux alliés. Or, en janvier 1917, Guillaume II se décide à déclencher une guerre sous-marine totale. Les Allemands ont échoué devant Verdun et n'ont pas réussi à saigner l'armée française. Ils ont repoussé l'offensive dans la Somme au prix de lourdes pertes.

Lancée le 31 janvier 1917, cette guerre sous-marine sans restriction accélère l'entrée en guerre des USA. Des dizaines de navires sont néanmoins coulés en Atlantique et dans la Manche. Pour se protéger, la tactique des convois est mise au point.

Impact psychologique

La Première Guerre mondiale est aussi un conflit psychologique. Il faut terroriser l'ennemi et, en ce domaine, l'imagination humaine n'a guère de limite. L'utilisation des sous-marins y a son importance. Dès 1914, ils sont employés pour couler des navires marchands, mais aussi des bateaux de pêche. Dans les ports bretons se développe une terreur des sous-marins allemands justifiée par les dizaines de destruction de chalutiers et autres bâtiments de pêche. Beaucoup d'attaques ont lieu au canon, les sous-marins réservant leurs torpilles à des cibles plus difficiles. Des centaines de marins périssent. Certaines attaques sont le fait… de sous-marins autrichiens. Ce pays est alors un vaste empire possédant des ports en Méditerranée.

Les autorités françaises réagissent et réorganisent les défenses côtières. En 1916, le héros de Dixmude, le vice-amiral Ronarc'h, est chargé de la défense de l'Atlantique Nord. Des moyens d'écoute acoustique sont mis en place. On arme des unités anti-sous-marines, disposant de grenades

EN HAUT, le général Pershing, commandant des troupes américaines en Europe. Avec l'arrivée de ces dernières, la lutte contre les sous-marins devient une priorité pour les alliés.

spéciales ainsi que des moyens aériens. Ronarc'h installe quatre sous-marins à Brest. Des hydravions et des dirigeables sont également utilisés pour la défense de la Manche et de l'Atlantique.

L'île aux Américains

La cité du Ponant conforte sa position stratégique au cours de la Première Guerre mondiale en accueillant le matériel, puis les troupes américaines, à partir de juin 1917. Les Américains construisent leur propre base à Pontanézen et engagent leurs propres forces contre les submersibles allemands. Une base d'hydravions américains est créée à Enez-Terc'h, dans l'Aber-Wrac'h. Elle devient rapidement « l'île aux Américains ».

Ce qui n'empêche pas les attaques. Le 27 juin 1917, le croiseur le *Kléber* est coulé par une mine flottant à proximité de Brest. Elle a été déposée par un sous-marin allemand. En septembre 1917, une goélette de Saint-Malo est attaquée par un *U-Boot* au large de la Bretagne. Il résiste plusieurs heures grâce à son propre armement. En 1918, la Marine réussit à capturer un *U-Boot* qui est ramené et exposé dans le port militaire de Brest. Ce même port dont, une vingtaine d'années plus tard, les Allemands ont fait l'une de leurs principales bases sous-marines lors de la seconde bataille de l'Atlantique. ■

PAGE PRÉCÉDENTE, le *U-Boot UC-61* qui a déposé la mine flottante responsable de la perte du croiseur cuirassé le *Kléber*, en juin 1917. Trente-huit hommes sont tués. Quelques jours plus tard, le sous-marin s'échoue et son équipage est fait prisonnier.

1917

Les Américains en Bretagne

À partir de 1917, les Américains débarquent en force à Brest, leur port principal, pour le débarquement de troupes et de matériel. Dans une effervescence extraordinaire, la cité du Ponant a vécu de longs mois à l'heure Yankee et a même vu passer un président américain.

Au début de l'année 1917, la situation devient difficile pour la France et la Grande-Bretagne. Depuis deux ans, la guerre s'est embourbée dans les tranchées. Certes, en 1916, les Allemands ont été repoussés à Verdun, mais l'offensive alliée de la Somme a été un échec, très coûteux en hommes. L'armée française commence à avoir des difficultés à remplacer ses effectifs tandis que le moral n'est guère au plus haut. Les mutineries se multiplient. Dans le courant de l'année 1917, deux événements – la situation en Russie et l'implication des USA – ont fortement influé sur le conflit. La révolution Russe débouche sur la victoire des bolcheviques qui font la paix avec le deuxième Reich. Les Allemands peuvent, dès lors, rapatrier plusieurs divisions et des centaines de milliers d'hommes sur le front de l'Ouest.

L'Amérique dans la guerre

Mais Français et Britanniques peuvent compter sur un nouvel acteur, les puissants États-Unis d'Amérique. Depuis quelques années, l'opinion publique américaine se préparait à une intervention, notamment après le torpillage par un sous-marin allemand du *Lusitania*, un paquebot avec lequel périssent 124 Américains. Mais c'est surtout l'interception d'une dépêche allemande, en février 1917, poussant les Mexicains à attaquer les USA, qui les précipitent dans le conflit. Le président Wilson signe l'entrée en guerre le 6 avril.

Dès le mois de juillet, un premier contingent de *marines* arrive à Saint-Nazaire. Ils sont les éclaireurs d'une armée de 80 divisions que les USA sont en train de mettre en place, soutenus par leur extraordinaire machine industrielle. Rapidement, c'est cependant Brest qui est choisi comme port principal de débarquement. Sa position géographique permet de réduire le temps de traversée, et sa rade profonde est appropriée au passage des grands navires.

Jazz à l'Ouest

Le 27 décembre 1917, le lieutenant noir James Reese Europe débarque du *Pocahontas* sur les quais de Brest. Il dirige un ensemble musical, un *brass-band*, une sorte de fanfare qui, aussitôt à terre, commence à jouer une musique étonnante, extraordinaire qui résonne dans toute la ville et stupéfait les Brestois. Ils sont parmi les premiers Européens continentaux à découvrir le jazz ! Le *brass-band* américain se lance même dans une « Marseillaise » pleine de *swing* qui laisse pantois les passants. James Reese Europe n'était pas n'importe qui. Il était l'un des meilleurs chefs d'orchestre de New York, et on lui doit, en partie, l'invention du *fox-trot*. Il avait été l'un des premiers Noirs à enregistrer en studio en 1913. Engagé en 1915 dans l'armée, il constitue un ensemble incomparable d'une soixantaine de musiciens, les plus talentueux de Harlem et de Porto Rico. C'est cette formation qui arrive à Brest pour remonter le moral des troupes et qui introduit le jazz dans toute l'Europe. La discrimination étant en vigueur dans l'armée américaine, ces Noirs sont en effet intégrés à l'armée française où l'on surnomme l'orchestre le « *Hell fighters Band* ». Ils rembarquent en janvier 1919, toujours à Brest, et sont accueillis triomphalement à New York.

Un port stratégique

L'un des enjeux pour les Américains est aussi de neutraliser les sous-marins allemands, basés dans les ports belges, et qui infestent la Manche. Avec la Marine française, d'importants moyens sont mis en œuvre pour contrer les *U-Boot*, notamment le déploiement d'hydravions chasseurs de submersibles. Une base américaine d'hydravions est ainsi construite sur l'île d'Erc'h à Plouguerneau. Treize avions y étaient stationnés avec un demi-millier d'Américains.

C'est aussi à Brest que débarque, triomphalement, le président Wilson le 13 décembre 1918.

L'entrée en jeu des troupes américaines accélère l'issue de la guerre. Épuisée, l'Allemagne demande la paix. L'armistice est signé le 11 novembre 1918. L'aventure américaine de Brest n'est pas terminée, car c'est par ce port que les troupes rembarquent. Les derniers navires quittent la Bretagne en août 1919. C'est aussi à Brest que débarque, triomphalement, le président Wilson, le 13 décembre 1918, sur le chemin de la conférence de la paix. Il y repasse vers la fin juin après la signature du traité de Versailles. ■

Page précédente, débarquement de soldats américains à Brest en 1917.

En haut, le camp de Pontanézen, une petite Amérique en Bretagne.

En bas, le monument aux Américains de Brest reconstruit après la Seconde Guerre mondiale.

Le monument américain

À la suite du conflit, les autorités américaines souhaitent élever un certain nombre de monuments en hommage à leurs troupes engagées pendant la Première Guerre mondiale. Rapidement, le choix de Brest pour célébrer les faits d'armes des forces navales s'impose. Il est donc décidé de construire une immense tour de cinquante mètres de hauteur, accrochée aux fortifications de Vauban et surplombant ce port de commerce que les derniers navires américains ont quitté en août 1919. Le monument est construit en granit rose de Ploumanac'h, et sa forme rappelle celle des phares. Il est édifié près d'une autre stèle, commémorant le départ de Rochambeau et de De Grasse pour avoir participé à la guerre d'Indépendance américaine. Pendant la Seconde Guerre mondiale, les Allemands le dynamitent le 4 juillet 1941, jour de la Fête nationale américaine. Il est reconstruit à l'identique en 1958 et symbolise désormais la participation déterminante des Américains aux deux conflits mondiaux. Il offre encore aujourd'hui un point de vue unique sur le port de Brest et sa rade.

1918

La fin d'une certaine bretonnitude

Premier conflit « industriel », la Première Guerre mondiale marque la fin d'un monde, celui des sociétés rurales traditionnelles. Une certaine Bretagne, en apparence figée, s'estompe pour entrer dans la modernité.

Le XIXe siècle est marqué, selon le concept de Max Weber, par un « désenchantement du Monde »: les pratiques magiques et les traditions rurales sont mises à mal par le rationalisme, le scientisme et une révolution industrielle qui trouve un aboutissement dans ce conflit de masse que fut la Première Guerre mondiale. Ce conflit apparaît donc comme une rupture dans l'histoire de la péninsule qui, excepté l'estuaire de la Loire, est peu industrialisée avant 1914.

La Bretagne est encore une région très rurale. Une partie de sa société vit selon des rythmes ancestraux et les travaux des champs. Ce qui n'exclut pas des formes d'ouverture au monde. Pendant des siècles, jusqu'au début du XIXe siècle, la Bretagne a exporté dans toute l'Europe des toiles de lin et de chanvre. De même, les paysans du Léon vont vendre leurs oignons en Grande-Bretagne dès le XIXe siècle alors que leurs homologues de Plougastel affrètent des bateaux pour commercialiser leurs fraises jusqu'à Londres.

À l'ouest, en basse Bretagne, la langue bretonne domine. Elle est parlée par plus d'un million de personnes. Malgré plusieurs lois visant à imposer le français dans les années 1900, le breton demeure la langue sociale dans les campagnes. Elle est aussi celle de milliers d'immigrants qui quittent la péninsule, faute de ressources. Une bonne partie d'entre eux s'installe dans les banlieues parisiennes où se constituent de véritables bastions bretons.

Une identité se forge dans le regard de l'autre. Or, la naissance du tourisme, l'arrivée du chemin de fer et la création des stations balnéaires ont changé l'image de la Bretagne. Le « pittoresque » est mis en avant, parfois jusqu'à l'excès, pour vanter les particularités d'une région perçue comme un peu étrange à Paris. Par exemple, on met en valeur les costumes traditionnels bretons, en oubliant que ceux-ci sont récents et en constante évolution.

L'identité peut également être négative et, au cours du XIXe siècle, se développent des clichés et des stéréotypes contre les Bretons. Bécassine devient le symbole de cette image négative.

Bretagne conservatrice ou Bretagne conservatoire

L'Église catholique constitue l'un des piliers de la société. Dans certaines régions du Morbihan ou du Léon, le clergé est omniprésent. Il a un rôle politique important, notamment pour éviter la diffusion de certaines idées trop progressistes.

Dès le XIXe siècle se forme également en Bretagne un mouvement régionaliste aux forts accents romantiques qui entend mettre en valeur la civilisation rurale traditionnelle contre un certain modernisme. Pour en quelque sorte « réenchanter le monde », certains intellectuels comme La Villemarqué, La Borderie, Le Braz ou Le Goffic, et bien d'autres, se penchent sur le passé lointain de la péninsule, son extraordinaire littérature orale et mettent en avant ses racines celtiques.

On présente alors la Bretagne comme un conservatoire, une sorte de réserve où les Celtes auraient gardé leurs traditions et leurs âmes. Ce mouvement véhicule la nostalgie d'un passé largement mythifié aux accents rousseauistes. Il s'incarne politiquement dans la création, en 1898, d'une Union régionaliste bretonne, l'URB, d'abord présidée par Anatole Le Braz ou la fondation d'une Gorsed des druides de Bretagne (1900). Ce mouvement n'a cependant rien d'homogène. Dominé par des aristocrates conservateurs, on y trouve également un courant plus moderniste, recrutant dans les milieux bourgeois des petites villes. Certains régionalistes ont même des tendances « socialisantes » à l'instar d'Émile Masson, de Pontivy, qui défend la langue bretonne comme véhicule des idées progressistes.

Ces régionalistes, à l'audience limitée mais non négligeable, ne sont en rien séparatistes. En 1914, ils s'engagent majoritairement dans les différentes armes comme le poète groisillon Yann-Ber Kalloc'h tué sur le front en 1917. Le président de l'URB, député du Morbihan, le marquis de L'Estourbeillon, est engagé volontaire à 56 ans… Anatole Le Braz fait le tour des USA pour défendre les alliés. Taldir Jaffrennou sert d'interprète aux troupes britanniques… À leur retour du front, ils sont concurrencés par un nouveau courant, beaucoup plus radical, le nationalisme qui lance la revue *Breiz Atao* en 1919.

Un autre monde

Les historiens s'accordent aujourd'hui pour situer entre 140 000 et 150 000 le nombre de Bretons tués pendant le conflit, ce qui en fait l'une des régions les plus touchées. Les effroyables épreuves ont marqué profondément la société rurale bretonne. Les rescapés, les anciens combattants reviennent avec leurs blessures psychologiques, mais aussi gonflés de fierté nationaliste. Ils ont combattu pour la « grande patrie », la France, ce qui n'exclut pas un sincère attachement à leur petite patrie, la Bretagne. Ces anciens combattants ont joué un rôle prépondérant dans la vie politique de l'entre-deux-guerres. Un paysage mémoriel héroïsé se met en place, et les communes érigent des monuments aux morts dont certains sont parfois bilingues. L'un des rares endroits où la langue bretonne a alors une existence publique.

Pourtant, la langue bretonne apparaît comme l'un des perdants du conflit. Un certain amalgame a pris forme dans les tranchées où l'usage du français s'est généralisé. Des anciens combattants ont pris l'habitude de parler cette langue et l'utilisent plus fréquemment à leur retour, contribuant à accélérer le grand changement linguistique de la péninsule au XXe siècle.

Dans les tranchées se sont également diffusés des idées et des modes de vie nouveaux. La Première Guerre mondiale participe ainsi au développement du football en Bretagne dont la grande équipe d'alors, le Stade rennais université club, remporte la coupe des Alliés en 1916, l'ancêtre du championnat de France.

Beaucoup d'anciens combattants reviennent avec des idées d'émancipation. L'effort de modernisation des campagnes bretonnes s'amorce, annonçant les grands changements des années 1950 et 1960. De nouvelles forces de gauche se développent, et l'on retrouve nombre de Bretons, notamment ceux de l'immigration, lors de la création du Parti communiste français. Ce dernier s'implante dans certains ports comme à Douarnenez ou dans le Trégor où la pratique religieuse est en déclin.

L'Église conserve un rôle majeur après 1918. D'origine trégorroise et excellent bretonnant, le cardinal Dubourg, archevêque de Rennes, lance la construction d'un mémorial à Sainte-Anne-d'Auray. De nombreux prêtres ont servi dans les tranchées, mais certains mécanismes de la déchristianisation de la Bretagne se mettent en place à la sortie du conflit.

La Première Guerre mondiale marque la fin d'un monde, celle de la société rurale traditionnelle bretonne qui s'estompe sans disparaître, puisqu'elle continue d'alimenter la culture bretonne contemporaine et a profondément forgé son identité moderne. Mais comme le développe Pierre-Jakez Hélias dans *Le Cheval d'orgueil*, qui narre cette mutation, après cette guerre, plus rien n'est comme avant. ■

Page précédente, pour rendre hommage aux morts de la Première Guerre mondiale, des monuments sont érigés dans toute la Bretagne. Celui de l'île de Molène évoque les dimensions terrestres et maritimes du conflit.

1922

Le football perce en Bretagne

La Bretagne n'a jamais compté autant de clubs de football professionnels qu'aujourd'hui. Ils sont pour la plupart issus d'une histoire plus que centenaire, et leur création raconte aussi les enjeux politiques et sociaux de l'époque.

Les jeux de balle sont très anciens et remontent à la plus haute antiquité, mais le football moderne, tel que nous le connaissons aujourd'hui, remonte au XIXe siècle. Dans les années 1840, quelques *Public Schools* anglaises, les établissements scolaires des classes aisées, adoptent les premiers règlements des jeux de balle. Puis, en 1863, des représentants de plusieurs clubs créent la Football Association afin de favoriser les rencontres et d'harmoniser les règlements en adoptant celui de Cambridge, qui proscrit l'usage des mains. Le collège de Rugby refuse de les suivre et préfère conserver le jeu à la main. En 1871, une première coupe d'Angleterre est organisée. Le football se diffuse alors très vite dans toute la Grande-Bretagne, particulièrement après l'instauration du repos le samedi après-midi. Au début réservé aux élites, le sport se démocratise rapidement, particulièrement dans les milieux ouvriers.

Les Anglais de Saint-Servan

C'est grâce aux diasporas britanniques que le football part à la conquête du continent européen à la fin du XIXe siècle. Plusieurs clubs « anglais » sont créés comme sur la Côte d'Émeraude, en particulier à Dinard où réside une importante communauté britannique. C'est donc sans doute dans cette région qu'ont évolué les premiers footballeurs dans les années 1880-1890. L'Union sportive servannaise demeure l'un des plus anciens clubs bretons. Jusqu'à la Première Guerre mondiale, la très grande majorité des joueurs sont britanniques. En 1902, seul un joueur était d'origine bretonne.

Le second milieu propice à la diffusion du football est celui des scolaires et des universitaires où se diffusent des modes hygiénistes. À l'époque, les collèges, lycées et universités sont réservés à une élite aristocratique et bourgeoise. On doit donc à plusieurs professeurs et étudiants la création des premiers clubs bretons. Des équipes se forment ainsi aux lycées de Brest, de Vannes, de Quimper ou autour de l'université de Rennes. Un Stade rennais est lancé en 1902, puis un Stade rennais université club en 1904. Tous ces clubs bénéficient de la nouvelle loi sur les associations de 1901 qui permet de structurer de nombreux sports. À noter que la Loire-Atlantique reste à l'écart du mouvement. Elle est alors une terre de rugby: Nantes devient champion de France en 1917 et 1933. Le Football club de Nantes n'est né que dans les années 1940. Comme la plupart des industries bretonnes sont alors concentrées en Loire-Atlantique, le football peine, jusqu'à la Première Guerre mondiale, à conquérir les milieux ouvriers.

Football et querelles religieuses

Le football breton s'est également développé sur un troisième terreau, celui des patronages catholiques et laïques. Ces organisations maillent le territoire breton, notamment les petites villes et les campagnes. Or, en ce début de XXe siècle, après les lois de séparation de l'Église et de l'État, la situation religieuse est tendue. Par le biais des patronages, les catholiques et le clergé entendent conserver une influence sur la jeunesse. Ils encouragent la diffusion de certains sports, et particulièrement le football, ce qui provoque une réaction des milieux républicains et laïques qui se dotent de leurs propres équipes. Cela va multiplier les pratiquants et les supporteurs. Dans de nombreuses villes, on assiste donc à la création de plusieurs équipes suivant des clivages politico-religieux. À Guingamp, par exemple, les catholiques créent le stade Charles de Blois évoluant en blanc et bleu, les couleurs de la ville, mais aussi de la Vierge. Fondé en 1912 par des instituteurs laïques, l'En-Avant de Guingamp évolue, par contre, en rouge et noir, des couleurs rattachées à la gauche.

La Première Guerre mondiale

En sport, comme dans bien des domaines, la Première Guerre mondiale marque une rupture. Dans un premier temps, elle brise l'essor de ce sport avec la mobilisation des joueurs et des dirigeants dont nombre sont d'ailleurs tués dans les tranchées. Cependant, beaucoup de Bretons, notamment ruraux, ont appris à jouer au « *football association* » au contact des soldats britanniques ou d'autres régions. Le football devient l'une des rares occupations possibles lors des moments d'accalmie sur le front. Sa pratique se diffuse aussi dans les tranchées. Ainsi, le 4 juin 1916, le Stade rennais remporte la coupe des Alliés, l'ancêtre de la coupe de France, contre Lyon. Dans les années 1920 et 1930, le football s'implante durablement en Bretagne, principalement dans les campagnes. Une centaine de clubs sont créés en Ille-et-Vilaine dans l'entre-deux-guerres. Issu de la fusion de plusieurs clubs locaux ou corporatistes, le Football club de Lorient est lancé en 1926. La plupart des équipes évoluent dans des championnats régionaux. En fait, à cette époque, seul le Stade rennais joue un rôle de premier plan. Il est finaliste de la coupe de France en 1922 et 1935. Il est également le premier club breton à se professionnaliser dans les années 1930.

Le football breton connaît une nouvelle phase de développement après la Seconde Guerre mondiale. Le Stade rennais remporte sa première coupe de France en 1965, année où le FC Nantes est sacré champion de France. Par la suite, d'autres clubs se hisseront parmi l'élite – Brest accède en première division dans les années 1970, Lorient et Guingamp dans les années 1990 – contribuant ainsi à faire de la Bretagne une terre de football. ■

Page précédente, l'une des premières équipes du Stade rennais université club au début des années 1900.

En bas, partie de soule représentée par Olivier Perrin dans la *Galerie bretonne* d'Alexandre Bouët (1838).

La soule en Bretagne

La plupart des historiens du sport refusent de voir une continuité entre la soule, sport traditionnellement pratiqué en Bretagne, et le football moderne. Il est vrai que la soule tenait plus du rugby, voire du pugilat. Elle opposait deux équipes, généralement deux villages, qui se disputaient une balle de dimension variable – la plupart du temps une vessie de porc gonflée – qu'il fallait ramener à un endroit précis. Tous les coups sont permis ou presque ! Dans leur *Galerie bretonne,* Bouët et Perrin écrivent que : « La soule a été lancée. Les deux armées n'en forment plus qu'une, se mêlent, s'étreignent s'étouffent ». Certains joueurs ligotaient parfois leurs adversaires. Ils arrivaient même que certains joueurs soient tués dans les bagarres qui s'ensuivaient. La pratique de la soule a perduré jusqu'au début du XXe siècle en Bretagne. On mentionnait quelques parties dans l'entre-deux-guerres dans le centre du Morbihan où, d'ailleurs, des passionnés essayent de faire revivre ce sport depuis quelques années.

1924

PRIX NOBEL POUR ARISTIDE BRIAND

Aristide Briand a été près de onze fois président du Conseil sous la troisième République. Un destin exceptionnel pour ce Nantais d'origine modeste qui avait ses habitudes du côté de Trébeurden.

EN HAUT, Aristide Briand, plusieurs fois président du Conseil et prix Nobel de la paix.

Prix Nobel de la paix, président du Conseil et ministre à de nombreuses reprises, Aristide Briand était un vrai enfant du peuple, issu d'un milieu modeste et prolétaire. Il est né à Nantes le 28 mars 1862. Ses parents tiennent un estaminet fréquenté par les ouvriers et les marins. En 1864, la famille Briand se déplace à Saint-Nazaire, alors en pleine expansion, pour y tenir un nouvel établissement. On y donne parfois des spectacles de cabaret, ce qui fit dire, bien plus tard, à l'écrivain réactionnaire Léon Daudet que Briand a grandi « sur les genoux des prostituées ». À Nantes comme à Saint-Nazaire, Aristide Briand a vécu une enfance heureuse. Il rêve alors d'être marin au long cours, et il gardera tout au long de sa vie un fort attachement pour les vastes horizons et les voyages. Un « goût de la rêverie, de la nonchalance et une certaine placidité », dus à « ses origines celtes », selon son biographe Gérard Unger.

AVOCAT ET HOMME POLITIQUE

Élève doué, il a fait son droit à Nantes avant de devenir avocat à Saint-Nazaire. Politiquement, il se positionne à l'extrême gauche, tendance libertaire. Le scandale lié à sa relation avec une femme mariée le contraint à quitter les bords de la Loire. En 1893, il rejoint Jaurès à Paris et devient l'un des artisans de l'unité des socialistes. Il est aussi un collaborateur régulier de *L'Humanité*.

Avocat éloquent, il défend - souvent à fonds perdus - des causes syndicales, ce qui lui vaut une réelle popularité dans la gauche française. Mais Briand est aussi un pragmatique. Il est de plus en plus attiré par une carrière politique établie. En 1902, il est élu député pour la première fois et monte défendre avec passion les positions du bloc des gauches à l'Assemblée nationale.

LA SÉPARATION DE L'ÉGLISE ET L'ÉTAT

C'est à cette période qu'il a pu mettre en valeur ses talents de négociateur, puisqu'il devient le rapporteur d'un des projets de loi les plus marquants de l'histoire de la troisième République : la séparation de l'Église et de l'État. C'est grâce à ses talents de conciliateur, sa capacité à écouter les différents protagonistes, de la hiérarchie catholique aux partisans d'une laïcité intransigeante, qu'un compromis finit par émerger. Il en résulte un « monument législatif », la loi de 1905 qui est toujours en vigueur.

Son nom est désormais connu dans toute la France. Il rompt alors avec Jaurès et les socialistes. En 1906, il obtient son premier portefeuille gouvernemental, celui de l'Instruction publique et des Cultes. Tout au long de sa carrière, il aura été ministre à vingt-trois reprises. Dès 1907, Clémenceau lui confie, en plus, le ministère de la Justice. L'ancien avocat a eu à cœur de faire progresser l'une des grandes causes qu'il a toujours défendues avec acharnement : l'abolition de la peine de mort. Pendant cinq mois, en 1908, il se bat sous les travées de l'Assemblée, mais son texte n'est pas voté. Il faut attendre 1981 pour que la peine de mort soit abolie en France.

Président du Conseil

En 1909, c'est la consécration, puisqu'il devient président du Conseil pour la première fois. Jusqu'aux années 1930, il dirige dix autres cabinets gouvernementaux, dont celui de l'Union sacrée entre 1915 et 1917, en pleine guerre mondiale. C'est sous son égide également que l'alliance avec la Grande-Bretagne se renforce. Il est vrai que le Royaume-Uni est alors dirigé par Lloyd George. Entre le Breton et le Gallois, une certaine estime se dessine, et ils en ont conservé une relation privilégiée, parfois non dénuée d'humour.

En mars 1917, épuisé, il est renversé. Clémenceau, qui ne l'aimait guère, le remplace. Dans l'opinion populaire, le Tigre devient le « Père la Victoire », éclipsant les mérites d'un Briand qui a pourtant dirigé le pays pendant l'une des périodes les plus dramatiques de son histoire, notamment la terrible bataille de Verdun.

Habile négociateur

Aristide Briand a également occupé, à de nombreuses reprises, le poste de ministre des Affaires étrangères dans lequel il a excellé durant l'après-guerre. L'ancien chef du gouvernement de guerre a su se faire homme de paix pour apaiser les relations européennes. Briand est l'une des chevilles ouvrières du traité de Locarno, avec l'Allemagne, en 1925, tout en veillant à conserver et cultiver l'alliance britannique.

Pacifiste, Briand milite pour des « États-Unis d'Europe ». « Nous avons parlé européen, c'est une langue nouvelle qu'il faudra que l'on apprenne », déclare celui qui est considéré comme l'un des fondateurs de la pensée européenne moderne qui allait aboutir, après la Seconde Guerre mondiale, aux premiers traités d'unification du continent. Artisan du rapprochement entre les peuples, Aristide Briand est resté à la postérité grâce au fameux pacte Briand-Kellogg, rédigé avec le sénateur américain Kellogg, selon lequel les nations devaient déclarer la guerre « hors la loi » en 1928. Il est l'un des artisans de la création et de la mise en place de la Société des nations, la SDN, l'ancêtre des Nations unies. En 1924, il en est le représentant français à Genève. En 1926, il est récompensé par le prix Nobel de la paix. Le 5 septembre 1929, une nouvelle fois président du Conseil, il prononce un discours en faveur d'une « union fédérale européenne », mais il ne fut guère entendu. La crise économique de 1929 et la montée des totalitarismes ont rapidement détruit les rêves de paix et de construction européenne d'Aristide Briand qui s'éteint en 1932.

Le granit rose

Esprit libre et parvenu aux plus hautes fonctions, Aristide Briand a toujours refusé de se marier. Il a multiplié les conquêtes féminines sans que cela nuise à sa carrière politique. Briand a aussi conservé des liens avec sa Bretagne natale. Il a été à de nombreuses reprises élu député de Saint-Nazaire. Il y a effectué de fréquents séjours, comme en 1907, au début de sa liaison avec la comédienne Berthe Cerny. L'une de ses dernières aventures amoureuses a été Lucie Jourdan qui possédait l'île Milliau à Trébeurden. L'homme d'État se rend régulièrement sur la côte trégorroise à partir de 1919, jusqu'à sa mort en 1932. Son ancienne compagne fit bâtir à sa gloire le monument de granit rose qui surplombe l'actuel port et sur lequel est inscrit : « Il voulut pour nous la paix ». Hélas, les années 1930 et 1940 devaient lui apporter un sanglant démenti. À noter que, quelques décennies plus tard, un autre homme politique français, François Mitterrand, a également fréquenté la petite station balnéaire trégorroise pour visiter l'une de ses connaissances. ■

En haut, le monument en hommage à Aristide Briand à Trébeurden.

1931

Le naufrage du *Saint-Philibert*

Le 14 juin 1931, le naufrage du vapeur *Saint-Philibert*, au large de Saint-Nazaire, avait tout du drame annoncé : un nombre de passagers trop important, des conditions météorologiques défavorables… Près de quatre cents personnes ont péri dans cette catastrophe qui eut des répercussions politiques, illustrant les divisions entre droite cléricale et gauche socialiste.

En haut, le *Saint-Philibert* assurait des transports réguliers dans l'estuaire de la Loire. Mais le 14 juin 1931, il avait embarqué trop de passagers malgré des conditions météorologiques défavorables.

C'est la chronique d'un drame annoncé lorsque, ce dimanche 14 juin 1931, le capitaine Ollive et ses six hommes d'équipage accueillent 467 personnes sur le petit vapeur *Saint-Philibert*, amarré près du bureau du port de Nantes. Le navire a été loué par l'Union des coopérateurs pour offrir une journée d'excursion à de nombreux ouvriers nantais ainsi qu'à leurs familles. Une cinquantaine d'enfants embarquent. Tous doivent passer la journée sur l'île de Noirmoutier.

On monte tant bien que mal sur le bateau ; le *Saint-Philibert* est un vapeur non ponté de 32 mètres de long pour 6 mètres de large. Il est donc surchargé lorsqu'il prend la mer. Le voyage aller s'effectue cependant sans trop de difficultés.

Le vent se lève

Mais avant le retour, 46 personnes souffrant du mal de mer préfèrent revenir par voie terrestre, car la mer a forci. Pourtant inquiet, le capitaine Ollive n'aurait d'ailleurs décidé d'embarquer que sous la pression des passagers. Au moment du départ, en fin d'après-midi, avant d'emprunter le chenal de la Loire, le vapeur s'approche de Saint-Nazaire. La mer est de plus en plus forte, et le vent est monté. Beaucoup de passagers sont malades.

Pour vomir ou se protéger du vent, ils se bousculent sur le côté tribord, le moins exposé aux éléments. Ce mouvement a pour effet de provoquer une forte gîte. Le navire encaisse une grosse vague qui le fait se coucher, puis parvient à se redresser. Un certain nombre de passagers tombent à l'eau et tentent de s'agripper à l'embarcation.

Mouvement de panique

C'est la panique ! D'autant qu'une seconde vague submerge le *Saint-Philibert* et le fait chavirer définitivement. Plusieurs dizaines de personnes restent prisonnières sous la coque. Certaines sont parvenues à s'accrocher au navire retourné, mais ce dernier coule brusquement, les entraînant au fond de l'eau.

Sur la côte, le gardien du sémaphore de la pointe de Saint-Gildas à Préfailles assiste, horrifié, au naufrage. Il donne aussitôt l'alerte. Mais les canots mettent une heure avant d'arriver sur les lieux du drame. Ils repêchent huit survivants épuisés qui ont réussi à s'accrocher à des objets flottants.

Terrible bilan

Le bilan est lourd ; on compte plus de quatre cents morts. Des familles entières sont décimées. Très vite, une chapelle ardente est érigée dans le palais du Harnachement, au cœur du château des ducs de Bretagne, à Nantes. Les premiers corps repêchés arrivent, provoquant la douleur des familles venues reconnaître les cadavres. Les 77 premières victimes sont inhumées en grande pompe en présence du ministre des Affaires étrangères, Aristide Briand, lui-même d'origine nantaise. Des milliers de personnes suivent le passage des cercueils.

Sur les bords de la Loire, des corps s'échouent tous les jours, et les pêcheurs remontent sans cesse de nouveaux cadavres. En juillet, on retrouve des victimes jusqu'en Charente où elles ont dérivé. Renflouée fin août, l'épave du *Saint-Philibert* livre encore une cinquantaine de cadavres. Conséquence logique, la consommation de poissons et de crustacés s'effondre dans la région au cours des mois qui suivent. Plusieurs complaintes sont également composées. L'émotion est considérable, et le ministre de la Marine, Chappedelaine, annonce des mesures pour améliorer la sécurité en mer. Il est vrai que faire monter plus de cinq cents personnes sur un si petit navire relevait de l'inconscience. Pourtant, l'armateur est exonéré de toutes charges lors du procès de 1933. Renfloué, le *Saint-Philibert* a continué de naviguer (sous un autre nom) jusqu'en 1979…

Répercussions politiques

Les répercussions sont aussi politiques, car le mouvement syndical et socialiste nantais est très touché par la catastrophe, de nombreux militants faisant partie des victimes. Mais ce qui provoque la polémique, c'est la réaction de certains prêtres qui voient une punition divine dans ce naufrage. Les ouvriers n'ont-ils pas cédé aux sirènes de l'athéisme en préférant une sortie en mer plutôt que d'assister à la messe ? Un bulletin paroissial, à Joué-sur-Erdre, va jusqu'à publier : « N'est-ce pas le châtiment du Bon Dieu pour toutes les orgies et insanités commises publiquement pendant la traversée ? »

Attitude marginale, mais reprise par l'extrême droite qui ne se prive pas d'attiser une vive polémique dans une ville pourtant bouleversée par le drame. Trente ans plus tard, le journaliste du *Canard enchaîné,* Morvan Lebesque, qui était présent à Nantes lors du drame, en a tiré l'une de ses chroniques les plus féroces contre l'intolérance religieuse. ■

En haut, c'est un bien triste spectacle que découvrent les avions et les navires envoyés au secours des naufragés. Des dizaines de cadavres flottent dans l'estuaire de la Loire.

En bas, le naufrage du *Saint-Philibert* a constitué un choc dans l'opinion publique. Des funérailles solennelles sont organisées à Nantes, en présence de nombreuses personnalités.

1936

Les Bretons dans la guerre d'Espagne

La Bretagne entretient depuis l'Antiquité d'importantes relations avec la péninsule Ibérique. Du fait de cette proximité maritime, elle a été concernée par la terrible guerre d'Espagne alors que plusieurs centaines de Bretons se sont engagés dans les Brigades internationales.

En haut, affiche pour la solidarité avec l'Espagne républicaine.

Page suivante, le maître espion franquiste, Julian Troncoso, lors de son arrestation suite à la tentative de vol d'un sous-marin républicain à Brest.

Quelques années après l'instauration de la République, l'Espagne élit un gouvernement de gauche, une coalition hétéroclite de socialistes, de communistes et d'anarchistes dite du *Frente popular*, un « front populaire » qui est également soutenu par les nationalistes basques et catalans. Mais un jeune général, Franco, conforté par les milieux conservateurs, provoque un putsch de l'armée. Très vite, l'Espagne s'enfonce dans une terrible guerre civile.

Plusieurs centaines d'étrangers sont à Barcelone lorsqu'éclate le coup d'État, dont de nombreux sportifs venus participer aux « jeux populaires » visant à concurrencer les jeux Olympiques de Berlin organisés par le régime nazi. Nombre de ces athlètes participent aux combats aux côtés des républicains, dont quelques Bretons comme Louis Marase de Ploubalzanec.

Des Bretons dans les brigades internationales

L'Allemagne nazie et l'Italie fasciste financent et envoient des troupes et du matériel aux franquistes. L'URSS en fait de même avec les républicains communistes, mais les démocraties occidentales refusent de s'engager en faveur de la République espagnole. En France, le gouvernement du Front populaire ne veut pas provoquer une armée française dont l'état-major est loin de regarder Franco avec hostilité. Cependant, dès octobre 1936, des volontaires affluent de toute l'Europe pour soutenir les républicains espagnols. Des « brigades internationales » sont organisées et attirent plusieurs milliers de combattants. Selon Georges Cadiou, plus de six cents Bretons y prennent part, nombre d'entre eux y laissant la vie.

Des brigades se sont constituées avec l'aide du Parti communiste français. Ce dernier s'est taillé plusieurs fiefs dans la banlieue parisienne où l'émigration bretonne est particulièrement importante. On retrouve donc plusieurs cadres bretons du Parti communiste ou de la CGT dans les Brigades internationales, à l'instar du syndicaliste Jules Le Troadec, de Bourbriac, et installé au Havre. Le plus célèbre de ces brigadistes bretons demeure Henri Rol-Tanguy, le futur chef de la Résistance, qui arrive en Espagne en février 1937. Le premier mort breton est sans doute Yves Hellequin, né à Paimpol et vivant à Issy-les-Moulineaux. Il meurt le 2 novembre 1936 lors du siège de Madrid.

Commissaires politiques bretons

Si une certaine légende romantique entoure la guerre d'Espagne et la lutte contre le franquisme, il est utile de rappeler que des exactions eurent lieu dans les deux camps. La confusion et les rivalités régnaient également dans le camp républicain, principalement entre les communistes d'un côté et les autres groupes d'extrême gauche de l'autre : trotskistes et anarchistes. Les combats entre eux étaient parfois violents. Les Brigades internationales se dotent ainsi de commissaires politiques. Plusieurs Bretons occupent cette charge comme le Morbihannais Jean Berthelot, Pierre Le Rouzic, Marcel Marrec, René Hamon ou Henri Rol-Tanguy. Secrétaire du directeur de *L'Humanité*, Vaillant-Couturier, Réné Hamon est d'ailleurs tué durant la bataille de l'Èbre pendant l'été 1938.

On retrouve même quelques Bretons dans le terrible Service d'investigation militaire, le Sim, mis en place par les Soviétiques, et qui se charge surtout de traquer les anarchistes et les trotskistes. Originaire d'Ille-et-Vilaine et installé en région parisienne, Albert Gourville fait partie de cette organisation responsable de nombreuses exécutions sommaires.

Réfugiés en Bretagne

Outre les Brigades internationales, tout un réseau se met en place en France pour accueillir les réfugiés espagnols. C'est notamment le cas du Secours rouge, souvent très actif en Bretagne. Dans son roman *Salido*, l'écrivain Louis Guilloux a raconté l'arrivée de ces Espagnols dans le pays de Saint-Brieuc.

Un grand nombre des réfugiés s'installent dans les grandes villes bretonnes, particulièrement Rennes. Beaucoup arrivent par mer. Dans les ports bretons débarquent de nombreux navires venant du Pays basque ou des Asturies. Certains réfugiés connaissent un destin tragique à l'instar de Lluis Companys i Jover. Ce nationaliste catalan était chef du gouvernement autonome de Catalogne. Il est arrêté à La Baule par les Allemands en août 1940. Envoyé en Espagne, il est fusillé à Barcelone. ■

Brest, nid d'espions

Au fur et à mesure de la progression des troupes franquistes, de nombreux navires républicains trouvent refuge dans les ports bretons. Ce faisant, ils attirent également de nombreux espions. Ainsi, en août 1937, un sous-marin républicain, le *C2*, fait relâche dans le port de Brest. L'historien Patrick Gourlay a publié une enquête sur l'étonnante tentative de vol de ce submersible par les espions franquistes. Dirigé par Julian Troncoso, un commando se rend dans la cité du Ponant. Sur place, il peut compter sur l'aide de militants d'extrême droite, notamment du Parti social français ou de l'organisation la Cagoule. À l'aide d'une prostituée, « Mingua l'audacieuse », ils tentent de retourner le commandant du sous-marin. Mais les espions franquistes sont infiltrés par… des espions anarchistes. L'équipage est mis au courant, et un militant républicain dissimule une arme sur lui. Alors qu'en Espagne, ils se combattent, anarchistes espagnols et communistes brestois organisent la surveillance du bâtiment. Or, le 18 septembre 1937, les franquistes passent à l'action. Un commando pénètre dans le sous-marin. Mais un marin, Augusto Diego, réfugié dans le kiosque, leur tire dessus. Un assaillant est tué. Le commando tente de fuir et quitte Brest. Ils sont rattrapés les uns après les autres par la police française. L'affaire provoque un *clash* diplomatique. Le procès des franquistes, quelque temps plus tard, a déchaîné les passions à Brest. Il illustre les profondes divisions de la société française sur la question de la guerre d'Espagne. Expulsé vers l'Espagne, Troncoso, le maître espion franquiste, finit d'ailleurs comme dignitaire du régime et dirigeant du Real Madrid.

1940

La Bretagne et la bataille de l'Atlantique

Pendant la Seconde Guerre mondiale, la Bretagne s'est retrouvée enserrée dans le mur de l'Atlantique, un système de fortification destiné à empêcher un débarquement allié. Les nombreux ouvrages de béton et autres *Blockhaus* qui parsèment son littoral rappellent les heures sombres de l'Occupation.

En haut, fortifications allemandes sur la forteresse d'Alet à Saint-Malo.

Après la débâcle de l'armée française, les Allemands pénètrent en Bretagne le 17 juin. Le 19, ils s'emparent de Brest. La péninsule devient alors une région stratégique pour le troisième Reich qui continue de combattre la Grande-Bretagne. Elle possède en effet deux ports militaires (Brest et Lorient), des chantiers navals importants à Saint-Nazaire. Le port de Saint-Malo peut également accueillir des bâtiments militaires.

Des ports forteresses

En août 1940, le premier *U-Boot* arrive dans la capitale du Ponant, les sous-marins jouent en effet un rôle prédominant dans la guerre pour le contrôle de l'Atlantique. Ils cherchent à couper les liaisons maritimes entre les îles Britanniques et l'Amérique. Pour se protéger des bombardements britanniques, puis américains, les Allemands construisent d'impressionnantes bases sous-marines à Brest, Lorient et Saint-Nazaire. Commencée en 1941, celle de Brest est achevée en cinq cents jours. Elle comporte une quinzaine de bassins. Son toit fait plusieurs mètres d'épaisseur. Il est néanmoins percé par une bombe américaine.

Le 28 mars 1942, des commandos britanniques attaquent le port de Saint-Nazaire. Hitler ordonne alors que les bases navales et sous-marines soient lourdement défendues. Brest, Lorient et Saint-Nazaire sont entourés d'une vaste ceinture de fortifications. À Saint-Malo, les Allemands réutilisent les forts de Vauban et transforment la cité d'Alet en une solide place forte.

Un mur de défense littorale

Fin 1942 et début 1943, les Allemands commencent à reculer en Russie et en Afrique. Les généraux du troisième Reich pensent qu'un débarquement allié est désormais possible sur le littoral atlantique qu'ils s'évertuent à fortifier, du nord de la Norvège jusqu'à la frontière franco-espagnole. Le 23 mars 1943, Hitler ordonne officiellement la construction du mur de l'Atlantique. L'Allemagne peut compter sur la très efficace Organisation Todt. Cette dernière utilise des dizaines de milliers de travailleurs forcés pour édifier des fortifications de béton. Des entreprises françaises, comme la société Sainrapt et Brice ou la Société des grands travaux, participent aussi à la construction de ces fortifications.

Désormais, ce ne sont plus seulement les ports qui sont défendus, mais les plages et les anses naturelles où sont édifiés de nombreux ouvrages : des postes d'observation, des abris individuels, baptisés « tobrouks », des murs antichars sur les plages ou de vastes casemates abritant des batteries de canons. Le mur de l'Atlantique en Bretagne est constitué d'ouvrages très divers. Les Allemands ont ainsi récupéré des tourelles de chars français et les ont réinstallées sur des ouvrages en béton. On trouve aussi d'importantes batteries d'artillerie, abritant des canons de marine qui peuvent avoir une portée de tir de plusieurs dizaines de kilomètres. Dans le Pays bigouden, à Tréguennec, les Allemands ont construit une importante usine fortifiée, destinée à concasser des galets pour fabriquer du béton.

Les asperges de Rommel

En janvier 1944, le maréchal Rommel se voit confier la défense du nord-ouest de l'Europe, entre les Pays-Bas et la Loire, une zone où les Allemands pensent avec raison que les alliés vont débarquer. Ces derniers se sont d'ailleurs lancés dans l'opération Fortitude, visant à faire croire aux Allemands que le débarquement aurait lieu en Norvège et dans le Pas-de-Calais. Rommel accélère la construction de défenses. Il estime en effet qu'il faut repousser les alliés sur les plages dès les premières heures du débarquement alors que le maréchal Von Rundstedt penche pour une défense plus mobile avec des troupes en retrait du littoral chargées de contre-attaquer ensuite.

Rommel fait poser des millions de mines sur les plages. Il fait également ériger des obstacles sous-marins jusqu'en limite d'étiage. Il s'agissait de poteaux pointus baptisés *Rommelspargel*, les « asperges de Rommel ». Rommel envisage également de construire une seconde ligne, plus en retrait. Mais celle-ci est encore très incomplète lorsque les alliés débarquent en juin 1944. ■

En haut, canon allemand conservé dans la base sous-marine de Lorient.

Le musée de la Résistance à Saint-Marcel

Aujourd'hui encore, malgré leur quiétude apparente, les bois et les collines de Saint-Marcel, en lisière des landes de Lanvaux, conservent le souvenir des durs combats qui éclatèrent ici en juin 1944. En prévision de l'opération Overlord, plusieurs dizaines de parachutistes SAS avaient en effet été envoyées en Bretagne afin d'organiser les maquis, dont celui de Saint-Marcel. Des milliers de résistants s'y rendent et s'y arment. Les Allemands réagissent et attaquent le 18 juin au matin. Pendant plusieurs heures, les maquisards bretons leur tiennent tête. En 1984, un musée est inauguré pour évoquer les combats de juin 1944 et la Seconde Guerre mondiale en Bretagne. La visite est très pédagogique et didactique. Elle ne se cantonne pas à l'évocation des combats de Saint-Marcel, mais permet d'évoquer la vie quotidienne sous l'Occupation en Bretagne. On peut, par exemple, s'asseoir dans la tourelle d'un bombardier pour assister au bombardement de Lorient ou déambuler dans une rue avec ses magasins rationnés et des affiches d'époque. D'autres espaces présentent la presse du moment, des uniformes et des armes des différentes armées ou les activités de la Résistance. La collaboration et la déportation sont également évoquées. Deux salles sont enfin consacrées aux parachutistes français des SAS qui, avant la Bretagne, s'étaient illustrés en Afrique du Nord. À l'extérieur, les visiteurs peuvent découvrir des reconstitutions des fortifications du mur de l'Atlantique et des véhicules d'époque.

1943

LES MAQUIS BRETONS S'ORGANISENT

La Résistance contre l'occupant nazi a été particulièrement importante en Bretagne. À partir de 1943, les maquis se structurent militairement, alimentés par les réfractaires du STO. Ils jouent un rôle non négligeable lors du débarquement en juin 1944.

En Bretagne comme ailleurs, l'abattement et le choc de la défaite imprègnent les mois qui suivent la débâcle et l'armistice. Les forces allemandes prennent leurs quartiers dans une péninsule qui, en raison de sa position stratégique et sa situation face à l'Angleterre, subit une présence massive de l'occupant. Environ cent cinquante mille militaires allemands, au sein du 25e corps d'armée, stationnent en Bretagne, notamment pour la surveillance des côtes. C'est pourtant depuis le littoral breton que les départs clandestins sont les plus nombreux vers l'Angleterre. Dès le 26 juin 1940, cent vingt-sept hommes de l'île de Sein rejoignent ainsi la Grande-Bretagne et participent aux débuts des Forces françaises libres, FFL.

Les premiers actes de résistance sont d'abord d'ordre symbolique, mais ils se manifestent dès les débuts de l'Occupation. Des affiches allemandes ou vichystes sont lacérées et arrachées, des sifflements accueillent les informations cinématographiques réalisées par la propagande nazie, et de nombreuses personnes assistent aux obsèques d'aviateurs anglais abattus.

Réseaux de renseignement

À côté de ces actes, souvent spontanés, les premiers réseaux se mettent en place. Tout au long de la guerre, ils fournissent de précieuses informations aux alliés, par exemple sur la présence des navires allemands dans les ports bretons ou sur l'avancement des travaux du mur de l'Atlantique. De nombreux agents remontent les informations comme Jean Philippon, *alias* Hilarion, à Brest ou Jacques Stosskopf à Lorient. Cet ingénieur, d'origine alsacienne, maîtrisant l'allemand, passait pour un collaborateur zélé. C'était en fait une couverture efficace qui lui a permis de renseigner, pendant quatre ans, les alliés sur les plans de la base sous-marine ainsi que sur les arrivées et départs de submersibles. Démasqué, il meurt au camp de concentration du Struthof. À Saint-Nazaire, également, des résistants livrent les plans de la base navale aux alliés qui y mènent un audacieux raid commando en mars 1942.

La principale difficulté pour ces premiers réseaux était d'entrer en contact avec Londres. Britanniques et gaullistes envoient donc des agents de liaison. En octobre 1940, Estienne d'Orves débarque sur les côtes bretonnes et parvient à réaliser ses premières liaisons radios. Mais, confondu en janvier 1941, il est exécuté.

État insurrectionnel

Dès lors, les accrochages et les attaques se multiplient. Les alliés effectuent des parachutages et des livraisons d'armes. Des miliaires SAS ou des commandos Jedburgh sont également envoyés pour former et structurer militairement les maquis. Au printemps 1944, la Bretagne est en état insurrectionnel. À la veille du débarquement, les maquis bretons entrent en action et permettent de « fixer » des troupes allemandes, privant l'occupant de renforts sur le front de Normandie. Après la percée du général Patton, les maquisards bretons appuient les troupes américaines lors de leur avancée vers Brest. Intégrés aux Forces françaises libres, nombre d'entre eux participent ensuite aux sièges des poches allemandes de Lorient et de Saint-Nazaire ou aux campagnes d'Alsace et d'Allemagne.

En juin 1944, la Bretagne est en état insurrectionnel.

Nombre d'observateurs alliés ont souligné, dès 1941, que la résistance anti-allemande était particulièrement forte en Bretagne, région anglophile. L'importante présence allemande explique également l'ampleur du rejet de l'occupant ainsi que la vigueur de la répression nazie. Plus de deux mille personnes ont été fusillées et quatre mille déportées.

Structuration militaire

À partir de 1941, la Résistance entre dans une phase plus militaire avec l'implication de plus en plus active des communistes. Discrets après la signature du pacte germano-soviétique, ils s'engagent dans la clandestinité et dans l'action armée après l'arrestation de Marcel Cachin, près de Paimpol, puis l'invasion de l'URSS au printemps 1941. Le 20 octobre 1941, à Nantes, la résistance communiste abat pour la première fois un militaire allemand, le lieutenant-colonel Hotz. Cinquante otages sont fusillés en représailles, la majorité au camp de Châteaubriant. La brutalité de la répression fait prendre conscience à la population du caractère impitoyable de l'occupant.

En 1942, les réseaux s'organisent et montent en puissance malgré la répression et les vagues d'arrestations. Plusieurs opérations combinées sont réalisées avec les alliés, par exemple contre le sémaphore de Plouézec en novembre 1942. Ces débarquements de commandos britanniques sont abandonnés pour ne pas gêner les filières d'exfiltration d'aviateurs à l'instar de Shelburn à Plouha ou d'Alibi à l'Île-Grande. Des Bretons continuent de traverser la Manche et de rejoindre le général de Gaulle. Ils fondent l'association Sao Breiz, particulièrement représentée dans les Forces navales françaises libres.

L'instauration du Service du travail obligatoire (STO), au début de l'année 1943, pousse de nombreux jeunes hommes à entrer dans la clandestinité. Les premiers maquis se développent, principalement dans les campagnes du centre Bretagne. Le premier maquis breton, le bataillon Stalingrad, est créé en avril 1943 à Spézet. ■

Page précédente et en bas, maquisards en centre Bretagne durant l'été 1944.

Libération de la Bretagne

Après de violents combats en Normandie, en juin et juillet 1944, les alliés percent les défenses allemandes. Le général Patton fonce alors vers l'ouest et Brest pour libérer une Bretagne en état d'insurrection durant l'été 1944. Mais la péninsule n'est définitivement libérée qu'en mai 1945 avec la reddition des poches de Lorient et de Saint-Nazaire.

On l'oublie souvent, mais le premier mort du débarquement fut un parachutiste SAS tué en Bretagne quelques heures avant les premiers combats en Normandie. S'appuyant sur des maquis bretons nombreux et organisés – plus tard, Eisenhower comme Élisabeth II ont rendu hommage au rôle de la résistance bretonne –, les alliés entendent retarder au maximum l'arrivée de renforts allemands en Normandie par des accrochages et des actes de sabotages. En retour, la répression et la vengeance des Allemands sont féroces. Dès le 8 juin, en écho au massacre de la prison de Caen, 32 résistants sont exécutés à Rennes.

Le symbole de Saint-Marcel

Dans la nuit du 5 au 6 juin, appuyés par les paras SAS, les groupes de résistants passent donc à l'action et multiplient les attaques malgré le manque d'armes et les parachutages aléatoires. Une trentaine de conteneurs d'armes et de munitions sont largués en Bretagne entre les 9 et 17 juin. En dépit de ses carences militaires, la Résistance parvient à fixer durablement l'occupant. Certaines troupes allemandes mettent ainsi plusieurs semaines pour rejoindre Avranches depuis Redon.

Les combats les plus notables ont lieu à Saint-Marcel dans le Morbihan. Regroupant près de deux mille hommes, ce maquis est attaqué le 18 juin. L'affrontement dure toute la journée. Le lendemain, FFI et SAS ont plié bagages. Les Allemands et leurs supplétifs de la Milice française incendient alors le village et s'en prennent aux civils. Les combats de Saint-Marcel sont devenus l'un des moments symboliques de la libération contre le nazisme. Un musée y évoque aujourd'hui la Bretagne et la Seconde Guerre mondiale.

Rennes libérée

Lors des semaines qui suivent le débarquement se déroulent de terribles combats dans le bocage normand. Ils restent longtemps indécis, les chars allemands surpassant ceux des alliés, mais l'aviation de ces derniers venant finalement à bout de la

Wehrmacht. Fin juillet 1944, les alliés lancent l'opération Cobra, et les Américains percent le front à Avranches.

La 3e armée du bouillant général Patton fonce sur la Bretagne où elle entre le 31 juillet. Le 4 août, Rennes est libérée. Les tanks Sherman de Patton sont à Saint-Brieuc et à Vannes le 6 août. Morlaix et Quimper assistent au départ des Allemands deux jours plus tard. Les Américains avancent rapidement, les occupants préférant se replier vers l'est ou vers les grands ports bretons fortement défendus. À chaque libération de ville, la foule descend en liesse dans les rues.

La Résistance joue un rôle important en harcelant l'occupant, puis, une fois les troupes alliées passées, en nettoyant les poches de résistance. Le retrait allemand ne se fait pas sans exactions. Plusieurs massacres sont commis, notamment le long de la RN 12 dans les Côtes-du-Nord et le Finistère.

Le siège de Brest

Quelques poches de résistance subsistent dans des ports secondaires comme Saint-Malo ou Paimpol. Les défenses allemandes y sont réduites, les dernières troupes de l'île Cézembre, au large de Saint-Malo, se rendant après d'intenses bombardements. La cité corsaire est prise le 17 août, mais son inestimable patrimoine architectural est parti en fumée dans les combats.

Le 7 août, les alliés arrivent dans les faubourgs de Brest, mais la cité du Ponant est défendue par des troupes d'élite, principalement les parachutistes du général Ramcke. Ces derniers se défendent pied à pied pendant plusieurs semaines. Les combats sont terribles. Les Américains lancent assaut sur assaut avec le support de l'aviation, des blindés, puis de l'infanterie. On se bat rue par rue, immeuble par immeuble. Les Allemands capitulent le 19 septembre après avoir saboté les installations portuaires qui ne peuvent participer à l'effort de guerre allié. Entre-temps, Paris et Bruxelles ont été libérés.

Les poches de l'Atlantique

Le 19 septembre, Brest n'est plus qu'un champ de ruines. Ramcke se rend sous les flashs et les caméras. Il a ensuite entretenu une longue correspondance avec le général américain Middleton qui commandait l'assaut. Échaudés par la bataille de Brest, les alliés décident de se contenter d'encercler les ports fortifiés de Lorient et de Saint-Nazaire. Ils délèguent une partie de la gestion de ces sièges aux maquis bretons, preuve de la confiance des alliés dans la valeur militaire de ces derniers.

Depuis le mois d'août 1944, la reprise en main politique a commencé en Bretagne avec l'installation de nouvelles autorités contrôlées par le gouvernement provisoire de la République française (GPRF). En parallèle de la Libération, l'épuration se met en place. On recense un peu moins de six cents exécutions sommaires jusqu'en septembre 1944 tandis que près de trois cents femmes sont tondues.

Comme à Saint-Nazaire, une vingtaine de bataillons FFI encerclent Lorient et font face à vingt-cinq mille Allemands. Des milliers de civils restent coincés dans les combats. Ces derniers sont incessants jusqu'au printemps 1945 avant que les deux dernières poches allemandes en Bretagne ne se rendent enfin après la capitulation du régime nazi, le 8 mai. ■

Page précédente, les faïenceries de Quimper ont rendu hommage à leur façon aux combats de la Libération.

En bas, la ville et le port de Brest ont été ravagés par les bombardements alliés puis par les violents combats de septembre 1944. Après la guerre, c'est une nouvelle agglomération qui est reconstruite.

1950

Le Celib lance la régionalisation

L'histoire politique de la Bretagne a été profondément marquée par le Celib, une structure qui a œuvré au développement économique de la région tout en préfigurant une certaine forme de décentralisation.

En 1947 paraît *Paris et le désert français* dans lequel Jean-François Gravier dénonce les excès de la centralisation administrative et politique et leurs conséquences économiques. Son ouvrage, qui rencontre un large écho, préconise de nouvelles politiques en matière d'aménagement du territoire. Il est vrai qu'en ces débuts de quatrième République, la centralisation de la France est à son apogée. Le territoire reste découpé en départements où les préfets assurent réellement le pouvoir. Outre les instances politiques, la capitale concentre la majeure partie des emplois de décision en matière économique. De même, la quasi-totalité des sièges sociaux des grandes entreprises se trouvent à Paris, qui continue à se développer et à attirer de nouvelles populations.

Retard économique

Cet excès de centralisation est particulièrement ressenti comme une injustice en Bretagne où la plupart des notables conservent une inclination girondine. Dans les années 1920 et 1930, la région a connu une certaine agitation autonomiste, puis nationaliste. Mais les compromissions avec l'occupant allemand dans les années 1940 ont durablement discrédité tout mouvement politique breton dans l'après-guerre. En 1950, La Bretagne est à la croisée des chemins. Son agriculture demeure encore très traditionnelle et doit se moderniser, phénomène qui encourage l'exode rural. La région est également très en retard en matière d'équipements. Dans les campagnes, par exemple, le pourcentage de foyers privés d'électricité est très supérieur à la moyenne française. En 1952, seuls 60 % des Bretons y ont accès. Chez les élus bretons et les décideurs économiques se fait jour l'idée qu'il est temps de réagir.

La création du Celib

Le 22 juillet 1950, un groupe de personnalités lancent une structure, le Comité de liaison des intérêts bretons qui devient rapidement le Comité d'études et de liaison des intérêts bretons (Celib). On retrouve parmi les fondateurs Joseph Martray, Joseph Halléguen et René Pléven. L'objectif du Celib, rapidement présenté comme un « *lobby* breton », est d'encourager le développement économique de la Bretagne, d'en faire une région prioritaire en matière d'aménagement du territoire, de la sortir de son isolement intellectuel et matériel, de lutter contre l'exode et de rétablir un solde migratoire positif, de maintenir et de développer son héritage culturel.

Lors des élections législatives de 1951, le Celib interpelle les candidats et leur propose de créer un intergroupe parlementaire. Seuls les communistes refusent. Le 30 octobre 1951, le Celib se structure en association et reçoit des financements de collectivités locales dont les cinq départements de la Bretagne historique. René Pléven en est le président, et il est assisté de trois vice-présidents : Paul Ihuel, député du Mouvement républicain populaire (MRP) du Morbihan, André Morice, député radical de Loire-Inférieure et François Tanguy-Prigent, député socialiste du Finistère. Les parlementaires bretons se réunissent une fois par mois.

En 1952, un rapport sur l'aménagement de la Bretagne est présenté par le Celib. Il est utilisé quelques années plus tard par le gouvernement de Guy Mollet pour l'élaboration d'un programme d'action dans les régions. Grâce à l'action du Celib, en juillet 1956, un premier programme d'action régional est publié. Il évoque les dossiers prioritaires que sont le développement de l'agriculture, les activités maritimes, l'industrialisation, le tourisme. Pour y aboutir, une société de développement de la Bretagne et une société d'économie mixte pour l'aménagement et l'équipement de la Bretagne sont créées en 1957. Des ultimatums sont aussi régulièrement adressés au pouvoir lorsque les blocages demeurent trop importants. Ils sont parfois suivis d'effets, notamment en matière agricole.

Une loi-programme

Le Celib est alors à son apogée, mais le renversement de la quatrième République, l'arrivée au pouvoir du général de Gaulle et la création de la cinquième République changent la donne. Le nouveau pouvoir se méfie de cette structure. Il entend « centraliser la décentralisation » et reprendre les choses en main. En 1959 sont donc créées vingt et une régions programmes dont les Pays-de-la-Loire avec la Loire-Atlantique, détachée de la Bretagne. En 1962, l'assemblée générale du Celib adopte une loi-programme pour la Bretagne rédigée par le géographe Michel Phlipponneau. Mais le gouvernement français ne la prend pas en compte et refuse de la financer. En 1964 sont mises en place les Commissions de développement économique régional. Ces Coder sont réglementées de manière très stricte. C'est le préfet qui les convoque, et un quart des membres sont nommés par le pouvoir. En Bretagne, les notables se rallient. René Pléven est élu président du Coder, et Joseph Martray en devient le premier secrétaire. René Pléven, amer, déclare cependant en février 1964 : « Oui, c'est vrai, nous avons été trompés. Mais je préfère pour ma part être du côté de ceux qui se sont trompés que du côté de ceux qui se trompent. »

Le Celib connaît cependant un regain d'activité à la fin des années 1960. Plusieurs de ses animateurs obtiennent ainsi un certain nombre de concessions dans la foulée de mai 1968 (le plan routier breton, la création d'une université à Rennes, le port de Roscoff…) alors que le pouvoir craint une extension de la contestation étudiante. En 1971, un nouveau Celib, animé par le maire de Brest, Georges Lombard, lance un livre blanc pour la Bretagne. Mais cette nouvelle structure n'aura pas l'influence du Celib des années 1950-1960. Elle est réactivée en 1977-1978, puis disparaît.

Quel bilan ?

Quel bilan tirer de l'action du Celib ? En matière économique, il a permis une large mobilisation des forces vives de la Bretagne. Il a accompagné la région dans les transformations radicales qu'elle a connues depuis 1945. Sous-développée au début des années 1950, la Bretagne est devenue l'une des régions agricoles les plus performantes d'Europe. L'installation d'usines importantes a permis de fixer l'exode rural en Bretagne et de créer de nouvelles richesses. Les infrastructures, routières se sont considérablement améliorées. En critiquant de manière active le centralisme français, le Celib a également préparé l'opinion publique à la régionalisation et à la décentralisation. Il a enfin contribué à redonner confiance aux Bretons. Preuve de son influence, les leaders politiques bretons ne cessent depuis de faire appel à « l'esprit du Celib ». ■

En haut, René Pleven (1901-1993) a été l'un des hommes politiques bretons de premier plan durant les quatrième et cinquième Républiques. Ancien de la France Libre et plusieurs fois ministre, il a cofondé le Celib en 1951.

Page précédente, en haut, une réunion des personnalités du Celib pour présenter le projet de loi-programme pour la Bretagne au début des années 1950.

1953

Citroën s'installe en Bretagne

Avec l'agroalimentaire, l'automobile est l'une des principales industries en Bretagne grâce à l'implantation d'une usine Citroën à Rennes dans les années 1950. Une décentralisation industrielle réussie, due, notamment, à une main-d'œuvre d'« ouvriers-paysans » recrutée dans les campagnes de haute Bretagne.

Fondé en 1919, le groupe Citroën sort relativement épargné de la Seconde Guerre mondiale au cours de laquelle son outil de production n'a pas été trop endommagé. En 1948, ses ingénieurs conçoivent ainsi un nouveau véhicule, la 2 CV, qui connaît un succès fulgurant, suivi, dans les années 1950, de celui de la DS. Les usines Citroën sont alors concentrées dans la région parisienne, mais elles peinent à assurer la production. L'entreprise décide de créer de nouvelles usines. Les dirigeants choisissent d'implanter à Rennes une première unité de production de roulements à bille et de pièces de caoutchouc. Les salaires y sont en effet de 25 à 30 % plus bas qu'en région parisienne, ce qui amortit considérablement les coûts d'acheminement de ces pièces vers les chaînes de montage parisiennes. L'usine de la Barre-Thomas, route de Lorient, ouvre ses portes en 1953 et embauche rapidement 1 500 ouvriers. Citroën appartient à l'époque au groupe Michelin qui, dans la foulée, a décidé d'ouvrir une usine de pneus dans la région vannetaise.

Le temps des Ami

Dans le courant des années 1950, les ingénieurs de Citroën créent un nouveau véhicule grand public, l'Ami 6, pour lequel il est décidé de lancer une usine dédiée. Les dirigeants de l'entreprise souhaitent l'implanter dans la région parisienne, mais le gouvernement de la quatrième République vient de prendre les premières mesures en faveur de l'aménagement du territoire et des décentralisations industrielles. C'est la Champagne qui a d'abord les faveurs du conseil d'administration avant que le Comité d'études et de liaison des intérêts bretons (Celib) et les élus bretons ne s'invitent dans ce choix.

Grâce au réseau des cadres bretons de la région parisienne, les dirigeants du Celib ont en effet eu vent des projets de Citroën. Ils n'ignorent pas que le PDG du constructeur automobile, Pierre Bercot, possède une propriété à Beg-Meil, où il passe régulièrement ses vacances. Durant l'été 1955, l'un des hommes forts de la vie politique bretonne, très impliqué dans le Celib, René Pléven, invite Pierre Bercot pour un déjeuner informel. Au digestif, rejoints par Joseph Martray, ils évoquent la possibilité d'une implantation à Rennes. Si Pierre Bercot ne s'engage pas, il ne se montre pas non plus hostile, soulignant que les dirigeants de Citroën et de Michelin sont très satisfaits de la main-d'œuvre bretonne. Il la considère comme « calme et qualifiée ».

Cette première rencontre informelle est suivie de plusieurs mois de *lobbying* intensif de la part des élus bretons. Une telle implantation industrielle leur apparaît en effet cruciale pour la Bretagne de l'époque dont l'agriculture se modernise rapidement, ce qui a pour effet de provoquer un exode rural important et le départ des milliers de jeunes Bretons, notamment vers Paris. En implantant une importante usine à Rennes, l'idée est donc de créer un pôle de croissance suffisamment puissant pour arrêter cette émigration. Le maire de Rennes, Henri Fréville, parvient à faire classer sa ville dans les zones critiques pouvant recevoir des aides gouvernementales en cas d'implantation industrielle. Les élus bretons et les dirigeants du Celib œuvrent discrètement, pour ne pas dire secrètement, afin de ne pas mécontenter les chefs d'entreprises rennais, inquiets de manquer de main-d'œuvre dans l'hypothèse de l'arrivée d'une usine automobile.

Synonyme de croissance économique, l'implantation d'une usine moderne d'automobile est une source de profonds bouleversements.

Ouvriers et paysans

Si elle est synonyme de croissance économique, l'implantation d'une usine moderne d'automobile est une source de profonds bouleversements pour un territoire. La principale difficulté pour le constructeur réside dans le recrutement de plusieurs milliers d'ouvriers. Pendant les Trente Glorieuses, les constructeurs français ont habituellement eu recours à l'immigration, notamment depuis l'Afrique du Nord, pour répondre à ces besoins, sauf dans le cas de Rennes où Citroën a choisi d'employer essentiellement des ruraux de haute Bretagne. Peu de cités ouvrières ont été construites pour les « citroënistes » qui ont d'ailleurs boudé la zup sud de Rennes bâtie à proximité de l'usine. Citroën a rapidement mis en place un réseau très dense de ramassage en bus dans les campagnes rennaises jusqu'à Ploërmel dans le Morbihan. De nombreux paysans, possédant des fermes modestes, ont été attirés par la perspective d'un emploi fixe dans la nouvelle usine, procurant un complément de revenus à leurs activités agricoles. Il est vrai que la taille moyenne des exploitations agricoles n'était alors que de quatorze hectares sur ce territoire, ce qui ne permettait plus qu'une agriculture de subsistance.

Citroën a donc trouvé une main-d'œuvre abondante et motivée. Dans les années 1960, le taux d'absentéisme pour maladie était quatre fois plus bas à Rennes que dans les usines parisiennes, excepté à la fin de l'été, pendant les grands travaux agricoles… Les dirigeants de Citroën ont alors fait pression sur les autorités préfectorales pour que les subventions ne soient plus accordées qu'aux exploitations de plus de vingt hectares, accélérant le processus de concentration des terres agricoles. Nombre d'ouvriers de Citroën ont revendu leurs terres, ne gardant que quelques hectares exploités en complément. Cette population d'« ouvriers-paysans » a longtemps constitué l'une des originalités du secteur automobile breton.

Implanté depuis maintenant un demi-siècle à Rennes, Citroën n'a pas cessé d'embaucher dans tout le bassin rennais. Avec la Défense, l'automobile est aujourd'hui l'une des principales industries bretonnes, employant, outre l'usine de la Janais, des milliers de salariés dans la sous-traitance. Avec les Télécoms, une autre décentralisation industrielle réussie, ce secteur continue de contribuer au développement économique de la Bretagne contemporaine. ■

Page précédente, l'Ami 6, une voiture populaire, produite en série sur les chaînes de Citroën à Rennes.

En haut, les travaux impressionnants lors de la construction du site de la Janais.

1960

Modernisation de l'agriculture bretonne

Au cours de l'après-guerre, le monde rural connaît un spectaculaire virage en Bretagne. La modernisation de l'agriculture et la formation des paysans entraînent une nette augmentation de la production et un surplus de confort dans les fermes, une période marquée par l'apparition de problèmes environnementaux et la disparition d'une certaine civilisation rurale.

En haut, exemple d'engins agricoles des années 1960 exposés à l'écomusée de la Bintinais près de Rennes.

Du Moyen Âge à la fin du XVIIIe siècle, la Bretagne a tiré une large part de sa prospérité de ses cultures et de sa position géographique privilégiée. Mais les guerres révolutionnaires, le blocus continental, puis l'absence d'industrialisation la marginalisent au XIXe siècle. Au sortir de la Seconde Guerre mondiale, la Bretagne est une région en retard économiquement, peu reliée au territoire français et européen. Routes et lignes de chemin de fer sont vétustes, l'électrisation est peu développée. Surtout, son agriculture reste archaïque, basée sur de petites exploitations de subsistance, peu mécanisées.

Moderniser et désenclaver

Pendant la guerre, nombre de paysans bretons prisonniers ont été employés de force dans des fermes allemandes. Ils y ont découvert des exploitations modernes, dotées d'un certain confort. Beaucoup reviennent de captivité avec des idées de modernisation. Un désir relayé par les pouvoirs publics : après les pénuries de la guerre, il faut moderniser le pays et nourrir les hommes. Ainsi, le socialiste breton François Tanguy-Prigent, ministre de l'Agriculture dans le gouvernement d'union nationale du général de Gaulle, crée un statut pour le fermage et encourage le développement des organisations paysannes.

L'Église n'est pas en reste, *via* la puissante Jeunesse agricole chrétienne très implantée dans la péninsule. La Jac entreprend un effort sans précédent d'éducation et de formation des paysans. Elle fournit aussi des cadres qui se révèlent d'habiles négociateurs. Il faut enfin souligner le rôle du Comité d'études et de liaison des intérêts bretons (Celib) qui travaille à désenclaver la Bretagne et à développer son territoire. Si de nombreuses régions réalisent d'importants progrès en matière agricole à cette époque, la Bretagne se singularise par la capacité des agriculteurs, des politiques et des syndicalistes à s'unir pour agir de concert. Entre 1962 et 1975, la production agricole bretonne a triplé alors qu'elle a à peine doublé en France.

Révolutions des pratiques

Les changements agricoles se sont d'abord traduits par une révolution des techniques. Entre les années 1950 et 1960, la traction animale, utilisée depuis des siècles, est remplacée par les tracteurs. Le fléau, puis la batteuse font place à la moissonneuse-batteuse. Les trayeuses se généralisent. La révolution est aussi génétique avec l'introduction de nouvelles races plus productives. La prim'holstein remplace rapidement la traditionnelle pie noir ou la nantaise dans les champs bretons. Dans ces derniers, la pose de clôtures électriques permet d'optimiser les fourrages ; plus besoin non plus, désormais, de surveillance humaine en permanence. Partout, la productivité augmente. En 1960, un agriculteur nourrissait sept personnes ; en 1980, il alimente quarante personnes. Porcs, volailles et veaux ne sont plus élevés en plein air, mais en « batteries ». La révolution est également fourragère. Une première étape consiste, dans les années 1950, à « cultiver l'herbe » en retournant les prairies naturelles pour y semer du trèfle blanc et du ray-grass italien. Dans le milieu des années 1960, une nouvelle culture fait son apparition, le maïs, grâce à la mécanisation. Il permet de nourrir plus d'animaux, et il peut se stocker après avoir été broyé et ensilé.

Le remembrement

La révolution agricole bretonne correspond également à une modification des paysages, particulièrement du bocage traditionnel. Ce « remembrement » répond à une demande des agriculteurs qui veulent regrouper des terres parfois très dispersées et souhaitent disposer de champs plus vastes et plus accessibles. Des milliers de kilomètres de haies et de talus sont détruits dans les années 1960 et 1970. Mais cette mutation brutale s'accompagne de problèmes environnementaux. Elle provoque des phénomènes d'érosion des sols, fait disparaître des zones humides et perturbe fortement l'écosystème. Parfois violemment contesté, le remembrement correspond aussi à l'apparition des premiers doutes sur les vertus du productivisme agricole et ce, dès les années 1970. C'est en effet au cours de ces années-là que commencent à apparaître massivement les algues vertes dans certaines zones du littoral.

Révolution intérieure

La révolution agricole de l'après-guerre est aussi marquée par une évolution rapide des manières de vivre dans les fermes bretonnes. La mécanisation et les nouvelles pratiques entraînent une pénibilité moindre et dégagent plus de temps libre pour les paysans et leurs familles. L'enrichissement, grâce au développement de l'agroalimentaire, offre davantage de confort dans les fermes.

Autrefois méprisés, les paysans bretons retrouvent un statut social plus prestigieux. Bien que cet enrichissement matériel se traduise par un abandon brutal des pratiques sociales, culturelles et linguistiques qui structuraient la société bretonne depuis des siècles. La révolution agricole s'est aussi faite aux dépens d'une société rurale traditionnelle, très riche culturellement, dont la disparition a entraîné une grande fragilité psychologique. ■

En haut, manifestation agricole à Morlaix en 1961. La prise de la sous-préfecture finistérienne par des paysans léonards, le 8 juin 1961, constitua l'un des temps forts des revendications agricoles bretonnes dans les années 1960. Cet événement permit l'émergence d'Alexis Gourvennec. Ce *leader* syndical a été l'un des acteurs majeurs de la modernisation de l'agriculture bretonne tout en promouvant un modèle productiviste. Il a aussi créé la Brittany Ferries dans le but d'ouvrir le marché britannique aux produits bretons.

En bas, quelques boîtes de fromage. Outre la production, la transformation des produits agricoles bretons a été révolutionnée dans les années 1960 par l'émergence d'une puissante industrie agroalimentaire.

1961

L'aventure des Télécoms bretons

Dans les années 1960, un pôle de recherche en télécommunications s'implante à Lannion. Cette décentralisation réussie a permis le décollage économique du Trégor malgré plusieurs crises.

Conscients de l'extrême centralisation de l'économie française, les dirigeants de la quatrième République ont tenté d'impulser des mesures de décentralisation. En 1955, la commission Sudreau tente ainsi de travailler sur l'implantation d'établissements publics en province. Elle ne génère guère d'enthousiasme parmi les hauts fonctionnaires présents. Un seul homme semble, à vrai dire, faire preuve de bonne volonté: le directeur du Centre national d'études des télécommunications (Cnet), Pierre Marzin.

Quelque temps plus tard, ce Lannionnais de naissance est contacté par des notables trégorrois et des membres du Celib qui essayent d'enrayer le déclin économique du Trégor. La région est alors en pleine stagnation et reste une terre d'émigration. Lannion compte 7000 âmes, Guingamp à peine 10000. Un très efficace *lobbying* se met en place qui va permettre de faire du Trégor un pôle international des télécommunications.

« Marzinette » et électronique de pointe

Né en 1905 à Lannion, Pierre Marzin est, dans l'après-guerre, une sommité dans le monde des télécommunications. Ce polytechnicien, sorti de Supélec en 1929, est à l'origine de plusieurs innovations dans le monde des PTT. Dans les années 1930, il a mis au point la première membrane fiable pour les combinés téléphoniques, surnommée la « pastille Marzin ». Avant la guerre, il invente également un système doublant la capacité de transmission des fils téléphoniques, rebaptisé dans le milieu la « marzinette ». Bien plus tard, en 1970, il est à l'origine du « Platon », le prototype lannionnais d'autocumutateur temporel à organisation numérique, à savoir le premier commutateur téléphonique électronique.

Ce brillant scientifique n'a pas oublié ses origines, et il obtient du pouvoir gaulliste l'implantation du Cnet à Lannion. Le 19 mai 1960, le ministre des PTT vient poser la première pierre des bâtiments. En septembre, c'est le général de Gaulle en personne qui visite le chantier. Les travaux entraînent de grands changements au pays du granit rose avec l'arrivée des ouvriers et des ingénieurs.

Radôme et liaisons intercontinentales

En 1961, les premiers bâtiments sont achevés dont le plus spectaculaire reste le radôme de Pleumeur-Bodou, une immense boule blanche de 50 mètres de haut, posée au milieu de la campagne trégorroise. Elle abrite une antenne radar visant à capter les communications par satellite.

En effet, la course à l'espace vient de débuter entre les USA et l'URSS. Les Soviétiques sont parvenus à lancer le premier satellite, Spoutnik, en 1957. Les Américains développent alors un programme ambitieux, visant notamment à renforcer les communications avec leurs alliés européens. Les Français y répondent favorablement et acquièrent une antenne de technologie américaine installée sous le fameux radôme.

Le 10 juillet 1962, le satellite américain Telstar est envoyé en orbite. Le lendemain, les ingénieurs de Plemeur-Bodou parviennent à capter son signal et des images en provenance de la station d'Andover dans le Maine. Il s'agit de la première liaison télévisée intercontinentale qui apparaît comme une revanche du camp occidental après le succès de Spoutnik.

Développement et crises des télécoms

Outre le Cnet, Pierre Marzin continue son action pour le développement industriel du Trégor. En 1968, Alcatel s'implante dans la région. Guingamp accueille l'AOIP, une usine de téléphone. La population de Lannion triple et la ville fusionne avec plusieurs communes alentour. L'aérodrome est réaménagé et accueille des liaisons régulières vers Paris. Elles sont destinées aux cadres du Cnet, mais également à leurs familles désireuses de ne pas trop se couper de la vie parisienne. En 1971, Pierre Marzin est élu maire de Lannion. Il effectue également un mandat de sénateur entre 1971 et 1980.

Tregor valley

Le développement de Lannion est toutefois interrompu par les crises qui touchent régulièrement le monde des télécoms, un univers en perpétuelle mutation du fait des innovations technologiques. Dans les années 1980, l'usine AOIP ferme à Guingamp, plongeant la ville dans le marasme. Régulièrement, les centres de recherche de Lannion enregistrent des coupes claires. Dans les années 1980-1990, la transmission par satellite laisse le pas aux câbles intercontinentaux et à la fibre optique. L'antenne du radôme est retirée du service en 1985. Le site est classé monument historique en 2000, et un musée des télécoms est construit à proximité.

Lannion devient un pôle universitaire qui accueille un IUT et une école d'ingénieurs. On parle désormais de Tregor Valley, un clin d'œil à la Silicon Valley en Californie. La ville connaît un second boum entre 1999 et 2001 avec l'installation de nombreuses PME et PMI qui créent plusieurs milliers d'emplois dans le secteur de l'optique et de la fibre. Mais l'activité s'effondre brutalement, et Lannion vit une nouvelle période de crise avant de rebondir à nouveau.

Au final et malgré les crises, Lannion a su s'imposer comme un centre majeur en matière de communication. Après une décentralisation réussie dans les années 1960, elle continue d'attirer plusieurs structures de recherche et de développement dans un domaine de pointe. ■

Page précédente, en haut, le radôme (de « radar » et « dôme ») de Pleumeur-Bodou est le plus grand du monde. Son enveloppe est en dacron et de l'air pressurisé assure sa stabilité.

En haut, plusieurs antennes paraboliques ont également été mises en service avant la fermeture du site dans les années 1990, en raison de la concurrence des fibres optiques.

En bas, le Minitel, premier annuaire électronique.

1980. Le Minitel lancé en Bretagne

Outre le Cnet à Lannion, la Bretagne a constitué un vivier pour les innovations en matière de télécommunications à la fin du xxe siècle. Elle a notamment vu le lancement du Minitel qui a préfiguré l'explosion des réseaux informatiques. Rennes a ainsi accueilli le Centre commun d'études de télévision et télécommunications CCETT. Il dépendait du ministère des PTT et de l'ORTF. En 1978, ses ingénieurs basés à Rennes travaillent sur un nouveau système d'annuaire électronique. Il doit fournir n'importe quel numéro téléphonique en France à partir d'une base de données mise à jour en temps réel. En 1980, 55 foyers malouins sont choisis pour expérimenter un système qui est rapidement étendu à l'Ille-et-Vilaine avant de conquérir la France. Outre un annuaire, le Minitel propose un certain nombre de services à partir des célèbres numéros 36 15. Les petites annonces électroniques apparaissent, concurrençant la presse écrite. Trente ans après sa mise en service en Bretagne, le très franco-français Minitel a été désactivé, totalement dépassé par Internet.

Mai 1968 en Bretagne

Particulièrement forte dans certaines zones, comme la Loire-Atlantique, la crise de mai 1968 a eu, en Bretagne, des conséquences durables et parfois inattendues.

Les événements de mai 1968 interviennent dans un contexte particulier en Bretagne. En retard économiquement, elle demeure peu industrialisée et se retrouve marginalisée en termes d'équipements publics. Politiquement, si la gauche y est encore très minoritaire, la droite locale reste très largement centriste et démocrate-chrétienne. Elle se montre relativement critique envers un pouvoir gaulliste, jugé autoritaire, nationaliste et centralisateur.

Climat tendu

Les années 1960 ont été marquées par une forte agitation sociale. Certains conflits, comme celui lié à la fermeture des forges d'Hennebont, ont marqué les esprits bien au-delà du monde ouvrier. Enfin, dans une région où l'éducation est considérée comme un facteur d'ascension sociale, le nombre de jeunes bacheliers ne cessent d'augmenter, venant grossir les rangs des deux seules universités de la péninsule, Rennes et Nantes. À Nantes, justement, où vont étudier de nombreux jeunes de Bretagne sud, l'agitation a commencé depuis 1967 lorsque des militants, liés aux situationnistes de Strasbourg et aux étudiants contestataires de Nanterre, s'emparent du bureau de l'Association générale des étudiants nantais (AGEN) et entretiennent une agitation permanente pendant plusieurs mois. Au début de l'année 1968, la situation est tendue dans la cité des ducs de Bretagne. Le 17 janvier, une manifestation ouvrière dégénère en heurts avec la police. Le 14 février, plusieurs centaines d'étudiants s'emparent du rectorat de Nantes qui subit des dégradations. Après leur départ, reniant ses promesses, le préfet donne l'ordre à la police de les matraquer. Une violente course-poursuite a lieu dans le centre-ville.

Les semaines qui suivent sont, en apparence, plus calmes. Des contacts sont cependant noués entre mouvements étudiants, ouvriers et paysans. Dans les universités françaises, le mécontentement s'étend. Le 22 mars, l'université de Nanterre est occupée. Les premières émeutes parisiennes éclatent le 3 mai après l'évacuation de la Sorbonne. La contagion se propage rapidement dans les régions et les heurts sont fréquents avec les gendarmes mobiles et les CRS. Ces derniers ont été frappés par un attentat spectaculaire à Saint-Brieuc le 28 avril 1968. Cette nuit-là, les activistes du Front de libération de la Bretagne (FLB) font sauter plusieurs véhicules de la CRS 13. Deux des clandestins sont, par ailleurs, de jeunes étudiants rennais.

Étudiants, ouvriers et paysans…

Le 8 mai, alors que les étudiants sont déjà mobilisés, de gigantesques manifestations ont lieu. Dans neuf départements de l'Ouest, plusieurs meetings rassemblent près de cent cinquante mille personnes pour réclamer de meilleures conditions de vie. On y retrouve des étudiants, des ouvriers mais aussi des paysans. En apparence unis, ils manifestent pour défendre les salaires, la sécurité sociale, les conditions de travail et un meilleur développement régional. On y dénonce également la politique gouvernementale « inféodée aux intérêts du grand capital ». Interpellée par ce qui n'était au départ qu'une révolte étudiante, une partie de l'opinion publique commence à basculer en faveur d'un mouvement beaucoup plus vaste. Suite aux violences du Quartier latin, d'importantes manifestations ont lieu en Bretagne le 13 mai. Certaines dégénèrent, comme à Nantes où près de vingt mille personnes ont défilé. En début de soirée, les premiers pavés volent. La préfecture est prise d'assaut. Paniqué, le préfet téléphone à Paris pour demander l'autorisation de tirer. On la lui refuse. Les émeutiers sont repoussés par des moyens « classiques ».

Grève générale

Le 14 mai, dans la région nantaise de nouveau, l'usine Sud-Aviation (qui fabrique aujourd'hui des Airbus) à Bouguenais se met en grève. Le directeur et une bonne partie des cadres sont séquestrés une quinzaine de jours. Sud-Aviation est la première usine à donner le ton d'un mouvement qui s'étend comme une tâche d'huile à travers toute la France. Trois jours plus tard, la plupart des entreprises et des administrations sont en grève. On compte plus de dix millions de grévistes, avec une exception bretonne, d'importance toutefois, Citroën à Rennes. L'usine de la Janais ne connaît que quelques débrayages. Dans cette entreprise, fermement dirigée par Michelin, les syndicats de gauche ne disposent pas des relais nécessaires pour paralyser la production.

Partout, une étrange atmosphère s'installe durant cette troisième semaine de mai. En Bretagne, les usines sont stoppées, les manifestations quotidiennes, certaines routes bloquées. Si les manifestations bretonnes sont en général bien moins violentes que les émeutes parisiennes, les participants prennent un malin plaisir à « user » les CRS qui sont parfois envoyés, dans la nuit, à Paris. Certaines administrations sont désertées comme la préfecture de Quimper pendant quelques jours. Des dirigeants de la CFDT et du MRP locaux se souviennent des appels d'officiers de police inquiets leur demandant leur aide pour contrer une éventuelle prise de pouvoir communiste… Sur les bords de la Loire, une « commune de Nantes » est mise en place. Elle est administrée quelques jours par un comité central de grève. Le 24 juin, une importante manifestation a lieu à l'appel des organisations paysannes. Une « nuit rouge » nantaise la prolonge qui dure sept heures et fait plus de deux cents personnes blessées.

Réaction et conséquences

Mais si une partie des dirigeants de la gauche et des syndicats a eu l'illusion, quelques jours durant, que la révolution était à portée, la réaction du système se met rapidement en place. Les négociations de Grenelle sur les conditions de travail s'annoncent. Étrangement absent au cours des événements, le général de Gaulle reprend la main en dissolvant l'Assemblée nationale. En écho à la grande manifestation de soutien à de Gaulle, le 30 mai sur les Champs-Élysées, d'autres cortèges envahissent les villes bretonnes. Ils sont près de vingt mille à réclamer le retour au calme, à Nantes, début juin. Les usines se remettent en route. Aux élections de juin 1968, la droite remporte une large majorité. Mais mai 1968 aura servi de catalyseur à un mouvement de société bien plus profond dont les répercussions se font sentir plusieurs décennies après. En Bretagne, cette révolte est intervenue dans une période de changements au cours de laquelle, par exemple, la société rurale traditionnelle disparaît. L'Église perd de son emprise. Dans certaines zones, comme le Mené, plus de la moitié des prêtres choisissent ainsi de renoncer à leurs vœux. Les mœurs évoluent rapidement au cours des années 1970 dans une région qui s'urbanise très vite. ■

Page précédente, en haut, défilé syndical à Quimper, sur les bords de l'Odet, en mai 1968.

En haut, la place Royale à Nantes devient, en mai 1968, la « place du Peuple » et accueille de nombreux cortèges.

1971

Lorient fait son festival interceltique

Le Festival interceltique de Lorient est devenu, en un demi-siècle, l'un des plus importants événements culturels d'Europe. Il constitue également l'une des manifestations les plus visibles de l'interceltisme, concept né au XIXe siècle, et visant à resserrer les liens entre les différents pays ayant conservé une langue ou une culture d'inspiration celtique.

En haut, la première affiche du Festival de Lorient a été réalisée par l'artiste Robert Micheau-Vernez, très sensible au monde des sonneurs.

L'interceltisme moderne est une construction culturelle et politique qui puise ses racines dans le souvenir plus ou moins exalté de la civilisation celtique antique. Au XIXe siècle, dans les quelques régions européennes où sont parlées des langues celtiques (Bretagne, Cornouailles britannique, Écosse, île de Man, Irlande et pays de Galles), se développent des mouvements régionalistes ou nationalistes qui mettent en avant ce caractère celtique. Parmi ces pays, on distingue d'ailleurs ceux de langue brittonique (Bretagne, Cornouailles et pays de Galles) et ceux de langue gaélique.

Premiers échanges interceltiques

L'interceltisme moderne a d'abord été une affaire d'intellectuels et d'érudits. En 1838, une délégation bretonne est reçue lors de l'Eisteddfod, le grand rassemblement culturel gallois. Trente ans plus tard, les Bretons organisent un congrès celtique international, en 1867, à Saint-Brieuc. Il est surtout marqué par la querelle autour du *Barzaz Breiz* de La Villemarqué. Les retrouvailles deviennent plus régulières dans les premières années du XXe siècle lorsqu'est créé le congrès panceltique, devenu de nos jours le congrès celtique. La Première Guerre mondiale interrompt un temps le mouvement.

L'interceltisme des années 1900 a influencé le mouvement culturel breton de l'époque dont quelques membres fondent une Gorsed des druides, bardes et ovates de Bretagne, sur le modèle du mouvement néodruidique gallois. Dans l'entre-deux-guerres, ces militants interceltiques sont particulièrement actifs en matière d'initiatives interceltiques. Taldir Jaffrennou est ainsi à l'origine du premier « festival interceltique » de Bretagne, qui se tient à la mi-août 1927, à Riec-sur-Belon. Plusieurs milliers de personnes viennent assister au tournoi de lutte interceltique, au défilé des *pipe bands* écossais et aux concerts de chœurs gallois. Cinq menhirs et un dolmen en « aggloméré de grès et de ciment » ont été construits pour les cérémonies néodruidiques qui donnent un aspect pittoresque incontestable à ce premier festival. Dans les années 1930, les fêtes de la Gorsed de Bretagne accueillent régulièrement des délégations d'autres pays celtiques.

Brest perd ses cornemuses

Après la Seconde Guerre mondiale, les Bretons acclimatent deux instruments venus d'outre-Manche : la harpe celtique et la grande cornemuse des Highlands. Ces deux instruments étaient déjà pratiqués avant-guerre par quelques pionniers, mais ils vont connaître un grand succès dans les années 1950-1960. En 1946 sont déposés les statuts de Bodadeg ar Sonerion (BAS), l'association des sonneurs qui devient l'une des chevilles ouvrières du renouveau musical breton contemporain. Sous son égide, à la fin des années 1940, se constituent les premières « cliques » de sonneurs bretons sur le modèle des *pipe bands* écossais. Ils prennent rapidement le nom de *bagadoù,* « groupes » en breton.

Le nombre de *bagadoù* augmente rapidement. La BAS lance, en 1953, un concours pour les départager et élever le niveau. Très vite, la manifestation, qui s'installe à Brest, est nommée « Festival international des cornemuses ». Des Écossais et des Irlandais sont en effet régulièrement invités pour participer au jury ou pour venir se produire. Dans les années 1960, un « champion de Bretagne des Bagadoù » est désigné tous les ans. Mais à la fin de la décennie, un différend oppose la municipalité de Brest à la BAS concernant l'emplacement du festival. La BAS décide de quitter la cité du Ponant.

Le Festival interceltique

Grâce à Polig Monjarret, c'est désormais Lorient qui accueille, à partir de 1971, le Festival international des cornemuses qui va rapidement se transformer en Festival interceltique de Lorient sous l'impulsion de Jean-Pierre Pichard qui dirige le « Fil » jusqu'aux années 2000. Comme il peine à recevoir des subventions du ministère de la Culture, il a l'idée de se tourner vers l'Irlande et les autres pays celtes pour financer la manifestation qui constitue une vitrine pour la culture bretonne, mais également pour les autres musiques celtiques. Le public breton découvre ainsi les grands noms de la musique irlandaise, écossaise ou galloise. La chanteuse cornique, Brenda Wootton, devient la coqueluche du Fil.

Le succès de la manifestation tient également au *revival* de la musique celtique des années 1970 après, notamment, le succès à l'Olympia en 1972 d'Alan Stivell. Devenu une star internationale, ce dernier n'a de cesse de défendre l'idée d'une communauté commune entre tous ces peuples. Le Festival de Lorient a également permis d'intégrer dans la grande famille celtique les régions espagnoles de Galice et des Asturies. Ces dernières années, le musicien galicien Carlos Núñez a acquis le statut de vedette musicale en Bretagne grâce au FIL.

Fort d'une expérience de près d'un demi-siècle, le Festival interceltique de Lorient attire près de cinq cent mille visiteurs chaque année, ce qui en fait l'un des plus grands événements culturels européens. Créé par des historiens et des érudits passionnés, l'interceltisme moderne a servi, à maintes reprises, de laboratoires d'idées en Bretagne. Avec le festival de Lorient, il propose aussi des moments de convivialité et de fête, rassemblant un vaste public. ■

En bas, la grande parade des nations celtes est l'un des moments forts du Festival interceltique de Lorient. Le mouvement interceltique a permis à la Bretagne d'obtenir une reconnaissance internationale.

1973

Le long basculement de la Bretagne à gauche

Depuis les années 1970, la gauche est devenue peu à peu majoritaire en Bretagne, région jusque-là réputée conservatrice. Cette évolution est le fruit de phénomènes complexes s'appuyant à la fois par l'histoire, l'identité et la sociologie de la péninsule.

Le 19 juillet 1848, le président de la République, Louis-Napoléon assigne à résidence dans le Morbihan un certain Karl Marx. Le futur auteur du *Capital* préfère quitter la France plutôt que de se rendre dans ce qu'il qualifie de « marais pontins de la Bretagne », une zone encore très marquée par la chouannerie. Nul doute que Karl Marx aurait été surpris de voir un candidat communiste, Michel Le Scouarnec, élu sénateur du Morbihan en 2011. Il est vrai qu'en un peu plus d'un siècle et demi, la situation politique a considérablement évolué dans la péninsule.

Longtemps en Bretagne, la principale fracture politique a opposé une bourgeoisie urbaine, plutôt républicaine, aux monarchistes légitimistes. Les deux camps se disputent alors les voix d'une population bretonne très largement rurale. La droite orléaniste ou bonapartiste est quasiment absente dans la région. Dans de nombreux secteurs, le clergé, très présent, pèse aussi sur les votes et penche généralement en faveur des conservateurs.

Diagonale rouge

Au début du XXe siècle, même si elle demeure rurale, la Bretagne possède plusieurs bassins industriels qui se révèlent être autant de foyers de diffusion des idées de gauche ou d'extrême gauche. L'estuaire de la Loire constitue l'un des principaux bastions du mouvement ouvrier, mais d'autres centres de contestation se développent, notamment autour des gares ou des quartiers cheminots. Les forges d'Hennebont, près de Lorient, connaissent également un fort mouvement anarcho-syndicaliste dès les années 1900.

Toujours dans la première moitié du XXe siècle, la Bretagne possède des hommes politiques de premier plan à la forte sensibilité de gauche comme Waldeck-Rousseau, Aristide Briand ou Marcel Cachin. Originaire du Goëlo, ce dernier est l'un des fondateurs du Parti communiste français au congrès de Tours. Les communistes ne cessent de progresser dans les années 1920 et 1930, particulièrement en Trégor, en centre Bretagne et dans le sud de la Cornouaille. Les cartes électorales montrent la constitution d'une « diagonale de la contestation », coupant la basse Bretagne du nord-est au sud-ouest, une zone où l'on vote rouge, en opposition au Léon et au Vannetais restés conservateurs et cléricaux.

Après la Seconde Guerre mondiale, le Parti communiste conserve et développe ses bastions du Trégor et du centre Bretagne tandis que le reste de la Bretagne penche généralement à droite. Mais il s'agit d'une droite avant tout démocrate-chrétienne et centriste incarnée par des personnages de premier plan comme René Pléven ou André Collin. Quelques poids lourds gaullistes s'implantent également dans la péninsule à l'instar de Raymond Marcellin dans le Morbihan. Dans les années 1960, la vieille SFIO apparaît bien moribonde en Bretagne. Elle est contestée par le Parti socialiste unifié (PSU), les mouvements régionalistes ou une extrême gauche multiple.

Le basculement

Le congrès d'Épinay, la création du Parti socialiste et l'arrivée de nouveaux cadres dans les années 1970 permettent à la gauche d'amorcer la conquête de la Bretagne. Dès 1973 et à la surprise générale, un jeune socialiste de 35 ans, Charles Josselin, bat René Pléven aux législatives à Dinan. Trois ans plus tard, le premier département breton, les Côtes-du-Nord, bascule à gauche. Dans le sud, un autre trentenaire, Louis Le Pensec, conquiert le siège de Quimperlé à l'Assemblée nationale. En 1977, la capitale bretonne est remportée par le socialiste Edmond Hervé. La gauche profite de plusieurs évolutions sociopolitiques. À partir des années 1960, la Bretagne s'urbanise rapidement, les cadres de la société rurale traditionnelle sautant après 1968. La pratique religieuse s'estompe, de nombreux catholiques s'inscrivant d'ailleurs à gauche. L'agitation sociale – avec des conflits comme le Joint français – ou politique, à travers la défense de l'environnement ou les problématiques liées à l'identité bretonne, profite également à la gauche. Aux législatives de 1981, pour la première fois dans son histoire, la Bretagne vote majoritairement à gauche.

Le phénomène s'accentue dans les décennies qui suivent. En 1998, le Conseil général du Finistère passe à gauche, suivi en 2004 de l'Ille-et-Vilaine et de la Loire-Atlantique. Seul demeure encore à droite le Morbihan.

Sociologie particulière

Non parfois sans opportunisme, les leaders de la gauche bretonne ont également su récupérer des débats qui passionnent les Bretons comme l'éducation, la régionalisation, la culture, la défense de l'environnement. Autant de thèmes qui étaient généralement aussi défendus par les centristes, mais sur lesquels la droite classique est moins à l'aise. Depuis une vingtaine d'années, l'affaiblissement des centristes face à une droite plus dure, incarnée par le RPR, puis l'UMP, a sans doute renforcé une gauche bretonne dont plusieurs dirigeants sont eux-mêmes issus du catholicisme social.

Portés sur le consensus social et le dialogue, les Bretons semblent se méfier de formations trop clivantes. De même, ils ne paraissent guère portés sur les mouvements à tendance bonapartiste, prônant le culte de la personnalité. Récemment, deux chercheurs comme Emmanuel Todd et Hervé Le Bras expliquaient le vote breton par la persistance de structures sociologiques complexes à la différence de régions voisines ou le modèle de famille nucléaire s'est depuis longtemps imposé. Une sociologie bretonne particulière qui se caractériserait aussi par « un certain optimisme social », incluant une plus grande ouverture à l'autre. Enfin, la force de l'identité bretonne peut expliquer une certaine indifférence, voire une résistance, face à un nationalisme français parfois exacerbé à droite.

La progression de la gauche en Bretagne est particulièrement illustrée par l'évolution politique du conseil régional. En 1986 et 1992, la droite domine. En 1998, droite et gauche arrivent à égalité. Six ans plus tard, pour la première fois, le conseil régional bascule à gauche. En 2010, la victoire est encore plus nette, puisque au soir du second tour, les deux listes de gauche totalisent près des deux tiers des suffrages. Mais après l'élection de François Hollande, un effet de bascule s'effectue. ■

PAGE PRÉCÉDENTE, EN HAUT, Au printemps 1972, la grève du Joint français, à Saint-Brieuc, enflamme la Bretagne. Les ouvriers bretons réclament une égalité de salaires avec leurs homologues de la région parisienne. Leur combat correspond à une certaine conjonction entre luttes sociales et régionalistes. Il a profondément marqué l'histoire contemporaine des mouvements de gauche en Bretagne. Sur ce célèbre cliché, on voit un ouvrier briochin discuter vigoureusement avec un ami d'enfance devenu policier.

EN BAS, meeting de la gauche à Rennes, en mars 2004. Le candidat Jean-Yves Le Drian est entouré de quelques-uns des ténors du Parti socialiste breton, dont Marylise Lebranchu et Edmond Hervé. Quelques semaines plus tard, pour la première fois, le conseil régional passe à gauche.

1980

Révolte antinucléaire à Plogoff

En 1980, une commune du cap Sizun, Plogoff, devient le symbole de la lutte antinucléaire. La résistance populaire y est telle que le projet est finalement abandonné. Plogoff comme les marées noires marquent l'émergence d'une conscience écologiste en Bretagne.

Fort du succès de son programme militaire, la France gaullienne lance un vaste programme d'énergie nucléaire civile qui s'accélère après le choc pétrolier de 1974. Présenté comme le fleuron de l'industrie française et une technologie fiable, le nucléaire provoque cependant de nombreuses craintes dans les populations dont l'avis est rarement pris en compte. En 1975 est prise la décision de construire deux centrales nucléaires en Bretagne, l'une dans l'estuaire de la Loire, l'autre à l'ouest de la péninsule. Il s'agit d'alimenter en électricité la pointe Bretagne qui est, en effet, en fin de ligne.

Premières résistances

En 1976, EDF annonce que les centrales seront construites au Pellerin (Loire-Atlantique) et à Plogoff dans le Finistère. La faible densité de population et le nombre de retraités de la Marine nationale dans le cap Sizun ont laissé croire aux autorités que le projet serait accepté facilement. Pourtant, dès l'annonce du lieu retenu, le cap se hérisse de barricades. Pendant trois jours, plus rien n'y entre. Jean-Marie Kerloc'h, maire de Plogoff, prend la tête du comité de défense et commence à incarner l'esprit de résistance antinucléaire de Plogoff.

Malgré les promesses d'emploi de développement et de progrès scientifique – EDF annonce « une cathédrale de béton » à la place d'un amas désordonné de rochers –, les élus locaux sont vent debout contre une centrale sur le site de Feunteun an Aod à proximité de la pointe du Raz. Les votes du conseil régional et général en faveur de la centrale, en 1978, sont vécus comme une trahison. Ils déclenchent les premières manifestations. Un groupement foncier est créé pour acquérir les terrains pressentis pour la centrale. Il a regroupé jusqu'à six mille membres, chacun acquérant une parcelle afin de multiplier les procédures d'expropriation et de ralentir l'achat de terrains par EDF.

Un berger, accueilli par des milliers de personnes, s'installe sur le site. Avec le Larzac, Plogoff devient peu à peu le symbole de la résistance des populations locales contre des grands projets imposés d'en haut et destructeurs de l'environnement.

Des pierres contre des fusils

Mais l'État et EDF n'ont pas renoncé au projet, et le dossier avance. Des terrains sont acquis. Il reste aussi l'enquête d'utilité publique qui doit se tenir du 31 janvier au 14 mars 1980.

Les autorités semblent penser qu'elle ne sera qu'une formalité, mais lorsque les documents arrivent le 30 janvier dans les communes concernées, ils sont brûlés par les élus. Faute de pouvoir ouvrir les mairies, le pouvoir décide d'utiliser des camionnettes reconverties en « mairies annexes ». Le 31 janvier, trois mille manifestants s'opposent à leur arrivée sous forte escorte policière.

Dans les semaines qui suivent, la tension ne cesse de monter. La nuit, des barricades et des barrages sont montés sur les routes. Le matin, il faut plusieurs heures aux forces de l'ordre pour dégager la chaussée et acheminer les mairies annexes. Pendant la journée, gendarmes mobiles et CRS, plus ou moins stoïques, font face aux quolibets et aux moqueries de la population, particulièrement des femmes. Un véritable stress psychologique usant les policiers qui se déchaînent, en fin d'après-midi, au moment du retour. C'est la période dite de la « messe », marquée par de violents affrontements, des pierres contre des fusils comme le résume le film de Félix et Nicole Le Garrec tourné au moment des événements. Pendant les semaines de l'enquête d'utilité publique, la Cornouaille et la Bretagne s'enflamment pour Plogoff. Des jeunes viennent prêter main-forte aux Capistes. Les procès pour flagrant délit sont source de nouvelles tensions. En février, les conseillers municipaux de Plogoff arrivent au tribunal de Quimper avec des frondes autour du cou en soutien aux inculpés. Le 8 mars, une échauffourée éclate dans le tribunal. Des avocats sont molestés par les policiers. L'un d'entre eux, Yann Choucq, est suspendu, ce qui provoque une grève des barreaux. Dans la nuit, c'est Quimper qui s'embrase.

Chaque soir, la « messe » voit s'affronter violemment manifestants et policiers.

Fête antinucléaire

Le 14 mars, lors d'une dernière « messe », près de sept mille personnes affrontent les forces de l'ordre qui tirent des dizaines de grenades. Deux jours plus tard, plus de cinquante mille personnes participent à une gigantesque fête antinucléaire à la pointe du Raz. Après les violences de l'hiver 1980, le pouvoir semble donner des signes d'apaisement tout en continuant à acheter des terres en sous-main. Pour quelques mois, Plogoff devient le centre des mobilisations environnementales et des utopies écologistes.

Mais, en décembre, Raymond Barre signe le décret d'utilité publique. Les élus bretons sont inquiets : les travaux de construction prévus en 1981 ne vont-ils pas déboucher sur des violences encore plus incontrôlables ? La donne change totalement avec l'élection de François Mitterrand, qui s'est prononcé contre construction de la centrale, le 10 mai 1981. Quelques jours plus tard, le ministre finistérien Louis Le Pensec force un peu la main à un président en annonçant publiquement l'abandon du projet de Plogoff. Aucune centrale ne sera non plus construite au Pellerin.

Pas de centrale nucléaire en Bretagne

Avec les marées noires des années 1960-1980, la lutte contre la centrale de Plogoff a marqué l'émergence d'un nouveau mouvement politique, l'écologie, qui a commencé à percer électoralement en Bretagne au milieu des années 1980. Elle a consacré l'efficacité des mobilisations populaires contre le nucléaire. Un projet de centrale EPR au Carnet, dans l'estuaire de la Loire, est à son tour abandonné dans les années 1990. Depuis l'arrêt du réacteur de Brennilis en 1985, la Bretagne ne possède plus de centrales nucléaires. ■

Page précédente, en haut, l'ancien réacteur de la centrale nucléaire de Brennilis fonctionnait à l'eau lourde, une technologie rapidement abandonnée. La centrale a été arrêtée en 1985. Sa « déconstruction » devrait s'étaler sur plusieurs décennies et illustre la difficulté d'une décontamination des sites nucléaires. Brennilis a été la seule centrale nucléaire construite en Bretagne.

En haut, l'affiche du film *Des pierres contre des fusils* de Félix et Nicole Le Garrec. Durant l'hiver 1980, ils ont suivi les événements de Plogoff au jour le jour et en ont tiré un documentaire qui fait toujours référence.

En bas, à partir des années 1970, un fort mouvement antinucléaire se développe en Bretagne.

1981

Fin de la peine de mort

Le 9 octobre 1981, la peine de mort est abolie en France. En Bretagne, la dernière exécution remonte aux années 1950, mais la « justice de sang » y a été à maintes fois appliquée, souvent au terme de procès retentissants.

Depuis la plus haute Antiquité, les sociétés semblent avoir eu recours à la peine capitale pour châtier les responsables des crimes les plus odieux. Son application a souvent revêtu des formes symboliques fortes. Ainsi, chez les anciens Celtes, ce que les auteurs latins ont présenté comme des sacrifices humains étaient sans doute des exécutions ritualisées de criminels. Lors de cérémonies religieuses, ces derniers étaient mis à mort, et leurs dépouilles restaient exposées dans les sanctuaires.

Faux-monnayeurs ébouillantés

La peine de mort au Moyen Âge et sous l'Ancien Régime était souvent accompagnée de supplices. Le duché de Bretagne possédait quelques spécificités en la matière, en témoigne le châtiment réservé aux faux-monnayeurs. S'ils étaient pris, ces derniers étaient en effet ébouillantés… Sur tout le territoire, les seigneuries importantes se prévalaient du droit de haute justice dont l'application se faisait sur un gibet. Un nombre élevé de « fourches patibulaires », systématiquement mentionnées dans les actes juridiques, était d'ailleurs un signe ostentatoire illustrant le prestige de la seigneurie.

Avec la Révolution, la peine de mort devient le monopole de la justice d'État. Le nombre de crimes passibles de la peine capitale diminue sensiblement. Alors que sous l'Ancien Régime, la pendaison ou la décapitation à la hache (pour les nobles) étaient les formes les plus courantes d'exécution judiciaire, après 1789, la peine de mort est appliquée au moyen de la guillotine. Ce sinistre instrument est, à l'origine, présenté comme une avancée scientifique et humaine ; en décapitant instantanément le condamné, elle lui évite une mort longue et douloureuse. Lorsque la tâche est trop importante, les révolutionnaires les plus féroces ne s'embarrassent pourtant guère de ce genre de considérations. À Nantes, en 1793 et 1794, le commissaire de la République Carrier exécute plusieurs milliers de royalistes ou de républicains modérés en les noyant dans la Loire.

Un cinquième de femmes

Après la Révolution, plusieurs évolutions juridiques permettent de faire baisser le nombre d'exécutions. Ainsi, en 1832, la loi introduit la notion de « circonstances atténuantes », ce qui offre la possibilité aux jurés de commuer la sentence en une peine moins lourde. Auteur d'un ouvrage de référence sur le sujet, Annick Le Douguet note que : « En Bretagne, si trente et une condamnations à mort ont été prononcées entre 1827 et 1832, on n'en dénombre plus que treize de 1833 à 1838. »

Désormais, ce sont essentiellement les crimes d'atteintes aux personnes qui entraînent des sentences de mort. Au XIXe siècle, les sentences de mort prononcées concernent le plus fréquemment des assassinats, notamment par incendie ou empoisonnement. Ainsi, la célèbre empoisonneuse Hélène Jegado est condamnée à mort en 1852. On lui attribue une cinquantaine de victimes ! Son avocat plaide la folie et développe un vibrant argumentaire abolitionniste. Mais il n'est pas suivi par le jury. Certains crimes punis par la peine de mort ont lieu avec des circonstances aggravantes comme le vol ou le viol. Les plus sévèrement châtiés sont les assassinats de jeunes enfants ou les parricides. Au XIXe siècle, les auteurs de parricides ont la main tranchée quelques instants avant l'exécution.

184 peines capitales prononcées entre 1826 et 1900.

Selon Annick Le Douguet, cent quatre-vingt-quatre peines capitales ont été prononcées en Bretagne entre 1826 et 1900 dont un cinquième concernant des femmes. Un certain nombre de condamnés étant graciés, seuls cent cinq d'entre eux ont été exécutés. Il existe aussi des différences départementales. La Loire-Atlantique (en matière de justice, la Bretagne compte cinq départements) et le Morbihan semblent les départements bretons les plus hostiles à la peine de mort.

Une vingtaine d'exécutions au XXe siècle

Au XXe siècle – hors la période particulière de la Seconde Guerre mondiale – seule une vingtaine d'exécutions ont eu lieu en Bretagne dont onze ont été publiques. La dernière condamnation à mort prononcée en Bretagne l'a été par la cour d'assises de Nantes le 6 octobre 1971. Jean-Pierre Boursereau, reconnu coupable du meurtre d'un policier, n'a cependant pas été exécuté.

Il est vrai que le mouvement demandant l'abolition de la peine de mort n'a cessé de se développer tout au long du XXe siècle. Il a été porté par différentes personnalités dont des politiques. Le Breton Aristide Briand propose une loi sur l'abolition de la peine de mort en 1908, mais elle est rejetée. Les médias ont également joué leur rôle. *Le Phare de la Loire*, en Loire-Atlantique, a très tôt milité contre la peine capitale. En décembre 1961, une longue enquête de Jacques Eliès dans *Le Télégramme* joue un rôle très important dans l'évolution des consciences. En 1981, vingt-deux des trente-quatre députés bretons votent en faveur de l'abolition. On compte parmi eux les parlementaires de gauche, mais aussi des élus de droite comme Pierre Méhaignerie. Depuis l'abolition de la peine de mort en France, de nombreux Bretons se sont désormais engagés pour son abolition universelle. ■

Page précédente, en 1930, Yves Floc'h a été le dernier condamné exécuté publiquement dans le Finistère.

En bas, l'arrestation mouvementée de Gustave Maillot le 28 février 1950. Plusieurs milliers de membres des forces de l'ordre avaient été mobilisés pour mettre la main sur le « tueur de Prat ». Gustave Maillot est exécuté à Saint-Brieuc en 1951, c'est la dernière fois que la guillotine a été utilisée dans ce département

Exécution publique à Quimper

À l'origine, les exécutions étaient publiques, et une foule nombreuse s'y pressait, comptant parfois des milliers de personnes. Au XIXe siècle, on n'hésitait d'ailleurs pas à montrer ce spectacle morbide aux jeunes enfants dans un but d'édification ! Selon certains historiens, les crimes commis provoquaient une intense peur collective que la foule venait en quelque sorte exorciser lors des exécutions publiques. Très tôt cependant, des voix se font entendre pour que l'on interdise au public un tel spectacle macabre. Dès 1870, l'échafaud est supprimé et la guillotine installée sur le sol, ce qui limite le nombre de spectateurs directs. La dernière exécution publique en Bretagne a lieu le 19 juillet 1939 à Saint-Brieuc. En 1921 et 1930, à Quimper, Yves Hervé et Yves Floch sont les deux derniers condamnés à être exécutés publiquement. En 1961, pour *Le Télégramme*, Jacques Eliès avait recueilli le témoignage d'un greffier ayant assisté à la scène. Il raconte ainsi les derniers moments du condamné : « Juste avant l'aube, on entendait des bruits plus aigus, plus métalliques. Le bourreau vérifiait le bon fonctionnement de la "veuve". Puis, quand la porte de la prison s'ouvrait, un immense mouvement de curiosité secouait la foule, un grondement déferlait sur la place. » Le condamné, entravé, est conduit jusqu'à la guillotine et plaqué sur une planche avant que sa tête soit insérée dans la lunette. Le bourreau intervenait alors : « Et, d'un doigt, sûr, qui ne tremblait pas, appuyait sur le bouton. Le couperet glissait avec une force inattendue et la tête, "comme mue par un ressort", m'ont expliqué les témoins, faisait un bon en avant, avant de tomber, grotesque et pitoyable, dans un panier à demi empli de son. Le sang giclait de tous les côtés. Tellement, m'a dit Louis Chicard, ancien greffier du parquet de Quimper, que j'en ai failli être copieusement arrosé lors de la première décapitation à laquelle ma fonction me fit obligation d'assister. »

1994

Colère des pêcheurs, le Parlement brûle

Le 4 février 1994, plusieurs milliers de marins bretons se rendent à Rennes où vient d'arriver le Premier ministre Édouard Balladur. Au terme d'une journée d'émeutes, un incendie détruit le parlement de Bretagne, apogée d'une crise provoquée par des politiques européennes qui ont mis à mal la pêche bretonne.

La pêche bretonne a connu, au fil des siècles, de nombreuses crises dues, principalement, à la raréfaction de la ressource. Au début du XXe siècle, la disparition temporaire des sardines provoque une situation de quasi-famine dans les ports cornouaillais. Les conséquences en sont parfois inattendues, puisque, pour trouver de nouveaux revenus, les femmes du Pays bigouden se mettent à la confection de la dentelle suivant des techniques importées d'Irlande, dentelles qui ont fait la réputation de leur terroir.

Un problème européen

La Bretagne a une longue tradition halieutique, et l'on y pratique de nombreux types de pêche qui ont contribué à sa prospérité, particulièrement depuis l'essor des conserveries au XIXe siècle. Mais le développement des politiques européennes est à l'origine d'une crise structurelle au début des années 1990. L'Europe entend promouvoir la production dans les régions du Sud, en premier desquelles la péninsule Ibérique, et la transformation dans les pays du Nord. Les exportations extra-européennes se multiplient avec un véritable *dumping* sur le cabillaud pêché par des marins russes sous-payés et commercialisés par les Norvégiens. Il en est de même pour le thon et le merlu sud-américains importés à bas prix au nom d'un système de préférence généralisé censé lutter… contre le trafic de cocaïne.

Région intermédiaire en termes de pêche, la Bretagne a du mal à trouver sa place dans les nouveaux schémas européens. Ses marins ont l'impression d'avoir été sacrifiés au profit d'autres secteurs. Dès l'hiver 1993, la colère monte dans les ports bretons. Patrons et matelots sont payés suivant le résultat des marées. La majorité d'entre eux ne parvient plus qu'à obtenir un demi-salaire. Un comité de survie de la pêche est lancé. Avec Dominique Lapart et André Le Berre, il multiplie les actions. Les pouvoirs publics débloquent des fonds et décident d'un allégement des charges.

Coup de vent en février 1994

La crise dure et s'aggrave au début de l'année 1994 avec un marché du poisson très déprimé. Dans ce contexte, la venue du Premier ministre Édouard Balladur à Rennes, le 4 février, ne peut que provoquer un fort coup de vent dans le monde de la pêche. Dès le 29 janvier, on annonce un retour précipité des bateaux dans les ports bretons, qu'il s'agisse de navires d'artisans ou d'industriels. Le 30 janvier, les pêcheurs de Boulogne appellent les Bretons pour leur demander de venir « s'occuper » des frigos de Capécure où transitent entre 200 000 et 300 000 tonnes de poissons venus de toute la planète. La situation reste pourtant calme le 31 janvier lors d'une manifestation devant la préfecture de Quimper au cri de « non au génocide... » Mais, entre le 1er et le 2 février, les pêcheurs s'en prennent aux entrepôts de Kergroise à Lorient. Les locaux sont dévastés, on dénombre une quinzaine de blessés chez les forces de l'ordre. Ce n'est que le début de plusieurs journées de violence sociale. Le mercredi 2 février, des dizaines de cars quittent la Bretagne pour une destination encore inconnue. Ils arrivent à Rungis. Près de 6 000 m² du grand marché parisien sont dévastés. Les affrontements sont extrêmement violents. Les ambulances évacuent les blessés dans la nuit. Ils se dirigent ensuite vers Boulogne dont les entrepôts sont solidement défendus par les CRS. Le face-à-face avec les forces de l'ordre est très tendu. Mais les marins regagnent leurs cars.

Émeutes à Rennes

Le 4 février, plus de quatre mille marins convergent vers Rennes où le Premier ministre est en réunion à la préfecture de région qui prend des allures de Fort Chabrol. Très rapidement, la manifestation des pêcheurs dégénère, et le centre-ville de Rennes se transforme en zone de guérilla urbaine. Aux lacrymogènes, les pêcheurs ripostent avec des fusées de détresse ; aux matraques des policiers, ils opposent des haches d'abordage... Un bus est même lancé sur un cordon de policiers, ces derniers se trouvant parfois totalement débordés. À la fin de la journée, on dénombre soixante-et-un blessés dont vingt-cinq policiers. Un jeune marin a perdu une main en tentant de manipuler une grenade.

Après cette terrible journée, les pêcheurs regagnent les ports. Des entrepôts frigorifiques sont détruits au passage. Les actions continuent jusqu'au 15 février lorsqu'un vote du comité de survie de la pêche décide de la reprise afin d'éviter le pourrissement. Les marins les plus décidés sont amers. Malgré leurs actions, rien n'a été réglé. De fait, dans les mois qui suivent, des dizaines de bateaux arrêtent leur activité. La Bretagne voit disparaître une certaine forme de pêche qui avait fait sa prospérité et se demande toujours quelle peut être sa place dans une Europe maritime en construction. ■

Page précédente, le parlement de Bretagne après le terrible incendie de 1994 qui a suivi la violente manifestation des pêcheurs bretons.

La Bretagne s'enflamme

En 2012, l'un des derniers décrets du président Sarkozy concerne l'instauration d'une écotaxe, calculée avec des portiques sur les axes à 4 voies. Le projet provoque une levée de boucliers en Bretagne qui s'estime défavorisée par rapport à sa position péninsulaire. L'année suivante, le gouvernement socialiste décide la maintenir, alors que les plans sociaux s'accumulent en Finistère dans l'agroalimentaire. Le 28 octobre 2013, une première manifestation dégénère devant le portique de Pont-de-Buis, où les participants arborent le bonnet rouge des révoltes fiscales de 1675. L'effet médiatique est immédiat. Dans les semaines qui suivent, le mouvement parvient à réunir 30 000 personnes à Quimper, puis 40 000 à Carhaix. Il ébranle le gouvernement sur fonds de revendications régionalistes et sociales. Partout, des portiques écotaxes et des radars routiers sont détruits. Puis, le mouvement retombe, sans doute victime de ses contradictions internes, car rassemblant un étonnant aéropage, constitué de syndicats paysans ou de l'agroalimentaire, d'organisations patronales et de personnalités bretonnes. Le gouvernement propose un « pacte d'avenir » pour la Bretagne aux contours assez flous. Reste que cette seconde révolte des Bonnets rouges aura conforté l'image d'un territoire frondeur qui entendrait « vivre, décider et travailler au pays ».

Table des matières

Bibliographie sélective

BALCOU Jean, LE GALLO Yves (dir), *Histoire littéraire et culturelle de la Bretagne*, Paris/Spézet : Champion/Coop Breizh, 1997.
CASSARD Christophe, *Les Vikings en Bretagne,* Morlaix : Skol Vreizh, 1986.
Les Bretons de Nominoé, Rennes : PUR, 2010.
La Guerre de Succession de Bretagne, Spézet : Coop Breizh, 2006.
COLLECTIF, *Histoire de la Bretagne*, Rennes : collection Ouest-France université.
COLLECTIF, *Toute l'Histoire de Bretagne*, Morlaix : Skol Vreizh, 2012.
CORNETTE Joël, *L'Histoire illustrée de la Bretagne et des Bretons*, Paris : Le Seuil 2015.
L'Histoire de Bretagne et des Bretons, Paris : Le Seuil, collection Points, poche, 2015.
CROIX Alain, GUYVARC'H Didier, RAPILLIARD Marc, *La Bretagne des photographes*, Rennes : PUR, 2011.
CROIX Alain, *La Bretagne aux XVIe et XVIIe siècles* : la vie, la mort, la foi, Paris : Maloine, 1980.
GALLIOU Patrick, *Les Osismes, peuple de l'Occident gaulois*, Spézet : Coop Breizh, 2014.
KERHERVÉ Jean, *L'État breton aux XIVe et XVe siècles. Les ducs, l'argent et les hommes*, Paris : Maloine, 1987.
LAMOUR Alain et Claudine, *Industries d'autrefois en Bretagne*, Spézet : Coop Breizh, 2014.
LA BORDERIE Arthur (de), POCQUET Barthélémy, *Histoire de Bretagne*, 6 volumes, Spézet/Mayenne : ERO/Coop Breizh, 1998.
MENEZ Yves, LOHRO Thierry, CHARTIER-LE FLOCH Erwan (dir), *Archéologie en centre Bretagne*, Spézet : Coop-Breizh, 2015.
MONNIER Jean-Jacques, DENIS Michel (dir.), *Histoire d'un siècle, Bretagne 1901-2000*, Morlaix : Skol Vreizh, 2011.
NICOLAS Michel, *Histoire de la revendication bretonne*, Spézet : Coop Breizh, 2007.
POISSON abbé, LE MAT Jean-Pierre, *Histoire de Bretagne*, Spézet : Coop Breizh, 2010.

Revues et magazines consultés :
Bulletins de la Société d'histoire et archéologie de Bretagne, de l'Association bretonne, de la Société d'émulation des Côtes-d'Armor, de la Société d'archéologie du Finistère, les Cahiers du Léon, Dalc'homp soñj, ArMen, Bretagne magazine, Bretons magazine.

Dans la même collection

Rio Bernard, *Le Cul bénit, liaisons sacrées et passions profanes*, 2013.
Morgant Armel, *La Kerlenn Pondi*, 2013.
Lamour Alain, Céline Lamour-Crochet, *Catastrophes, accidents et faits divers en Bretagne, la mer*, 2013.
Lamour Alain, Céline Lamour-Crochet, *Catastrophes, accidents et faits divers en Bretagne, terre et ciel*, 2014.
Lamour Alain et Claudine, *Industries d'autrefois en Bretagne*, 2015.
Le Nouen Joël, *Noces d'autrefois en Bretagne*, 2015.
Menez Yves, Lorho Thierry, Chartier-Le Floch Erwan (dir.), *Archéologie en centre Bretagne*, 2015.

Crédits iconographiques

Jean-Yves Cabon : p. 200 ; CRBC : p. 158, 159 ; DR : p. 11h, 19b, 33, 34, 35h, 36, 38b, 39, 43, 48, 52, 59h, 60, 64, 71, 74, 75, 76, 81b, 82, 86, 91b, 93, 98, 99, 100, 106, 107, 108, 113, 114, 115, 116, 122, 130, 131, 140, 141, 142, 144, 145, 149, 148,149, 152, 158, 159, 160, 167h, 170, 171, 176, 177, 180, 181, 182, 184, 186, 187, 189h, 192, 193, 197, 198, 199, 200 : Benjamin Fernandez : p. 17 ; Institut de géologie de Rennes : p. 6 ; Gérard Cazade, p. 73b ; collection Alain Lamour : 138, 139, 156, 157, 164, 174, 175 ; collection Christian Le Corre : p. 44, 45, 46, 54, 70, 105 b, 118, 119b, 120, 121, 165, 166 ; Le Garrec : p. 201 ; Gregor Marchand : p. 9, Yves Menez : p. 21h ; Robert Micheau-Vernez : p. 196 ; Musée de Bretagne : p. 8, 38, 107 ; Élisabeth : p. 16. Autres clichés : Erwan Chartier-Le Floch.